程正誼集
程子樗言

永康文獻叢書

［明］程正誼 著
程朱昌 程育全 編校

［明］程明試 著
程朱昌 程育全 編校

图书在版编目(CIP)数据

程正誼集 /（明）程正誼著；程朱昌，程育全編校.
程子樗言 /（明）程明試著；程朱昌，程育全編校. —
上海：上海古籍出版社，2023.5
（永康文獻叢書）
ISBN 978-7-5732-0647-3

Ⅰ.①程… ②程… Ⅱ.①程… ②程… ③程… ④程
… Ⅲ.①中國文學—古典文學—作品綜合集—明代 Ⅳ.
①I214.81

中國國家版本館 CIP 數據核字（2023）第 054136 號

永康文獻叢書
程正誼集
〔明〕程正誼　著
程朱昌　程育全　編校

程子樗言
〔明〕程明試　著
程朱昌　程育全　編校

上海古籍出版社出版發行
（上海市閔行區號景路 159 弄 1-5 號 A 座 5F　郵政編碼 201101）
（1）網址：www.guji.com.cn
（2）E-mail：guji1@guji.com.cn
（3）易文網網址：www.ewen.co
浙江新華數碼印務有限公司印刷
開本 710×1000　1/16　印張 23.25　插頁 8　字數 291,000
2023 年 5 月第 1 版　2023 年 5 月第 1 次印刷
印數：1—2,500
ISBN 978-7-5732-0647-3
I·3713　定價：138.00 元
如有質量問題，請與承印公司聯繫

永康文獻叢書編纂成員名單

指導委員會

主　任　　　　章旭升　胡勇春
副主任　　　　施禮幹　章錦水　俞　蘭　盧　軼
委　員　　　　呂振堯　施一軍　杜奕銘　王洪偉　徐啓波　肖先振

　　辦公室主任　　施一軍
　　副主任　　　　朱俊鋒
　　成　員　　　　徐關元　陳有福　應　蕾　童奕楠

顧問委員會

主　任　　　　胡德偉
委　員　　　　魯　光　盧敦基　盧禮陽　朱有抗　徐小飛　應寶容

編輯委員會

主　編　　　　李世揚
委　員　　　　朱維安　章竟成　林　毅　麻建成　徐立斌

程正誼像

宸華堂集卷之二

古歙程正誼叔明著
楚郢後學張　垑校

文彙

遊五嶽記

中原五嶽肇自唐虞雖後代帝王巡狩之典不行肆覲之政不舉而五嶽之重于寰中猶故也五岳初定意在一方諸候之國來朝道里適均而山之顯晦崇甲原非所

《宸華堂集》書影（明萬曆二十七年刻本）

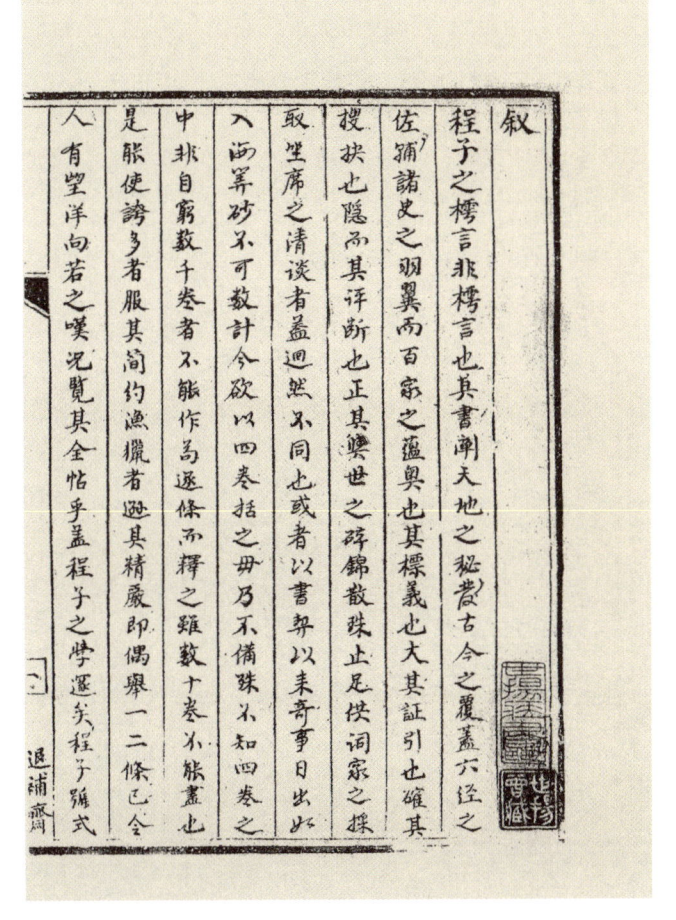

叙

程子之樗言非樗言也其書判天地之秘泄古今之覆蓋六经之
佐彌諸史之羽翼而百家之蘊奥也其標義也大其証引也雄其
搜抉也隱而其评斷也正其興世之碎錦散珠止足供词宗之探
取坐席之清谈者迴然不同也或者以書契以来奇事日出此
入西昜砂不可数計今欲以四卷括之毋乃不備殊不知四卷之
中排自窮数千卷者不能作爲逐條而釋之雖数十卷不能盡也
是脹使誇多者服其简约漁攬者迦其精嚴即偶舉一二條已令
人有望洋向若之嘆况覽其全帖乎盖程子之學運矣程子雖式

退浦齋藏

程子樗言卷之一

明 寶婺永康程明試弍言父著
　　　　　孫懋昭編次　曾孫璟初校錄梓行
　　　　　懋倫　　衍初
　　　　懋銓仝編　夔初
　　　　　元孫闇葉仝校
　　造化
　　　　本槃正字
談造化之理者莫妙於易子曰易有太極是生兩儀兩儀生四象
周茂叔乃加無極於太極之上曰無極而太極太極本無極夫太

《程子樗言》書影之二（清抄本）

總　　序

永康歷史悠久，人文薈萃。

據南朝宋鄭緝之《東陽記》載，永康於三國赤烏八年（245）置縣。建縣近1800年來，雖經朝代更替，然縣名、治所及區域，庶無大變，風俗名物，班班可考，辭章文獻，卷帙頗豐。

魏晉南北朝至隋唐，是中國經濟重心由北向南轉移的準備階段，永康的風土人情漸次載入各類典籍。北宋以降，永康即以名賢輩出、群星璀璨而著稱婺州。名臣高士，時聞朝野；文采風流，廣播海內。本邑由宋至清，載正史列傳20餘人，科舉進士200餘名。北宋胡則首開進士科名，爲官一任，造福一方；徐無黨受業於歐陽修，深得良史筆意，嘗注《新五代史》，沾溉後學。南宋狀元陳亮創立永康學派，宣導事功，名播四海；樓炤、章服、林大中、應孟明位高權重，憂國憂民，道德文章，著稱南北。元代胡長孺安貧守志，文采斐然，名列"中南八士"。明代榜眼程文德與應典、盧可久，先後講學五峰書院，傳播陽明之學，盛極一時；朱方長期任職府縣，清廉自守，史稱一代廉吏；王崇投筆從戎，巡撫南疆，功勳卓著；徐文通宦游期間與當時文壇鉅子交往密切，吟咏多有佳作。清初才女吳絳雪保境安民，壯烈殉身，名標青史；潘樹棠博聞強記，飽讀詩書，人稱"八婺書櫥"；晚清應寶時主政上海，對申城拓展、繁榮卓有貢獻；胡鳳丹、胡宗楙父子畢生搜羅鄉邦文獻，刊刻《金華叢書》，嘉惠士林。民國呂公望，早年投身辛亥革命，曾任浙江督軍兼省長，公暇與程士毅、盧士希、應均等人結社唱酬，引領一代文風。抗戰期間，方巖成爲浙江省政府臨時駐地，四方賢俊，匯聚於此，文人墨客，以筆代口，爲抗日救亡而吶喊，在永康文化史上留下濃重一筆。

據粗略統計，本邑往哲先賢自北宋到民國時期，所撰經史子集各類著作及裒輯成集者，360餘家，近千種。惜年代久遠，迭經兵燹蟲蠹、水火厄害，相當部分已灰飛烟滅，蕩然無存。現國内外公私圖書館藏有本邑歷代著作僅百餘部，其中收入《四庫全書》及存目、《續修四庫全書》者20餘部。這是歷代先賢留給我們的寶貴精神財富，也是我們傳承文化基因、汲取歷史智慧的重要載體，更是一座有待開發的文化寶藏。

爲整理出版《永康文獻叢書》，多年以來，我市有識之士不懈呼籲，社會各界紛紛提議，希望開展此項工作。新時代政治清明，百業興盛，重教崇文。爲弘揚優秀傳統文化，拓展我市文化内涵，提升城市文化品位，推進永康文化建設，永康市委市政府因勢利導，決定由市委宣傳部牽頭，文廣旅體局組織實施，啓動《永康文獻叢書》出版工程。歷經一年籌備，具體工作於2021年3月正式展開。

整理出版《永康文獻叢書》，以新時代中國特色社會主義思想爲指導，以中共中央《關於整理我國古籍的指示》爲指針，認真貫徹國務院《關於進一步加强古籍保護工作的意見》，繼承與發揚永康學派的優良傳統，着眼永康文化品位、學術氛圍的營造與提升，系統梳理傳統文化資源，讓沉寂在古籍裏的文字鮮活起來，努力展示本邑傳統文化的獨特魅力，積極推進永康文化建設。現擬用八至十年時間，動員組織市内外專業人士和社會各界力量，將永康文學、歷史、哲學、法學、經濟學、社會學、教育學諸方面的重要古籍資料，分批整理完稿；遵循"精選、精編、精印"的原則，總量在50部左右，每年五至六部，分期公開出版，並向全國發行。

《永康文獻叢書》原則上只收録永康現有行政區域内，自建縣以來至中華人民共和國成立之前的文獻遺存。注重近代檔案及其他文史資料的收集整理。在永康生活時間較長,或產生過較大影響的外邑人士的著作,酌情收入。叢書的採編,以搶救挖掘地方文獻中的刻本以及流傳稀少的稿本、抄本爲重點;優先安排影響較大、學術價值較高、原創性較強的著作;對在永康歷史上產生過重大影響的家族譜牒,也適當篩選吸收。

本次叢書整理,在注重現存古籍點校的同時,突出新編功能。一些重要歷史人物的著述已經完全散逸,但尚有大量詩文見諸他人著作或志牒之中,又屢屢被時人和後人提及,則予以輯佚新編。一些歷史人物知名度不高,但留存的詩文較多,以前從未結集,酌情編輯出版。宋元以來,我邑不少先賢,雖無著述單行,但大多有零散詩文傳世,爲免遺珠之憾,也擬彙總結集。

歷史因文化而精彩,文化因歷史而厚重。把永康發展的歷史記錄下來,把永康的文獻典籍整理出來,把優秀傳統文化傳承下去,關乎永康歷史文脉的延續,關乎永康精神的傳承,關乎五金文化名城軟實力的提升。因此,整理出版工作必須堅持政府主導、社會支援、專家負責的工作方針,遂分別建立指導委員會、顧問委員會、編輯委員會,各司其職,相互配合,以確保叢書整理出版計劃的全面落實與高品質實施。

《永康文獻叢書》整理出版的品質,在很大程度上取決於編纂人員的學識、眼光、格局,也取決於編纂人員的工作態度和敬業精神。爲此,編纂團隊將懷敬畏之心、精品意識、服務觀念、奉獻精神,抱着"爲古人行役"的理念,以"功成不必在我"的境界和"功成必定有我"的歷史擔當,甘於寂寞,堅守初心,知難而進,任勞任怨,將《永康文獻叢書》整理好、編輯好、出版好。

《永康文獻叢書》是永康建縣1800年來,首次對本邑古籍文獻進行系統整理,是一套"千年未曾見,百年難再有"的大型歷史文獻,是對永康藴藏豐富的文化資源的深入挖掘、科學梳理和集中展示，是構築全國有影響的文化高地的有效途徑，對於推進永康文化的研究、開發和傳播，有着不可估量的可持續發展潛力。它是一項永康傳統文化的探源工程、搶救工程，是一項功在當代、惠及千秋的傳承工程、鑄魂工程，是一項永康優秀傳統文化的建設工程、形象工程。我們要在傳承經典中守好文化根脉，在扎根本土中豐富精神内涵，在相容並濟中打響文化品牌，爲實現永康經濟社會發展新跨越，爲打造"世界五金之都，品質活力永康"，提供强大的精神動力和文化支撑。

《永康文獻叢書》編委會

2021 年 10 月

編 校 説 明

一、凡新發現的佚文依類歸入各集各卷内,以"補遺"標示;若佚文無法歸類,則另立類目,下標"新增"二字,以示非原本所有。

二、凡原本有訛誤,則予校改,(　)内爲原本用字,〔　〕内爲校改字。若原本有衍字,置於(　)内;有缺字,據別本或他種文獻補入者,置於〔　〕内。

目　　錄

總　　序 ………………………《永康文獻叢書》編委會　1
編校説明 ……………………………………………………　1

程 正 誼 集

前言 ………………………………………………程朱昌　3
宸華堂集序 ……………………………………〔明〕史旌賢　5
程正誼集卷之一 …………………………………………　7
五言古體 …………………………………………………　7
　秋思 …………………………………………………　7
　卜築 …………………………………………………　7
　秋夜 …………………………………………………　7
　即事 …………………………………………………　8
　玉簪花 ………………………………………………　8
　登柳山上有飛來石 …………………………………　8
　全陽署中 ……………………………………………　8
　登湘山 ………………………………………………　9
　行役 …………………………………………………　9
　感遇 …………………………………………………　9
　謁堯山祠 ……………………………………………　9

1

夜宿署中 …… 10
方巖五首 …… 10
象所望西山 …… 11
康陵陪祀 …… 12
書西署明刑册四首 …… 12
過釣臺 …… 13
題思成先德卷 …… 13
題椿景永懷册 …… 13
廬墓 …… 14

七言古體 …… 14

登妙明塔 …… 14
名將行 …… 14
夷門行二首 …… 14
題馬鵷野還吾丘壑卷 …… 15
赤城行贈王恒叔 …… 15
清湘歌送饒侍御歸南昌 …… 16
碧雲洞歌 …… 16
織錦篇 …… 17
方巖賽神歌 …… 17
陽春行送范晞陽憲伯之任浙江海道 …… 18
燕山歌 …… 18
白雲歌送黃化之 …… 19
四宜園歌送南龍年兄 …… 19
秋思 …… 19
書王見庵太宜人册 …… 20
贈楊景華尊翁 …… 20
送江纘石視獄關外并迎養太夫人 …… 20

送馮柱明視獄江南 …… 21
　送閻成吾視獄江南 …… 21
　棗林 …… 21
　送黃伯己 …… 22
　晚春歌 …… 22
　傭無歸 …… 22
　題蔡隱君卷 …… 23
　三老歌 …… 23
　送劉養恬乞假襄事歸閩 …… 23
　書李含之椿萱並茂册 …… 24
　集古 …… 24
　君莫歌 …… 25

七言排律 …… 25
　題刑十二韻 …… 25
　安鄉見水災有感 …… 25
　賦得夾道槐 …… 26

程正誼集卷之二 …… 27
五言律 …… 27
　古意 …… 27
　遼左奏捷進駱駝 …… 27
　與楊景華 …… 27
　八陣圖 …… 27
　和劉中丞平莽凱旋游青華洞八首 …… 27
　王恒叔以諫議大夫出試蜀多士未幾擢參蜀藩余亦偶補蜀憲
　　且喜並轡天涯而恒叔尋調粵余入蜀閱月則亦報移粵藩與
　　恒叔同舍相見歡甚爲我賦一律用韻答之六首 …… 29

書李紹亭發祥本源圖 ……………………………………………… 30
　　代馮源泉書向生卷 ………………………………………………… 30
五言排律
　　武侯祠 ……………………………………………………………… 30
　　過六十弟偶成 ……………………………………………………… 30
　　送趙蒙泉 …………………………………………………………… 30
七言律
　　登黃鶴樓 …………………………………………………………… 31
　　登岳陽樓 …………………………………………………………… 31
　　登赤壁 ……………………………………………………………… 31
　　游衡嶽 ……………………………………………………………… 31
　　南嶽廟 ……………………………………………………………… 31
　　半山寺_{見月升東海} ………………………………………………… 32
　　湘山寺 ……………………………………………………………… 32
　　丹霞寺 ……………………………………………………………… 32
　　高臺寺_{即觀音巖} …………………………………………………… 32
　　祝融峰 ……………………………………………………………… 32
　　會仙橋 ……………………………………………………………… 33
　　福巖寺_{前對金簡峰後爲鄴侯祠} …………………………………… 33
　　湘南寺 ……………………………………………………………… 33
　　過華容 ……………………………………………………………… 33
　　湧泉亭次張九山韻二首 …………………………………………… 33
　　游華藏憶張徐二公用韻寄李紹亭 ………………………………… 34
　　甘直指招飲雁峰寺 ………………………………………………… 34
　　游獅子泉 …………………………………………………………… 34
　　游湘源三臺一鑑亭并觀龍舟 ……………………………………… 34
　　謁沔縣武侯祠用東霍韻 …………………………………………… 34

望五丈原用東霍韻	35
謁少陵祠	35
李太史邀飲蔣園用韻奉答二首	35
興安署中	35
皇上奉兩宮觀花東園二首	35
和劉司馬紀慶雲韻二首	36
和劉司馬原鵲喜韻	36
行部感時事用韻	37
贈李一崑懷素二隱君	37
書李懷素一崑二像圖册	37
書曉泉壽册	37
書向生醫名上國卷	37
送李本寧太史之任浙江觀察使二首	37
送李鵬岳學憲之任山東并歸省二首	38
送周用吾請告歸洪都二首	38
送范晞陽公祖之任浙中二首	39
送王成宇憲長擢江右并歸省臨安二首	39
送陳虛舟入賀二首	39
送沈箕仲憲伯之任秦中	40
送王念野學憲升任赴洪都	40
送范大參賚捧行二首	40
送蔡拱朋賚捧并歸省溫陵二首	40
送陳任庵奉使關内便道歸焚黄	41
送黄化之慮囚關内并歸省江南	41
送蕭觀復視關内獄便歸江南	41
送周心鑑視江北獄并歸受室	41
送陳比部之任南陵	41

送余四泉之任濟南	42
送張望湖出守保定	42
送唐中廓謫判淮鹺	42
贈王熙宇翁母六十同壽	42
贈蔡拱朋翁母齊壽八十	42
用韻送李敏庵二首	43
治酌延賓有約二弟臨時不赴用韻嘲之	43
五峰瀑布	43
五峰雪霽為諸生時作	43
書周右華壽册	43
挽吳悅夫	44
余與寧鄉令雲浦陳君按事辰州迴宿臨江驛談兵談玄	44
安鄉遇沈小霞感乃翁事	44
施工部留飲于荆南分署書此贈之	44
和毛東塘咏潭州公署老桂	44
提刑廳偶成二首	45
送艾熙亭奉差關外便道歸省	45
和王積齋韻送張含宇	45
贈黃聞溪尊翁六十	45
送方斗華視獄江北	45
題施嶼南東闈校藝册	46
順孫弟謫京兆幕余往訪之相携為滿井之游中途雷雨大作紀興	46
送鄒應曜歸雲夢	46
游澂海	46
送梅司訓升曲阜諭	46
戲筆迴文	47

  用韻答道樹上人 …… 47

補遺 …… 47

  贈寶峰壽七十 …… 47

  挽景屏翁 …… 47

  贈仰橋子儒隱士幽居一律 …… 47

  失題 …… 48

七言絕句 …… 48

  竹枝詞 …… 48

  塞下曲 三首 …… 48

  夜登祝融峰觀日出 四首 …… 49

  登太華三峰 …… 49

  全陽觀龍舟 四首 …… 49

  華藏寺 二首 …… 50

  北上道中 …… 50

  有懷 …… 50

  利國早行 二首 …… 50

  呈貢署中 …… 51

  過洞庭 …… 51

  白沙驛 …… 51

  懷蜀十二首 …… 51

  白雲署 …… 53

  壽山覆釜峰 …… 53

  桃花峰 …… 53

  龍湫 …… 53

  書吳生卷 …… 53

  示兒 …… 53

程正誼集卷之三
記 ………………………………………………… 54
  游五嶽記 ……………………………………… 54
  前入蜀記 ……………………………………… 59
  後入蜀記 ……………………………………… 63
  撫治西南夷記 ………………………………… 66
  愛日軒記 ……………………………………… 70

程正誼集卷之四
記序 ………………………………………………… 72
  朱惟成公祀田記 ……………………………… 72
  文山祖塋記 …………………………………… 73
  永康縣學教思碑序 …………………………… 75
  盧新庵小集序 ………………………………… 76
  贈王帶水公祖升浙觀察副使詩册序 ………… 78
  奏雅篇序 ……………………………………… 79
  芸窗賦事序 …………………………………… 80
  贈南龍徐年丈七秩序 ………………………… 81
  厚塘吳氏家乘序 ……………………………… 82
  白翁吟稿序 …………………………………… 84
  送徐慕皋司訓滎序 …………………………… 85
  送朱守適司訓常州序 ………………………… 86

補遺 ………………………………………………… 87
  胡堰胡氏宗祠記 ……………………………… 87
  重修倪氏祠堂記 ……………………………… 87
  越國公祠記 …………………………………… 88
  臨川吕氏墓記 ………………………………… 90
  玄暢樓序 ……………………………………… 90

清渭橋記 …… 91
　　賀東溪范翁七十壽序 …… 92
　　壽方塘陳翁七袠詩引 …… 93
　　壽南塘陳先生七秩序 …… 94
　　徐文言公八旬壽 …… 95
　　明銓元少湖盧公竣考如京師序 …… 96
　　高川樓氏重修家乘序 …… 97
　　華溪姚氏重修宗譜序 …… 98
　　東街胡氏續修宗譜序 …… 99
　　太平呂氏宗譜序 …… 99
　　武平李氏重修宗譜序 …… 101
　　重修王氏家譜序 …… 101
　　三修東山傅氏重修譜序 …… 102
　　華溪截角徐氏續修宗譜合第序 …… 103
　　清渭馬氏家譜舊序 …… 104
　　清渭何氏家譜序 …… 105
　　青山董氏宗譜序 …… 106
　　重修游川周氏譜序 …… 106
　　指山盧氏續修宗譜序 …… 108
　　柏石陳氏宗譜序 …… 108
　　應氏宗譜跋 …… 109
　　重修五雲趙氏宗譜後跋 …… 110
　　程氏譜例 …… 111

程正誼集卷之五 …… 113
傳誌 …… 113
　　待贈定陵劉公傳 …… 113
　　松石程公傳 …… 114

少原吴公傳 ………………………………………………… 116
應古麓公傳 ………………………………………………… 117
應母孫安人傳 ……………………………………………… 119
封宜人周母陳氏墓誌銘 …………………………………… 120
明處士杜公暨配郭孺人合葬墓誌銘 ……………………… 122
贈通奉大夫四川布政司左布政使先考方峰公行狀 ……… 124
贈太夫人先母孫氏行狀 …………………………………… 128

補遺 ………………………………………………………… 129

贈華溪朱隱翁傳 …………………………………………… 129
北山朱先生傳 ……………………………………………… 130
處士天芳林公傳 …………………………………………… 131
處士東谷傳 ………………………………………………… 132
南泉翁傳 …………………………………………………… 132
白峰公傳 …………………………………………………… 133
少泉公傳 …………………………………………………… 135
景屏公傳 …………………………………………………… 136
屏山安人朱氏傳 …………………………………………… 137
旌表朱節婦傳 ……………………………………………… 139
臨川呂公像贊 ……………………………………………… 140
周母安人胡氏墓誌銘 ……………………………………… 140
池母周安人墓誌銘 ………………………………………… 141
明故處士舜之周君墓碣銘 ………………………………… 142
漸夫松坡吕君行狀 ………………………………………… 143

程正誼集卷之六 …………………………………………… 146

疏書 ………………………………………………………… 146

陳情引罪懇宥寮官疏 ……………………………………… 146
復喬聚所府丞書 …………………………………………… 147

答貴州撫院江念所書 …… 148
與準臺趙使君書 …… 148
又 …… 149
復來希庵憲副書 …… 149
答李旭山中丞問蜀事機宜書 …… 150
與譚岳南中丞書 …… 152
又 …… 153
與李霖寰制府書 …… 153
又 …… 153
與張還樸大參書 …… 154
與顧悦庵憲副書 …… 155
又 …… 155
又 …… 155
又 …… 156
答徐石樓方伯書 …… 156
與劉右川方伯書 …… 157
又 …… 157
與范晞陽公祖書 …… 158
又 …… 158
與莫荆泉憲副書 …… 158
又 …… 159

程正誼集卷之七 …… 160
書 …… 160
候王荆石相公書 …… 160
與許少薇京兆書 …… 160
與來希庵書 …… 161
復來希庵書 …… 161

又	162
與徐韋庵書	162
又	163
又	163
又	164
與王壽軒書	164
與趙新盤方伯書	165
與應宏齋方伯書	165
與范晞陽觀察書	165
與周二魯書	166
與徐南龍年兄書	166
與高宜庵書	167
與熊永康書	167
與郭清宇書	168
與劉肖華年兄書	168
與劉孔源書	169
與史緯占書	169
與房參戎書	170
與重慶張太守劄	170
與周用吾書	170
與房游擊書	171
與張參戎書	171
與莫荊泉書	171
與趙寧宇司空書	172
舉李翼庵書	172

程正誼集卷之八 174

議 174

　　四川徵採始議 174

四川徵採二議 …………………………………… 175
　　四川徵採三議 …………………………………… 176
　　設兵防守綦江合江及救援偏橋議 ……………… 179
　　復川東道免赴偏橋應援議 ……………………… 180
　　調游擊房嘉寵守川東議 ………………………… 181
　　停免貴州調川東兵議 …………………………… 182
　　請調山東銃手議 ………………………………… 184
　　禁諭播酋爭木議 ………………………………… 185
　　酌用將官及發大木銀兩議 ……………………… 186
　　請將木夫折銀具本題知議 ……………………… 187

程正誼集卷之九 …………………………………… 188
說 ……………………………………………………… 188
　　四川土司總圖說 ………………………………… 188
　　松潘圖說 ………………………………………… 189
　　龍安府圖說 ……………………………………… 191
　　播州宣慰司圖說 ………………………………… 192
　　黎州安撫司說 …………………………………… 193
　　越巂衛說 ………………………………………… 194
　　建昌衛說 ………………………………………… 195
　　鹽井衛說 ………………………………………… 196
　　馬湖府說 ………………………………………… 197
　　建武鎮說 ………………………………………… 198
　　酉陽宣撫司說 …………………………………… 198
　　石砫宣撫司說 …………………………………… 199

程正誼集卷之十 …………………………………… 200
雜紀 …………………………………………………… 200
　　嚴嵩殺沈鍊始末 ………………………………… 200

13

播州用兵大略 …………………………………… 203
　　羅雄州用兵大略 …………………………………… 207
　　耿御史保全三賢事 ………………………………… 212
補遺 ………………………………………………………… 214
　　程氏宗祠楹聯 ……………………………………… 214
　　大京兆第 …………………………………………… 214
附録一 ……………………………………………………… 215
　　四川布政使司左布政使程正誼並妻夫人誥命 … 215
　　順天府府尹贈通議大夫程正誼誥命 …………… 216
　　湖廣武昌府推官程正誼並妻孺人敕命 ………… 216
　　刑部江西清吏司主事程正誼並妻安人敕命 …… 217
　　刑部郎中山東審録程正誼敕諭 ………………… 217
　　刑部雲南清吏司郎中程正誼併妻宜人誥命 …… 218
　　雲南按察司副使備兵臨安程正誼敕諭 ………… 219
附録二 ……………………………………………………… 220
　　大京兆程公居左先生傳 …………………〔明〕韓　敬 220
　　程正誼事略 ………………………………………… 223
　　賀程居左鄉試捷 …………………………〔明〕胡淡窗 224
　　贈居左程公擢參知西粵序 ………………〔明〕陳文焕 224
　　贈大方岳居左程公入覲序 ………………〔明〕黄廷寶 225
　　贈左伯程居翁秩滿膺封序 ………………〔明〕范晞陽 226
　　賀左伯程居翁遷京尹序 …………………〔明〕李維楨 227
　　賀左伯程居翁陟順天序 …………………〔明〕沈季文 229
　　答左伯程居翁惠扇 ………………………〔明〕沈一貫 230
　　答程左伯居公 ……………………………〔明〕趙　准 230
　　答程京兆居翁 ……………………………〔明〕徐石樓 231

| 柬程京兆居翁 ············· 〔明〕李維禎 231
| **錦水仙舟** ·························· 231
| 《錦水仙舟》卷引首 ············ 〔明〕史㫃賢 231
| 題《錦水仙舟》 ······· 〔明〕屬吏張璇湖廣華陽知縣 232
| 錦水仙舟七言律 ········ 〔明〕同安蔡守愚副使 232

程子桴言

| **前言** ······························· 程朱昌 237
| **叙** ······································· 239
| **本傳** ······················· 〔明〕徐昇騰 241
| **私述** ································· 243
| **程子桴言卷之一** ························ 245
| 造化 ································· 245
| 律元 ································· 247
| 律氣 ································· 250
| 原曆 ································· 254
| 隼刻 ································· 258
| 改火 ································· 259
| **程子桴言卷之二** ························ 261
| 日食 ································· 261
| 夜明 ································· 262
| 霜文 ································· 262
| 冰文 ································· 263
| 雹異 ································· 263
| 蟏蛸 ································· 264
| 嫦娥 ································· 265

牛女 ………………………………………………… 265

水性 ………………………………………………… 267

潮信 ………………………………………………… 267

山異 ………………………………………………… 268

人生 ………………………………………………… 269

氏族 ………………………………………………… 271

宗法 ………………………………………………… 273

四禮 ………………………………………………… 274

師服 ………………………………………………… 277

官制 ………………………………………………… 278

官數 ………………………………………………… 279

舜出井辯 …………………………………………… 280

伊尹生於空桑辯 …………………………………… 280

太王翦商辯 ………………………………………… 281

孔子仕周辯 ………………………………………… 282

西施 ………………………………………………… 283

蔡琰入胡辯 ………………………………………… 284

程子樗言卷之三 ……………………………… 285

三易 ………………………………………………… 285

尚書 ………………………………………………… 286

詩序 ………………………………………………… 287

三傳 ………………………………………………… 287

儀禮 ………………………………………………… 288

石經大學 …………………………………………… 288

論語 ………………………………………………… 292

汲冢竹書 …………………………………………… 292

鬻子 ………………………………………………… 293

陰符經	294
鬼谷子	295
鶡冠子	295
司馬法	296
參同契	296
元包	297
中説	297
正易心法	298
潛虛	299
洞歷	299
越絶書	299
漢晉春秋	300
史通	300
諸皋記	301
天咫	302
緯書	302
讖書	303
石經	303
藏書	304
書難	308
佛經	314
沈韻	315
造書	316
章草	317
飛白	317
臨摹	318
花押	319

程子樗言卷之四 …… 320

　道家源流 …… 320

　浮屠宗派 …… 321

　無鬼説 …… 323

　神像 …… 325

　卜筮 …… 325

　拘忌 …… 326

　陽九百六 …… 326

　束脩 …… 327

　冠 …… 328

　又 …… 330

　屨 …… 331

　履化 …… 333

　筆 …… 333

　墨 …… 334

　紙 …… 336

　硯 …… 337

　紙錢 …… 339

　俗語有本 …… 340

　鳥語獸言 …… 340

　犂牛 …… 341

　牛耕 …… 342

　羞 …… 343

　鸕鷀 …… 343

　螟蛉 …… 344

　異魚 …… 344

　子産壞晋館垣 襄公三十有一年 …… 345

程 正 誼 集

前　言

《程正誼集》，原名《宸華堂集》，先祖永邑程氏十世祖正誼公之所作也。正誼字叔明，號居左。登明隆慶五年進士，初任武昌府推官，陞刑部主事，後歷任河南按察使，山東右布政使，四川左布政使，順天府尹。勤於職事，爲官清廉，時人交譽不置。後歸鄉里，講學五峰林下。公秉承其先父方峰公之志，學有淵源，精研六經，著文吟詠亦務歸於正。其集凡十卷，卷一爲五、七言古體，七言排律，卷二爲五、七言律，五言排律，七言絶句，卷三、卷四爲記、序，卷五爲傳、墓銘、行狀，卷六、七爲書，卷八爲奏議，卷九爲説，卷十爲雜紀。"宸華"者，本方峰公樂道之所，集所以名"宸華"者，蓋不忘父德也。

集前有明萬曆二十七年史旌賢序，稱其文自成一家，"蒼然其色，若垂紳而正笏也者，其品格之端亮似之；鏗然其音，若刻羽而引商也者，其治才之條理似之；夷然澹然，拔乎波流茅靡之表，若飲露而餐霞也者，其人之磊落似之"云，信非溢譽之辭。公喜詩詠，至老不衰，靜穆幽深，詞雅意遠，如《示兒》詩："昨日春風又晚秋，韶光飛度那能留。後生莫道青春富，多少英雄空白頭。"可與放翁比侔也。尤擅長弔古懷舊之作，如《康陵陪祀》、《過釣臺》、《八陣圖》等，皆鏗鏘有金石聲。卷三游記：《游五嶽記》、《前入蜀記》、《後入蜀記》、《撫治西南夷記》，蓋爲其游宦所歷者也。《游五嶽記》稱"中原有武當，即無恒山可也"，然後備記遊武當始末。其記紫霄宮之壯麗云："宮在峻嶺之巔，殿廷稍次靖樂，一殿一級，以漸而高，畫棟朱甍，迥出雲霄之上，早晚見煙霞縹緲,禽鳥間關,非復人間境界"云,語簡而意長,讀之如臨其勝境。其餘三記,亦皆臻此妙。又如卷十雜記四篇:《嚴嵩殺沈鍊始末》、《播州用兵大略》、《羅雄州用兵大略》、《耿御史保全三賢事》等,皆其身所經歷事也,甚有史料價值。若述沈鍊父子遭嚴嵩及其黨羽陷害之寃獄,至沈襄幾度罹難、幾度脱險,情節委曲,所涉人事,大小不捐,末又稱"與襄同官十年,晨昏相與,止見其舒容愉色,未見其蹙額攢眉。蓋襄於死中得生,世情看破,心無繫累,品格自殊。觀其棄二千石之官有如草芥,而甘心農畝以濟餘生之不足,其爲人亦奇"云。此蓋史評也,先公識見自高,非等倫所比也。其餘三篇,亦皆類此,且補史載所未備,可資研討明代隆、萬間歷史者蓋夥頤。

　　此集華釜山房刻於明萬曆二十七年己亥(一五九九),然僅上海圖書館殘存二卷(卷三、卷十),蓋散佚久矣。清光緒四年戊寅(一八七八)又重鋟,與明刻文字互有歧異。我曾以清刻爲底本,復據明刻殘本對校,并增入歷年所見程正誼佚作三十九篇,又末增附録,附録一收録誥命、敕諭,附録二收録先公友朋贈答酬唱之作以及傳記等,共二十二篇易名爲"程正誼集",於二〇一二年由上海古籍出版社出版。今有幸納入永康市文化工程——《永康文獻叢書》出版,再增入新搜集到的佚詩佚文十一篇,連同上次所增,共增收佚作五十篇,或於研究先公不無參徵之助云爾。余輩不敏,學無所統,思慮未周,或有舛訛之處,幸博雅君子是正焉。

癸卯仲春日,程朱昌識

宬華堂集序

　　程叔明先生《宬華堂集》，刻於華釜山房。集既成，以諗於不佞。夫是集也，胡以名爲"宬華"？張子曰："志思也。是公先大夫方峰先生樂道之所也。公副墨貯於斯堂，殆庶幾羹墻之見，以孝思訓耶。"余受而卒業，則慕甚。夫叔明先生者，余知之矣。日先生備橐於滇，余晚亦分橐於浙，得執鞭，慰忻慕焉。戊戌，余入蜀，則先生爲左伯，總蜀藩。蜀故天府，一切徵輸視他藩倍蓰。而是時蜀益多故。上徵材旁午，梗楠杞梓蔽江，而達於燕；而又(勤)〔敕〕中使榷稅於市，鑄金於山，亡命子相緣爲奸利，夷播遂有戎心，日仰給於藩帑，若司徒、司馬、司空身兼數器矣。不佞從旁頭岑岑，而先生咄嗟應之。大者斧斷，細者櫛比，急者電驟，緩者燭照，悉片言而辦，條理森然。堂皇臨群吏，正色凛凛，螫剔弊蠧，城社不鋤而滅。質明而受事，日中考政，日夕而罷，與藩臬諸大夫治具高會，賦詩譚奕，漏下數十刻以爲常，余未嘗不爽然自失也。蓋其人方嚴端亮，磊落不群，而才優繁劇，世罕比者。余觀於斯集，乃知文章之道與政通也。夫言者心之聲也，出之情而發之天倪者也。文人學子沾沾爲韻言，而不知有周盛時，途謳巷吟皆風也；初唐、盛唐，奉有蓍蔡，而不知漢魏精微，源遠流長。其選也，先生不沾沾文人學子之好，而取裁漢魏，勒成一家言。蒼然其色，若垂紳而正笏也者，其品格之端亮似之；鏗然其音，若刻羽而引商也者，其治才之條理似之；夷然澹然，拔乎波流茅靡之表，若飲露而餐霞也者，其人之磊落似之，是出之情而發之天倪者也。故曰：文章之道與政通也。張子憮然曰:"不穀之刻公集,以文若詩也,而不知其通於政也。若夫一佔俾而不忘父母,又著作之大者乎。斯堂而有斯集也,即與晉公之'綠野'、魏公之'畫錦'同不朽可也。"余深有味乎其言。

萬曆二十七年己亥十月朔日,洱上史旌賢廷徵甫

程正誼集卷之一

五言古體

秋思

海雁鳴秋空，感此時光邁。林卧瞻太清，胡爲長興慨。羲皇不可作，淳風日以潰。波濤起滄溟，白日常陰晦。哀此狂瀾倒，砥砫竟誰在？寂寞雲山空，吾心已如塊。不入紛華場，聊得免狂誖。功名其已矣，留此心不憒。巍巍三代英，仲尼未之逮。悠悠吾何思，晚霞鮮可佩。及早入深山，長從赤松輩。

卜築

世業久飄零，田廬無所遺。卜地近青山，築室臨水湄。妻孥饋壺漿，力役驅群兒。棟高可踴尋，前檐勝于眉。門庭方丈開，賓客不嫌卑。豈不重華屋，富貴未有期。興廢在兒孫，何以高堂爲。況復寒素儒，茆屋自相宜。屋後栽長松，門前織短籬。籬邊新菊黃，幽逕仍逶迤。高秋鳴玄蟬，夏月囀黃鸝。客來箕踞坐，嘯長倒金卮。草莽吾所性，不羨白玉墀。乾坤總逆旅，金闕還幾時。

秋夜

夜月臨前池，愛此蕭疏竹。清波搖蟾影，冷冷如可掬。知心有明月,虛堂豈云獨？寒花庭際香,孤鶴籬邊宿。懶飲穆生酒,寧賣君平卜。馮道終身愚,顏子不遠復。風波良可畏,世事多返覆。可憐夢不醒,黃粱久已熟。

即事

行行出林谷,漠漠郊原水。野田飛白鷺,風和春作起。草長牛犢肥,家家持耒耜。我亦命諸兒,播種江之涘。農事貴及時,力勤稼自美。去年不備旱,田禾盡枯死。及早修陂塘,轉盼當耘耔。但得收成好,一家有所恃。小兒能荷篠,大兒能負耒。牧笛吹暮烟,晚風飄芳芷。望望歸山郭,柴門烏鵲喜。

玉簪花

有草生幽庭,繁葉映階綠。花光宜秋色,森然叢白玉。自憐素英美,却厭紅妝俗。曉露既可滋,秋暘亦可曝。寧老寒塘隅,不入萬花谷。

登柳山 上有飛來石

攬轡城東門,遥望柳公臺。曉霧迷松林,隱隱南山隈。曲逕既縈迂,高崖亦崔嵬。攬衣登其巔,縱目何快哉。江水東南奔,粵山天際迴。清流繞前檻,怪石亦飛來。主人意清絕,樽向楚天開。池多玳瑁魚,霞傾琥珀杯。日落客已酣,長嘯倒金罍。百年渾一息,樂事能幾回。請看柳公石,秋雨浸苺苔。

全陽署中

空山連百粵,夜夜杜鵑聲。凄惻羈旅懷,終宵寐不成。鷄鳴更漏急,起向明星立。長嘆不自禁,憂煎如欲泣。梅福行飄飄,陶令懶折腰。微名非所戀,輕舉凌雲霄。而我何為者,奔走風塵下。吏事碎我心,言笑相知寡。悠然起遐思,韶光能幾時。及早尋芳去,莫待凉風吹。

登湘山

杖策游湘山，山空雲滿岫。幽邃杳然入，上有長松覆。山下見古塔，崆峒坐一偶。借問此爲誰，佛名無量壽。演法度衆生，化身謁太守。緇氂拾萬人，禪宗憑指授。欲登無色界，厭此皮囊大。一朝出神去，空遺枯骨瘦。迄今千餘年，殊方爭奔走。去歲發靈光，佛骨化白晝。衆僧收其灰，妝偶渾如舊。吁嗟天壤間，大道誰能究。釋氏何爲者，談空空亦謬。身死有遺蛻，大虛增一垢。可憐骨已灰，猶苦香烟透。所以古聖人，知命能順受。不有象帝先，不墮溟涬後。悠悠返其真，吾身付宇宙。豈不畏劫風，乾坤總一漚。

行　役

策馬過昭潭，山空聞啼鴂。落花滿幽邃，感此芳菲歇。半生渾一夢，馳光何飄忽。昨日髮覆眉，今朝半成雪。可惜馬蹄穿，還憐劍鋒缺。世途行欲盡，勳名猶未立。黃河幾時清，浮雲總易沒。奈何疲精神，艱關事行役。天目齊白雲，赤城照海日。中有萬仞巔，安期曾築室。吾當從之游，問彼煉藥訣。

感　遇

冥鴻畏彈射，翩翩雲外游。不入百鳥群，無樂亦無憂。紛紛野田雀，終日稻粱謀。多欲不知機，虞羅乃自投。物理何彰著，英豪多淺謀。黃犬歎東門，綠珠成釁讐。所以賢達士，澹然無所求。五湖泛鴟夷，東陵隱故侯。遐蹤不可扳，千古稱風流。吾今何適矣，白雲滿滄洲。

謁堯山祠

行行望遠岫，堯山何崔嵬。攬衣登其巔，萬里蠻烟開。俯瞰九疑山，遠眺軒轅臺。二女英皇墓，隱隱君山隈。吊古問往事，拂拂清風來。章服留遺像,荒祠依草萊。高松巢野鸛,舊碣蝕蒼苔。曦日自光曜,慶雲空往迴。康衢歌已矣,神堯安在哉?世事總悠悠,萬古一塵埃。沉吟瞻拜餘,日落猿聲哀。

夜宿署中

畫省秋如水,蕭然涼欲侵。露華泛明月,夜氣浮空林。夢冷鶴來伴,更長蛩自吟。庭花宿寒影。雲磬度清音。展轉不成寐,淒涼動我心。披衣待殘漏,銀漢欲西沉。

方巖五首

灝氣鎔元精,海岳毓靈胎。拔地一峰起,衆山羅崔嵬。屹屹華山高,杳杳盤谷隈。阡陌無桑麻,臥榻即蓬萊。萬古暝烟月,造物何心哉。鳥道縈清虛,雲際天門開。倚欄發長嘯,千里涼風來。我時汗漫游,仗策登高臺。笙歌踏相從,還進流霞杯。不孤攬轡行,五老相徘徊。醉來仰天呼,高秋萬壑雷。真境在霄漢,永遠無塵埃。蝶夢入靈山,至人意所猜。況復適吾情,劉阮有天台。

其 二

東海多名山,處處有奇峰。雁宕與天台,朶朶玉芙蓉。何如方巖奇,壁立訝鬼工。四方如削成,嵯峨陵蒼穹。憶昔上古時,真境閉鴻濛。不孤飛舄去,始與人世通。人世一隙通,奇哉造化功。危橋駕青冥,白日飛長虹。潛蛟倏忽起,雲漢蟠蒼龍。蒼龍抱靈光,晝夜常融融。以此胡生來,煉藥於其中。左熟覆釜丹,右植桃花紅。見我引手招,奇哉有仙風。就之忽不見,縹緲雲山空。

其 三

大地皆人境,此山自一天。絕頂瑤池開,中有太華蓮。草木無春秋,樓臺結雲烟。胡公生何時,儒流乃成仙。須臾化神人,白馬來飲泉。泉乾賊乃遁,馬行仍翩躚。赫赫冥佑功,蒼生賴保全。胡公飛升去,至今已千年。四方奔走之,不知爲昔賢。今有抱一子,煉養得真詮。床頭無道經,金鼎有丹鉛。胡公呼之來,與爾同打眠。山空秋月明,相見兩熹然。

其 四

遲哉抱一子,所適在滄洲。結屋華釜間,松蘿翳清流。澹澹煙霞身,依依鷗鳥儔。冥心契大道,白雲共悠悠。一日透玄關,蓬萊問丹丘。足跡徧滄溟,愛此雲壑幽。恍忽夢胡公,招與同遨游。忻然往從之,懸榻萬峰頭。下不近塵埃,上不干斗牛。麋鹿爭趨蹌,山雲爲我留。吁嗟抱一子,白髮長颼颼。生有雲水癖,而無身外謀。名山可棲真,聊以度春秋。胡公何如人,千載共冥搜。

其 五

渺渺方峰巔,秋空高萬里。孤鴻天際來,猿聲殘照裏。憶昔抱一翁,到此心獨喜。因設希夷榻,冥卧觀無始。饑餐峰畔芝,渴飲峰前水。朝出曙霞明,暮歸烟月紫。山靈喜欲狂,良朋今至只。玉女獻壺漿,金童執鞭弭。仙樂錯笙竽,瑤草媚蘭芷。永結千載盟,願言同不死。一翁感此意,相歡惟唯唯。倏忽曙光發,天際千峰美。

象所望西山

象所古僧舍,春日何幽閑。市遠無塵嚚,門外見西山。西山高何許,矗矗青雲間。殘照蠻巓明,孤鴻天際還。嶙峋逼參鬼,望之不可攀。東南俯滄溟,西北連朵顔。古今形勝地,戎馬多艱關。年來烽烟靜,山青雲亦閑。追思舊盧龍,令人淚欲潸。吁嗟往事隨落暉,西山流水自潺湲。

康陵陪祀

雖有丹青手，難繪燕山容。蟠踞真雄壯，飛騰何錯縱。嵯峨團碧落，葱翠列芙蓉。尊崇開帝極，遠近自朝宗。今古山靈秘，乾坤王氣鍾。諸陵環自向，九廟踏相從。神道迷千徑，山雲深萬重。巔巒縈翠靄，天日隔青松。華表空中起，龍城雲外封。楹甍依絶壑，臺殿鎖層峰。霜露年年肅，蒸嘗歲歲供。三公司俎豆，九奏雜笙鏞。瑶壇玄酒潔，玉殿寶香濃。陵寢忻重到，明禋喜再逢。朝廷明大孝，臣子竭微悰。夜靜幽靈格，天高清露溶。歸途堪賞翫，山月正朦朧。

書西署明刑册四首

英賢四海集，濟濟白雲司。何當輦轂地，艱難獨在兹。强梁磔于蝟，紛糾亂于絲。自非明哲者，誰能辨雄雌。所以日競競，憂勞無已時。

其 二

無心理殘簡，所理在刑章。寒暑疲精神，非以眩所長。要使熙明法，照如日月光。九陔皇澤流，四海民不傷。含兹殷勤意，悠悠孰與詳。

其 三

秋臺何所事，民命寄于斯。成湯寬網地，神禹下車時。聖主何爲者，吾儕庸不思。競業惟三尺。簡孚在五詞。宸衷方隱惻，那得恤吾私。

其 四

昧爽入鳩署，悲號滿前楹。見之傷我心，經旬獄不成。斷者不可續,死者不可生。一命未足惜。廷尉天下平。但使民無冤,豈必千載名。

過釣臺

布衣有知己,但識漢王孫。吾道在雲山,何知萬乘尊。客星干天象,四海咸驚奔。終古激清風,顯晦何足論。赤符久銷歇,釣石此猶存。清廟松楸古,高臺題咏繁。山靈護林谷,野鳥不呼喧。千載憶高士,過茲久停軒。徘徊雲海暮,感慨寂無言。

題思成先德卷

長淮抱帝服,海嶽獨鍾靈。昔日此飛龍,豪賢羅衆星。誰知有隱德,蘭蕙更芳馨。高風激頹俗,厚德遺家庭。兄弟恩情篤,弟亡如割肉。涕泣撫其孤,劬勞為鞠育。三兒顧復稀,孤也甘飴足。夫婦同拮据,皇天照心曲。惟公意獨長,孤存弟不亡。自是淳心古,何思令譽彰。精誠移造化,純意格穹蒼。瓜瓞從孤衍,箕裘乃發祥。惟茲司馬公,實為孤也子。赫赫名世才,巍巍天下士。文章追昔賢,節鉞清南紀。忠竭臣節高,功成天子喜。嗟嗟隱德君,節俠未前聞。昔重存孤義,今遺司馬勳。孫謀同燕翼,千載揚清芬。司馬孝天植,思君撫摩力。深恩父未酬,圖報惟吾職。有日奏明庭,寵光來上國。四方歌頌興,燁燁光潛德。感此重嗟吁,今人古不如。四海且同胞,子姪夫何殊。憐茲大道隱,骨肉委路衢。矯矯返頹波,昭哉偉丈夫。作歌鐫金石,終古曜寰區。

題椿景永懷册

仁者不必貴,賢者不必壽。昔人有此言,蒼天豈亦謬。哲士容何心,所尚在不朽。吾聞傅巖子,壯志干斗牛。墳典窮古今,英豪託詩酒。俛仰天壤間,事業渾唾手。奈何賢達士,遭逢偏不偶。三年困邑令,孤介還蒙詬。修能屈短晷,年不躋壽考。天道佑善人,胡爲君獨否。吁嗟傅巖子,彼蒼不爾負。困苦在生前,功名在身後。爾昔令臨漳,清貧如五柳。至今有遺思,芳名滿人口。箕裘況有托,家聲能世守。吾身留有餘,事業更悠久。世上滔滔者,幾能出君右。我觀《椿景》篇,知君已不朽。

廬　墓

寒燈照空寂,淒然聞夜烏。哀哀父母思,孑孑衰殘軀。感此天地老,因知萬有無。澄慮觀此身,恍忽見真吾。惺惺獨照地,悠悠大道俱。天心懸秋月,海底漾明珠。真境在眼前,何必問蓬壺。塵世總成幻,神仙事本誣。知化爲聖人,貪生乃癡愚。吾心不死矣,何憂歲月徂。

七言古體

登妙明塔

褰衣登妙明,縹緲入空翠。悠然俯塵世,獨有春光媚。春郊臺榭對湘山,湘水東流不復還。綠竹有情遺舊恨,年年春老自生斑。

名將行

滇西名將提雙龍,身起白衣雙眼空。用兵百戰誇百勝,部曲剽捷如旋風。奮臂一呼破十萬,三山與有平夷功。高招無端身首分,髑髏贈與劉將軍。長劍利矛起杯酒,壯士含冤白日曛。帳前胡兒盡伏誅,胡姬帳裏紫羅裙。諸將有功不足數,元戎特爲奏殊勛。

夷門行二首

驅車東出夷門道,極目淒淒梁苑草。古廟荒凉離黍深,滿庭黃葉無人掃。何物伶俜七十翁，剖心激烈向秋風。紅妝義奪三秦魄，力士錘收五伯功。無策悟君能得士，全趙爭如延魏祀。驚世奇謀天佐之，英雄千古魏公子。公子祠前古樹陰，嬴宮魏闕總灰塵。只今惟有嵩山月，曾照當年國士心。

其二

颯颯涼風吹野樹，魏王城闕皆禾黍。舊跡淒涼不可尋，但遺公子停驂處。龍虎相啗競七雄，雞鳴狗盜共輸忠。梁園賓客如雲集，誰識夷門一老翁。老翁暫借關為隱，不學偷生關令尹。捐軀可解邯鄲圍，慷慨又何難一刎。壯哉烈士血痕鮮，風蕭蕭兮汴水寒。義激三軍聲魏討，衡連六國破秦堅。古今俠客那能數，死不成名亦何補。誰似夷門潦倒翁，忠肝義氣凌千古。古逕蒼茫掩綠苔，汴流東去幾時回。伯圖銷歇金錘朽，落日空餘樵牧哀。

題馬鶉野還吾丘壑卷

郢陽山水環江漢，上游形勝真堪羨。方城雲樹鬱亭亭，近接章臺見洞庭。玄嶽北凝三楚秀，蒼梧南峙九疑青。仙丘猶是羲皇境，丹壑常含海岳靈。含靈丘壑烟霞久，紫芝白鹿皆吾友。道人已結千年盟，此生誓與長相守。一自青雲生上都，道人日走長安途。紛華馳逐山靈孤，瞋我寒盟信義疏。隱秘靈光丘壑燕，吁嗟山靈寡信乎？千年丘壑當還吾，還吾丘壑再尋盟。白鹿趨蹌紫芝生，道人爐火得真訣。袖裏刀圭大藥成，好與赤松長作伴，徘徊丘壑即蓬瀛。

赤城行贈王恒叔

赤城東蟠滄海隅，天台雁蕩爭奔趨。三山會合秘靈氣，紫芝瑤草神仙居。神仙不來洞天隱，精靈鬱結鍾為儒。王郎之儒太豪俠，批鱗迫取驪龍珠。悲歌日從燕趙客，縱酒偏喜高陽徒。仰視浮雲白日晚，心中等閒萬事無。得意之時酒千石,醉墨淋漓滿江湖。嗟嗟王大夫,神仙有路蓬萊迂,長生有術不死誣。君家大藥熟鼎爐,不朽之業復何圖？爾衣一振華岳動,爾氣一嘘海水枯。五斗折吾腰,長揖何拘拘。會須直上太華三峰巔,太乙真人邀與俱揮毫。引動巨靈掌,玉女之盤操作瓠,長吟一泄天地秘,仍餘真宰還太初。

清湘歌送饒侍御歸南昌

湘江之水來百粵,夜夜清波照寒月。今宵醽醁月中傾,明日青驄江上發。一自使君持虎符,清風千里遍蒼梧。批鱗折檻千章有,要譽干名一字無。偶拂商飈思舊壑,翩翩策馬歸洪都。洪都風景圖畫裏,使君之意在山水。鄱陽波息蕙蘭馨,龍虎山深煙月美。拜相封侯未可期,銘常勒鼎還誰是。君不見滕王高閣貯繁華,綺戶珠簾照白沙。當年歌舞今何在,惟見朝雲與暮霞。又不見彭蠡神蛟埋玉井,至今鐵柱不開花。真君拔宅飛升去,空中那見真君家。神仙渺茫誰學得,富貴紛華總無益。使君看破一切境,且向烟霞暫棲息。棲息烟霞為葆真,使君不是烟霞身。一朝霖雨遍滄海,還是當年驄馬人。

碧雲洞歌

楚黔山水來滇詔,洞天往往開靈竅。昔年我向金碧游,道逢佳景頻登眺。夜郎西去普安東,一洞靈奇訝鬼工。芙蓉結翠雲霄裏,鑿開渾混成崆峒。洞門軒敞高百尺,玉作屏風錦作壁。爽曠虛明如殿堂,重門窈窕玄關窄。貪奇深入透迤來,四面玲瓏窗牖開。日月三光交掩映,烟霞五彩漫縈迴。華滋滴瀝生殊態,灝氣薰蒸凝百媚。祥雲縹緲如飛騰,物象蒼茫爭詭異。水面銀臺醉八仙,雲中雙鶴飛翩翩。十尋玉髓擎天柱,百尺金莖太華蓮。虎豹獅象競咆吼,魍魎猩猱立眼前。銀河帶星忽墮地,玉龍捲霧飛上天。霧裏玉龍錦作鱗,青睛碧爪如有神。俄驚雪浪滔天起,揚鬐鼓鬣飛長鯨。無數倭奴禿髮立,挺戈怒目自相嗔。山川海嶽成畫圖，郊圻猷猷如龍鱗。初入洞中駭且咤，眼前應接忙不暇。及觀青華與南明，瑰瑋神奇不相亞。此洞如得五丁來，搬作假山文樓下。嬉游笑傲洞中春，一刻便是千金價。吁嗟綺麗誠快心，鼓鑄雕鏤有鬼神。若是昔無今始有，便將驚死世間人。

織錦篇

月上姑蘇城，美人吹玉笙。暗把幽情訴，哀哀向月明。妾身少小拈針綫，長嫁夫君剛識面。歡娛不久去從戎，腰橫七寶芙蓉劍。自從提劍赴幽州，幾度春深南陌頭。幽州城外三春雪，鴻雁不來音信絕。朱顏憔悴減芳姿，獨坐妝樓心自悲。生怕春風驚繡幕，還愁明月照羅帷。月照羅帷不成寢，芳閨寂寞憐孤枕。水晶簾外落春花，翡翠堂前織雲錦。玉指纖纖蘭麝香，金梭裊裊碧絲長。織成花底雙蝴蝶，織成水面兩鴛鴦。蝴蝶鴛鴦相錯飛，錦紋燦爛彩雲輝。畫屏冷落孤燈夜，手剪征人戎馬衣。征人遠戍交河北，欲寄征衣淚沾臆。征衣有日著君身，妾身何時到君側。君去十年猶不歸，妾今罷却流黃機。願學莊生夢蝴蝶，從君千里雙雙飛。

方巖賽神歌

白露玄蟬應秋律，天高氣爽涼風拂。千家勝會擁雲來，五龍山下歡娛集。胡公七寶鐍行臺，流蘇熒煌金殿開。鳳笙龍管列歌吹，玉勒金鞍導騎來。金爐麟口檀煙裊，翠葆紅纓珠頂小。鱗光射日雙龍飛，萬歲金牌開八道。車馬轔轔無數多，虎豹犀象青駱駝。疊鼓鳴鉦翻婺水，長旗高斾拂星河。百里銜枚諳兵律，萬夫超距揮金戈。會龍橋上風門近，南北路途到此盡。家家賈勇爭先登，年年復讐接兵刃。一聲吼喊山谷應，萬炮齊鳴地軸震。雖是鄉閭兒戲風，勇過邊城龍虎陣。原來此事爲神香，今日翻成廝殺場。角力爭雄成近俗，喧囂鼓舞動遐方。東甌南括空閭里，八婺三衢棄耕市。縫衣緝履裹餱糧，齋心滌慮賚金貲。呼風喚雨十方人，走馬鳴鞘萬家子。觀客坐擁太行山，行人傾瀉黃河水。紛紛擾擾紅塵昏，行到飛橋相躪死。風光爛熳人荒唐，酒肆延袤千里長。吹彈歌舞喧晝夜，一國之中皆若狂。觀風使者當鰲革，況復年來多殺傷。自古宜民有張弛，八蠟之祀由先王。移風易俗須久道，化成不在速更張。褒崇典禮中多悖，胡公之靈應不昧。宋室臣子我明同，謬攸何忍尊稱帝。重檐複道殿庭開，巍峨南擁君王位。公非釋子并道流，春秋之法其何謂。冉求不救旅泰山，仲尼彈指空長嘆。胡公吾黨高明士，那得不如林放賢。

陽春行送范晞陽憲伯之任浙江海道

祝融失職灰皇宮，梗楠生蘗災靁叢。棄骸暴骨千里哭，賣妻鬻子萬家恫。范君仁慈天所賦，寒者為衣饑者哺。陰陰四野甘棠茂，融融萬壑陽春布。湛恩濊澤溢三巴，聲名頓失廉叔度。白叟黃童思慕深，家家尸祝如神明。但喜福星照井參，豈知帝眷重東溟。泥書五色下九天，市肆狂呼山澤驚。赤子何辜失所親，無策扳轅欲叩閽。吁嗟蜀人無詫異，東海長鯨方鼓翅。妖氛白日蔽天來，萬里波濤聲動地。倭奴萬艘飄忽至，東南保障何所恃。大范老子富甲兵，豈得偷安高枕睡。君不見明山麻葉寇海東，仗鉞臨戎有胡公。破堅陷陣無虛日，決策運籌樽俎中。鯨鯢殲滅京觀封，人稱我朝中興功。范公與胡同梓里，品格非胡才相擬。利劍不憂滄海鯨，雄心欲吸扶桑水。鯨宮掃蕩今伊始，開天闢地奇男子。赫赫功名照青史，何在區區博金紫。胡公之功斯下矣，吁嗟蜀人爾無憂，公之霖雨直到天西頭。

燕山歌

北出鞏華城，還渡沙河橋。橋頭佇望何所見，燕雲漠漠燕山高。燕山高，不堪說，此地曾為豹虎窟。自從石晉棄盧龍，五百年來隔天日。幸逢中國真龍飛，乾坤一洗華夷歸。人民始識衣冠俗，天地重開日月輝。祖宗創業重形勢，立國遂爲根本地。九陵山水北溟來，龍蟠虎踞鍾靈氣。雄圖奕世此興王，山河表裏固金湯。居重正當夷夏塞，上應北辰長作極。扼吭遠控威百蠻，千載王靈常赫赫。吾儕得爲盛世臣，覽今思古重傷神。覺來天地有終畢，黃葉秋風愁殺人。

白雲歌送黃化之

君是青雲客，今作白雲郎。詩成白雲篇，酒泛白雲觴。咀雲英兮吸雲液，駕雲韜兮披雲裳。墨汁淋漓白雲箋，筆端繞繚白雲光。有時神游白雲外，尋常身在白雲鄉。辭去白雲樓，樓上雲淒涼。雲程恍忽數萬里，太虛還與雲徜徉。我望白雲間，雲水何茫茫。君在白雲表，雲山何蒼蒼。燕雲夢繞虞山陽，江上雲濤正可航。早挂雲帆駕雲來，毋使雲冷白雲床。

四宜園歌送南龍年兄

邀雲留月園亭小，雕欄曲逕春來早。碧玉池塘太華蓮，琅玕竹樹金光草。幽砌深花護短籬，清風皓月四時宜。山雲爲侶塵囂絶，點易庭前花鳥嬉。花鳥嬉嬉醉草堂，白雲南繞衡山陽。蓬廬眼底乾坤小，丹鼎壺中日月長。君不見豪華自古誇金谷，玲瓏錦綺堆珠玉。趙舞燕歌夜未央，綠珠生釁東門哭。又不見中州花石貯梁園，輸挽江淮賦役繁。青袍帝子今何在，惟有平臺鳥雀喧。何似此園剛一畝，園中小軒大如斗。青陰窈窕舊三槐，翠色葱蘢新五柳。槐柳芳菲徐子居，披雲掃石卧清虛。園中自有長生藥，閬苑蓬萊總不如。

秋　思

一秋復一秋，奔走何時休。事業蹉跎名不立，霜雪星星又上頭。人人都説尊官好，官不易尊人易老。俟河之清壽幾何，解脱塵鞅須及早。人間好事那得全，天子之上有神仙。秦皇漢武極意欲，猶恨白日不昇天。

書王見庵太宜人册

誰言女中無丈夫,阿母之賢今所無。裙布荆釵善事姑,晨昏能使姑歡娛。抱瓮出汲何勤劬,家政無憂先大夫。大夫中道忽薨徂,可憐子子遺三雛。吁嗟痛絶還復蘇,形影相隨撫諸孤。風雨寒燈夜辟纑,饔飱早晚茹秋荼。教兒指望爲名儒,傾財破産非所虞。一日仲子游天衢,阿母開顏心始愉。子從江南入大都,兩承天眷恩寵殊。母身拖紫還紆朱,玉盤錦帶紅珊瑚。九天龍誥雙明珠,淑德光昭東海隅。身膺上壽天所需,綺筵宏敞擁笙竽。彩衣醉舞花氍毹,金罍齊進玉酡酥。王母西來青鳥俱,祥雲佳氣滿庭樹。吁嗟母福誰能逾,庭前玉樹秀連株。仲子于母獨悾悾,去年違母身成癯。亢疏南遷人謂愚,誰知子心如慈烏。哺母之外無他圖,母心與子如合符。水木本源惟思吴,吁嗟女德何時無,教子成名真丈夫。

贈楊景華尊翁

桃花初紅杏花紫,長安陌上逢楊子。青絲白馬錦袍明,海内風流豪俠士。楊生詞賦追楊雄,楊家積慶自而翁。荆璧不售渾自寶,龍媒甘老驥群中。即今行年剛五十,仙郎已作玉階客。才名高出承明班,滁水家聲今赫赫。天道有虧還有盈,榮枯消長恒相尋。但能有子登青雲,吾身何必作公卿。人言而翁能守拙,雲山早與人世絶。人言而翁能安貧,瓮頭濁酒聊自傾。春滿雲庄花不掃,赤脚蓬頭何潦倒。縱酒狂歌眼底空,仰天長嘯乾坤老。吁嗟而翁真達人,吾因翁子知翁心。作歌壽翁兮交翁以神。

送江纘石視獄關外并迎養太夫人

蟬鳴柳底西風凉,江生七月辭明光。天子臨墀賜雙劍,星文爍爍含清霜。君持此劍并虎節,上刑獨論關河北。皇心浩大本無私,擇而使君意可測。君天不琢孝且仁，執法法曹能與民。五十霜居有白髮，三年鼎食懷慈親。邑鞅且無憂靡鹽，彤車特使君將母。登堂乍見丹顏開，舉酒好作斑衣舞。君以母來夢魂安，十月之初應度關。匣中寶劍行且試，無使冤鬼哭陰山。聞君駐馬極邊壤，三冬雪片大如掌。剛風砭肌毛髮折，從來不使南人往。君于此地莫淹留，胡笳羌笛總堪愁。春入上林梅欲綻，朝朝望爾白雲樓。

送馮柱明視獄江南

使節南馳畫省郎，高名漢室重馮唐。身帶白雲辭魏闕，口銜丹詔出明光。南渡江淮登太白，秋風還作廣陵客。檄書先報石頭城，蘭槳暫停京口驛。驛前波浪湧金山，登臨縹緲水雲間。龍光夜映江天月，須臾虹氣滿江南。江南自古多疑獄，姑蘇之難勝姑孰。王匣寧留寶劍鋒，幽圄無使冤魂哭。邇來南國天氣寒，臘月凍河不走船。早向吳門理歸棹，錦堂開處已殘年。將母同歸翁左右，身衣宮錦爲翁壽。二月鶯花喜復新，四明山水渾如舊。君住家山寧幾時，倉皇不及換春衣。瓜期只在花時後，早過天津慰我思。

送閻成吾視獄江南

我向江南來，君向江南去。江南風景近如何，無聊之民有可慮。去年禾稻生白蟲，邑里倉箱十九空。今年插禾即霪潦，陸地波濤千里同。民間足食無一半，新歲錢糧無處辦。饑寒又苦征誅嚴，狂呼攘臂爲爭亂。此輩相驅履上刑，吁嗟赴死豈其情。吾儕與有長民責，寧忍談笑無哀矜。君往江南須及早，反覆獄情多窅渺。斷者難續死難生，多殺不如少殺好。君不見宋曹彬奉使江南重殺人，明德百年還食報，子孫奕葉多公卿。

棗　林

棗花無英淡且疏，動人之色秋來殊。含雨縈烟綠玉葉，千顆萬顆珊瑚珠。兒童戲把長竿撲，天上紛紛紫霞落。不是三月桃花飛，緣何滿地珠璣錯。朱顏少婦紫羅裙，拾棗裙中色不分。纖指嬌紅欺棗色，低頭笑語向夫君。

送黃伯己

君家人文世有聲，祖父三代皆公卿。金章紫綬相暉映，門第巍巍高赤城。而翁早年遇明主，君臣相得心相許。出入承明三十年，赫赫勳名在寰宇。老來致政歸田廬，山中兀兀但著書。及門盡是天下士，海內于今稱巨儒。君家兄弟凡七人，驃裹驊騮皆出塵。不數義方燕五寶，豈羨人龍漢八荀。我來君家久作客，翠屏山下同文墨。山上春深桃李繁，落花踏盡山南北。君家意氣何英豪，文章詞賦爭相高。龍光匣裏芙蓉劍，俠氣床頭碧玉刀。自從海上生倭亂，台州六郡皆塗炭。君家一炬成灰塵，況是頻年遭外患。家勢顛連翁又忘，當時艱苦獨君嘗。思君未得援君策，同心千里徒徬徨。吁嗟世事如轉蓬，往事悠悠都夢中。廿年萍梗天南北，那堪今日重相逢。今日逢君在燕市，相見欲悲還欲喜。喜君文章今已名，悲君猶在風塵裏。君不見南海鵬，羽翼十年還未成。天高海湧秋風起，一日扶搖九萬程。

晚春歌

枝頭梅似青蓮小，晴陰初爽垂楊道。管弦沂水咏聲殘，璧玉蘭亭觴溜好。向暖雙歸紫燕多，辭芳百囀嬌鶯少。桃花臨水半飄零，愁殺紅顏鏡中老。

傭無歸

女生莫作婢，男生莫作傭。作婢要顏色，作傭要膂力。色衰不得寵，力衰不得食。來生休作奴婢身，一生苦樂由他人。憶昔君家資力作，相依為命甘苦辛。居操井臼行荷擔，野把犁鋤山負薪。青笠黃蓑終歲月，披風沐雨何冬春。人種此田望此大，食君之食思君憐。敝幃不棄收馬骨，奴骨何忍委黃泉。皮肉焦枯紅汗竭，力盡君家君不恤。黃昏辭去月朦朧，杜宇悲號如欲泣。吁嗟飛鳥知人心，從今不復來依人。

題蔡隱君卷

我覽周公文，因知蔡隱君。隱君腹中書萬卷，心輕富貴如浮雲。彈棊醉酒常岸幘，落花踏遍春郊陌。臨流開館屨長滿，盡是騷人與俠客。我愛隱君風格奇，脩髯逸態冰玉姿。戲彩娛親心自快，倒囊濟物人不知。吁嗟重道薄金紫，今古幾人照青史。隱君卓有古人風，千載賢豪婺水東。

三老歌

應公髯白髮猶青，古稀之年又五齡。盧公周甲還十八，登山躨鑠如飛騰。我年依稀齊孔子，孔子堂高不可升。三人年紀合來數，二百二十六年零。先天能自培，彭公壽可登。二百二十六，中壽何足稱。君不見荒唐徐市說長生，海上樓船載娉婷。尋仙採藥無真訣，空泛波濤丹不成。又不見希夷榻在華陰亭，大睡經年常不醒。玉女如花眼前立，晨昏相向冐無情。勸君莫乘海上船，愁到船中無指南。勸君早設希夷榻，希夷榻暖可長活。天有老人星，千年天上明。我亦天生人，誰道不如星？能學希夷遠娉婷，三人之壽齊廣成。

送劉養恬乞假襄事歸閩

朱輈北出黃金臺，劉郎之行何壯哉。乞疏三十必得報，孝思百折不可迴。爲郎五載旋且徙，飄然不顧如敝屣。徬徨肝膽迫雙親，懇惻丹衷動天子。長安門外開祖筵，紛紛車馬來豪賢。臨岐日落不忍別，握手酣歌潞水邊。南歷虎丘并天竺，還遡三衢浮九曲。白雲踏老江南秋，到家猶及荔枝熟。主人窈窕尋故園，荒徑離離松竹繁。烟霞得主山靈慶，麋鹿趨蹌烏鵲喧。連岡食吉玄臺理，天上母翁魂魄喜。龍章勒石封五雲，千載光華照藍水。尚有沾沾未了心，二女待嫁兒待姻。丈夫舉動本磊落，豐儉隨家豈患貧。吁嗟劉郎此行誰不羨，特旨許歸蒙主眷。爾今歸去獲所願，白社諸人無酒伴。吁嗟劉郎乎來哉，薊門花鳥今已愁，温陵春色休多戀。

書李含之椿萱並茂冊

萬里崑崙凋草木，乾坤瑞氣鍾南服。靈椿鐵幹生吳山，萱草金光發天竺。神種世間原不群，朝朝瑞靄騰氤氲。紫芝丹桂聊作侶，白日峰頭護彩雲。椿萱根深不可測，廣成曾向終南植。至今三萬八千齡，風霜未改舊時色。瑶枝貝葉琪璃華，不比尋常桃李葩。陰覆千峰靈隱地，芳傳百載武林家。吾聞海上長生草，茹之可使身無老。秦皇苦覓三神山，那曾得見蓬萊島。何如此地椿與萱，東風歲歲花葉繁。吳門未催海未竭，翠微猶自托靈根。

集　古

風光澹蕩百花吐，樓上朝朝學歌舞。緑窗珠箔綉鴛鴦，侍婢先焚百和香。鶯啼日出不知曙，寂寂羅幃春夢長。轆轤咿啞轉鳴玉，驚起芙蓉睡新足。雙鸞開鏡秋水光，解鬟臨鏡立象一。床編青絲雲散地，玉釵落處無聲膩。纖手却盤老鴉色，翠滑寶釵簪不得。妝成髻鬟欹不斜，玉容不用施鉛華。雲裾緩步向何處，下階自折櫻桃花。枝上花，花下人，可憐顔色俱青春。昨日看花花灼灼，今日看花花欲落。不如盡此花下歡，莫待春風總吹却。鶯歌蝶舞媚韶光，紅爐煑茗松花香。妝成吟態恣游樂，獨把花枝歸洞房。玉纓翠佩雜輕羅，香汗微漬朱顔酡，爲君起唱白紵歌。清聲裊雲思繁多，凝箏哀瑟時相和。歌終舞罷歡無極，樂往悲來長嘆息。陽春白日不少留，紅花碧樹無顔色。

碧樹風花先春度，珠簾粉澤無人顧。如何年少忽遲暮，坐見明月與白露。團團明月夜已寒，香衣錦帶空珊珊。今日陽春一妙曲，鳳皇樓上對誰彈。宛轉娥眉能幾時，須臾鶴髮亂如絲。試看古來歌舞地，惟有黃昏鳥雀悲。

君莫歌

君莫歌，行路難。五月出姑蘇，九月到淮南。世人何苦自艱關：遷延買舟動彌月，舟人忽叫河水乾。須臾天黑颶風作，船大如屋掣上灘。淹淹風雨不堪病，收拾行裝又舍船。自從朝廷新法嚴，馳驅王事檄不傳。驛卒持來薪水單，百里之程無中餐。水潦滿途人馬乏，到得城門更已闌。試觀南去玉堂仙，昨日風雲自日邊。紛紛車馬焰燻天，千里鞭霆指顧間。世途未達榮枯理，物態人情自古然。君莫歌，行路難。

七言排律

題刑十二韻

重關寂寂暮寒輕，蕭索孤燈對畫屏。禁地刀鈴鳴曉夜，貫城象數肅春更。清朝約束操三尺，聖主恫鰥慎一成。國紀周遭羅網密，王章昭炯日星明。不聞善類罹刑辟，痛惜愚夫甘劓黥。殘孚煢煢留喘息，幽圜踵踵棄僂贏。夜深月冷妖魂泣，秋老霜嚴殺氣橫。隱惻宸衷憐獄犴，憂勤丹陛視廷評。無私天道渾懲懟，丕冒皇心總好生。鬐齔百年吾赤子，蒼黎九土盡編氓。頓頑無賴勞悲死，良折那堪喜得情。何日囹圄空畫地，萬方刑措樂昇平。

安鄉見水災有感

江靈恣縱苦爲祟，汗漫波濤到處侵。葅梗歲漂三萬戶，泥沙一蕩八千金。朱門歌舞誰家樂,紫陌啼號傷我心。漠漠野煙生碧草,依依寒鳥戀疏林。風和村落無春色,雲斂江天帶夕陰。疾苦九重心更切,災危三楚日增深。誰言神禹錫圭後,能保蒼生無陸沉。

賦得夾道槐

何日承華分二幹,森森萬樹鳳城邊。孤根蒼蘚風霜老,新葉黃鸝雨露鮮。迢遞綠陰芳徑裊,蘢蔥翠靄曉雲連。秋高曾有松筠色,春曉誰爭桃李妍。亂影斜陽常漠漠,淡煙寒月自年年。道傍渾是甘棠澤,莫把三公問昔賢。

程正誼集卷之二

五言律

古　意

寶鼎檀煙細，銀瓶鬱酒香。曉鶯啼玉樹，春燕語金梁。粉黛宮妝麗，笙歌秋夜長。可憐更漏盡，猶未罷霓裳。

遼左奏捷進駱駝

漢將原無敵，天兵自有神。遼陽殲小醜，沙漠斷飛塵。捷獻龍駝異，功成干羽新。王靈威薄海，誰是運籌人。

與楊景華

一夜起秋色，涼生小暑天。暮雲偏入榻，曉竹自含煙。程駿懶言事，楊雄獨草玄。問君滄海上，誰與共青蓮。

八陣圖

漢賊不忘魏，雄心在滅吳。東征過白帝，北伐出新都。鼎立三分勢，雲屯八陣圖。忠精貫金石，兩地更同符。

和劉中丞平莽凱旋游青華洞八首

金碧西天近，青華今始游。玲瓏開玉宇，奇詭麗滄洲。白水雲根出，青霞席面流。春風消海瘴，勝景可優游。

其 二
石室何幽邃，天光晞以微。鳥呼笙吹發，泉滴蕊珠飛。巖氣冷浸骨，水雲輕拂衣。清幽愜素性，石上坐忘歸。

其 三
萬象生玄洞，化工一何奇。蒼茫雲霧合，恍忽蛟龍垂。路自清虛入，行看色相移。炬光徹幽渺，隨地灑金巵。

其 四
雲壑埋仙跡，崆峒景欲迷。薜蘿籠古逕，煙霧斷層梯。幽意塵寰外，斜曛洞口西。醉來思灑墨，石上有鴻題。

其 五
眺望得真境，悠悠愜我心。釣簑煙水静，牧笛洞雲深。不著謝安屐，漫歌《梁父吟》。興闌欲歸去，携手又登臨。

其 六
碧洞登游處，蠻煙萬里開。未成蘇子賦，喜得孔明才。景麗愁杯竭，花殘恨雨催。從今邊徼靖，樂地可重來。

其 七
洞天有春色，登覽樂懷多。萬里殲群醜，三軍罷戍戈。天山消宿瘴，溟海見清波。幸釋憂時慮，長吟當凱歌。

其 八
住馬尋幽勝，天兵奏凱初。九重憂已釋，萬户困方舒。花月春無改,山川景自如。君王嘉懋績,特降紫泥書。

王恒叔以諫議大夫出試蜀多士未幾擢參蜀藩余亦偶補蜀憲且喜並轡天涯而恒叔尋調粵余入蜀閱月則亦報移粵藩與恒叔同舍相見歡甚爲我賦一律用韻答之六首

嶔巇西蜀道,萬里錦江橋。巴水注三峽,峨眉凌九霄。征矛渝嶺暮,客夢楚天遥。却恨乘槎客,先移粤水橈。

其 二

憶昔西征事,停驂馹馬橋。封章留瑣闥,桃李種雲霄。天竺西來近,金臺北望遥。壯游誇絶勝,千里錦江橈。

其 三

孤劍桑乾水,雙旌大石橋。彩毫空萬古,芒屨破層霄。玉壘銅梁舊,巴山錦水遥。此中饒勝事,明月渡江橈。

其 四

八月君來蜀,頻游濯錦橋。眉山元積雪,秦嶺忽重霄。石室千篇壯,金門萬里遥。那堪青瑣客,學鼓洞庭橈。

其 五

家在金山麓,幾度石梁橋。禹穴通三島,天台區九霄。春風桃李遍,秋日海天遥。我欲從君去,澄江共鼓橈。

其 六

仙台景天設,摩空千尺橋。赤城蟠大海,蒼嶺矗重霄。日出扶桑近，霞歸渤澥遥。願尋蓬島路，知已共鳴橈。

書李紹亭發祥本源圖

地脉通西極，精靈秘瑞符。藍田生白璧，滄海有明珠。百里松楸古，千年風氣殊。祥光籠兆域，繚繞接雲衢。

代馮源泉書向生卷

雲水三吳客，來看上苑花。錦囊收赤箭，玉路煮丹砂。術已神三折，名傳第一家。尋幽還海上，遺澤在京華。

五言排律

武侯祠

魚水誠難得，奸雄恨未除。盡心劻漢室，誓死託遺孤。兩世三巴國，千年八陣圖。貞心能自竭，衰運不堪扶。上將雄才蹶，英君中道徂。出師還食盡，報主豈謀疏。二表憂思切，三升骨血枯。誰能支大廈，自分委微軀。一念臣愚畢，千秋帝業蕪。明良堂陛有，忠義古今無。玄像依松壑，英風滿蜀都。

過六十弟偶成

此日爾華幕，三秋吾白雲。劍從千里合，袂已十年分。際會苦難得，淒涼何足云。碧桃無永艷，寒菊有餘芬。鸞鳳總多侶，鶺鴒聊自群。秋光速飛電，對酒且須醺。

送趙蒙泉

羨君始通籍，便作邦畿臣。京邑聲名舊，天階雨露新。移旌花滿道,上馬月隨人。百里農桑事,三年冰玉身。循良行奏績,褒寵自楓宸。

七言律

登黃鶴樓

高閣凌層倚太清,楚江秋水釀朱甍。雲中不見仙人鶴,石上空留崔子名。鸚鵡洲邊春草綠,鳳凰山下暮雲平。却憐此地多爭戰,成毀于今幾變更。

登岳陽樓

岳陽樓上酒初醒,樓外春光遍洞庭。水落三湘江籟寂,草深七澤野雲青。荒臺霞冷軒皇跡,風笛聲疑帝子靈。贏得芳樽消永日,笙歌幾度醉中聽。

登赤壁

黃州城北舊亭臺,木落霜清曙色開。七澤雁聲湘浦接,九江秋色洞庭來。爭雄磊落焚舟事,吊古風流作賦才。杯酒不勞多感慨,江流東去可曾迴。

游衡嶽

萋萋草色暗荒臺,聖世明堂此地開。百辟會同三帛萃,萬靈奔走六龍來。共誇帝業鐫金石,那識王宮變草萊。古木參差雙鸛集,雲山四望重徘徊。

南嶽廟

衡山南去洞庭東,帝業皇猷一夢中。岳瀆精靈崇赤帝,瀟湘風雨蝕金宮。碧波樹影涵秋色，紫閣鐘聲逐曉風。今日來游尋往事，啼猿淒切萬山空。

半山寺 見月升東海

寒崖屹崒幾層層，滿逕黃花著屐登。黯澹秋空千嶂寂，滄茫煙海一輪升。楓林過雨山山籟，竹逕呼茶處處僧。見説上方天路近，不須鳧舃解飛騰。

湘山寺

湘波浩淼此山聯，風物淒涼細雨天。楚客忠沉江水咽，帝妃淚墮竹痕鮮。峰前新月含秋思，洞口懸蘿結暮煙。望入九疑天更迥，愁雲慘淡自何年。

丹霞寺

鷲峰天外遠紛華，古刹依雲石磴斜。釋子靈光輝日月，空門法像護煙霞。蒲團坐冷三秋雨，院落飛殘雙樹花。欲覓上方清净地，相逢到處問袈裟。

高臺寺 即觀音巖

觀音鞭石作高臺，錦綺玲瓏寶閣開。西域僧還留法座，東溟日出見蓬萊。蒼松翠竹邀雲住，漱玉流霞繞殿迴。静倚雕欄憑絶壑，塵心到此自成灰。

祝融峰

祝融分土楚山遥，往事千年總寂寥。絶頂荒臺埋舊碣，半空古殿倚重霄。三湘煙月籠秋水，萬壑松風起夜濤。南國衣冠何處問，危峰天際自岧嶤。

會仙橋

危橋千尺倚崆峒，何日群仙此御風。恍忽銀河明碧海，隨翻仙籙駕長虹。莓苔積翠芳踪遠，煙霧成濤大地空。羅袂翩翩欲輕舉，轉疑身世入虛中。

福巖寺 前對金簡峰後爲鄞侯祠

步入珠林思轉幽，行行還被白雲留。峰迴金簡思神禹，道在煙霞弔鄞侯。百粵天高滇海近，千山木落洞庭秋。斜陽古道禪扉寂，颯颯西風添客愁。

湘南寺

翠竹長松古逕幽，禪林物外且優游。三湘詩滿藏山閣，五嶺雲歸習懶樓。玉笛吹風來野鶴，霞觴邀月泛清流。興闌掃石披星臥，一夜寒蛩萬壑秋。

過華容

驅車江上正秋風，落葉蕭蕭戍壘空。席捲雄心灰赤壁，燼收殘業度華容。英豪不褫曹瞞魄，忠義何妨漢主功。今古消成無處問，長江千載水還東。

湧泉亭次張九山韻二首

招提空寂五雲間，深鎖煙霞竟日閑。碧玉縈迴開水殿，明河飛灑落雲山。濯纓勝地誰親到，脩禊高風喜共攀。見說桃源塵世隔，那知金碧有仙關。

其　二

天外蓬萊有路通，芒鞋深入萬山中。憑虛高閣開金像，漱石寒泉吐玉龍。踏破煙霞仙境渺，悟來禪定世緣空。何當早了人間事，一卷黃庭伴遠公。

游華藏憶張徐二公用韻寄李紹亭

法界清虛逼上臺，曲欄憑處漫徘徊。千山雨色瓊臺净，百里湖光玉鏡開。徐孺榻寒無夢到，張騫槎去幾時來。淋漓醉墨留雲壑，爲憶清狂太白才。

甘直指招飲雁峰寺

我來不見衡陽雁，此地空遺迴雁峰。南雁不迴邊塞去，北書難寄雁門空。湘江脉脉靈妃淚，石鼓悠悠高士風。今夜燈前君醉我，江山何日又相逢。

游獅子泉

覽勝閑尋獅子泉，懸蘿滿逕暮生煙。桃花流水壺中意，瑶島珠林物外天。翰墨蒼茫誰大雅，曇花錯落有真禪。何當脱屣塵寰去，高卧衡湘萬仞巔。

游湘源三臺一鑑亭并觀龍舟

墟里尋幽花草馨，郊園春色滿江亭。波澄一鑑尊前碧，秀叠三臺天外青。古渡龍舟悲屈子，隔花瑶瑟鼓湘靈。金罍倒盡雲山暮，踏月歸來醉未醒。

謁沔縣武侯祠用東霍韻

暮靄閑雲覆古祠，蒼蒼松柏露華滋。中原王業荆襄迫，北伐忠魂天地知。已奪曹瞞奸僞魄，争當炎祚式微時。祁山樵牧猶遺恨，空負當年兩出師。

望五丈原用東霍韻

渭水西環汧水村,祀雞臺暗欲黃昏。伯圖已歇三分國,殺氣猶騰五丈原。玉壘峨眉愁北向,木牛流馬苦東奔。誰言討賊空賫志,千古炎劉帝業尊。

謁少陵祠

少陵遺像百花陰,婉見生前慷慨心。鄉井流離歸夢遠,朝綱草昧客愁深。雲山香火終天地,肝膽詩歌照古今。獨恨白頭飡橡栗,江皋沒齒托長吟。

李太史邀飲蔣園用韻奉答 二首

名園煙柳暮山隈,金馬先生策蹇陪。逕入青松新葉綠,簾垂畫閣暖風來。飛觴呼白愁懷散,妙指醉撫日月催。白髮任從生兩鬢,相逢樂地且銜杯。

其二

金樽共倒下城隈,知己歡娛竟日陪。芳逕名園携手到,薰風斜日問花來。蕭疏白髮驚春去,零落紅蓮忌雨催。湘水東流何日返,雲山四望重徘徊。

興安署中

東風吹柳日初長,杯酒空亭見夕陽。山勢北來分楚越,江流東去入瀟湘。陡河城外帆檣落,銅柱天邊草樹荒。欲問蒼梧千古事,蠻煙極目水茫茫。

皇上奉兩宮觀花東園 二首

煙裊風微簫管清,慈宮駕仗轉蓬瀛。天階喜動雙龍御,上苑春饒五鳳城。玉露曉侵環珮冷，瓊花時向袞衣明。九重游豫皆純孝，率土騰歡徹頌聲。

其二

熙朝勝事啓宸衷，佳氣祥光動兩宮。蓬島翠華迎曉日，錦雲仙仗逐春風。班連鳳尾韶初作，喜滿龍顏花競紅。帝德光天垂令問，萬年海宇共呼嵩。

和劉司馬紀慶雲韻 二首

威名萬里寄長城，虎旅躬提列騎行。金鼓千山鳴曉霽，祥雲五色麗春晴。長驅馬飲扶桑窟，薄伐兵連瀚海營。尊俎笑談方借箸，三軍已動凱歌聲。

其二

節（越）〔鉞〕星馳南海城，摐金伐鼓大軍行。九天兵氣銷春瘴，五色雲光媚曉晴。醜虜未殲諸葛陣，依祥先動亞夫營。須臾掃蕩鯨鯢窟，千里鐃歌奏凱聲。

和劉司馬原鵲喜韻

玉節東移粵海城，虎賁百萬荷戈行。天空刁斗傳清曙，月朗旌旗照夜晴。靈鵲預知濰水捷，好音先報伏波營。奇功欲奏休徵集，堪叶笙歌當頌聲。

其二

大軍南徙五羊城，千里旌旗肅隊行。陣出長蛇驚勝算，喜傳靈鵲快新晴。俄殲海島揚波孽，遂拔天山首虜營。群醜蕩平關氣數，故令羽族報先聲。

行部感時事用韻

蕭瑟邊秋四馬徂，彫零邊困幾時蘇。陣雲曉夜驚刁斗，烽火關山急羽書。壯士劍鳴征路遠，荒村日落野煙孤。自慚經濟無長策，敢爲千金愛此軀。

贈李一崐懷素二隱君

隱君身與世相違，但向玄門問息機。金鼎丹還春不老，雲山墨灑夜生輝。青葱喜見三槐秀，碧落驚看雙鳳飛。何日李君吾得御，光風霽月睹清暉。

書李懷素一崐二像圖册

披霞坐月兩惺惺，春日和風藹一庭。聖世偶生龍隱客，中天雙曜老人星。夷齊且了雲山業，申甫偏鍾海嶽靈。潛德發祥均食報，溫陵千載有餘馨。

書曉泉壽册

幾脉清泠江左泉，却聞惠水更潺潺。明霞碧樹涵秋影，淺漢疏星漾曉天。玉井移花曾十丈，金漿入鼎幾何年。山中自有希夷榻，何必遙尋太華巔。

書向生醫名上國卷

醫和弟子薜蘿裳，日日春風醉客鄉。煮老雲山成大藥，索窮滄海得仙方。但從金櫃宣靈秘，立使蒼生躋壽康。何日採芝來上國，人間無復病膏肓。

送李本寧太史之任浙江觀察使 二首

錦江秋色正蕭蕭，杯酒分携四馬橋。藩臬棲遲還幾載，殿廷供奉已三朝。詩成風雅誰能和，鼎有鹽梅恨未調。金馬詞臣恩寵渥，徵書早晚下雲霄。

其　二

白帝城邊十二峰，仙舟南去楚天空。宣勞十載藩臣節，直道千年太史風。甲第人間多接武，文章宇內幾爭雄。詞垣供奉承恩舊，豈許經綸滯海東。

送李鵬岳學憲之任山東并歸省 二首

彩鳳初飛碧漢間，羽儀遙望欲追攀。君家積慶流三葉，海內雄文稱二難。射斗龍光騰粵水，蒸霞詞藻麗巴山。劬勩正愜庭闈意，又捧金樽快玉顏。

其　二

幾翻傾倒晚風前，天際相逢豈偶然。濯錦浣花同作客，畫船簫鼓獨登仙。教行梁益西維重，望在岷峨北斗懸。此去扁舟須早泊，洞庭春浪正無邊。

送周用吾請告歸洪都 二首

四馬橋邊錦水深，裹衣惜別思難禁。桂林幾載滄江夢，薇省三秋夜月心。不為君憂身既隱，獨憐吾老病相侵。洪都咫尺鑾叢路，日向西風聽好音。

其　二

扁舟落日倚江沙，半世交游別意賒。瘴雨蠻煙同五嶺，芳樽皓月共三巴。憐君白璧光臣節，愧我紅塵淹歲華。正喜鑾叢相會偶，那堪分手又天涯。

送范晞陽公祖之任浙中 二首

相送春江春已暄，浣花橋上薦芳樽。紫薇不愧金蘭契，寶婺還沾雨露恩。拂曙旌旆新氣象，觀光父老舊兒孫。高秋問俗天台野，昔日甘棠到處存。

其　二

天際相逢是舊黎，三年杖履感相攜。聲詩已遍巴江上，絳節還臨越水西。且喜錢塘添雨露，行看溟海掃鯨鯢。但愁鳴玉歸金殿，東土蒼生夙望暌。

送王成宇憲長擢江右并歸省臨安 二首

一自于公功令申，三巴刑措何深仁。春臺風暖花生砌，秋宇霜清鶴近人。玉壘銅梁遺愛遠，泮山瀘水寵光新。彩衣舞罷須行邁，莫負江藩望雨民。

其　二

錦水東流錦浪生，送君南去羨君行。高堂白髮三千丈，接武青雲九萬程。共喜岷峨霖雨足，還看翼軫紫薇明。使君風節高寰宇，肯使江州政不平。

送陳虛舟入賀 二首

畫舫初開錦水湄，江亭分手恨相離。巴西煙雨三年共，薊北風塵千里思。忠讜有心匡德政，治安何策佐明時。九重若是垂清問，為報川民困繭絲。

其　二

四馬馳驅向玉京，呼嵩臣子望昇平。瘡痍有力供征採，忠耿無言悟聖明。但得乾綱歸主器，何愁曲學悟蒼生。願君奏牘明光殿，海宇同然憂國情。

送沈箕仲憲伯之任秦中

相從海岱久論文，又逐仙驂度隴雲。蜀國流連多歲月，浣溪牢落幾醒醺。半生意氣山河壯，千里旌旄杯酒分。肝膽白頭鶯鶴侶，天涯何事復離群。

送王念野學憲升任赴洪都

使君原是玉堂人，天與清標自遠塵。彤管摛詞皆絕響，明庭奏牘幾批鱗。才雄海岱聲名舊，教在岷峨化雨新。此去江藩煙水渺，青山何日復相親。

送范大參賫捧行 二首

萬里橋西日欲曛，天涯鴻雁悵離群。正逢錦水添春色，又送仙舟駕彩雲。巫峽烟蘿辭白帝，洞庭風雨吊湘君。楚天寥闊金臺迥，謦欬應從夢裏聞。

其 二

杯酒相看悵夕曛，漫憐神劍合猶分。中州膏血銷爐冶，西蜀生靈泣斧斤。總有忠良憂治世，誰將疾苦告明君。明光若睹天顏喜，願把時艱早上聞。

送蔡拱朋賫捧并歸省溫陵 二首

相送河橋酒未闌，滿江春色共彈冠。風清劍閣雲中度，雨過陽臺天際看。金闕鳴珂初獻頌，錦堂戲彩又承歡。思君千里溫陵遠，海上音書欲寄難。

其 二

錦水東奔起暮瀾,送君猶未盡君歡。扶桑羽檄倭情幻,玉壘輸將蜀道難。聖世鸞凰甘海岳,青天魑魅嘯長安。漢廷前席堪陳奏,莫向金門空永歎。

送陳任庵奉使關內便道歸焚黃

西風落葉正紛紛,握手河橋遠送君。迢遞燕山千里月,逍遙衡岳萬峰雲。清秋龍氣天邊肅,奕世恩光日下分。煙水瀟湘須早出,莫教鴻雁久離群。

送黃化之慮囚關內并歸省江南

粉署年年對女蘿,今朝使節出關河。正愁薊北風霜慘,又苦江南水潦多。孤艇蕭條過許墅,雙旌暗澹到滹沱。但令帝服冤魂少,南土蒼生君奈何。

送蕭觀復視關內獄便歸江南

五載含香粉署清,錦衣初出鳳凰城。關河千里雙龍去,煙雨三秋匹馬行。路入延陵思季札,風寒易水吊荊卿。驅馳不懈王家事,戲彩何妨念母情。

送周心鑑視江北獄并歸受室

雙旌曉發白雲邊,霄漢乘槎即是仙。劍氣欲衝淮海月,法星還照廣陵天。千金高義憐陳迹,三策雄文夢昔賢。歸去潘陽春色好,錦堂清樂奏新弦。

送陳比部之任南陵

並馬燕臺今幾年,不堪杯酒別燈前。潞河霜雪孤舟夜,銅柱煙霞百粵天。千里清風消瘴癘，一簾明月有詩篇。知君此去專城地，無限聲華南海邊。

送余四泉之任濟南

身衣金紫出鴛班，驥足何憂千里艱。東海政清民訟少，泰山秋老白雲閑。人文未喪顏曾手。周道猶存齊魯間。君去不須勞案牘，但從杯酒試經綸。

送張望湖出守保定

玉階仙客捧綸音，芳草新花出上林。蓮社三秋歌白雪，宮袍此日綰黃金。清時文彩燕臺重，匌服恩波易水深。不待頌聲宣境內，已知君去作甘霖。

送唐中廓謫判淮醝

歲晏維揚萬里程，燈前杯酒莫傷情。世從別駕賢唐介，天以長沙老賈生。底事英雄多偃蹇，由來造物忌才名。舊游雲水休迷戀，早晚徵書下玉京。

贈王熙宇翁母六十同壽

昨夜祥光燭上臺，景星雙曜五雲開。青牛函谷何年度，靈鳥西崑此日來。瑞氣古今鍾華岳，丹砂早晚熟蓬萊。彩衣遙向天邊祝，笑把金莖作壽杯。

贈蔡拱朋翁母齊壽八十

祥生南海紫芝鮮，翁母齊齡豈偶然。八十朱顏雙國瑞，三千白髮兩神仙。龍章寵錫來天上，宮錦輝煌舞膝前。更喜笙歌交動處，長庚寶婺照華筵。

用韻送李敏庵 二首

松里相逢小暑天，金臺勒馬是何年。憐君白髮偏能醉，愧我紅塵未了緣。着屐有山登俠客，談詩無杜憶高賢。蒼溪那得君重到，莫惜留題石上傳。

其　二

松風過雨晚涼天，杯酒歡娛莫問年。劍戟半生驅遠道，風霜何日了塵緣。飛升黼黻渾常事，廊廟江湖竟孰賢。欲學長生須大藥，回君海上倩人傳。

治酌延賓有約二弟臨時不赴用韻嘈之

十載風塵萬里天，同心舒嘯是今年。畫堂剩有千杯興，草閣何慳一醉緣。棊局也堪供二客，桃花應解笑諸賢。何時把袂重相過，還洗金尊共爾傳。

五峰瀑布

千尋削壁峙嵯峨，百道春流壯落波。噴薄雲中傾玉液，騰飛天上接銀河。曉風沫灑流雲濕，夜月聲驚飛鳥過。千古鬼功妝異景，奇哉造化竟如何。

五峰雪霽 為諸生時作

山樓當午快晴暉，玉樹瓊花漸損肥。泉瀉碧空銀漢落，冰摧蒼壁曙星飛。南山日近青峰出，北壠陰凝綠樹稀。十載巖棲葵藿冷，青雲何日著金緋。

書周右華壽册

壽域薰風滿座清，遭逢喜有北山靈。雙溪澤是濂溪澤，太白星為福德星。綺席煙霞籠瑞日，康衢歌咏祝遐齡。小民無計長爲壽，祇願棠陰萬古青。

挽吴悦夫

驚睹寒梅殞曉霜，老成凋謝怨蒼蒼。三秋杖履橙源窅，百歲襟期越水長。山月清輝光舊壑，雲霄大業付仙郎。君今跨鶴翩翩去，空使同袍欲斷腸。

余與寧鄉令雲浦陳君按事辰州迴宿臨江驛談兵談玄

客游三楚古神州，繫馬瀟湘柳陌頭。水國花明湖北道，江天雲鎖岳陽樓。玄修我有千年藥，兵法誰期萬户侯。吴越山靈今古異，莫辭杯酌夜相酬。

安鄉遇沈小霞感乃翁事

東風千里過安鄉，尊酒逢君欲斷腸。總爲孤臣悲國是，還驚明主振乾綱。奸雄誰逭春秋筆，忠義能争日月光。塞上關河應有盡，人間遺恨與天長。

施工部留飲于荆南分署書此贈之

自奉綸音辭早朝，琴書兩載寄東郊。聊將静定觀元化，不用參同悟易爻。閣外雲深巢野鶴，庭前水碧窟神蛟。春江千里故人至，花下呼童具酒肴。

和毛東塘咏潭州公署老桂

湘江仙桂倚寒雲，雨露千年種未分。孤幹自宜臺上老，香風偏喜月中聞。不同黄菊争秋色，肯與紅桃競曉芬。莫道天階渾冷落，嫦娥皎皎夜從君。

提刑廳偶成 二首

春日香銷客夢孤，畫堂寂寂度流烏。偶乘酒思開棊局，閑對花陰聽轆轤。萍跡半從塵世老，道緣不信此生無。守官原是吾儕分，要達時中始丈夫。

其 二

春光深鎖絕囂氛，苔色初濃蘭未芬。渭水錦鱗爭曜浪，空庭老柏苦棲雲。化機有象靜中契，至道無聲悟後聞。坐暖石臺山月上，香煙透箔正氤氳。

送艾熙亭奉差關外便道歸省

斜日西風出鳳城，燕雲驛路小車輕。光浮龍劍三秋色，夢繞庭闈萬里情。塞下塵清堪駐馬，嶽陽雲冷暫尋盟。君王早晚垂清問，莫向煙波滯客程。

和王積齋韻送張含宇

仙客新辭白玉墀，曉風漢闕日初曦。九重宸綍雙龍護，五色宮袍彩鳳儀。海內同宣明主德，天涯獨遂省親私。歸朝莫待花重發，燕市故人多夢思。

贈黃聞溪尊翁六十

短髮修眉黃石公，長年日月在壺中。解衣沽酒醉黃鶴，辟穀飡芝伴赤松。丹桂早從天上植，蟠桃初向日邊紅。山中已得長生術，更喜天恩下九重。

送方斗華視獄江北

君去淮揚作使星，江皋釃酒馬初停。董生舊宅秋無草，韓信荒祠夜有靈。河瀆頻年多汗漫，間閻千里半飄零。如傷聖德君知否，仰體宸衷只慎刑。

題施嶼南東闈校藝册

東海遴文推長卿，獨膺天眷重才名。龍媒千里曾空冀，和璧連城久在荆。氈墨書殘壬令史，菁莪拔盡魯諸生。高秋喜見奎光爛，舞蹈歸來醉鹿鳴。

順孫弟謫京兆幕余往訪之相携爲滿井之游中途雷雨大作紀興

二弟見邀滿井游，五更雨惡翻成愁。但知山色愜人意，豈料雨師爲我讐。暝靄不通花下路，疾雷逼近城西頭。敝袍已揲醉中濕，不到蓬瀛渾不休。

送鄒應曜歸雲夢

楚山西盡楚江東，七澤精靈夢澤鍾。豪挾風猷宜上客，經綸才術豈雕龍。洞庭雲水三秋遠，上苑鶯花此日逢。羨爾成名年尚少，空慚吾鬢已蓬鬆。

游澂海

爲尋貝葉來華藏，還逐蓮芬上小舠。碧洞吹簫聲細細，晴波泛月思滔滔。桃源花鳥非秦客，金馬詩篇盡楚騷。愧老青山歸不得，風流千古憶人豪。

送梅司訓升曲阜諭

羨君三楚舊才名，百里櫜歌送爾行。化雨已深皇首建，文星還照魯諸生。孔林松柏煙霞邈，闕里經書日月明。洙泗源流應早遡，春風歸咏有先聲。

戲筆迴文

長空碧映遠江清，静夜寒山秋月明。黃菊新看頻罷酒，駐雲閑唱巧歌笙。霜濃踏冷磯頭水，葉落飛紅澗畔亭。狂客楚游周漢沔，凉風快意適初更。

用韻答道樹上人

喜得生公時往還，文樓山勝武林山。浮名遣向雲霄外，真性歸來泉石間。膝下孩孫群戲樂，庭前新竹午陰閑。于今政有煙霞分，且欲從君學坐關。

補　遺

贈寶峰壽七十

古道千年誰獨踐，人情此日任媸妍。不將杯酒求真樂，相對春花開壽筵。滄海豈云無逸老，明時猶恨有遺賢。青年白髮深相感，劍氣凌凌欲射天。

挽景屏翁

朱陳舊講閱松楸，蘭砌諧琴韻正悠。結綬共期舒世澤，分襟忽訝赴仙遊。誼高梓里金風趣，慶積薇堂玉露秋。休向夜臺嗟顯晦，懿德芳聲千載流。

贈仰橋子儒隱士幽居一律

青山面面繞幽居，高隱中間興有餘。花徑暖香來縹緲，竹窗晴景落扶疏。雪飛洞口歸巢鶴,金躍波心出浪魚。我亦喜無塵鞅累,何時一訪隱居廬。

失 題

柴扉雲鎖任風開,何處鳴鑣故客來。八斗雄才承世澤,五雲時雨震春雷。終朝投轄堪乘興,尊酒論文更舉盃。鶴鹿相將如有立,憐君欲別故徘徊。

七言絕句

竹枝詞

明月何人倚畫樓,玉簫吹動滿城秋。無端又唱相思曲,惹起芳閨少婦愁。

塞下曲 三首

款塞單于着紫緋,妻孥盡是綺羅衣。胡人不解蠶桑事,自有江南織錦機。

其 二

風清沙磧款焉耆,幕府三軍甲不披。門外笙歌休早發,將軍昨夜宴胡姬。

其 三

窈窕胡姬雙鬢斜,將軍幕裏插金花。漢廷不用羈縻術,胡越由來總一家。

夜登祝融峰觀日出 四首

烟月朦朧上翠微，千山野火赤龍飛。上方世界諸天近，身倚星河雲滿衣。

其 二

帶月披星度遠岑，天風蕭颯蕩靈襟。煙濤足下茫無際，却惜塵寰苦海深。

其 三

身依北斗立霜空，南楚山川渾混中。萬里扶桑何處是，滄茫海底一輪紅。

其 四

日落山空暮靄凝，層巒叠嶂一人登。祝融萬仞雲霄外，俯瞰雙輪次第升。夜登山，見月上。

登太華三峰

石磴重重上九天，希夷懸榻幾何年？于今玉女無尋處，惟有蓮花在眼前。

全陽觀龍舟 四首

牙檣錦纜倚東風，佳節芳尊客路逢。浪捲落花春水碧，滿江簫鼓戲群龍。

其 二

結綺聯檣水殿開，綠陰移棹錦波迴。驪龍江上爭馳逐，那有鯨鯢跋浪來？

其　三

處處龍舟金鼓忙，忠魂不救恨偏長。陽臺雲雨都成夢，千載誰憐楚國亡？

其　四

龍舟萬櫓競湘波，千古令人怨汨羅。誰道屈原當日恨，應隨亡國共消磨。

華藏寺 二首

古寺淒淒霄漢間，經聲隱隱梵宮閑。小亭獨坐禪機定，水滿池塘雲滿山。

其　二

參禪今日識珠林，一點慈悲見佛心。佛國有緣渾可到，何年脫屣白雲深。

北上道中

衰草黃花驛路秋，西風落日獨登樓。樓前無數南歸雁，聲徹寒江動客愁。

有　懷

別君初夏又中秋，此夕知君獨倚樓。記得去年明月夜，只看明月又生愁。

利國早行 二首

驄馬雕鞭拂曙清，一天涼露落殘星。野雲千里平如水，雲外寒山無數青。

其 二

萬里馳驅久客星，艱關書劍欲飄零。秋來柳色半黃落，猶見昭陽湖草青。

呈貢署中

早晚驅車六詔間，偶來駐馬小亭閑。澄波極目連天碧，一片晴雲隔華山。

過洞庭

野花如錦草萋萋，百里江空無鳥啼。獨有君山丹竈上，徘徊常護白雲低。

白沙驛

路入桃源雲水渺，春深處處有殘花。午村晴日飛紅雨，匹馬香風過白沙。

懷蜀十二首

採 木

宮材十九泛西川，不信皇穹雨露偏。何日未央堪罷役，巴江應已斷人煙。

礦 稅

千騎中瑠夜度關，一朝羅網遍江山。年來西土傷夷重，玉節何時得旨還。

感播事 六首

虜騎歸岷播騎來，持籌當日感西臺。倘非憂國資晁賈，那得炎方日月開。

其　二

洮虜窺松播促綦,震驚西土孰撐持？更張莫恨庸才擾,自是中朝闢土時。

其　三

五桂狼麻建大旗,九邊壯士盡熊羆。一呼雲集巴江上,何有么麼瓮水夷。

其　四

楚蜀連營百萬師,分兵十道轉輸時。巴江已滿西人淚,誰爲敷陳聖主知。

其　五

播州天險倚烏江,三窟經營自有唐。誰料虎隅難久負,海龍一鼓失金湯。

其　六

猿嘯聲中板築聲,三軍還復成空城。共誇闢土三千里,海宇何嘗益太平。

房張二將軍死難 三首

將軍威武冠邊城,紫塞鳴弓萬虜驚。今日捐軀同報國,精忠千古兩齊名。

其　二

坐困孤城已半年,突圍還死賊三千。空拳獨奮援兵絕,巷戰刳腸最可憐。

其　三

感激皇恩釋繫囚,登陴便與國同仇。不堪愛妾編行伍,提劍衝鋒殺虜酋。

飛練事

戍壘俄殲十萬兵,節旄誰擁作干城。至今白骨埋青草,行道時聞鬼哭聲。

白雲署

秋臺古木老龍鱗,雙鶴翩翩白玉身。堂下若無鉗灼事,白雲詞客盡仙人。

壽山覆釜峰

煉石山中欲補天,女媧覆釜幾千年。丹成曾與安期服,可惜于今藥未傳。

桃花峰

風暖桃花萬樹開,吾家應是避秦來。可憐劉阮思鄉去,竟逐紅塵不復迴。

龍湫

翠壁煙蘿古洞幽,白雲深處是龍湫。何年霹靂驚龍去,飛瀑空餘碧玉流。

書吳生卷

十島三洲芒屨輕,偶緣採藥到神京。扁舟浪逐煙霞去,薊北長留國手名。

示兒

昨日春風又晚秋,韶光飛度那能留?後生莫道青春富,多少英雄空白頭。

程正誼集卷之三

記

游五嶽記

中原五嶽，肇自唐虞。雖後代帝王巡狩之典不行，肆覲之政不舉，而五嶽之重于寰中猶故也。五嶽初定，意在一方諸侯之國來朝，道里適均，而山之顯晦崇卑，原非所重。然聖人創制，必盡善而不可踰。不必選勝封山，而五嶽尊崇，自可以作一方之極。余性耽游覽，杖履所至，幾盡中原山川。而求其巍峨宏碩、方正端嚴、左右千里，峰巒神歸意向，未有如嵩、華、衡、岱之奇者也。惟恒山遠在絶塞，宦游不到，似不得與諸嶽爭勝于中原。然入明以來，玄嶽顯于中州，尤在嵩、華諸嶽之上。成祖靖難，海宇賴以安寧，報功崇祀，何異虞廷之定岳乎？中原有武當，即無恒山可也。余歷覽之餘，稍稍記憶，因爲略紀勝概。

萬曆壬申夏，余以武昌司理，按事襄陽，審讞鈞州事竣，六月庚午日，出游武當。先過靖樂宮。宮之制一視闕廷，殿高十餘丈，殿前碑碣高十尋，門不築臺，餘視闕門無異，羽士千人。出城三里許，遥見白雲之下危峰一簇，相向而環峙，狀如荷花。花之巔高入雲中，横亘百餘里。以問左右，左右曰："此玄岳大觀，其巔即金頂天柱峰也。"東行五十里，過紫雲亭，爲玄帝始生之地。規制宏敞，羽士數百人。又四十里至草店,即武當山之麓。店南有仙關,關之南,即崇山峻嶺,雲樹蔽空。余乘小輿,循鐵繩而上六七里許,隱隱聞空中樂聲,如仙樂自天而降。須臾,樂童出層巒之下,迎謁道旁,即前導而行。越數百步,羽衣數十人迎于宮門之外,詢之,乃元和觀也。觀之南,往往有小宮庭迎送,清音不絕。是夕抵紫霄宮,去元和八十里。宮在峻嶺之巔,殿廷稍次靖樂。一殿一級,以漸而高,畫棟朱甍,迥出雲霄之上。早晚見烟霞縹緲,禽鳥間關,非復人間境界。壬申,循鐵繩而升十里,至南巖宮。宮地稍平衍,切當金頂中條至玉虛龍脊之上。其左有捨身臺,臺高千丈,往往有至此捨身求來生福利者。又循鐵繩南上二十里,至太和宮。宮在武當絕頂,名天柱峰。峰銳不可容足,乃以石環砌其巔。砌高二十丈,巔平得三丈餘,乃爲金殿,闊三丈,高二丈餘,四旁僅可容足,中鑄金爲玄帝像,殿滲金爲之。太和宮在巔下,羽士千餘,皆山側欹危之地,架木爲棧。棧平乃爲居室,遇大風飄搖如鳥巢。余夜宿宮中,不能寐。癸酉,辭金像從西路還。道險輿不可乘,乃捫鐵繩而下。徒行四十里,入大壑中。但見喬松障天,猿聲聒耳,藤蘿迷徑,怪石當途,令人心寒骨悚。行九十里,夜宿五龍宮。宮之形,諸山環抱,靈氣有鍾,可爲神仙之窟。校之南巖紫霄,差讓奇崛而玄蘊不同矣。甲戌,抵玉虛宮。玉虛乃玄岳中條山靈凝結之地,望仙樓畔靈氣鍾焉。宮之制宏偉不殊殿廷,羽士千二百人,宇內道流未有盛于此者。余止宿宮中,依依不捨,至丁丑乃行。己卯抵襄陽,登峴山,墮淚碑故跡尚在。下游習家池,過大堤而歸武昌。

萬曆丙午,余爲比部尚書郎,奉璽書慮囚山東。九月壬辰至曲阜謁孔子廟,遂游孔林。丙申,過剛城壩,爲汶水之源,晚抵長清。丁酉,至靈巖寺。寺建自宋元,廟貌甚古,古今留題碑碣不下千餘。殿後古柏七株,上無枝葉,令蒼頭以手圍之,聯至七人乃得合抱。殿之左有鐵袈裟,下入土中,上高丈許,橫闊二丈餘,察其形不甚類袈裟,有似鐵如來蓮花座隅一衣褶。中原兵火無常,如來廢,遺鐵土中,寺興而鐵出，倒立之有類袈裟，此爲近理。戊戌，抵泰安州。己亥重九日登泰山。先謁青帝廟，迤邐而升二十里，過南天門至御屏下少憩。御屏，削壁左右，抱而中虛，如斧痕然。真宗登封時，設黄幄其下，故稱御屏。左行爲五大夫松，松不甚古，似非嬴秦舊物。道在松陰之下，東過爲東天門，迤邐而西，西升爲西天門。回首見滄溟波濤，隱隱在雲霄外。行里許至巔，遂謁碧霞元君祠。祠制頗偉，祠之左，公署數十楹，夜宿署中。廡下見李斯碣，篆文剥蝕過半。庚子，鷄鳴起，登日觀峰。須臾，見日升海底，海水皆赤；又須臾，日升水面，爲煙霞所障，轉黑無光；又片時，而日漸明，稍見波濤之狀；未幾，而蓬萊三島之勝在目中矣。峰之巔有無字碑，秦始皇所建。闊不盈丈，高三丈餘，相傳無字者爲碑莩，其文在内。宋真宗欲發之，忽雷電起山谷中，真宗以爲有神，遂止。又左行至峰下，爲磨崖碑。其字隸文，大盈尺，即崖石高爲碑，廣各四丈許。唐玄宗登封所刻，余命工搨之，得二本以歸。辛丑，辭碧霞君而回。午過石經峪。經字數千，刻澗底平石上，字大如盤，年久剥蝕過半，讀不成文。又南行過水簾洞。洞高五六丈許，上有瀑布，水落如簾，洞之中可容數十人，潔可張席。水東流里許，即爲玉女池。池畔有亭，松柏翳其上。亭中少憩，鷗鳥相逐而來，亦佳景也。薄暮抵泰安州。甲辰往青州，過夾谷山，即齊魯會盟，孔子却萊兵之地，今爲顔神鎮。乙巳出鎮入青州境。

萬曆己丑九月，余以蜀憲副被命參藩廣西。十月望後，下衢塘，過洞庭，謁湘君之墓。乃溯瀟湘而上，至汨羅，尋江潭故跡而吊屈原。十一月辛卯，泊舟衡陽之澌。壬辰望日游衡山。余攬轡南行，道出松陰之下，且值風和氣燠，滿路晴光，仗策逍遥，倏忽至衡山之麓。謁南岳赤帝廟畢，薄暮遂登山。行十里許，至半山寺。忽見海月一輪，蕩漾波濤之下，始曛繼赤，有輪無光；須臾，輪起而光生，又爲煙霞所障；佇觀頃刻，則月光在高山矣；更逢野燒方興，如火龍千條，飛騰萬山之上，與初月爭光，二景會于一時，真奇觀也。行二十里至祝融峰。時夜將半,遂謁祝融之神。少憩,羽士告曰:"日將升矣,請登觀日臺。"余從而復觀之,光景蒼茫,與岱岳之觀無異,但視初更之月,顯晦稍稍不同。二曜從海底相繼升,而十二月之望皆然,然見者鮮矣。而余獨于游覽見之,可爲平生大快。日升後,光景漸明,但見煙霧生于山麓,汹湧如波濤。須臾而烟霧平,一望千里,萬山巔巒,壘壘如青螺島在海濤之中。吾視吾身,亦飄飄然如在九天之上,視塵寰中人如蟻碌碌,不覺身世之皆空矣。癸巳,早還祝融祠,尋鐵脚道人故跡,止見碑碣數十,多没草萊。峰之左爲丹霞寺,曲徑逶迤而入。其中石室玲瓏,峰巒蒽翠,每秋高日朗,煙霞五色常棲護之。左行二里許,爲會仙橋。橋架兩崖,長二百餘步。其下空谷,谷深數千仞,遇夜風生谷底,聲如海濤。余翩翩從橋上行,如履平地,山僧不能及也。又右行爲觀音巖。巖方如削成,高十丈許。其上爲臺,下爲觀音殿。殿之側,木盤錯如虬龍,石蹲踞如虎豹,流泉自山澗中出,百折縈迴于殿前,其景甚幽。相傳有西域僧説法于此。南行七里,爲福巖寺。寺在烟霞峰之下,金簡峰在寺前。禹祭衡山,夢蒼水使者告曰:"得我金簡玉牒之書,方知導水,汝其齋焉。"禹從之,果得金簡玉牒于此山。今禹碑皆蝌蚪字,李鄴侯讀書烟霞。後入于福巖,建祠祀之,碑碣如新。又南行五里至兜率庵。庵之北爲習懶樓,庵之南爲藏山閣。其間峰巒拱抱,崖壑幽深,楚中逸客騷人往往棲跡于此。藏山閣爲楚儒陳文燭貯書之地,余是夕宿焉。甲午回衡陽,發舟過石鼓,登迴雁峰,遂入粵。

萬曆癸巳秋,余以粵大參,被命總憲兩河。時兩河大饑,盜賊蜂起。大中丞發兵剿之,寇平。御史臺按事兩河,聞民間有妄殺之議,上疏劾治兵使者,詞及中丞。中丞以御史之奏不實,亦上疏劾之。于是兩臺交惡,章各四五上,得失互異,廟堂不能决,乃檄欽賑使者及觀察使同視之。余以用兵之事盡在南陽,對部應逮之人,動以千數,欲于會城勘問,必稽奏報之期,乃謀諸欽賑,請往南陽視之。欽賑欲便過嵩山,以盡中州之勝,余從之。三月壬戌,發會城。癸亥抵陳州,即春秋陳國舊地。甲戌謁伏羲墓。墓之左有畫卦臺，相傳先年河決，墓爲河水所衝，見伏羲顱骨，其大六七圍，有二角。居民復瘞之，冢如故。乙亥至許州，即曹操所都許昌之地，亦春秋許國都也。陳許相鄰，其地無險可恃，故二國終春秋弱而不振，國亦先亡。丙子抵鄭州，即鄭莊公國都。因尋莊公悔過，掘墜及泉之地，故跡無存。丁丑至汜水縣，即虎牢關也。自滎澠以東，中州數千里內，此爲第一險。子產相鄭，敢與晉楚抗衡，非獨以其才，亦有險可恃耳。庚寅至孟津。武王伐紂，于此渡河，至牧野誓師。辛卯謁光武廟，遂過北邙山，渡洛水，晚抵登封。壬辰謁許由廟，望嵩岳而行，至少林寺。寺之大，爲海內第一。殿高十丈，僧舍不啻萬間，方丈二百所餘，僧以萬計。達磨于此修練，面壁九年，惠可侍達磨，雪深至腰，後魏時爲建講堂。堂之後爲立雪亭，今謂之達磨洞。有石高三尺許，達磨之像宛然。漢時有道士從外國將貝葉子來，種之嵩山之麓，成四樹，一年三花，白色，香異常，其樹猶在。嵩山平地崛起，高不下于岱衡。危石插天，四旁峻絕，非有委宛枝條從巔而降，如岱衡之可夤緣而升者。其東峰爲太室，西峰爲少室。少室之下爲少林，從少林而至二室之巔。其遠約三十餘里。余覽勝既完，叱馭欲返，老僧犀池請曰："嵩山雖不可登，嵩之麓多山莊僧院，其中豈無名花異卉、玄鳥珍禽可以供賞翫者，而大駕遽返耶？"余詢之，得二十餘處。癸巳，童僧二人，勒余馬西去，逶迤入邃谷之中。其間牡丹盈畝，紅紫居多，白次之，黃未及見。歷山莊凡十八處，興盡乃還。甲午發登封。戊戌至南陽視事。

萬曆乙未，余自山東徙左使入蜀，取道長安。十一月甲辰至華陰，欲登華山而阻于雪。乃登南城樓，細觀華岳形勝。其絕頂，明星、玉女、蓮花三峰，高出青冥之表，如花之有臺，超衆瓣而特起。三峰下，石峰彎環如花片，東西相向，相抱于三峰之前；左右各數十重，以次參差而降，左右瓣讓三峰高萬丈餘；青柯坪如花之心，其形沉潛，又讓左右瓣高數千餘丈，此華山之內景也。其外景，自雲臺觀至峽口，切當青柯坪，爲花之中左右瓣，各二十餘重，亦東西相向，彎環而相抱，東瓣則趾東而巔西，西瓣則趾西而巔東，其間毫髮不紊，合東西橫長約六十餘里，此華山之外景也。造物之靈不知何以至此，此之謂太華。太華者，大花也。戊申，雪霽乃登山。先謁希夷于雲臺，從峽口入。峽之水來自三峰下瀑布而出青柯坪，抱坪山左右相插，故其水百折，道循澗水而升，故亦百折。而至坪，雪消徑滑。至坪暮，宿公署中。羽士謁而進黃精，余詢其所從得，曰："于署陰得之。"余未識黃精之苗，喜而出視，乃知此山之鍾靈也。己酉，日出，雪盡消。余易常服，循百尺峽而升。少憩，又升千尺幢。幢峽高三十餘丈，其升以梯，梯施木于石溜中，下斂上縱。余望天而升，不敢俯視。手足捫梯木，固而不滑，亦不知其險也。幢盡過狐孫愁，又過閻王扁。扁徑不容足，以耳貼壁而行。其下削壁千尋，不啻九霄之上，視幢峽又不同矣。扁盡至老君犁溝。溝懸削壁間，深二寸餘，中止一溜，有罅而無級。身貼壁，拇趾捫罅而升，平石壓其巔。上行路絕，有銅柱數莖施壁間，板屬之。緣板而升，遂升日月巖。巖之東，爲仙掌崖。掌高三百餘丈，其拇長十尋，引而西指，百里之外皆見之。巖之上，爲金天洞。洞左右二宮，鏤石巔爲之，其中諸天金像無數。右行，爲蒼龍嶺。嶺闊不及尋，長半里許，其下高數千仞。余俯躬閉目，跨龍脊而行。須臾巔盡，至大夫松。松之下雪猶沒脛，遂登玉女峰。巔去明星、蓮花二峰各百步許，以雪深道險，舉觴小殿內，歡賞留題而還。庚戌從華陰西行入蜀。

前入蜀記

余從曾祖十峰公爲蜀憲副，備威茂，建昌兵歸，言錦江三峽之勝，余自髫稚時則聞而心慕之矣。顧自釋褐授官司理在楚，入爲司寇郎，奉璽書，治獄在青、齊、遼海間，尋擢副臬憲在滇詔，于所謂錦江三峽之勝，徒夢想耳。萬曆己丑春，余除先大夫服，就銓得蜀臬。人曰：

"子之以憲大夫出也,昔滇今蜀,遠道艱關,非才之罪,或者其數奇乎?"余笑曰:"子惡知我,此吾平生願也。"五月丁未朔,治裝欲行,而遭次男之變,遂以六月己亥發華溪,七月壬子過草萍,入江右境。時東南大旱,江湘間,一望千里,枯槁欲焚,諸僕從苦炎蒸,病者十九。至九月乙巳朔,方抵夷陵,則秋色朗然矣。丁未渡江西行,入深谷四十里許,乃逶邐而升,復五十里至白沙。在萬山上,時天色陰暝無所見,止道旁幽林邃壑泉聲潺湲而已。是夕宿驛亭。蚤起西望,絕巘排天。問輿人,輿人曰:"從巘升也。"遂屬絙于輿,白衣十人引絙而負以升。余仰臥輿中,聽猿聲從雲中出,行十里而及巔。曲磴層崖,縈迴詰屈,負絙者指曰:"此所,蛇倒退、鬼見愁也。"然路非羊腸,悉劚石爲層級,寬廣可容四馬。蓋楚、蜀二中丞新除茲道,千里同之。余因憩小亭中,東望楚山川,則纍纍脛胻間矣。乃從(亥)〔仄〕巖西下。過(鷄)〔鶄〕鶋鑽天峽,凡七十里而至建平。庚戌,登九灣,過荒口,渡江宿歸州,即秭歸也。城依山而隘,然州治臨大江,南山擁翠,兵書峽左環之。峽之內爲香溪漁洞,其中幡幢僊獸之狀,巧自天成,大都類臨安之南明、萬象,稱勝地焉。壬子宿巴東。癸丑抵巴中驛,幼女病劇,家人停問醫,而余以單騎先行。乙卯,過三會公館,徘徊久之。蓋三會之山從東來,而館前之水西去,山中潛外起,拱抱若垂蓮,後扆巫山之十二峰,而前對天柱,意山靈有巨蘊也。又四十里而宿于巫山。丙辰過白帝城。城跨兩山,公孫子陽曾據之,自稱白帝。山之巔舊有祠,祀子陽其中。嘉靖間改祀昭烈。余及城已暮,命列炬登之,肅入謁昭烈像。僧指鐵柱磯、瞿唐峽在隱約中,灩澦在城趾,水没如象,餘無所見。出城謁杜少陵祠,夜宿夔門。丁巳抵雲陽,遂兼程去,凡八日而至巴城。城臨大江,四面崖塹如削,高數十尋,真所謂天險,元末明玉珍據以稱帝。山從西北來,入城束如瓜蒂,廣二三丈許,此外則二江夾環之矣。城之形,北軒而南輕,勢如伸掌、如停舟,居民數萬家,率多巨室。江以南,山崇聳插天,爭妍競秀,他所鮮及之者,故西蜀人文,巴稱最焉。又五日庚午,過內江。內江山水,故稱奇麗,因夜雨棲山寺中,遂失致詳然。次早,道出西門外,溯江流而行。見其大阜森森,蒼翠逶迤,四面而起,較之巴城之巉嶪層巒不同也。江之滸,多鏤石為諸天像,至百餘尊。怪石幽泉,所在有之,亦見之行馬間耳。又五日乙亥,為十月朔,過龍泉坡。坡高十餘里,東來蜀道至此而崇山盡矣。坡之巔睇錦城在雲煙中,曠野平原,極目千里,成都支郡三十在掌中也。是夕,宿龍泉驛。丙子入錦城。城內外民居多草舍,環以竹籬,墻垣鮮磚石者,蓋民俗皆窳,遠邇皆然,蜀都之多火患以此。丁丑蒞任臬臺,見文武僚屬。臺前為門者三,深邃異他省。晚詣藩司,門之右,大阜高十尋,相傳武丁擔土成之者,名武擔山,漢昭烈定蜀,即位于此山之南。山前數百步有墨池舊碣,則楊子雲墨池在焉。然穢不治矣。戊寅,朝蜀藩。其宮闕巨麗,視朝廷半之,而殿庭材美,則取諸蜀山之尤,有司輸京闕者或少讓也。未幾,中丞李公入蜀,余循故事往逆之。出駟馬橋,過新都,見田間溝澮百道,大小縱橫,汪洋周貫。詢之父老,水從灌縣來,其疏浚始于秦守李冰,成都沃野千里,鮮凶年,咸稱冰遺澤焉。至彌牟鎮,有諸葛武侯祠。祠前為八陣圖,隱隱在蓁莽中,凡百二十八聚,隊伍森然,試以鉏發之,皆拳石。往時居民有侵取其地者,今築土圍之矣。

十一月己酉,余得報,移參粵藩。藩臬大夫及諸閫帥相與餞余于郊。于是,日尋青羊、草堂諸名勝,無虛日也。青羊宮,古殿崇偉,萬綠蔽空,在城西南隅五里許。相傳老子青牛之變為青羊,故謂關尹喜曰:"尋我于青羊之肆。"今宮中有銅羊,則築宮穴地得之。宮西,過小橋,為武侯祠。祠前,為浣花溪。又西北折為草堂,皆南臨碧野,渠水縈紆,道旁積翠欲流,所在堪翫,不忍去。東過濯錦橋三里,為薛濤井。濤名妓,井其所遺,水味甘冽異他泉,淬為箋,比高麗更堅而瑩。又三里為中園,蜀藩奉御輦所治夜臺,雖非高阜大陵,然修柏摩空,景亦幽邃。又數里至昭烈陵。陵左為明良殿,祀先主、武侯其中,配以關張。北地王輦登陵，則城內外在盼中矣。十二月己卯，余出城南門，過萬里橋，抵雙流。萬里橋者，武侯送費禕曰"萬里之行始此"，因得名。壬午至眉州，登舟由錦江順流而東。甲申，過青神之中巖，登水月樓。翠屏環峙，前俯大江，憑欄胸次灑然。下樓東北行入澗中，丹崖十尋，崖之下涓流成池，小魚潛石罅中，僧呼之則出，爲喚魚池。過橋，上丹磴里許，爲玉泉亭。泉泠泠出石竇中，懸巖覆其上，藤蘿翳之，景最幽可人。又渡小橋而南，爲中巖寺。寺之左，懸構數十楹，穿度之而登伏虎崖。崖成小石室，有詎諾尊者陶像倚焉。前峙二石如門，門深十餘丈。至像前右折，由石級以升，級亦在峽中，級盡爲詎諾古殿。殿南向，殿前石臺方廣與殿稱。臺之左，倚門右石，而臺右，又峙石偶之，並高二十餘丈，如兩浮屠然。詎諾尊者，則羅漢五百中第五人也。乙酉至嘉定州。州東三里許，石崖臨江，刻彌勒像，高三百六十尋。像左迤邐而登，又五里許，爲凌雲寺。右爲東坡墨池，又爲註書臺，彌勒像頂與臺趾齊。臺之旁，九峰環列，望峨眉隱隱在白雲間，然不及登矣。丁亥至叙州，登翠屏山。岷江出其後，馬湖江前繞之，合于城東馬湖江，即滇詔昆池之委也。辛卯至瀘州，爲滇、黔、秦、楚四通之衢，水陸輻輳，于蜀爲最衝。乙未過重慶，即巴城也。晚舶長壽。次早過李渡，民依大江北崖，煙火千餘家，爲估客往來停舶之所，稱雄鎮焉。丁酉過涪州。己亥達酆都。酆都左，登山有上升臺，二仙圍棋像如生。壬寅至萬縣，則除夕矣。因停舟三日。庚寅正月乙巳，抵雲陽，祭張桓侯而行。丙午至夔門，觀八陣圖隱隱在明滅間，所聚石約如斗大，與新都不同。說者謂圖在夔門者，以窺吳也；在新都者，以窺魏也。嗚呼，武侯之忠竭矣。次早舟達白帝城下，不復登。過灩澦，水落高二十餘丈，因舶舟于鐵柱磯。二柱皆剝蝕，不辨年代，高丈許，大五六圍。説者謂昭烈時所建，然至今猶以鐵索鎖江，備他盜，有司遣民兵守之。舟行過鎖處，不半里而入瞿塘。兩崖削壁，仰天一綫，舟往往因風蕩入崖下崆峒處，如水宮，上不見一綫之天，而下臨不測之淵，令人毛骨寒矣。赤甲山高峙，峽上半壁石窟中見箱形，俗稱風箱峽。出峽八十里抵巫山。己酉出巫山，峽勢不異瞿塘而長倍之。望巫山十二峰，岑崟參差，羅列江側，峰之麓見神女廟傾圮在荆莽間。庚戌舶巴東。次日，達秭歸，過人鮓瓮、石門灘而出歸峽。峽長十里，石寶有書形，稱兵書峽。遂舶於新灘。灘巨浪震撼，晝夜鳴，嘉靖間山崩而成，故名新灘。次日癸丑，余盤灘而下，乙卯舶黃陵廟前。相傳禹治水時，神人牽黃牛道之，因以成功。則黃陵君，乃助禹治水之神，孔明曾誌其事。余早起謁廟，見沿江兩崖皆亂石，而三珠聯絡江中，高十餘丈，石銛子立，水漲珠滅頂，則川江第一險也。自此抵夷陵，爲石碑峽、黃金藏、南井關，沿江諸山皆異形別狀，面面峰巒數層，玲瓏互見。舟行則四圍如燈中走馬，亦奇矣。元宵夜，舟達夷陵。大約川江三千里，皆兩崖絕巘，中夾一水而行，三峽其最迫者耳。余出入蜀道，不過半年，而水陸往迴，蜀以東山川大都略盡。其北道達秦中，尤多古蹟，且有待也。庚申抵荆南，易舟過洞庭，浮瀟湘，遂西入粵。

後入蜀記

萬曆乙未秋，余以山東右轄徙左使於蜀中。生平有山水之癖，南北名勝，如嵩、恒、泰、岱、衡岳、武當、六詔、九疑、三湘、五嶺，二十年之内馬足將遍，寰中惟華嶽之奇未獲登覽。今茲入蜀，舍江淮舟楫之便，徑從淯沔西行，以便登太華，盡聯雲劍閣之勝。十月己卯，發驥濟南，從張秋越濮陽，北過太行之麓，甲申入河北境。其山川、土田、溪流、池沼、竹樹、桑麻酷似江南風景，以此河北賦額倍蓰河南。己丑，渡河抵孟津。辛卯，過北邙山。山高百餘丈，長百餘里，西抱洛邑，東障大河，遥望如河堤狀，上無巔巒，無竹樹，荒丘廢塚，極目纍纍。居民鑿井汲泉，深過千尺。自北邙以西，民多穴處，風景又不同矣。壬辰，入洛陽，徘徊竟日，審視洛中形勝，南不得面嵩，北不得負河，伊洛經其左而歕流,澗瀍出其東而傾洄,百里形勝,爲支郡則有餘,爲帝都則不足,無怪東周、東漢之不振也。十一月甲午,抵新安,度函谷關。乙未過淆谷,即孟明喪師之地。丙申至澠池。澠池在崇嶺中,秦王於此擊缶。澠之北爲黃河,中隔一山,相去二十里,砥柱之險在焉。衆險萃於一區,關中與中州恃此爲一界限。丁酉至陝州,古稱陝以東,陝以西,即此地也。己亥至靈寶,謁老子祠。相傳老子生於兹邑,祠面大河。河外爲王屋山,形勝殊絶。余愛之,再宿而去。辛丑抵潼關。關之險,大河自北來,華岳從西降,自關外以至陝州,二百里間,河流即在山趾中開一道,僅容單車,山削壁,無容趾之地可升;河湍流,無一航之津可渡,一夫當關,萬夫束手,所謂潼關百二,非誣也。壬寅度關,癸卯抵華州。從輿中西望,忽見皎日下,黑雲蔽天。余怪之,拭目凝視,非雲也。以問輿人,輿人云:"此華山耳。"乃知華山之高,與衆嶽迥異。甲辰至華陰,遇大雪,戊申始晴。乃携長兒明志、幼兒明見及外弟吳以時等數人先至雲臺觀,謁希夷像,乃從谷口登山。山形如花,每瓣高數萬丈,左右瓣各數十重,參錯相抱。徑路遡澗水之玄而入。逶迤而升二十里,至青柯坪。坪之狀如花蘂,左右瓣環峙而抱坪,視坪高不過千丈。蘂之上有明星、玉女、蓮花三峰特起,狀如花中之臺,視衆瓣之抱坪,高不啻數萬丈。前此蔽天之雲見於百里之外,即此峰也。自坪而升,至三峰四十里。余抵坪日暮,止宿公署中。己酉易常服,短褐布屨,命二三童子掃雪而登。至回心石,羽士數人請曰:"積雪未消,徑滑不可行,請待來日。"余不從,遂扳百尺峽而升,又升千尺幢。幢峽,削壁中開一溜竅,其溜之兩旁,納如椽之木於竅中,約三尺爲一級,級三百餘,下斂上縱。扳木望天而升,幢盡爲飛雲石,可容數人少憩。循仄徑左行,有石如猿,攢眉望險而立,謂之狐孫愁。又左行,過閻王扁,削壁千尋,一徑廣不盈尺,肩摩壁行,目不敢俯視。扁盡爲老君犁溝,溝懸削壁間,滑不可循,捫左右罅而升,約三百餘步,有石壓其上,乃爲銅柱,橫施溝壁,版屬之,溝絶,從版升。俯視溝底，直達回心石，高萬丈餘，魂消心悸。又左行，見仙掌崖在數百步外，險不可升，乃升日月岩。高數十丈爲石竇，扳緣而行，其升頗易，至巔爲金天洞，鑿石爲宮。宮高廣約十丈餘，內刻諸天像。左右二宮，楹甍并峙。嘉靖間秦中地震，裂其左宮，其右宮無恙。又左升爲蒼龍嶺。嶺之狀如巨木斜倚空中，長約五百步，員闊不逾七尺，挺身布武，壯士爲難。余乃閉目俯躬，跨騎龍脊，左旋右轉，手足並馳，正李于麟所謂裊嶺騎行者，倏忽而至蒼龍之巔矣。余幼兒不能度，哭泣而回。須臾，見大夫松，遂抵玉女峰巔。坐小殿中，望明星、蓮花二峰，皆在咫尺。以日暮，歸途險遠，舉杯對賞，盡興而還。晚抵青柯坪，時正舉燭。庚戌，回華陰，晚至新豐。余以華山衝寒，欲避會城交際。辛亥早發，取道驪山之下，徑抵咸陽。壬子出咸陽城十里，見道旁白土一丘，上有石碣。以問輿人，輿人曰："此楊妃墓也。"乃知爲馬嵬故跡，不覺悽然。癸丑至扶風，即漢三輔故土。但漢室扶風，盡有鳳翔之地，今特其一隅耳。甲寅，抵岐山，文武王業此地開基。諦視形勢，邑城在山脊之上，水左右分，周室洪基此地，何能托始？或者滄桑更變，今古微有不同。乙卯渡汧水。水發源鳳翔，東入渭，非子養馬汧渭之間，即此地也。是夕宿飼雞臺。丙辰抵寶雞，渡渭水，南入秦山，即棧道始站。夜抵東河驛，在萬山之上，其間民風土物，即類蜀中，與關中迥不同矣。戊午過陳蒼，抵鳳縣。己未出斜谷口。庚申度衙嶺，宿武功。辛酉過七盤關，抵褒城。五六日之間，上下溪嶠，倏忽星淵，萬徑千途，故跡載道，總在連雲棧內。七盤乃蕭何追韓信之地，而褒城縣即漢祖之國，築壇拜將處也。癸亥至沔縣，謁武侯祠。南望定軍山，松柏陰森，武侯陵墓在焉。五丈原亦在望中，但見雲物亭亭，似猶睹武侯生氣。十二月甲子，過嶓冢山。山下小澗，即漾水、漢水於此發源。山之南有神禹廟。二十里爲金牛關，相傳秦惠王欲併蜀土，道路不通，知蜀主愚而貪，乃詐爲石牛糞金，紿蜀主，欲以相遺。蜀不悟，使五丁鑿開此峽，以度金牛，秦由此進兵滅蜀。乙丑抵寧羌州。州之南，山高入雲，楚之玄嶽七十二峰，蜀之陽臺、三峽枝幹皆分於此。丙寅至黃霸驛。過驛數十里爲白水江。此江發源鞏昌，自北南流，出徽州、略陽，經保寧、重慶而入大江。中州貨物不由陸運而達鞏昌，皆由此道。丁卯抵神宣驛，始入蜀境。戊辰抵廣元，己巳曉行，登高阜遥望劍閣，隱隱在雲樹間，道險不可行，乃從東路。辛未至保寧，住錦屏驛。錦屏之山如畫，百里南來，爲郡城朝山。山之下，江水灣環如帶；山之上，古木參差，蔽虧日月。小亭在重陰之下，翳以藤蘿，夏月登之，依依不忍捨去。壬申至鹽亭。癸酉抵潼川州。乙亥至新都，乃舊游，山川風景如故。丙子，入會城蒞任。此時藩司中紀法荒唐，政務廢弛。余至勵精振刷，痛懲翫愒之風。數月後，禁止令行，衙門始飭。至丁酉歲，余帑中稍有羡金。他無所用，乃謀諸范晞陽，將洗墨池從新修建，精彩焕然，范晞陽作記勒石。華山景此記已具，後作《五嶽記》，不得不入華山，彼此互有詳略。

撫治西南夷記

萬曆癸未春，余以比部郎擢副雲南臬憲，住鎮臨安。備臨安、澂江、廣西、廣南、元江、鎮沅、土流六府兵事，其餘土司，如者樂、威遠、車里、八百等處，延袤數千里，皆在節制之中。除流府外，其土府土司叛服無常，素稱難制。而元江幅員千里，象馬數十萬，兵力甲於西南，則又難之難也。弘正間，土知府那鑑爭印作亂，邊境不安。雲南布政徐波石，好談理學，不諳世務，謂禮讓之化蠻貊可行，不修文誥，以達其招撫之誠，使夷人疑畏消釋，遽携門皂騾入元江。道路訛傳徐布政潛師進剿，那鑑出其象馬逆戰於境上，將徐波石人衆躪踏成灰，骨骸無踪。當路以事聞，朝議謂元江去中國萬里，山川險阻，財裕兵强，即命將興師，經年不能達其境。況象馬之鋭，我兵必不能當，儻一失利，全滇不爲吾有，衆議紛紜不決。及那鑑死，止削土知府職銜，叛逆之罪，迄今未討。其子那恕，以土舍管理地方。因負不赦之辜，向懷疑畏,時時修飭武備,以自提防。有江西鬻販棍徒,常以虛聲恐喝,謂天兵某時進剿,由某路某路入。那恕恐,輒以厚賄賄之,或資其秘計緩兵,或賴其傳報聲息,以此,那恕常懷反側之心。余補臨安部,實冢宰嚴寅所公主之,公滇人也。濱行,叩公夷情肯綮,公曰:"臨安邊務,莫難處於元江,元江反側,爲奸徒所欺誑耳。叛逆失討,今逾八十餘年,勢實不能,非不欲也。那鑑老死,那恕久加冠帶,赦罪雖無明詔,征誅其已矣。不如推誠待之,諭以天朝宥過之仁,本道安邊之意,興兵致討,事在必無,使其情意相孚,自然推心於我。而疑畏消,反側定矣。"余以爲然。及涖任,晤中丞劉鳳屏公。公曰:"全滇土官,惟元江最難處。去年緬寇猖獗,欲調元江兵三千,赴永昌策應入出,火牌促之,那恕一兵不發,此酋桀驁太甚,反側可虞。"答曰:"本道到地方,相機處之,無煩台慮。"及駐鎮臨安,追思寅所公之言,凡元江舍役,奉文到道,一以誠心諭之;元江有事控訴,必爲委曲處之;錢糧積逋,諭令舒徐補解,省往時催科之嚴;盜賊生發,諭令設法緝拿,捐昔年比迯之令。所化誘,惟效忠宣力;所訓飭,在怙惡懷疑。未及半年,那恕感恩輸誠,視余不啻父母。劉中丞漸聞那酋輸服,元江順治,心疑不以爲然,乃設事試之。忽公移中傳密札云,隴川蕩平,曩烏、授首、迤西一帶,如蠻莫、憎密、木邦等處,皆望風質子歸降,獨車里、八百、老撾三土司猶然負固。足下威恩久播,那酋願效馳驅,請移檄元江,責成招撫。儻諸司效順納款,免致天兵遠征,厥功尤偉云云。余領劄,謂中丞以難事責我,當試我耳。若不得三司歸降,彼將持吾之短,而那酋效順之言虛矣。即遣指揮夏表,前赴元江檄諭那恕。恕奉檄,忻然願效死力,具文報命云,諸司去元江三千餘里,招撫爲難,卑舍倚天朝威靈,躬到彼中,或免僨事,但奉將天命,宣文誥於遠方,中間委曲機宜,邊愚未諳,願赴天臺面領方略,乞賜俞允云云。隨批那恕不必赴道,有事具文候詳。行間,恕又揭稟云,卑舍奉將臺檄,十日西行,但中間事體,既無故跡可循,又無文士可賴,非叩臺面領指授,儻施爲舛錯,事功不成，如反命尋國何？夏表又爲代禀，情詞懇切。余愍恕依戀情真，不忍阻絕，遂諭夏表，那酋姑許一見。元江自那鑑跋扈，天討不行，勢益鴟張，滇南畏憚如虎。臨安士民，聞許那酋入謁，通城大驚，謂地方從此陸沉，難以舌救。乃暗造謗帖，云那恕圖復太守職銜，差人賫三萬金，來往夏表家，鑽刺行賄，遍城粘帖。次早，巡捕官拾帖來禀，余笑曰："不妨，我門伺候。"每日二三百人，晝夜不絕。元江重賄到門，誰不見之？青天白日之下，受與不受，誰能枉其實也。我不以此避嫌，阻人向化之念。但酋來一見，事之濟否無關。既乖輿情，不妨令其中止。遂批其揭云，那恕免行入見，刻日西行，功成賞賚。那恕以甲申九月初旬起行，止領招降告示三道，大旗三面，及與三土司公文三通，其隨行資費，及各司相見幣帛禮儀不下萬金，皆酋自辦，不領官錢。至乙酉三月朔，夏表入見云，職去元江視印，車里、八百二土司納款奉貢。前月夷使已到元江，即欲具報台臺。緣那酋欲因款貢，躬引入謁，以舒其思慕之誠，恐台臺先知，又行阻止，將職羈縻，謹守無隙，具文。今挾職與貢使同行，已到西湖嘴，去臺止五十里，方許馳報。余思元江不見天日將及百年，那酋乞見再三，向慕懇切如赤子依母，非有他腸。我若復嚴阻之，非蕭王推心置腹之意，況去城半舍，勢難却迴。即傳諭夏指揮，准其入見。柴薪米麵之屬，許與隨行；所携器物衣裝，收住寶秀驛，不許賫帶；更不許多隨人馬，騷擾地方。仍具牌曉諭那恕間。忽中丞傳檄云，元江叛亂百年，非吾人久矣。道路喧傳，將入臨城，見道果然，則放虎出匣，何以收之；地方阽危，誰任其咎？可急宣嚴令阻之。余以軍門傳檄，法當奉行。即備云檄詞行阻，那恕免入。仍與夏表札云，那恕欲入獻功，業已許允。軍門檄至，又不容寢格不行，但那恕之情不忍重拂，如本酋苦苦欲面，從之可也。發行間，酋復揭禀，天臺慈心允見，萬衆騰歡。旋不允從，知非天臺本意。今天光咫尺，不得一睹慈顏，即使俛首西歸，何面目見部下夷衆？敢乞台臺坐於南門城上，卑酋率夷衆邐拜城下，但得一見光輝，榮勝佩服華衮云云。忽夏表入禀，那酋已至南門，可否登城接見？余叱云，元江人亦吾赤子，接見自有衙門，豈有不容進城之理！即令夏表指引那恕及貢使入謁。其部下衆夷，俱隨旗牌引進。那酋伏甬道上，衆夷伏丹墀及二門外，不下千人，寂然無聲。余發束帖公文，不覺其進。須臾，顧見堂下人衆，問跪者何人？答曰："元江府土舍那恕！"時那恕同跪三十餘人皆小帽青袍，衣裝一色。問："孰是那恕？"恕擡頭云："卑舍是！""同跪何人？"答云："元江府鄉官。"問何職衔，各官自答，皆府衛佐領等官。問："鄉官何故到此？"答云："土舍畏威，不敢獨見，卑官皆治下，義當隨從。"余以嚴詞責那恕：貳心跋扈，久不效忠；又以溫詞與那恕：懷德知恩，幸能易轍。那恕面赭如血，汗流如雨，叩頭不敢仰視。余呼那恕聽分付："爾祖係知府職衔，爾又賞有冠帶，爾及各鄉官皆出更衣入揖，部下人免進。"那恕喜動顏色。及各官更衣入跪，命之揖乃揖，叩頭無數。禀稱："先人原非作亂，止以愚蠢傷官，朝廷緩兵不誅，感恩入骨，豈有反側之意？實由奸人貪賄，流布訛言，上則聳動上官，使三堂朝夕震怒；下則恐嚇卑舍，使一家晝夜驚惶，控訴無門，惟有悲泣。非天臺真心撫恤，何得復睹太平？"携其子年方十歲，長跪叩頭，潸然淚下。次早，行臨安府取庫銀四十兩，紵絲十六疋，清帕八十方，給賞那恕；又製衣巾一套，紙筆經書各色，賞那恕子；牛八頭，酒八十罈，米八十石，賞部下夷人。夷人謝恩出，歡聲如雷。次早，差指揮白極督押出城，不許稽留。時刻白極報稱，那恕部下數千人劄營城外，號令極嚴。一人取路傍稻草一束，即行斬首示衆。住臨城四日，秋毫無犯。那恕出城後，即行指揮王盤石帶領入貢，夷酋奉表文貢物入驗。車里立東丹墀，八百立西丹墀，表文貢物陳月臺上。每司表文一通，大金爐一座，大金瓶花二座，象牙八枝，犀角十六枝，沉香、檀香各八枝，古喇錦八疋，西洋布十六疋，進送三堂二司及本道，儀物隆殺有差，皆犀角、沉檀、緬布等物。除本道不收，發臨安府貯庫外，其餘貢物儀物，俱聽各酋收領。奉貢夷酋每司百二十人，余恐貢事完後，意外生讒，或有貢夷非真，妝飾欺君之謗，責令巡捕官將二司夷人，逐一解衣查驗。其頭目職位高者，遍身刺成黑花，上至胸膛，下起足頸，耳穿大竅，帶琥珀二枚，如筯大；職位下者，刺花皆起於頸，或至臍，或至股，或至膝，以次而降，耳帶琥珀，亦以職位分大小，最下帶通草而止。驗畢，發回新建驛，查照禮部事例，行府設宴二席，宴二夷於驛堂。指揮夏表、王盤石陪之，每司賞牛四頭，猪八隻，米四十石，酒四十罈，以作廩糧之費。賞完，將夷使送謁二臺，貢物解驗會題訖。

愛日軒記

萬曆戊子秋，余釋先大夫服，就銓京師。屬司城徐巽齋公亦謁選銓部，携其冢君君復，與余同寓長安。自冬迄春，盤桓燕市。時冢君方在髫稚，見其丰彩英發，器宇沉凝，博覽羣書，知爲大受不凡之器。至萬曆丁酉，以太學生就試北棘，登乙榜。屬余以四川左轄入覲，遇君復於長安。覽其試卷，嘆曰："此才即大魁天下無愧，奈何爲滄海遺珠乎？"意庚子必且奪魁，豈期君復數奇，屢試未第。丁未，君復歸自燕。余聞其抑鬱不暢，往訪而慰之，延坐于愛日軒中。余見堂構精美，黝堊聿新，以問司城公："不佞久客君家，何未見此軒也？"公曰："此冢兒學顏新構也。兒性孝，生平定省不缺。今不佞夫婦犬馬之齒長矣，冢兒記憶在心，愛日之情不能少置，不欲遠離膝下，以曠定省之儀。爰構兹軒以朝夕藏修於此。且冢孫敏慧，學爲文矣，時當出就外傅，不佞話犢之愛，又不忍其遠離。兒體我心，亦就兹軒爲訓子之地。則兹軒之構也，冢兒爲孝養計也。故以愛日額之。"余曰："君復孝哉！以温清之故而構此軒，推其心，真舉足不忘父母，其行可風也。"時不佞二兒允試在座，曰："君復孝行，大人能盡知乎？"余曰："未也。"曰："司城公元配王孺人，年四十而舉君復，孺人慇慇望君復之早成名也。"

萬曆辛卯，君復年弱冠，從司城宦游於燕，遂入太學。一日孺人疾，君復視寢處，躬躬劑。衣不解帶者三月。孺人疾甚，君復禱於天，請以身代。是夕，夢神人授之藥物，木質有細紋，曰："此木瀝也。爾母服之，病良已。"君復覺，質諸醫者，以爲牡蠣也。亟取視之，狀與夢異。乃審神人所授狀，遍索藥裹之中，不得形聲之似夢者。及博採醫家書，得荊瀝焉。乃取荊木加於火上，而取其油，狀與夢協。諸醫以爲不可服也，君復強進之。一進能言，再進能食，三進而恍然汗出，霍然病已。此君復精誠之格天也。

司城公久居輦轂之下，勤勞王事。聖天子嘉之，賜金帛以酬其勞。權幸側目，相與媒蘖，司城公中以危禍。一夕，君復夢猛虎從七級浮屠而下，咆哮過其側，疾歸持杖待之，虎俛首不噬而去。次早，使者奉詔收捕司城公。時縉紳繫獄，率多經年。司城公患之，曰："吾不知寬網之何時也？"比入，謁大司寇，見犴狴於獄門。君復曰："夢應是矣。虎嘯不噬，無凶可知。兒以浮屠七級占大人之危，疑止七旬耳。"於是三上疏，鳴司城冤。納言不以上聞，又以見冤狀泣訴在廷諸大夫。諸大夫莫爲昭雪，司寇逢權幸意，羅織司城公罪，議死刑加三木，爰書成矣。君復號哭爭之，不能得。乃自齧其臂，血濺於司寇廷中。司寇爲動心，罪從末減免三木，送廷尉評。司寇公之疏上矣，又留中，逾日不下。君復旁皇，復泣訴於政府濮陽趙公。公爲從中調劑，遂得旨放歸田里。自司城被逮之初，至評允上疏之日，時政七旬。比至得旨歸田，則七旬有七日也。非君復純孝格天，何夢兆之不爽一至是乎？

夫君復之爲子也，母寢疾，鬼神佑之而其母疾瘳；父蒙難，鬼神佑之而其父難釋，皆於死中得生，此人子之所難能又非溫凊比也。君復賢哉！抑君復負奇偉博大之才，聲價已高宇內，旦夕登青雲而依日月，柄臺省而司銓衡，移孝爲忠，樹掀天揭地之業，斯時也，君復孝養司城公及王孺人，其衣華袞，其食太倉，開綠野之堂以怡二親，所以展其愛日之情者，寧止一軒已哉？余曰："嘻！君復之孝思可則矣。余今日乃知君復深也。"因命二兒書之。

程正誼集卷之四

記　序

朱惟成公祀田記

　　余爲諸生時，講業于兜率臺中。時則德茂朱君、貞甫應君皆以博學能文蜚聲膠序矣。一日過余，譚聖賢學，語津津不能已。財葺蘆爲舍者三，各處其一，而朝昏講切于其間，食不殊席，游不殊方者六七年所。二君雖以藝文翹楚諸生間，而志意昂藏，所負荷甚重，匪獨青紫云爾。貞甫君者故司丞天彝公子也，而德茂之父惟成公則貞甫母兄也。余生後惟成公，未識公素履，而以爲德茂俶儻奇偉人，慶源必有自矣。以問貞甫，貞甫曰："公其誠吾鄉隱君子哉！砥行方而不劌，治生儉而能施，黜矜夸，崇樸茂，而至其篤于親也，尤難能也。父病十年不已，公焚香夜禱，拜斗于後庭，不肉食者三載，朝昏視起處，躬躬劑十年如一日也。父喪飲血骨立，草土蒸而得疢，逾年而逝，其嫌于以毀滅性者乎？而公則過矣。愛其兄若弟，何啻愛其子。蓋自髫齔以迄二髦，未嘗幾微見于顏面。媺行高節，即里巷童氂猶鑿鑿能言之。公爲人雖冲焉挹損，不自暴于閭閻中乎，而以其人求之於邑前修，指惡可多屈矣！"余聞貞甫言，悒悒恨與公不相值者，而益稔知公。公娶於張，生三子。長延齡，其妻孫與先太夫人爲兄弟；次延德；又次延榮，即德茂君也。惟成公卒，張獨主家政二十年。辛勤拮据，業日以起，而所以教其三子，撫其諸婦若孫者嚴與慈備至，鄉之人咸嘖嘖曰："賢母！賢母！"德茂君與其伯仲皆友恭，能世其家法，亡異惟成公之所以處兄弟也。母没，同居二十年，伯仲之齒長矣。德茂儒者，莫或領其家政，三人始異產而居。嘉靖丙辰之十月，奉惟成公及母張合葬於東陽之東青山。山廣凡六畝，山之外地一十二畝，卜地之吉而創墓廬焉。堂寢凡數十楹，祀事舉矣。又置田五十畝，塘稱之，以供粢盛，脩（哺）〔脯〕之綱之紀，百度飭焉。屬余以先大夫憂歸，德茂過從文山之曲，徵余言記之。余曰："吾鄉君子，積德累行如惟成公，而未食其報，所以報之于子若孫，以大其門閭，而崇其祀典者，何可量也，惡在其為田也。敦倫表俗如惟成公，而聲未暢也，將有觀風者採之，以祀公于膠序中，有可期者，而烏在其為田也。亡亦君與伯若仲者，所自展其孝思者乎？創制一時，而為千百年計，君之意邈矣。余不佞，言何足為君重，抑君之言曰：'祀產之傳在子孫，其拓基宏業，永譽流光者上也；敬守亡墜，弗忝前人次也；下此，則乾没神需，侵漁公廩，貪饕恣慾，憪不畏明，若此者神且怒之。'亶哉言乎！"吾以此為君之子孫勖。

文山祖塋記

吾高祖七三府君，諱坊，字世廣，為上祖一八府君第二子。初娶胡氏，生瑞一府君，即吾曾祖也。諱佑，字彥泰。繼娶應氏，生三子，詳見譜中。瑞一府君娶楊氏，生三子，長為贈通奉大夫瑛二公，諱麟，字伯祥，即吾祖也。次諱鳳，行瑛四。又次諱龍，行瑛七。瑛二府君娶楊氏，生三子，長諱楊，行璁一；次諱椿，行璁四；又次即贈通奉大夫吾考方峰公也，諱梓，字養之，行璁六。瑛四府君生一子，諱檜，行璁三。瑛七府君生二子，早夭。璁一府君娶任氏，生四子，典、德、奎、規。璁四府君無子。吾家自先世以來，信堪輿家言。然為其所惑而誤者多矣。地不吉不葬，時月不良不葬，枝數不均不葬。葬大事也，夫安可不慎？然必求三者之協吉，百亡一二矣。地吉也，枝數均也，而今年時不利,明年月不利,蹉跎觀望,坐失事機,櫬相枕于後庭,而不得尺寸之土以爲安也,則吾鄉之敝久矣。蓋吾高祖妣胡安人之卒也,附葬洗腳塘一八府君墓下。乃七三府君及應安人卒,則並殯于西池亭中,亭火而二殯俱焚,襫諸函而不葬者三十年也。瑞一府君及楊安人卒,不葬者三十年也。因循觍愶,人異心殊,家運中衰,艱于襄事,非獨信術之過矣。吾考方峰公心悲之。嘉靖辛卯秋,祖妣楊夫人卒,方峰公泣血寢苫,思舊骨新喪之相襲也,遺書松谿公曰:"不肖孤厥有佚德,天降災于母氏,以貽叔父憂。惟是培塿之暴骨未朽,吾皇考也;穿然二木之在兩楹,則吾王考也。叔父有德于民,白骨皆將肉之,何以恤藐諸孤而予之一抔之土,使三世五喪相從于九原,叔父之惠也。不然,如親匿何?"松谿公覽書惻然,屬其伯兄松石公:"吾山可爲塋兆者,惟所欲與之,亡靳也。"方峰公達觀而得文山之阿。遂于壬辰冬,奉瑞一府君楊安人二柩及新喪楊夫人之柩葬焉。嘉靖癸卯,瑛二公卒,亦附葬於斯。亡何,松谿公伯仲異產,茲山歸公季弟松谷公。吾所有惟塋圍尋丈耳。方峰府君病樵牧爲塋累也,則歸松谷公十金而得其左券,自是山屬方峰公,而廬於其麓居之矣。時嘉靖戊申十月也。尋方峰公奉七三府君暨應安人三函合葬於洗腳塘之祖塋。迨璁一府君及任安人卒無所歸,典、規二孤,從方峰公乞葬所,則于瑞一府君塋右三丈許予之方丈葬焉,今存小曾圍是也。男正誼曰:"世所稱孝子慈孫者,其吾考之謂乎?"七三府君五十年不葬而不得一曾孫,成棄骨矣。受命宗長與安人合葬于祖塋,禮也。乃宗人群聚而譟之,何不仁耶?瑞一府君三十年不葬而爲之乞地以葬之,其心亦良苦矣。瑞一府君葬于一孫,而瑛四、瑛七衆子孫不與聞焉,何逸也?若其葬瑛二公暨楊夫人,固常分耳。然伯若仲者不費一錢而坐受其成,而璁一府君夫婦又得寄骨茲山,以全友愛也,尤人所難哉!然則茲塋也,瑛四府君及璁一府君之裔,固不得以同祖之故,而有所紛擾於其間,而吾之子孫,又不得以其無勞,而不使之與祭掃矣。

永康縣學教思碑序

宋淳熙間，吾邑龍川陳公及金華東萊呂公、新安紫陽朱公倡明理學於永康。迨宋末元初，則有北山何公、魯齋王公、仁山金公、白雲許公相繼出於金華，而吾婺稱"小鄒魯"，實永康之學倡之也。士生茲邑，固不難於興起，而所以端其表儀，定其趨向，以陶成士者，不在師哉？

萬曆癸卯，邑庠教諭缺，主爵謂永康故道學里，學校賢才所自出也，茲邑師表實難其人。倘非正直方莊，光明淵粹，足以陶鎔士德，矯鎮世風者，未堪此任。乃於海內諸博士中，採輿望所共歸者，得嚴陵翁。公以平原司訓領今職，雖循資，實拔異也。公下車，即進多士於庭，而與之約曰："國家設師儒之官，以訓迪多士，非止課其藝文，稽其勤惰，為多士青紫計，而欲與爾多士切磋砥礪，以聖賢相責難也。爾邦先哲，遠有東萊、龍川、紫陽，近有北山、仁山、魯齋、白雲，皆爾師也。其所謂窮理致知，反躬實踐者，有無體驗，而窺其藩籬；所謂真實心地，克苦工夫者，有無繹思，而得其要領。不佞所責難於多士如此，多士勉旃！"由是定章程，申約束，要在敦行維風，諸士亦蒸蒸奮起，趨於正矣。不期年，公聲華播於八婺。婺士民無問知不知，皆曰："公非庠博士才也，即百里不足以居公矣。"

丙午秋，不佞抱痾謝客，外事久不聞。忽道路誼傳曰："翁先生擢司牧矣！"居無何，又相傳曰："翁先生擢六館矣！"不佞未見邸報，且信且疑。有同業友盧君應試、葉君之望等詣不佞，請曰："翁師之師華水也，化深淵海，望并嵩華，恩義洽於士流，吾不忍其去也。今擢報且至，有計可留乎？"余曰："無之。人臣無以有己，卧轍扳轅，皆虛也。"又曰："吾多士詣中丞臺、御史臺及藩臬諸司請之可乎？"余曰："不可。兩臺監司以天子之心為心，不敢私華水也。""然則，何如？"余曰："周人之思召公也，不剪伐其甘棠，棠存而愛存矣；晉人之思羊祜也，為樹石於硯山，石存而思存矣。君輩森森豪傑，並爲桃李於公門，其爲棠不既多乎？披拂公之清風，幾更寒暑，又不止一時之蔭已也。公去矣，公之心教諸君佩服而力行之，以風後學，使其化大行華水之上，彌久彌光。觀之野，則禮樂弦歌；徵之朝，則端人正士。千載後觀風使者採之，曰："此翁師之教所遺也。"則公之棠陰永於召公矣。況硯山之碑可樹也，君何患焉？抑公自下車以來，美意芳猷，有難更僕。往年博士君輿馬取給驛中，公以民貧賦逋，官帑不繼，諸期會所需輿馬，募以俸錢，爲編民省費無量，是恩逮編民，而民思之矣；鄉賢祠年久未葺，公諭先賢子孫之在泮者，各捐貲有差，責書記一人爲之鳩工飭材，會計出入，而始終綱紀其事，財以身親之，勞心焦思，不憚煩焉。諸所費浮於所捐，又出其俸金濟之，不責諸生償也。不三月而輪奐更新，神明獲妥，是恩及先賢，而諸賢在天之靈與其子孫皆思之矣；前後邑大夫，重公材品，有所咨詢謨議，罔不攄赤披忠，而公則以禮自閑，守官常惟謹，大夫之用情日篤，而公之事大夫益虔也，則愛深於寅寀，而前後邑大夫皆思之矣。君欲爲公樹石，垂芳聲於不朽，則華溪士民無遠邇有同心焉，匪獨多士教思之無窮也。矧不佞固編民乎？亦鄉賢子孫乎？不佞子弟亦公門桃李乎？衆士民之思公者一，不佞之思公者三。若採華溪之石，共樹硯山之碑，不佞願執鞭以從諸君之後；若曰徵詞以宣令德，則不佞無文，何足以辱君命。惟諸君圖之。

盧新庵小集序

吾儒性命之學，自生人以來，聖帝明王所以植乾綱，垂道統，維世教，作治功，使天理得以常存，人心得以不死，皆此學爲之根底。如日月三光之在太虛，六合資之以不毀，萬有賴之以生成者也。無此學，則聖王繼天出治，無所以爲立極之具，御世之柄。雖有天下，豈能一朝居乎？世謂堯舜開精一之傳，而性命之學始得源委，不知自伏羲御世，畫八卦，造書契，則此學已行於政化之中，特鴻濛之世，大道難明，至堯舜造其精微,始得象得名耳。歷禹、湯、文、武以至孔孟,此學大明,如日中天,聖門諸弟子又從而羽翼之,堯舜心傳至此,爲萬古熙明之會,雖楊、墨、老、莊輩邪説並興,此學不無晦蝕,然孟子辭而闢之,人心廓如,不能爲吾道損矣。自秦漢之興,迄於五季,上下千有餘年,(有)〔於〕中學士經生乘時自奮,或慨詩書之缺,工讐校以佐六經,或感興廢之殊,紀得失以垂勸戒,或因功令之設,誇詞賦以備文章,究其要,歸於吾儒性命之學,均爲無當。然其孜孜强學之意,皆欲羽翼聖真,未有叛吾道而從異端者也。宋興,當治教休明之會,真儒輩出,表章六經,提孔孟之宗旨而昭揭之,使與日星並曜,無復晦蝕之災,豈獨學子經生之幸,千百年道脉之幸也。胡元以夷狄入主中國,宇宙大變,然何、王、金、許四公者,皆婺産也,猶然倡理學於八婺之中,其要歸以真實心地、尅苦功夫爲主,雖各得其資之所近,然其説不詭於聖賢。我明論學,如文清、文成、甘泉、楓山諸公雖所入門徑不同,皆得聖功要領,而良知二字尤自心源提出,明切易從,當時豪傑士蒸蒸奮起,正喜我明之學不讓皇宋。奈何今之學者,乃有大謬不然者乎!天台氏言學楚中,謂孔子素王,釋氏空王,合儒釋而並尊之,天台之作俑也。李載贄師之,專言陰隲之事,止以其身爲緇流,害猶未甚。管登之師之,爲之轄闓其説,以爲佛老二宗,異吾夫子之身綱常,同吾夫子之言性道。性道難聞,而於竺經聞所未聞,當與《周易》《詩》《書》並傳者也。高皇帝謂二氏暗助王綱,不與世儒闢佛氏,而羅之禮闈。吾身從彌陀净土中來,故有天池飲僧、尹山齋僧之舉,雖小違程朱之家法,而實不違高皇之治法與孔孟之心法。蓋忠孝維風,非程朱之繩墨不可。然必通出世之一竅,方可入孔矩之從心,吾以西來之意合聖宗,以東魯之矩收二氏,非創見也,于聖祖之文憲有徵焉。夫聖人重三畏,程朱之撥因果,近於不知天命,其排佛老之書,近於侮聖人之言。百姓日用而不知,不以禍福報應惕之,則奚懼?不以念佛往生導之,則奚歸?蓋孔子之矩,誠足以範圍二氏,而二氏之教,亦能齊孔矩之不齊也。三教分於周末，而合於我明，天也。嗟嗟！自古惑世誣民，寧有至此極者哉？今其説浸淫宇内，學士經生往往喜其不經之談，爭奔走之，飯僧放生之事，家傳而户習之矣。不佞菲才綿力，恨不能息邪説以正人心，不知將何底極，心切憂之。吾友新庵盧君，少從其伯氏一松公講學於五峰。不佞於新庵君年相若也，並有擔當斯道之志，以宏毅相責難。未幾，不佞叨升（葉）〔斗〕之禄，周游於齊梁楚蜀之間，三十年而歸南畝，復會新庵君於五峰，則君年逾七十矣。樂道安貧，砥節礪行，心業業如少壯時，君其有衛武之風乎？責難于髫稚之年，踐言於黄髮之後，友道其庶幾矣。一日，君持其所作詩文稿凡十數卷詣余，乞數言弁諸首。余披閲之卒業，嘆曰："吾儒正學，此其爲中流之砥柱耶？吾不意狂瀾既倒之後，而猶得見此學也。"新庵君志肩斯道，今果不食其言。他日異端息而吾道無恙，非君之力而誰？自今而後，吾黨同志士誦君之功且不衰，詎不佞一人之喜已也。是爲序。

贈王帶水公祖升浙觀察副使詩册序

婺居浙上游，山多土瘠，民貧賦逋，俗勁悍喜訟，素稱難治。邇年南北多事，徵兵婺中，羽檄相望于道，良家子棄農荷戈，土益曠而賦逋益甚兵習惰，衣食華腴，汰歸耻農事，則相率而爲盗有司按治，株連蔓引，獄訟繁滋，婺之民幾不可治，非朝夕故矣。聖天子以婺開基首郡，心切憂之，思得良二千石以安此方民，詔起舜水王公於田間，守兹郡。先是，公守萊州，以母某太夫人年高，上疏乞歸，視甘旨，定省相依，奉詔辭不赴，部檄促之再三，不得已就道。至則黜繁苛，申功令，與民更始。蒞婺凡七月，而訟息賦均，政清民悦，治行爲浙稱首。臺使者以狀聞，上嘉悦之，擢公兩浙觀察副使。行，寅大夫及諸博士、鄉縉紳輩爭爲詩歌送之。寅大夫宜庵高公謂詩成，宜得數言弁諸帙首，乃同觀海高公、濡齋趙公徵詞于不佞誼。誼也鄙，何足以辱諸大夫。雖然，不佞爲公編氓,沐公覆露久矣,縱不能爲詩歌頌公德政。然公之德政口碑在焉。獨不聞之道路,而憶之心乎?公治婺,禁華靡,躬儉樸,以風民間,宴會果肴數器,諸大夫每同席而坐,所譚學術政事,情契意孚,有如骨肉同氣;屬邑簿書,期會緩急以意命之,文法不黜用而完報無敢後者。博士諸生,非公事無謁,謁則勉以何、王、金、許之學,士類無遠近,靡不傾心;公庭詞訟甚簡,即受理不以屬吏書,兩造備得情,則撲而遣之,擬贖百不一二。間有格于法而不得不議者,亦竟日沉吟,寧縱無入,入則以輸浮圖費,常賦不足,往往捐俸盈之。八邑輸京邊餉,文到輒行,不留寸晷。掾書無所事事,且苦無食,多乞假歸治農。公蒞政未及朞年,諸所爲民節縮不啻數十萬。故寅大夫之歌頌也,頌公之篤寅誼也;屬大夫之歌頌也,頌公之懷列屬也;博士諸生之歌頌也,頌公之作士類也;鄉縉紳之歌頌也,頌公之惠編氓也。然此頌聲之已聞已採者耳。深山遠浦之中,里巷窮檐之下,樵牧歌于野,行旅歌于途,諸大夫試一採之,以觀民風,當有與《擊壤》、《康衢》後先相協應者,恐累牘不能盡矣。猶未也,公兹行蒞任觀察,治杭、嚴,將不期月而頌聲洋溢于武林、富春之間,諸大夫猶及採之,或被諸管絃,與兹歌更相迭奏,不佞願屬耳焉。

奏雅篇序

建昌故卬筰國,蓋相如建節而始入中國版圖。余觀西蜀固饒,山水至清宛奇絶,夐然稱大觀者,則無如建昌。獨其辮髮跣足,披氈荷笠之故,抵今千百年未改,豈漢德廣被,顧不能易一夷俗乎?吾鄉悦庵顧公,博物洽聞,馳騁千古,以其文章詞賦,即司馬相如豈多讓也。適奉簡命鎮建昌,羊腸鳥道,咏題殆遍,風流文采,益彰地紀。暇日,因集生平所賞名理佳話,上自東京,下逮國朝,以及其先大夫左使公之著作,遴選成書,名曰《奏雅篇》。自謂滌襟帷之清塵,寄蒓鱸之素志云耳。余受而讀之,其探致幽,其掇華,盡其洋洋大雅之遺哉。而徐而味之，又竊嘆其寄意微遠，不獨可資秘玩，以爲塵談助也。夫雅者，紓徐容與，清廟明堂之調也，而肅邊威遠，率尚彈壓，雖繁絃急管不厭施者，于是雅道盡矣。悦庵有概于中，此其所爲奏雅也。班定遠曰："水清無大魚，察政不得下和。"當時聞者，以爲平平耳，而違之迄以敗事。夫人無機心，可以入鳥群而不亂，豈辮髮跣足、披氈荷笠者，顧獨難馴耶？悦庵爲人温潤恬和，其爲政大都似之。以今蜀土多事，諸屬夷皆相視乘風颷起，而建昌諸夷，獨俛首帖耳，惟有司之約束是聽，則其奏雅之功大矣。若曰使奇崖怪石之間，聞正始之音，識王謝之物，斯淺之乎窺斯篇也。

芸窗賦事序

蓋余自弱冠，與子貞應君，同爲邑諸生。每校藝，視學使者若郡邑間往往相伯仲，而余則兄視子貞。匪獨以其年，惟是偉抱雄才，超越時彦，則有心讓者耳。無何，釋褐叨升斗，播遷齊楚燕趙之間，與子貞無握手談者幾二十年，而子貞且未離諸生間。子貞所爲困于諸生，非技之罪，是所謂數奇乎？蓋用世之難如子貞，而後可語命已。余在金臺時，子貞從兄子遠君來卒業，爲余言子貞杜門謝客久矣。昕夕坐一室，左右圖書，俯而誦，仰而思，有得輒書之，賦頌詩歌，惟意所命，其殆以簡編自娱哉。亡亦慕古作者，而欲立言，爲不朽計也。余始知子貞之無心青紫，而其爲意遠矣。戊子夏，余以先大夫憂，卧病文山之曲。一日，子貞過余，爲道子遠君言且徵辭焉。子貞謝僅十賦出諸袖中，題曰《芸窗賦事》。讀之雄辯宏麗，殆追踪司馬相如、班孟堅諸大家作者。夫賦學難言矣，亡論遠者，我朝諸名家，惟元美太和山諸賦，媲美漢魏。若于麟諸君子，或猶病其賦學之不足矣。兹賦事也，辭苑難乎哉！矧子貞所爲文又不止賦哉。夫賢者立德，其次立言，下此而聲利末矣。識者能辯之也，經生學子老于呻佔而不得售其技者何限。高明曠逸之士憤世逃禪，委心空寂，浪譚玄牝，以求其所謂長生久視者，爲名高矣，而終于畔道拂經，不則毀冠裂裳，棄廉捐節，役身氓隸之途，卑卑爲溫飽計耳。孰有如子貞之爲志乎？脱屣榮名，游心千古，茹英吐華，撰成一家之言，藏之名山，以遺來世，此左丘明、太史公之所有事哉。吾子貞固媮快于斯矣。夫高明者戾道，卑污者喪節，亡論也。即得志，功名之會，躋要陟臒，紆朱披紫，而求一言之幾乎道不可得者，其于爲人，賢不肖何如也？子貞賢乎哉！

贈南龍徐年丈七秩序

癸卯春二月十六日，爲大郡伯南龍公七十懸弧之辰。兒明志、明允等請曰："南龍公於大人爲世講兄弟，庚同，入泮同，登制科同，意氣貫金石，自髫年以至白首如一日也。若兒女姻盟又餘事耳。今壽臻古稀，宗戚姻婭，無遠邇胥稱觴焉。同臭味如大人，將何以爲公壽？"余曰："壽人必以言。余不文，即有言，不能揚公盛美，何以壽公？"雖然，余知公深，不敢以不文辭也。余惟世之言壽者，如老釋二氏，事練養，談苦空，但取久視長生，世緣盡歸空寂，此在養生家或有取焉，儒者不談也。吾儒之所爲壽，修性命以葆其天真，經世務以廣其德業，立功立名垂之不朽，故道行于勛勩則壽國，澤流于經濟則壽民，宣前人未發之秘，則光祖德而衍之不窮；啓後人未樹之勳，則貽孫謀而垂之令緒。此其爲壽，聖哲之上壽也。

南龍公何如人哉？公大父司空公，從事聖賢之學，起家名進士，歷御史臺、藩臬、中丞以至少司空，所在恩流澤溥，立朝氣節凜凜，讜論危言，務在格君心而裨宗社。人謂公，在外則百姓安，在内則宗社安。蓋壽國壽民之業，司空公已啓其緒，而授之公矣。公英資天挺，勤屬好修，未弱冠而有濟世安民之志。比舉鄉進士，游長安，文章冠海内，儁傑士素以才名稱者，靡不退三舍讓公。是時，公雖在公車，而壽國壽民之略蓋已入對大廷而展其平生之所抱負矣。初仕而化行膠序，興《菁莪》、《棫樸》之歌；再仕而政厘撫綏，起桑枝麥岐之誦；三仕守郡而聲華丕著,惠澤播于海濱。此其矢心積慮,惟予惠黎元,以衍宗社無疆之慶、司空公未竟之業,不于公大有光哉！公胤子元熙君,習公義方之訓,奮志大業,博學雄文,今雖未離諸生,業已知其爲公輔之器,會見騰蛟東浙,奪錦南宮,得意揚眉,樹建奇偉,以抒公未展之志,可翹足待；且諸孫皆麒麟鳳凰,濟濟在膝,瓊枝玉樹森森滿庭,他日所以拓基緒而光門祚者,詎可量哉？

合而觀之,公之所爲壽,非取久視長生,如釋老二家已也,正吾儒之以德業事功垂于不朽,壽其道與德也；勱勸經濟,壽其國與民也；光前裕後,壽其祖德與孫枝也。詩曰:"三壽作朋,如岡如陵。"其公之謂乎？抑公自致政歸,爲東山之卧八年矣。雖葆真養性,耻爲釋老談乎,然其謝絕塵緣,凝神淵默,以自完其先天之秘,旨歸與二氏同,故公年今七十矣,神益旺,無異少壯時。由此而臻百齡,又由此而出百齡之外,當無異今日也。余以公之壽,爲國爲民,有體有用,不同二氏之虛幻也,爲公頌。又以公之壽,脱屣塵寰,造化在手,將同二氏之遐齡也,爲公祝。

厚塘吴氏家乘序

古者,國有國史,家有家乘。家乘莫先于氏族,故氏族之學與史學幷重,先儒稽覈詳矣。考諸記籍,以國爲氏者,江南之吴,與江北之魯、衛諸姓是也。吴,仲雍之後,武王滅商,以子爵封于吴。至壽夢稱王而國日强大,與中國争長于黄池,後爲勾踐所滅。其子孫,以國爲氏,皆散處於江南諸郡間。春秋中,吴止一國,則江南之吴,無異宗可知矣。自戰國、秦漢以及六朝,四海鼎沸之秋,小民蕩折播越靡常,其枝派無從稽考。至唐中宗時,有吴進公者,字晉卿,登進士第,官至刺史,居括之遂昌縣。進公十傳爲靈運。靈運生全知,仕梁爲銀青光禄大夫、國子祭酒。至唐光化中,徙居仙居。又九傳爲龍圖閣學士芾。芾之子津,登進士第。津弟洎,以明經授永康縣丞。芾從兄葵,居三橋。葵生濇。濇生昭卿。昭卿從叔洎之任永康，見武平鄉荆州之地山川明秀，遂留居焉。則昭卿公乃永康吳宗之始祖也。昭卿生伯誠暨弟仲誠。仲誠徙居縣西，其十一世孫九經登甲第，官至工部員外郎，又徙居婺城。伯誠生五子，威、成、戟、戩、幾。威徙居于厚塘，字景服，即厚塘一世祖也。景服公之子孫，迄今凡十五傳矣。孫枝繁衍，爲吾邑巨宗。分析源流，譜中備載，余不復詳也。有景服十三世孫桂，字德芳者，少受業于先大夫方峰公之門，而余妻夫人即德芳公女也。以此弱冠交游，于吳宗最洽，而其宗盟中淳風雅道，余亦稔知之。敦崇禮義，雅好詩書，創建大宗祠於獅山之陽，約束宗盟，嚴飭祀典，無或敢慢。又每月朔望，申飭家訓於祠中，有不若于訓者，或朴責，或紀過，必懲無貸。先年事耕讀，于理學猶未講明。嘉靖初，先大夫方峰公暨石門應公、峴峰周公輩倡明理學于五峰。有景服十世孫悅夫，諱學惟，復諱賢，質夫諱采，暨余夫人之父諱桂者，首先歸向，就學於麗澤祠中，於王文成公良知之學，審問沉思，必欲見之躬行之實。於是風聲感召，遐邇景從，理學明於婺東不替，何、王、金、許之緒，則諸公實有裨焉。諸公下，俊髦輩出，競秀争賢，文彩筆鋒，雲蒸霞爛，如悅夫公之子希皋，質夫公之孫士騏，德芳公之弟大遂，子惟哲，姪惟光、惟裕、惟禮，姪孫師虞輩，後先游膠序中，而其力可騰霄，才堪奪錦，則人人有長技焉。由此登賢書，歌鹿鳴，入對大廷而與天下士頡頏於青雲之上，可須次待矣。萬曆丙午秋，宗長敬宗、一德、立剛、世常等重修家譜成，乞余言爲序。余曰："君知譜之義乎？夫譜有世系，由世系溯而上之，雖吾祖在千載之前，亦吾身之所自出也，夫安可弗敬？觀世系而尊祖敬宗之誼油然生矣；譜有枝派，由枝派合而觀之，雖宗枝遍海宇之間，亦吾祖一氣之所分也，夫安可弗親？觀枝派而和宗睦族之意油然生矣；譜有弟行，由弟行序而觀之，雖兄弟至萬億之多，皆天叙之自然也，夫安可弗遜？觀弟行而敬兄事長之義油然生矣。此古昔帝王平章協和之化，必始于親九族，而欲親九族，家乘其先務也。猶有説焉,九族之不親也,起于争;而其能親也,由于讓。讓亦不同,以簞食豆羹讓者,小讓也;以天下國家讓者,大讓也。太伯仲雍以天下讓者也,吴宗仲雍之後,能法其祖之大讓,而於簞食豆羹之讓何難焉?一家讓,一國興讓,人能以讓教家,而使無争也,協和平章之化可坐而致,何憂九族之不親乎?猶未也,吴宗文學盛矣,由此登制科,居華要,樹建奇偉之業,欣揭宇宙之間,皆諸君分内事,懿親之所屬望。更有出於此者,則孔門千載之道脉也,諸君能尋吴宗耆舊悦夫、德芳公輩,講明心學之緒,體驗而力行之,近以纘何、王、金、許之傳,遠以續濂洛關閩之脉,使吾婺"小鄒魯"之稱萬年弗替,則余所望於諸君者也。是爲序。

白翁吟稿序

先大夫方峰公年將九十,氣完神固,白髮委地尺餘,人以爲瑞,稱爲長白翁云。翁垂髫時,即有志聖賢學。年十六從王文成公游,篤志勵行,寒暑不倦,卑視經生業,不屑爲也。曾大父勗之,則免從爲邑諸生。數年間,淹貫經傳,所製義盡爲諸生式,既而棄之曰:"寓宇内獨少聖人,豈少三公乎?"遂辭邑博士,歸五龍山中,與同志輩講論心學。其大致,不外于象山公之尊德性,陽明公之致良知,而究其用功之實,則以真實心地、刻苦工夫爲主。蓋自少壯以至今日,砥礪操持,無頃刻廢也。故不肖誼,在先大夫側,所聞盡聖賢法言,即數千里外所寄書,無一字家常語,愧不肖誼,莫能率行萬一耳。暮年有志玄修,會通釋老二家宗旨,迄今所得更深。晝夜坐一榻,常覺無寐,登山不杖,步駛如飛,翩翩然有仙氣,其中莫可窺矣。生平不治家事,寄情山水間,有所得,輒口占成吟,詞不求工,悉言所志,落筆即棄之。不肖誼偶有所見,稍掇拾,携之笥中,百不能一二。然即此數篇,亦可見先大夫之所存矣。知愛中,每向不肖誼索稿,因命鋟之,以便呈覽云。

送徐慕皋司訓滎庠序

　　慕皋公既拜官滎庠，吾黨知愛者，僉謂公敏慧博學，少稱奇才，宜以文章蚤魁天下，即遺之艱大而膺之民社，出其宏廓爽朗之才，當表表乎有所豎立于時者，惜乎小用公也。余曰："君薄儒官，不稱公才美哉？儒官重矣，師道亦難矣。彼其所司，敦彝倫，厚風教，明道德仁義，以陶多士而又必本諸迪履之實，其行義真無愧師表，而位始稱也。故匪德勿任。以較多士藝，設之科條，章之程度，使士奮起，率吾教學校之政燦然修明，而職始稱也。故匪才勿堪。我國家學校，官必科目及耆宿老成處之，慎厥選也。且滎去伊洛不遠，其弟子涵濡二程夫子學，興起有年，茲土師模尤爲不易。聖天子以公任之，謂匪公莫稱耳。君其爲公惜哉？公文章崇古雅，厭雕蟲，故未投時好。脫俯首再就制科，其經義之精，猶昔遇明主司，猶和璧也。以公才，隨所處穎脫，天子以茂異特簡公，寄之民社在旦夕，何患公才之不展乎？雖然，君子所重非文章，非治才也，天下士以文章取顯榮，以治才獵華要者，何時何地無之，而卓然踐履無虧，以師道重天下者，累數十年不一見也。蓋文章吏治不難，而師道難。故交人，能吏常有，而嚴師不常有，則舍其所不難而常有者，爲其所難而不常有者，非公事哉？公于滎亦盡其所以爲師而已。師道立，將善人多，而朝廷正，天下治，其爲用，豈文章吏治比耶？公自幼志聖賢學，師吾從祖松谿公及其伯父復齋公，家學師友皆有淵源，而其志節端莊，克養淵粹，爲吾鄉模範久矣。今以其修之家者，措諸官，師道當爲天下重，奚啻以文顯，以才用耶？"僉謂予言然。公之先大夫東皋公暨伯父復齋公伯仲皆吾程出，而公則松谿公婿也。予少侍松谿公，與同業相切磨，蓋二十餘年于茲。今予子弟輩又皆出公門牆，世講誼益篤。公行李戒矣，吾黨士謀以言贈公，謂余知公深也，以屬余，乃即所告吾黨士者書之。

送朱守適司訓常州序

守適公既授官常校，予鄉人士爲公喜，以謂今郡邑官，自守令而下，惟儒官美，位列師表，日與章縫士周旋詩書尊俎間，一方髦俊資陶成也。其道尊，司教清秩，無期會簿書、憊精勞形之事。若振策多士，以育德而校之藝，但循舊章，守約束身先之耳。其事約，所至上官折節，即驕貴勢壓百寮，性任俠，多傲者，遇學官必斂衽，莫敢以非禮施之。其體統不褻道尊，吾志常伸也。事約，吾職易稱也。體統不褻，吾身遠辱也。守適公且官于常。常東南名區，古今人才甲天下，外仕者獲茲土謂幸，以一方山川之麗，人文之盛，得身際之耳，公其可慶哉！予謁公以告，公曰："學之道嚴師爲難，師嚴，道始尊耳。敏也鄙，懼師道勿立也。道勿立，則職勿稱，而徒曰：'吾師儒也。'俾上官待之異數，不滋愧乎？夫齊晉難爲功，鄒魯難爲德，多賢之地師道尤難。吾方惴惴焉弗稱是懼，其何慶之爲？"予曰："嘻，公言善哉！師道豈不易也。餙行非端以莊，則士習難正；表節非廉以靖，則士操勿堅；貞教非勤以敏，則士業勿修，皆師道由廢也。公奚病焉？吾知公素矣。公家學流衍百年，公之先大夫適齋公行義重當時，公步趨其矩度，靡尺寸失，事揆諸道，動協諸禮，寧獨行忤俗，毋（嬶）〔嬸〕阿狗時，行端莊矣；居家黜浮崇儉準諸義，不當一介不取，節廉靖矣；蚤作夜思，亹亹忘寢食，以究心理奧，事勤敏矣。以此表多士，式其行，習可正也；勵其節，操可堅也；作其敏，業可廣也。何師道弗立，何職之弗稱？當士類彬彬，匪公莫師之也。上官賢公行且薦諸朝，膺茂異特簡，豈曰殊遇云爾哉？公言過矣。"余從祖松豀公師適齋公爲世講，而公仲子余兒女姻也。公戒行李南矣，鄉人士謀所以贈公者，以言屬余。遂書之。

補遺

胡堰胡氏宗祠記

環溪胡氏,迺宋邑令公之後。世家游仙之胡堰,稱巨族。元末處寇猖獗,廬舍焚掠殆盡,譜牒遺文俱付烈焰中,畧見縣誌。後仍舊建居。傳至昭代,子姓繁衍,業詩書、居邑庠者雖衆,祖先廟祀尚屬缺典。迨萬曆丙戌,胡氏諸彥思宗祠不設,無以妥先靈,聯族姓,迺奮然建議,定祠於家側路西,家衆無不欣然從之。秋間鳩工聚材,不數月而材具。次年丁亥夏之吉,豎寢室、享堂二,正左右廂作書舍,群弟子向學者肄業其中,而規模始定。

夫宗祠之設,非以飾觀,不過昭尊祖之義,以示報本,萃孫子之渙,以敘彝倫,俾本支百世斬斬乎如網之有綱,裘之有領。此古人立祠志也。然端其表儀,善其規約,足爲子孫觀型範則。自宗長誠能矢志躬行,正己率物,隆祀典以奉先,聿昭祇肅之敬,嚴家法以裕後,永示遵守之規,則子孫濟濟振振,益稱禮義之故家者,胥此祠之建有攸賴也。若僅僅襲灌獻之陳跡,踵駿奔之靡文,至尊祖睦族之道概乎未講,雖有宗祠之建,奚裨哉？胡本清白世家,人心近古。純夫與余爲世講筵,居西席。余美其事而欣賞,爰抒思於公署之暇,述而誌之,庶後賢胤思建祠之故,抑知肇造之所自云。

重修倪氏祠堂記

昔者明王之以孝治天下也,必首建太廟,以伸尊祖敬宗之誠,俾公卿、大夫以至於庶人,皆得級分建立,以盡孝焉。教孝即以教忠也。故明興以來,祠堂之建,宇內咸知所以立祠,而不知立祠之義,祇爲虛器而已,何貴哉？其義曷在？收死者之渙散,孰爲昭,孰爲穆,父子、兄弟、夫婦，位列於一室之間，雖死猶生也，未也；聯生者之離合，時有會，歲有聚，伯父伯兄，仲叔季弟，幼子童孫，相聚于一堂之中，親不至於疏也，猶未也；孔修祀事，薦其時食，享以牲醴，懍如在之誠，事死如事生，以敦叙九族，立愛惟親，立敬惟長，申之以孝弟之義，而彝倫賴之以不釋矣，此議盡，而明王立廟之意無負矣。由是而移孝爲忠，不在茲耶？倪氏宗祠創於弘治之祀，其地勝，其法嚴。適齋朱先生詳記於首創之日。惟其地勝，故人傑，孝子順孫，義夫節婦，文武醫卜，代不乏人；惟其法嚴，故俗美，有紀有綱，孝著節揚，科甲貢監，異品雜流，有聲於時，是不惟於此有光，於國有光然。祠之成於弘治者，不能不壞於嘉靖。相率而修之者，十一世孫秉簡等也。又壞而又修者，厥男承諭也。仍慮夫神繁位紊，昭穆錯亂，則支分派別，以齊其位，分獻其祀，以盡其誠，死者安而生者樂矣，是爲記。

　　　　時萬曆三十六年九月九日也，賜進士出身
　　　　通奉大夫順天府尹邑人程正誼叔明甫撰

越國公祠記

　　越國公者，玉川盧氏始祖也。公諱琰，字文炳，世居汴之玉川，鄉人稱玉川盧氏。其上祖諱仝者，發祥于五季之初，生子雲及孫鶢，仕梁，官至上卿。鶢生清，爲越州令，即公父也。公文武全才，仕後周，歷官典檢尚書，事太祖鞠躬盡瘁，不避險夷。太祖致太平，類多公績，曾爲豎碑太廟，以紀其勞，謂公學精德粹，比之於璠璵冰霜，則公雖未歷艱屯，而清風勁節，已見知于朝宇間矣。比宋祖受禪，公自以柴周大臣，義不臣宋，挾柴氏孤蘄王熙誨，隱於永康，卜居於靈山，仍稱玉川盧氏，不忘本也。仍以女妻熙誨，皆從公姓。比宋太祖既定天下，以仁厚立國，興文教，崇節義，訪先朝臨難不屈之士，追封爲越國公，以示激勸。嗚呼，有宋享國長久，非太祖厚德有以培之哉？盧公之精忠大節，非太祖一旌異之，何以爲後世忠義之勸哉？世衰道微，君臣義薄，至五季而極矣。馮道歷事五朝，終身富貴；陶穀袖出禪詔，遂爲佐命元勛。黃袍加身之時，盧公肯一屈膝，富貴詎可量哉？而公不爲也。竊謂靈山之隱，有首陽遺風；二孤之存，追嬰杵大義，惜乎宋史之不載也。蓋宋祖革命，人謂之狐媚欺君，而盧公挾孤以逃，存柴氏一綫之緒，正宋室之所忌也。當時操史筆者，又學士陶穀之流，焉肯存忠義之迹于青史，以自形其短哉？脱非野史有稽，盧公事將泯泯無聞矣。嗚呼，高節清風付流水，忠肝義膽埋草萊，司風教者可不爲之流涕長太息乎？洪武初，石馬一門，爲公嫡長，應主公祀，遂創祠于宅之左，棟宇森嚴，門廉整肅，祀公爲不祧之主。祠門額曰"越國公祠"。其孫新庵、松泉二君請記於余。余與二君同志，且慕越公之爲人久矣，輒爲公記之，非敢爲贅言也。公之節義弗傳，此累朝史籍之一缺。異日史臣搜羅節義之士，有能采摘余言，將越公潛德貞忠補傳史籍，使得與舊史之所載者同耀日星，則志士仁人不見知於千百年之前，猶得見知於千百年之後，庶以快天下忠義之心，而臣節益勵也。嗚呼，士君子立心宇内，當以聖賢之道自待，奈秦漢以來，士鮮實行，苟可以得富貴，則必攘臂争先，求其有爲有守，勿愧聖賢之學者鮮矣。而公也，生於五季，正聖學不講之時，乃其行己立身，確遵孔孟家法。處常則得君行道，足以開草昧而定中原；處變則全節完名，足以植綱常而塞不軌，此非吾鄉人物之卓卓者哉？往者一松盧公暨新庵松泉二君俱挺然以身任斯道，講明理學於五峰，吾以爲華溪鍾秀，而不知越公者以璠璵冰霜之品，開其源於五百年之前，所從來遠矣。越公之學，體用兼全，經權互用，可常可變，而皆不失其正學也；非徒事空談，而實際不足之學也。吾黨多英特有志之士，而尤盛於高門。擔當此學，即宜以越公之學爲師，講論切磨，務求實用，將見陶鎔之下，真才出焉。異日人品，必有建大業，樹大節，震耀寰宇如越公者出於其間，則越公兹祠非獨以備烝嘗、供祀事已也，實可以爲陶育人才之地。至若鼓舞作興，以斯道自任，則在新庵、松泉二君而已，是爲記。

臨川吕氏墓記

余以先大人憂歸，服闋將戒行，適窗友臨川吕君創壽藏於胡山之麓，兹當落成，欲樹碑以垂不朽，乃丐余詮次生平，誠知所重也，余甚敬焉。君名文彝，字天叙，别號臨川，暘谷縣尹南澤公孫也。君之父方塘先生，生君伯仲三人。君居長，資性穎異，承父命業儒，輒潛心理學，從麓松先生游，而與於五峰之會。闡陽明夫子良知之教，因與余及同志者數十輩，久相切磋諸僧舍。嘉靖庚戌，補邑庠弟子員。自是學益進，識益宏，藝林嘖嘖稱奇。既而怠志勛名，辭師謝友，携冠裳歸林壑，選勝尋幽，詩酒自娱，可謂知止者矣。君考妣壽皆八旬，君事之極其孝敬。母馬氏卧病床褥，君昕夕侍起居，躬親劑，十載如一日。愛其二弟，自髫齡以迄皓首，未嘗有間言。此其素履懿行，種種可述。昔人云不得于朝而得於鄉者，君實有焉，蓋宜其承先昌後者也。奈年逾五十，猶乏允嗣，乃以仲弟文星之子思達、季弟文華之子思仁，并立爲繼，無殊一本。前娶棠川陳氏，繼娶荆山胡氏，乃縣令叔寶公裔也。

賜進士第中憲大夫雲南按察使
司副使眷劣弟程正誼頓首拜撰

玄暢樓序

余嘗品題詩家，王摩詰，詩而禪者也；邵康節，詩而玄者也。康節悟參畫前，神通繫表，其詩如"冬至子之半"，不棘不徐，有節有度。余於司馬亦云。然沈間多切響浮聲，其麗藻横飛，玄風未闡。司馬冲情澹致，和以天倪，時一披吟，如清露墮掌，使人泠泠輕輕，真得文家三昧、詩家草《玄》者。昔人謂生天靈運前，司馬其後身耶？則一閱卷而摩詰《輞川圖》在吾目，康節《擊壤吟》在吾耳也。

昔鍾嶸嘗有私憾於隱侯，評其詩，乃列爲中品。如司馬詩，復能不置之上品否？故有隱侯，則玄暢可更爲八詠；有司馬，則八詠可還而爲玄暢。夫司馬之玄秘，層見疊出，不具論。其題雙玉巖也，曰"雙圈"。"天心無改移"諸作，即令執戟郎閉户草《玄》，神悟當不到此。甚矣，詩之通玄也。

婺有玄暢樓，樓接金華洞天，仙嚚玄的在焉。自經沈隱侯題詠，更名爲"八詠"。夫暢敘幽懷，發抒靈籟，詠也，而豈獨不玄也？金碧之經，石函之記，翠虚復命之什，往往以其玄秘洩之於詩歌，即《易契》《悟真》，何一字一句非玄津寶筏哉？

郡司馬劉侯，滇開南名俊也。抱謫仙之骨，標邁俗之韻，蚤慕玄風，嘗著《不二篇》《雲遊説》以見志。弱冠領鄉書，敭歷清階，司鐸於淮南，司李於錦竺。白雲流陟岵之思，皇華動簡書之念。以至贈別敘離，一觴一詠，坐花醉月，載嘯載歌，莫不會景傳神，隨方合節，大致如山空無人，水流花開，動以天籟，發於自然。比之初唐則高常侍，盛唐則李青蓮。亂之二家集中，如粹羽錯色，純玉間聲，誰復能雌黃者？夫世之摹唐音也，工爲形似之言，仿佛貌之耳。司馬不徒襲其冠劍，乃併得其精神，正所謂不效古兵法，而暗合孫吴者，如是而唐，乃真唐也。夫唐律實祖隱侯四聲，隱侯題八詠於玄暢樓，詩稱絕唱。其深知隱侯者曰："沈作如閶闔疏鐘，建章清判，出太無極，兩竅分來，先後天已，足以大暢玄風矣。"

清渭橋記

吾邑東橋附郭，從橋東北達於東陽，直通明越之武林。經由上瀼橋，去縣二十餘里，旬日修程，此其捷徑而人便焉。戊戌，橋圮於水，往來病涉，商旅裹裹，真似三洲水隔不能前，安得彩虹跨百尺哉？時值巡臺李公，欲從橋便，至其地。居民以毁壞呈修，批發劉侯董建。侯方須復顓城，然尚未有淳安之任，遂同令長伍侯貲俸率先，而始終其事劉侯，才堪料理，選委義民施元恭、徐大禄，及吕子源、馬汝賢倡首捐助，仍僉附近居民董延富督催，均焉勞焉。戊戌大祲，劉侯申請發粟賑，至太平鄉，元恭預已分之，佇粟一百餘石，大禄勸助周銀二十餘兩，其爲推食之舉如是，而心存利濟可知。以此重令宣諭各方，統領橋務，呼黽筱鵲，鞭石行空。侯乃躬課章程，無分凍燠，勤有賞，惰有懲，首倡十金，增培乃已。人睹之激切，而義助雲奔。徐中、吕鐸等，其最厚焉者，另列之碑陰。事竣，剛逾歲矣。洛陽橋雄比虎城，勢方蛇陣，地位殊而鞏固一哉。自爾車旗劍佩，提挈負擔，皆會於梁；觀光禹穴，游適普陀，皆達於一梁；書傳萬里，檄奏三邊，皆發於梁。梁之用大，而侯之所以範物興仁，功誠戴巨鰲矣。蘇長公所謂君心如鐵，民情如子，君以身先，民惟悦使，誰云造化功，不果因人力耶？此橋原名"上泽"，侯言泽水之義非祥，而清惟渭也。李白宰虞城，謂其官井泉清而若與已志符。余亦貪泉可試，渭水同流，則因清渭地名而以名吾橋也固宜。今侯之淳安，戴侯蒞政，思是舊令尹之績，僉所不能忘者，仍命元恭續碣，襄陽爲識其歲月云。

賜進士第通議大夫順天府府尹
邑人程正誼撰

賀東溪范翁七十壽序

自昔蓁隆之世，非特廟廊之上有平格之臣弼運化機，佐握政本，雖花封榆社，亦必有收聲卷迹、澹然無營者出乎其間，礪名行，垂典型，轉移民風，翊助王道。是故夫子於遯，極贊其時義之大，非取其棲岩枕谷，以其高風遠韻，足以楷世範俗也。即睹記所逮，如姻丈東溪范翁者，所謂其人，非哉？翁，別駕云川公介孫。云川公起家賢科，筮官博士，馴歷別駕，造士孚明，並標徽的。翁生文藪，習熟禮教，從束髮加冠，雅飭忠實，以恩聯族，以和處鄉，擇可而云，度穩而步，仍於圭塘之湄，誅茅重建，以延世澤。

念世業鉛槧，一脉書鉢，不欲遽斬，迺肱篋出前人紙素，督諸子昕夕而肄習。即今紬繹解悟，發爲文辭，如秋際遠山，不假丹青而秀色自透。雖高調寡和，尚淹芸館，譬之豐城寶劍，越在草莽，望氣者行將發窖而取之矣。迫至蔗境，益事砥礪，凡澤人潤物，於風教有習者，靡不留情懲懲，里間多其長者。凡遇交惡，踵廬求質，得其處分，靁時冰融。王彥方可作，當與雁行也。茲年七十矣。是歲臘月五日，實其弧日。李生思脉等，與翁渭陽之連，届生朝，登堂稱覎，以祝難老。會余從齊魯竣役，倩蕪文藉手。余諗領芳名，思爲詮次，厥惟舊矣，奚辭？竊聞之，天福謙，神佑順。翁禮樂高談，詩書盛服，脫遇風雲，端依日月，乃罷媒卻斧，而僅以其生平所自得者施之桑梓。夫是之謂謙，夫是之謂順，天福神佑，擬在是矣。行躋上壽，介景福，又豈人世甲子所能拘耶！

《詩》云："樂只君子，遐不眉壽。"又曰："樂只君子，保艾爾後。"余不佞，請賡是詩，以爲翁祝，何如？

時萬曆十年歲在壬午吉旦，賜進士奉議大夫
刑部江西司郎中眷侍生居左程正誼頓首拜撰

壽方塘陳翁七袠詩引

石門應先生講明朱呂之學於壽山石室中。每歲重九，朋從咸集，繼先生後者，習爲故典。往余於是日，亦隨先大人後，隅坐以聽。萬曆丁亥，以有事五龍山，勞苦罔憩，因爲二豎所苦，弗克趨赴。會沙源周君訪余於元真洞中，茶畢作而言曰："理學之不明於天下，豈盡不講之過哉？由弗行，故弗明也。世有不言躬行之士，其爲理學之助不少。公以禮爲當表揚之否耶？"余應之曰："然。"沙源君曰："杜溪有方塘陳翁者，獨知獨行，不求聞達，守禮節，播仁風，敦義樂施，忠誠嚴正。色養繼母，庭無間言；友愛諸伯仲，均讓財產。歲時帥先宗人敦尚禮教。家有祠譜葺墓之費，悉揮己帑佐之。晚歲隱釣於方塘之上，興至則咏吟自適，一切世味泊如也。今年仲冬，壽躋古希，凡屬親朋，仰翁素者，咸賡詩和，願乞一言以爲群玉引，且以發潛德之光。"余聞

之，不覺沉疴盡失，起而揚言曰："壽者人所深願，而修德本也。不修厥德，即與籛彭同甲，亦爲罔生；德誠茂矣，曾閔之行，榮名至今。方塘陳翁，余即未嘗挹其令儀，先大人慎與可者，亟詩詠之，而君又詳其實，則其行非有峻迹奇踪，而飛仁揚義，令德孝恭，庸德之行，殆庶幾矣。以踐履爲實地，深得朱呂之法門者也。詩曰：'樂只君子，黄耇無疆。'諸君之廣之和之者，得毋颺是説乎？不惟諸君廣和以颺之，予將謝世鞅，結盟泉石，專意於修身養性，使余遂所意欲，將禮翁於會中，以隆尚齒尚行之教，俾後生小子知所矜式，子盍爲我言之？"君曰："諾。"遂書以竢。

時龍飛萬曆丁巳年仲冬月之吉，賜進士及第中憲大夫雲南按察司副使邑人居左程正誼書

壽南塘陳先生七秩序

按養生家言，壽者，謂久視長生。推其所自，以葆真全形，不受外侵，得之古無懷葛天氏。人毋勞爾神，毋搖爾精，動以壽計逾百十餘年，數數艷稱史筆，乃知久視長生之説非誣也。余舅氏南塘公，壽登七秩，諸姻戚進觴以壽，謀諸不佞，以侈其美。夫不佞方歷蜀藩，機務繁劇，每不暇修文。乃舅氏余至戚也，少負懿質，壯益砥行，輕財好義，垂暮不輟。嘗雅好史書百家而徹理道，故於吏治可否，若燭照。數計本之仁慈豈弟，而明通公溥出焉。操文翰於郡伯左右，郡伯有精神耳目所不到者，徐出片言可否焉。所以事無叢脞，案無積滯，獄多平反，民默受惠。即所睹記，稱善良者莫能尚之。若景默曾公、鳳梧張公、德玉盧公，諄諄皆以醇謹目舅氏，他可知已。顧舅氏心嘗不自矜，業業求高，志不能得。不佞常進言，昔丞相不有起自吏間者耶？即漢四百年，法律定於相國，而曹公以清净寧一代之壽，其人民因以壽國。説者遂以得蓋公黄老之術歸曹，又以蕭公之後，至五代各帝一方，以是艷慕二公，而廣聞問者，要之至理亦不外是。今舅氏得老氏

之精而用之，擬法以相國守清净，以曹公積慮，以蓋公之術，則豈惟壽人，即登期頤而躋上壽，斷斷不能易矣。若其樹德以裕後，令後之子孫雲仍駿發，爲王家楨幹，垂休無窮，是又持券待者。香山洛社，耆會流芳，不佞或未能與，而華溪之上，有耆德長生如舅氏者，所欣慕而欲譽揚之者也。途長，修寸書而張之壁，以賁賀忱。

時萬曆己亥孟春人日吉旦，賜進士第通奉大夫四川布政司左布政前刑部郎中奉敕整飭雲南臨安等處兵備眷弟居左程正誼頓首拜撰

徐文言公八旬壽

吾麗古塘徐君，蓋春秋八十高矣。今歲辛丑五月十一日，其嶽降也。君内弟吴子德，思昔執經余門，有一日之雅。念余此君同室於吴氏，嘗得攜襟袪，晤顏色，且習君居淳德長者，至是來徵余言爲壽。予告之曰：子知徐君壽，亦知所爲壽徐君者乎？夫壽，德之徵也；德，壽之基也。故善壽者完德，不善壽者完形。如生而碌碌塵寰，名德無稱，雖壽奚益？即捧觴而諛，訟軒無當懿行，雖侈壽奚益？予稚聞徐君令德甚具。其事孀母寡嫂也，孝敬小心，朝夕惟謹，歷數十年不易誼。其平居褆躬也，敦尚儉樸，淡於情嗜，絶不作市井猥狎態。其端范刑家也，莊嚴自閑，防維有度，使内外肅然，遵約束不敢渝。其御宗黨、交鄉間也，剛介不阿，多所表正，綽有太邱氏風。肆有司舉鄉飲，縣學兩匾其閒而冠榮之，其令德真大彰明較著者也。夫德全而生，奚忝所生；德邵而壽，無愧於壽。蓋由耋而耊，而期頤修齡無算，即古害期羨門者流何讓焉？矧君後丈夫子六，賢賢相肖，稱茂才，而諸子之子森森蘭桂，又皆青其衿也。則自今以往，澤永百世，誰謂非君之年耶？語曰：得全全昌。徐君有之。子盍以是稱觥，可乎？吴子輾然避席起曰：善哉！程夫子之雅知徐君也，乃今曉然喻徐君之壽與德符，又喻夫子言與徐君壽符，是可兩存不朽矣。因請撰次其語，敬授之先

酌者祝，爲古塘徐君壽。

　　　　萬曆二十九年正月望前五日，賜進士出身通奉大夫順天府府尹眷生程正誼頓首拜撰

明銓元少湖盧公竣考如京師序

　　世有具英邁之識，負昂藏之氣，驥服鹽車，而志懷千里；鳳栖棘叢，而心馳九霄，逖矚廣視，不爲恒套常局所拘攣，如少湖盧君者，豈不卓然稱奇男子哉？君纓綏華冑，束髮從師學，治博士家業，思與句巾方履者共角紙上雌雄。一夕讀太史公書，至《蕭曹列傳》，廢卷太息曰："語有之，食魚不必河魴，娶婦不必齊姜，丈夫寓形宇內，亦顧竪立何如耳，豈必登龍榜虎，然後得以垂不朽耶？"於是遂閣經生帖套，而補本縣掾史。初署吏曹，繼署糧曹，明敏集事，介潔律己，守法紀如守堅城，護名檢如護元氣。公無譙讓，私無點污，其在諸掾史中，如鸞有鳳，如星有斗，如群巘諸岫之有岱岳也。至於朋儕會集，推誠任率，見善亟獎，聞闕遄箴，分屬友生，情均昆弟。居家居鄉，冰清玉瑩，爲芝蘭不爲蕭艾，爲鸞鳳不爲鴟鴉，更僕未易數也。萬曆癸未考滿，給繇如京師，治裝戒舟，啓行有日。會余量移，取道家省，蕪文申餞。窮惟我國家憲古創制，著爲令甲，以三途登天下士，偕計射策，命之曰大科；雁行須次，命之曰歲薦；金條玉律，考滿乘傳，命之曰掾史。三途者，天網高張，鱗鳳廣羅，二百餘年以來名公鉅卿與百執事之建勛樹績，裨民社而勒旗常者，率由此出。其他傍蹊曲徑，雜色補官者，乃權宜之制，非正途也。世之置經習律者，不深惟國家創制立法之雅意，往往破律枉法，墨節垢行，漁些須之利，而忘遠大之圖，此果資格之累人哉？人累資格耳！君從隸掾籍，斤斤自檢，謝近利而懷遠謀；凡高下其心，輕重其手，用人身命，肥己囊橐，一切弗事；思以人重資格，而不屑爲資格所拘攣，可謂大雅不群者矣。昔人有云，居必人材，游必帝都。君行矣！睹宮闕之鉅麗，聽環珮之鏗鏘，聞見既別，志氣益厲。

從此輅皇恩，通仕籍，供職效官，鋪勛掇烈，何名不可博？何功不可奏？何傳記中人物之不可頡頏耶？鳳羽已養，龍驤非遥，所期者取次觀光，黽勉表竪立，欣揭功名以爲資格重，何必依依戀戀，臨岐凄愴，作兒女子態耶？遂登諸縹素，以相一日行李云。

時萬曆十一年歲在癸未中秋吉旦，賜進
士中憲大夫雲南按察司兵備副使前憲部
尚書正郎眷生居左程正誼叔明甫撰

高川樓氏重修家乘序

自宗法廢而天下無世家。歷世滋蔓愈遠，而傳衍之序淆，凌教墜義，視宗黨不啻若途人然。賢者傷之，於是譜繫作焉。夫譜者普也。普合譜族而聯攝之，以致其敦睦之風，俾家世昭然可考，則譜者正以濟宗法之窮也。吾邑樓氏，夙稱望族，蓋自東樓公衍其源，而永康之祖，則自永貞公始。其後躋膴仕，據津要者，奕世比比，更僕難數。至於珆公，又析居於高川，實與邑城及清渭自合而分者也。珆公以巍科起家，盛德貽燕，故其族至今稱良，且代有偉人。其譜輒更數世一修之，蓋文獻大備，信源深而流長也。余家世與樓氏締姻，而叔父樸庵公，叔母即樓君子秀之姑也。樸庵公孫庠生榮名，數爲予談子秀生平善狀，余心久傾服之矣。今復以譜爲事，不惜捐私貲而鼎新焉。事竣，乃因榮名而徵叙於余。余受而閱之，見其宗圖犁然也，行烈燦然也，序事紀載井井然有條也。余因而嘆其溯流窮源，不忘其本之愛，即雖服盡親盡，猶然一體也。有恩以相愛，有文以相接，千百世之下靡間焉。觸類推之，聯異爲同可也，篤近該遠可也，厚風俗，敦教化，胥此是賴矣。夫以樓氏世衍厚德，其子孫實繁且賢，則其來兹之興，豈不駸駸乎未艾也哉！

萬曆辛亥孟秋望日之吉，賜進士第通奉
大夫順天府府尹居左程正誼頓首拜撰

華溪姚氏重修宗譜序

昉自赤虹感瑞，誕舜姚墟，而因氏焉。厥後，以神明胄備三恪封，而氏虞氏陳，從其國也。惟鄭大夫句耳，復氏以姚。唐將思廉、相元之光照後先，而姚氏之門甲天下矣。先是，有避石勒之亂，自雪益抵於湖，分播不一。宋伯歡公以名進士判睦州，占籍建德，再卜桐江，世登廷評諫議、省元方伯之顯。國朝主政文琪公、冢宰文敏公以甲榜鳴，益大發其祥焉。時有諱泰者，生子稷。稷生謙源、謙鳴兄弟，客游華溪，啓疆高鎮，而樂止之。令德茂延，螽斯華衍。今之下街、中街，黃棠之前後二宅，皆其遺也。祀孫熊肇有家乘，鄉賢石門應先生序之，鑒矣似是缺焉。垂若干年，庠英汝霖父沛，以陽明學，與先大夫偕一松盧子，會講於叔祖太史松谿之門，歸施有政，業著於家，令齊於棠矣。今告其叔父試，從弟文邦、一初、汝華，侄天禄輩，曰："有其昌之，莫或繩之，如宗盟何？"僉曰："可。"分命麇纂，期月而成。爰辱通家，徵彤以序。僭言之曰："譜者補也，補其前人之缺，俾千百世勿之替也；又普也，普其孝悌之心，備千萬人勿之間也。詎曰備名紀字，以侈衆多；焯華張顯，以夸閥閱已乎？今以數十世之世，數千百之人，踵而頂之，則一人之身也。以親一人者，親吾親，亦親若親，其愛同；直以父事，以長一人者，長吾長，亦長若長，其敬同；直以兄事，孝悌之心不油然而生哉？由是，齊其欲惡而同焉，均其盈縮而通焉，宜其守望患難之懷而助且恤焉。顒顒爾，翩翩爾，肅雍著而禮樂興也，不千百世而勿之或替也哉！微哉舉乎，其有功於世風者甚鉅，匪空文也。"遂爲序。

時萬曆二十年歲次壬辰春三月之吉，賜進士第亞中大夫廣西布政司參政通家侍生邑人居左程正誼拜撰《黃棠姚氏宗譜》

東街胡氏續修宗譜序

東街胡氏裔孫諱芳,號桂泉,克力數載,修輯家譜既成,因其姻友鍾吾周公諱秀爲之序。余從侄女婿諱虞明,四十七,其行也,持家譜示余序。余展閱,夏川、古山胡氏,名望之族,閥閱之家,遠宦今皆不載,論其耳目之所及,列於史鑒者,哲宗時有諱鏊,字鍾岳,元祐三年戊辰科登進士第,仕嘉議大夫。生兩子,長曰潭,幼曰江,遭方寇之亂,遷徙永康之東街。行崇三三府君,即東街始祖諱潭公也。前序集錄府縣志書,森列燦然。七世孫宏一教授,尚三教授,濟源隱君,竹溪教諭,嘗修譜牒。復公孫諱偉,登癸卯科鄉試,庚戌會試,登乙榜進士。十二世孫諱瑛,登成化丁酉鄉試,甲辰會試,登李旻榜進士,任山東副使。至十三世孫諱椿,字季芳,號允名,由恩貢任國子監太學學錄,累官光祿寺丞。迄今有鄉親胡林、胡汀、胡旺、胡邦、胡灌、胡滄、胡澳士性,協力增修家譜,續列凡例,并錄諸公規範條目,先世嘉言善行,各附書於其下。而爲不善者亦不隱焉,所以勸懲而示鑒戒。推其志,將以一道德而同風俗,賢矣哉！雖然,孟子曰:"中也,養不中;才也,養不才。"今夫一家之書與一國之史,不得不異。一國之人,衆矣,而彰善瘅惡,其法必嚴。一家者,群從子侄而已,吾正其身以率之,又從而申之以聖經賢傳之旨,發其良心之固有,察其行事之明切,由是人人有士君子之行。其生質不齊者,亦所謂蓬生麻中,不扶而自直。爲父兄者姑盡其訓迪之道,可也。若夫賢不肖,天實爲之。胡氏子孫尚思顯揚其先世也,惕然而自勵,勉勉孳孳,惟曰不足。吾見其善,且以重諸君之請也,爰叙梗概,爲胡氏闡厥茂云。

眷生程正誼拜撰

太平呂氏宗譜序

於惟君子,類族居方,而渙以萃者,其星辰之經緯,川嶽之流峙,而概有攸歸者。經緯麗天而主於樞極，流峙亘地而起於崑崙。氏族姓，源自因生賜姓，以至林林總總，悉根於一本。一本之義明，而九族之親、萬代之先，可得而言矣。太平吕氏爲吾婺名宗，其家乘始録於雲谿公。公以學行名於宋，論篤而足徵者也。維時世澤既滋，景運日暢，自旌義公伯仲創置義莊，用濟鄉族，而諸子諸孫上春宮而籍三舍者，已數十人。殊登進士，撫膺男爵；竹谿、雙泉暨諸君子類以儒顯；用明、兼明、元明，以禦寇功，授職郡邑，譽髦耆俊，不一而足。支分派衍，食指遍閭閻，每一第輒數溢千餘。世風之變遷，人事之繆輵，德業文章之顯晦，誠不可以無紀者。自宋端平、淳熙以迄明代嘉靖癸亥，世有載筆。若今距癸亥又四十餘年，孫枝日茂，生齒益繁，世風人事、德業文章之屬，尤復森森。乃裔孫恒德有志未逮，諸子仰而承之，集謀協力，大肆纂修。又按雲谿言曰，吾吕氏四族，自居邑之外，曰清渭、青山，則四族未合，猶缺典也。居邑曰河頭，居清渭曰花園，皆拓建丕基，匯成巨族。其間太府欽、學諭端性、少尹坦等，類多顯達；太學鶴、昭、斌，悉以文名而有聲藝林。其上舍下庠，黎獻耆德未易更數，徒爾相沿，而昭穆不序，慶吊不交，相視若途陌然，庸非先志之所歎乎？於是從而合之，《易》所謂類族居方者是也。第大而弗有，強而守怯，知而守愚，追源溯流，洽以恩秩以文，不以勢分材資而間，則統宗會元之下，尤若景星之不浼以彗孛，嘉山吉水之不病於崩潰，而益成其居方之善。諸君知之而議圖之。余自蒞廊署，歷藩臬，觀風問俗於天下，從知仁讓之必興於家，孝弟之光於四海也。今之所以從事者，寧非修齊之一端，而有裨於世風者乎？吕君師淳、應箕等命余以爲之序。余嘗樂其事，爰叙梗概，以弁其首云。

時萬曆丁未孟夏之吉，賜進士第通議大夫順天府尹前四川山東左右布政使七十四翁眷生居左程正誼拜撰

武平李氏重修宗譜序

武平，南鄉所通也，而李實雄之，則亦實專之。故其地不勝舉，而舉其聚於一鄉者，曰武平李氏焉。李之雋起元甫者，博物君子也，少與予同挾策業，已文名，今猶諸生，諟□□□家政托之譜以鳴。武平大宗與上湖小宗不混其序，敘事序文，各以其類，統紀明而詞旨燦，非李氏《春秋》耶？予自詣公車，叨升斗，即不獲與根握手。今以先君疚歸，遇於方巖，乃持是告近志而托之序。噫，左明喪而《國語》作，韓非囚而《孤憤》成，起元甫其亦憤雄抱而是之務鳴也歟？夫老泉譜蘇，六一譜歐陽，萬世仿家法焉。茲舉也，惇世本，明作求，多拓前人之所未發，而嚴詞正義，足爲世軌。後宗家法者，必曰李氏李氏矣。武平其眉山也夫？其廬陵也夫？爲序之首。

明萬曆十八年歲在庚寅冬月之吉，賜進士第中憲大夫雲南按察司副使友人居左程正誼拜撰

重修王氏家譜序

余少與司馬麓泉公慷慨譚當世務，嘗以國重版圖，家重祠譜，蓋人自鼻祖而下，支分派別，不啻千萬。然千萬人之身，猶一人之身也，可弗加之意歟？已而歸閑，與仲弟宗長雨泉公首議創建祀祠，萃渙以報其先人，孝思之念慰矣。而舊乘不修，睦族之志尚未逮焉。歲至萬曆戊戌，故凡後胤諸賢，矢承厥志，倡衆葺之，而築室道傍，迄今始克成編。迺毛聃之昭，應韓之穆，亥豕未核，刀刕相訛，殊失司馬公修譜初志，亦非倡衆會盟美意也。夫以議禮之家，竟成聚訟。幸我郡侯滄孺袁公祖公明仁恕，循九兩之法，以系族得民，令正其誤，鐫其贗，而王氏立成完譜。夫石室差訛，根黨可訂；遷史多雜，金匱爲羞。向使世系小紊，何以別宗而奠姓哉？譜竣，請印頒佈，丐餘數言弁簡。余

知先司馬公有靈，此舉大慰懌於九泉也。遂欣然援筆書以授之。

時萬曆丁未仲冬之吉賜進士第通議大夫順天府尹前四川左右布政邑人居左程正誼撰

三修東山傅氏重修譜序

《語》有之，待飾而行者，質不美也。雖然，嘗試論之。人即至親長，豈能於素不相習之祖宗，索面顏於煙莽，而曰"吾之所從出也"，而愴淒不能自已乎？又豈能於素不相習之五服內外，執塗人譁然雜然之中，而曰"此吾之氣體也"，即唏噓而不能自已乎？彼其緣人情，而宗法譜法代爲政焉。古聖賢無非曲致其親長之心而已。國有史乘，家有譜牒，均寄也，質之待飾而行者也。夫譜誠創矣，修矣，披其圖而千萬枝儼會於一枝矣，無論素不相習之祖若宗，素不相習之五服內外，即洽然朝夕於一堂，而吾率其孩提之愛敬，少無遷染於闖闃者乎？夫外易歧於勢之不相習，而內易閧於物之有所遷，均之所當修也。防其外不相習，忽其內有所遷，抑何今巨家世族之多舛也？孰知夫春秋俎豆之非所以盡尊祖也？孰知夫隆殺序別之非所以盡睦族也？孰知夫傅會緣飾之非所以萃渙合離也？是道也，擴同胞於窮髮，而族於何有？故按其族而譜之，昭與昭序，穆與穆序，子與子言子，弟與弟言弟，婦與婦言婦，士與士言士，農與農言農，親疎吾汝，藹然相聯於一體。夫是之謂"緣質而飾"，而譜不爲虛寄。不然，是猶產業代遷，而猶執先人之遺籍，以示人曰："此吾之所自有也。"豈不謬哉？

夫粵婺多士，若所在聚族，輒數百千衆，即後稍陵替，而猶得原稱其先世，相騎相亢，非如吳人，乘旦夕之勢，奴使一切，儕族於塗。此無他異故，彼流徙無常時，寓寄無常地也。則吳粵得失之林已然，而好鬭使氣，睚眥必報，即衣冠閥閱，揖讓雍容，而嫌疑釁於嫉忌，計較起於錙銖，鼠牙笑刃，以是渙與歧也。絜綱括目，諛尊誣善，烏覩所稱彬彬者哉？余不佞，竊傷之矣。頃者裏君之暇，日與父老譚故家遺俗，而獨金華之東山傅氏，家世素封，傴僂循牆，罕有違言。蓋自迪功君十七世於今，而多同居，如張公藝家者，與所稱他族異是。孝友力田，豈天性然哉？則譜之代本於質者可想已。

傅氏歷年數百，即多阤於處士，而後先世德不減，農桑遺風，區疇棟宇，蔽谷籠雲，裘馬衣冠。猗歟，邑都屬者，藩臬郡邑，交茂循良，鄉國章縫。濟濟髦髦，人卞户隋，於斯爲盛。豈偶然哉？積厚而流光貽之矣，際期負卓，尋且索爾家。舟楫之素以濟巨川，何論晚近？吾郡鄒魯，不難復見，吾將拭目而俟焉。夫族未有不培於樸，而斮於儇，無亦席厚而惠益，斤斤各安其職，而各契其心，終無隕越於他族之末流。典型桑梓，是在長老之共圖之，是爲序。

萬曆己酉上巳日，賜進士第通議大夫順天府
府尹前四川布政使司左布政使奉敕審錄江南
刑部郎中華溪壽巖居士程正誼撰

華溪截角徐氏續修宗譜合第序

余自萬曆庚子秋，謝京兆政歸，趣思葺修譜牒，以卒先大夫志。顧疲於家冗，數載弗遑。今年春，屏居山房，始事焉。晨夕惕勵，計弱才不得當任責是懼。一日，余姻丈徐君朝用甫、朝器甫、希仁甫、汝和甫，持其截角家譜一通，介余弟叙魁問叙於余。余維自謀不暇，力何以爲徐君序？乃就謝不可，不得卒辭，爲之序曰：

徐氏系出若木氏，歷周、秦、漢、魏暨晉、唐、南北以迄於今，代有考成人。先屬籍列國侯中，佩二千石印，爲天子重臣者，無慮數十人，衣冠赫奕，閲世有光，而居永康者，則稱吳興守琪公祖焉。紀世始截角者，則稱永清源公祖焉，據所信也。自源公而上，星居分合不一，殊不能知之。自源公而下，四世孫曰琨，曰琦，俱爲蒙古氏顯官，而稱球川始者，則琨公祖焉。自是而二公之裔嗣分矣。逮我太祖高皇帝繼天統宇，修明教化，命大宗伯吳公考錄姓系。於是，譜牒尤爲世家右

族重九鼎,而徐氏譜且殘缺失次。源公九世孫、鄉貢士天祥甫麟喟然閔之,力爲編輯。維時都諫北軒趙公艮,實序次之,辭頗詳審。嗣後十二世孫邑廩生一濂甫清、廷州甫鳳岐,郡庠生國明甫育宗、廷瑞甫鸞,相繼螯修之。大較集而未成,譁信者半焉。萬曆昭陽單閼之歲,十二世孫廷音甫鳳韶、廷承甫天恩,念前人屬有令緒弗繼弗彰,大懼斯文放失,無以告我宗人,於是乃謀合二爲一,溯源沿流,弗鑿弗誣。時厥相者,十三世孫時洪甫彤、時元甫魁、明之甫榜、朝相甫明卿、會之甫達、朝和甫榮;十四世孫希洪甫鰲、希禮甫通、希元甫天命、希潤甫環、希升甫祐、希通甫善桓、惟善甫文郁、惟揚甫宗傑、惟禮甫宗仁、惟道甫宗仕;十五世孫汝英甫俊、汝彩甫禎、汝相甫禮;十六世孫叔敬甫明琮、叔聯甫繼芳,相與協議,參互考證,審其真僞,正其世系,明其昭穆。有親親之宗,以廣其愛;有老老之叙,以昭其敬;有貴貴之典,以崇其爵;有德業之隆,以示其行;有宅墓之圖,以永其守;有文獻之籍,以定其規。上下四五百年,聯十六七代之事而徵之,信一家之信史也,其用力亦甚勤矣。於戲,難矣哉!《詩》曰:"無念爾祖,聿修厥德。"諸君有焉,夙夜匪懈,無忝爾所生,諸君勉之!繼自今修身齊家,敦化善俗,以光昭於前聞人,則是譜也,不其增泰華之高,而浚七澤之深哉!予爲宗謀畢命於先大夫,未知弛擔何日;觀是編也,能不爲之三太息乎?嗚呼,孝子慈孫,知所事事,當必有以自靖者,信非視爲觀美已也。

皇明萬曆歲在甲辰天中節,賜進士第通奉大夫北京順天府府尹前四川左布政使眷生居左程正誼頓首拜撰

清渭馬氏家譜舊序

譜之興尚矣,然尤盛於近世。蓋皆本於程子之意云。夫宗子法廢,則人不知重本;譜系既明,則人各知來處。程子所謂管攝人心,敦宗族,厚風俗,使人不忘本者,皆繫於譜,真至言哉!第非作厥述,何

由？歐、蘇二乘，家譜之班馬也，互有得失，不免遺議，他可知矣。余閱《清渭馬氏家譜》，首之以宗圖，倣禮家之宗法也；繼之以行傳，倣史家之例傳也。以明世次，則昭穆之序分；以序年齡，則長幼之倫辨；以紀生卒，則慎終追懷之念興；以詳婚姻，則枝連葉附之誼廣。而又自義率祖，等而上之，止於始遷，無妄認之失；自仁率親，等而下之，統於一例，無豐昵之嫌，兼歐、蘇二氏之長，洗唐宋諸家之陋，馬氏之譜真佳譜哉！雖然，譜誠善矣。孔子曰："人能宏道，非道宏人"，所以推是而行之者，存乎其人。蘇氏譜序諄諄乎望人之意，蓋難之也，懷石君修譜既成，屬余序。余與懷石有同袍之雅誼，不容辭，自善其文、嘉其志而終之以此。噫，後之君子得吾説而存之，庶幾哉不失程子之意矣。

萬曆十五年，賜進士第中憲大夫刑部郎中程正誼

清渭何氏家譜序

譜何以作？作譜所以紀世次也。世次何以紀？蓋自始祖一世至於子孫百世之遠，皆譜之。譜之云何？貴不紊也。不紊則尊卑昭穆、親疏遠近、嫡庶支派由此而辨。何以辨之？凡自始祖而下，則有高曾，有祖禰，有伯叔、昆弟。分而言之，百世子孫無不各有曾，有祖禰，有伯叔、昆弟，各有五服輕重之倫。能明乎輕重之倫，則尊卑昭穆、親疏遠近、嫡庶支派亦各得其辨而不紊矣。若合而觀之，子孫千萬人之身，無不本乎始祖一人之身也。百川一源，萬枝一本，水木本源之道，孝敬之心一而已矣。孝敬之所由，寓彝倫風化之所由關，譜奚可不作哉！今何氏續修家譜，書爵書名，紀年紀事，所以辨貴賤，重出處也。移徙者書其名，流亡者入其祠，使生有所會，死有所歸也。今得尚書公之遺意焉，此其所以為世家也。此譜之所由作也。謹序。

時萬曆己酉上巳日賜進士第通議大夫順
天府府尹前四川布政使司左布政使奉敕
審錄江南刑部郎中壽巖居士程正誼拜撰

青山董氏宗譜序

蓋聞國有史，以明褒貶；家有譜，以叙彝倫。彝倫叙，則仁人孝子彰；褒貶明，則亂臣賊子懼。家譜之不可無，猶國史也。董氏肇自豢龍，賜姓有虞之世，代更歲遠，支別派分，散處於各州郡邑，不知誰爲疏嫡。永康白埕乃唐御史中丞混成公之後，於白眉山是西漢江都相仲舒公之裔。宋祥符間，由宣城宦游來浙，卜築眉山之陽，則清隱士公。始若董坑，發自仙居，諱元，字乾亨。成都守六世孫諱敦逸，爲宋司馬，諡文亮，南渡至浙臨安，越數世，支孫虎，字子勢，由浦江至永，贅於陳，其地曰董嶺。後裔發祥東陽橫路、大磐等地。青山董氏係東漢洛陽令少平公後裔，西漢江都相仲舒公裔孫，宋吏部尚書文亮公直系裔孫，元朝文淵閣大學士董倫容公玄孫，諱念祖，居青山。其長孫居壽溪，次孫居鰲潭。青山董氏始祖衍五公始居青山，歷二百餘載，譜牒零落殘缺，難於總理。其孝思誠篤，承任勿辭。前數輩有名有行，後輩則依舊次序之，編列聖諭、祖訓、凡例、家規於前，人物、傳贊等事於後，支圖不紊，行傳昭穆，越數載成譜牒。

永之四族，乃兩漢、唐、宋名人裔胄，相傳歷經千餘載。支流派分雖別，源本則同，皆發於豢龍之一脉也，以上崇奉祖先之孝，下貽子姓之安，足垂不朽矣。

萬曆丙辰年正月立春之吉，賜進士通奉大夫順天府府尹四川河南按察司程正誼頓首書

重修游川周氏譜序

余自蜀使入賀，光奉明綸，廉訪於洛，程便歸省。適周氏世譜成，庠友澄之、潤之，郡大夫鍾吾諸君子，夙通家，屬以序，即不文，奚辭？

粤稽周氏，世出舂陵。宋季有諱德彰者，濂溪先生之裔，自道來判於蘭，遂家婺之泮塘。至兩浙提舉時，文公再籍我永草墅，宗支蕃

衍，食指星分，實今游溪、峴川、麻阡之遷祖也。數傳而郡博君桐、王傅君光、文學君瑩、於德，并陽明高弟，與符卿石門應公、余叔祖太史松谿公、先大夫方峰公，會講桃巖，以相麗澤，時有朱呂過化之遺。嗣後鍾吾君秀，與少參君聚星承家學，繼登進士高甲，吳、楚、滇、貴之間，歌其昆仲之政，而碑思之，宛有棠竹之遺。其諸釋褐太學，課最銓曹，而列秩於郎署者，不下數十人。而廩食膠序，翩翩飛雄之望，山林耆宿，動以德誼，射蠟於鄉，與夫賦侈邑都，繇資軍國者，亦有卜式之風，未易更僕數也。古謂千載一聖，猶爲接踵；百里一賢，不失比肩，明才難也。今時地相距寥寥於斯，而道脉相承，雋拔一時，不將接踵元公，而與判州、提舶二公者比肩於後先耶？可以觀風矣。譜之作之，遷祖以來，業有成式，冢系叔德，總而成之。修討補葺，庠、英、鴻實有力焉。其中先後有倫，尊卑昭穆有序。若圖，若表，若傳，若志，若附錄，由親逮遜，別異統同，周氏之紀，犁然備矣。故一指掌，而死者之焄蒿悽愴，若臨其上，若陟降於左右也；生者之昭穆遠邇，若同堂，若接膝，相序相好，而不失其倫也；而褒貞揚淑，不爽其實，黜幽汰劣，不混其類，謂家之鐵史，非耶？夫士有徒步致卿相，名世勳伐足聞於世，而無能名其世德之所自起。諸父昆弟，卒塗遇之，卒塗之人視之，甚有出逐而不收者，文獻不足故也，足則可徵諸後矣。誠使後之閱斯譜者，明於所自，思厥纘成，尸而祝之，樽而俎之，毋墮於世，仁斯篤矣。明於所詒，思厥惇睦，肢而聯之，體而卹之，吉則慶，凶則吊，有急則周，而爲之御，義斯明矣。仁義兼，人極立，則天和召，地閟鬯，於宗也，益宏以昌；家鄒魯，門鄭張，不於春陵、營道，聲施於無窮也哉？《詩》曰：「無念爾祖，聿修厥德。」纘成之謂也。又曰：「雖有他人，不如我同姓。」惇睦之謂也，請以詔其後之人。若夫經畫之勞，趨事之謹，例得特書，茲不復。

時萬曆二十一載癸巳首夏之吉，賜進士第嘉議大夫河南提刑按察司按察使邑人眷侍生居左程正誼拜序

指山盧氏續修宗譜序

竊惟慎修之功，必推於九族，而親親之勸，特次於九經。故《易》垂類族之象，《禮》著合宗之規，凡以辨異統同而仁義之由也。世遠大公膜視秦越，甚至親戚之叛，鬩牆而圮族者有矣。君子思維之而不可得也，於是有册籍以紀之，經緯以章之，始焉化成於人文，繼焉因之以示義。名宗右族，莫不有譜，以維王化所不逮。茲指山盧氏之從事於斯也，其亦有見於是乎？式重其事，而取正於吾友新庵盧君。盧君，有道之士也，必知所啓而示以修齊之義矣。錄成而假言於余，以弁諸首。余何言哉？第惟一人之身，一俯仰而九族系焉，五服制焉。推而九五之餘，一鱗附而枝綴焉，孰非吾所當親乎？親之而洽之以恩，秩之以文，長幼疏戚而各得其倫，乃所謂敦叙而不失其作述之意耳。苟視同糟粕而弗旨其味，若虛車而徒飾弗膺，則稿竹所麗，無祗高閣之閑編，炫俗之蒭狗，而無益於得矣。諸君勉之，正爾躬，睦爾室，上追孝於前人，下垂裕於後昆，祥隨和致，福藉善臻，巍巍指山，將寖昌寖明，而引翼於勿替矣，豈特今斯已哉？若彼源流之長，閥閱之盛，則指山之宅，肇於靈山，經於石馬。越國公至自汴京，爲玉川子之裔，得姓齊侯文公。偉乎神明之胄，而濟美重華，以昭映乎誌册者，亦奚容以贅且剩耶？爰述梗概，代頌以規感，諸君之請而爲之序云。

　　萬曆甲辰仲春之吉，賜進士第通奉大夫順天府尹前河南按察使山東四川布政使程正誼謹撰

柏石陳氏宗譜序

按柏石陳氏，其先居永康之石牛，漢陳公寔之裔也。自司馬氏南渡，家於吳興。厥後有徙永之後陵者。遷祖世遠，莫知其爲誰，而子孫多居陵之側。昔龍川先生撰清渭陳性之公墓銘，言永康之陳凡七族，曰龍山，曰墓西，曰石牛，曰西門，皆嘗有列於朝；曰前黃，曰白巖，

亦嘗富甲於鄉，而石牛則陳氏諱肇公之嫡派也。公樂觀山水，往來於二十九都柏石之原，見山峰秀麗，左右環拱，遂徙居焉，是爲柏石陳氏之始祖。至七世孫諱震，成化間歲貢，任文登縣知縣，致政暇，創爲譜牒。無何，屢經兵燹，棣萼飄搖，行分字異，幾如各族。萬曆庚子，惟芳公率同志惟榮、惟祥、子凌諸彥，篤同體之念，復合爲一，丐序於予。余以陳氏南塘公，余妻黨舅氏也，焉敢以不文辭？嘗觀千尋之木，其本同；百折之流，其源同；萬支之族，其宗同，然不能不異者，其勢也。勢異而合之，以歸於同者，其情也。故別籍而居，則父子兄弟不能無爾我；或流離萬里之外，遇其鄉之人而相依，往往生死可與共，何者？勢有離合，而情則因之也。今所謂一家之族姓，不猶於鄉人乎？矧其初之所以異，由期而功而緦而袒免，亦自父子、兄弟始之耳。然相視間有不鄉人若者，情未之合也。夫合異爲同，莫先於譜。譜明則本源可尋，支流可析，孰爲吾尊，孰爲吾卑，孰爲親，孰爲疏，雖百世之後可考也，雖流移轉徙可辨也。喜相慶，喪相弔，疾病相扶持，患難相周恤，所以連其情於譜之外者，不特世系姓字之相續而已。如此，則序不紊而分立，禮不廢而情生。分立則有義，情生則有恩。恩義日篤，而三代熙皞之風著於一家矣。此陳君今日纂修意也，故爲之推其意，以告將來者。

時萬曆庚子年孟冬既望，賜進士第通奉大夫四川布政司左布政前刑部郎中奉敕整飭雲南臨安等處兵備、眷弟程正誼頓首拜撰

應氏宗譜跋

嘗考之程伯子曰："宗子法廢，後世譜牒尚有遺風；譜又廢，人家不知來處，無百年之家，骨肉無統，雖至親，恩亦薄。"邱文壯曰："人家興廢不常，合散不一，凡有仕宦及世稱爲士大夫者，不分同居異籍，但係同宗，皆俾其推族屬最尊者一人爲宗子，明立譜牒，付之掌管，不許攀援名宗，遺落貧賤。"嗚呼，二公之言，其深於譜者哉！萬曆丁亥歲，

余方讀禮家居，適同門友少梅應君仲篪，攜其所修家譜來示予。雲南大參仙邑弘齋應公存卓，予僚友也，既爲之序於其前矣，復徵余言以跋其後。余閱其制，自唐始祖德通公至宋安國公，下迄皇明，上下七百餘年，經緯有章，布置不苟，儼然一家史焉。親疏之辨，明宗系也；第行之合，聯族屬也；家規之立，示宗法也；特傳之減，省繁文也；義錄之修，憫無後也；筆削之公，奉天道也；藝文之錄，重文獻也。以至一言一行之微，艱辛險阻之歷，悉於行下一備錄焉，孰非後人之龜鑒乎？是譜也，信乎骨肉有統，至親有恩，不妄攀援，不遺貧賤。譜成，二派各執其一，而不濫設，又必推其族之尊且賢者以掌之，歲於宗祠一會合焉。雖不拘拘於宗子之立，而宗法之嚴，不於斯而具見乎？宋太史曰："三世不修譜牒，比之不孝。"凡爲應氏之後人者，能因是而及時修輯，不至於廢墜焉，則睦族之方，豈外是哉！

時皇明萬曆歲次丁亥仲冬朔日，賜進士第中議大夫雲南按察司副使眷生居左程正誼謹跋

重修五雲趙氏宗譜後跋

不佞從士大夫游，所稱說江左世家，莫王謝二氏若。近觀梧州郡乘，維五雲趙氏，其幾乎溯宋、元而迄皇朝，廟食森列，勳爵陳盛。至若創垂之言，琅琅象著，得一以徵不朽，而趙氏獨兼之，私心而慕，非朝夕矣。

頃者，靜齋君儀者，獨行君子也，與二三族長懷端公、秉貴公綣念宗譜，令子弟員司其纂修。伊伯子光瑞、仲子士龍與余子明允，雅結金蘭之契，持譜徵序。不佞受而卒業焉。竊嘆曰：大觀哉，趙氏之譜也。忠獻韓王開其源，河南郡公浚其流，下逮星居錯處，其麗不億時即百世乎，了然一目矣；支即萬殊乎，盎然一體矣。而勳勞、而宦績，若日星；而徵德、而摘芳，若雲錦。殆舉歐、蘇二氏之法而修明之矣。且也龍芳補浴之鑒，諸名公懸之卷端，尚何置喙哉？雖然，不佞更有進焉，太上修意，其次修神，不則是操五石之瓠，而市千里之骨，於是

修何當？二子跽而請修意焉。余曰：昔節度公荷孝廟同宗之錫，乃攄皇宋宗規，著爲譜範，共若而章，大都詔來裔以敦淳厚也。嗣後格庵先生暨伯和斗先生雅奉其意，而修明之耳。自今以降，茹真飲醇，渾噩從游於樸，則郡公精意旦暮遇之矣。二子復跽而請修神焉。郡公孕山川靈涉之氣，結爲大年，如日月經天，光彩常新。纘其緒者，澡爾身，浴爾德，翼翼若臨，罔有不欽，則神洽百世，芳躅允蹈。出則圖南，處則羽儀，垂兔迹而不朽，神若丈人之承蜩哉。

噫嘻，兩者交修，奕葉重輝，即王謝二氏無得專美。敬書牒後，令趙氏子弟知所勸云。

時萬曆己酉季秋之吉。

程氏譜例

一、譜法雖祖歐蘇，然煩簡增損，亦酌諸今。故或有出自意見者，亦不嫌於非古也。

二、禮祖功宗德，尚賢也。故必賢勞望於族，或篤行可嘉者，乃別爲傳，亦以示勸云。

三、嫁娶尚門閥，貧富無論焉。是故古有非偶之譏，別家世也。今嫁取已定，而家世不稱者，止載其姓，不著其里，示戒云。

四、子孫年十六始登名列行。每歲元旦，會拜宗祠，告於祖考，而後登載。庶免少殤虛行，或忌諱重行之患也。

> 十六始登名，恐少殤虛第，爲慮最善。乃自嘉靖間一修，至今殆百年。其間有老死不獲入行者。故此翻凡誕降者俱得入，難之也，亦榮之也，亦庶幾不失變通之意云。引清附識

五、第行各冠以字，正便上下行稱呼。時俗却又回避轉換，遂致重奪失本意矣。今後子姓，稱行重者，即加所冠字。勿得轉換，與譜相戾。

六、謹嫡庶。古也庶子爲兄，嫡子爲弟，亦先書嫡。蓋先本後支，亦天道焉。

七、贈、述、銘、傳、誄、挽諸作，一以名分尊卑爲次。故文字年月在前者，亦序於後。

八、今後子孫續譜，每條皆宜照舊式續書其後，不得妄增條目，及贅書閑字，以變成法。每積二三十年，子姓之賢者續刻之，許記名其後，即以示旌。

九、譜有史之義。公是非，寓勸懲也。故行實有書，有不書，書有詳有略，而不敢以誣善；其不善之甚者，則直書以示戒，而不敢以諱惡，是謂順天。今後子孫續譜，欲私其親而誣善諱惡，則得罪於天矣。慎之，慎之。

十、宗支甚重，不容混冒。譬之以桃接李，終爲桃矣。如有育他姓之子爲子，及以己子育於他姓者，譜并削之。子孫有此，即行改正，不得登載，得罪祖宗。

十一、明書善惡，以示勸懲，自是家法宜然。但惡孽昭著，事迹明顯，人所共見共聞者，照舊直書示戒。其有事涉閨閫，曖昧難明者，略而不書。蓋《春秋》之法。傳信傳疑，善善長而惡惡短，聖人用意忠厚固如此耳。增。

十二、婦人出嫁，其義已絕，生忌無祭。故生死年月不書，仍書出嫁字樣，以儆失節。其有年月遺忘者，不在此例。增。

十三、爲非桎梏死者，不書生死年月，直書死所，以示戒。增。

十四、續弦者，在室之女與再醮者，宜有分別。故於室女書繼娶，而再醮者但書一繼字，以昭辨也。增。

舊例云，不得妄增條目，以防變亂，慮至遠也。然正誼於修輯之間，見其有未備，如前數條所云，因僭爲續貂，亦庶幾前條所云酌今而用，不妨變通云爾。十世孫正誼識。

程正誼集卷之五

傳　誌

待贈定陵劉公傳

公諱鐸，字某，別號某，世籍靈璧之定陵里人。父通，爲邑增廣生，授官潭州，所至多惠政，而官不甚顯。生二子，其長爲公，次曰鎔。公生三子，元、亨、利；鎔生貞，即節齋公父，今贈司馬公也。司馬公生二歲而孤，公抱司馬公泣曰："天乎！吾弟仁而不壽，猶賴有此孤。微孤，吾宗替矣。無或天之所遺以昌劉氏乎？"於是，囑其内子，亡先三兒而後孤也。公夫婦乃益鍾情于司馬公，保護矜恤視其子有加焉。每飲社歸，携其果之佳者，以啖司馬公，而三子不與也。稍長，俾就傅，教誨殫心力，日夜望其有成。司馬公婚娶成立，公喜曰："吾弟今不死矣。"恩愛日益慇篤。于是，里中人咸謂司馬公爲公之子，而司馬公雖有所生，太夫人張育之，而視公猶父矣。迄于今，司馬公一脉發祥，昌衍其子孫，而高大其門閭，劉氏之宗大顯，而瓜瓞之慶彌芳也，公之力厥惟偉哉！司馬公晚年常思慕公不已，每譚及撫育恩，輒欷歔泣下。司馬公誠至孝乎，實公之篤于天倫感之。余自領鄉書北上時，取道淮泗，見興都郡邑間，山水環繞，蔚爲靈氣，意必有潛德韜光偉丈夫生于其間。而薦紳先生及耆舊輒稱定陵劉氏兩公有二盛德事，閭里争艷頌之。其一，謂公撫仲氏之孤，克昌仲嗣；其一，謂司馬公當劉賊屠城之變，猶完祖母喪事，而後避奔，不使遺伯父憂，言猶在耳。夫高門大族昌隆，不偶然矣。前有二君子，斯後有節齋公世德相成，後先互發，天之眷植劉氏，豈旦夕故與？於乎！世固有撫孤者，而撫襁褓之孤難，況已多子女，而獨鍾愛于弟氏之孤尤難。宜乎司馬公之積慮矢心，思報公德，而志未竟也，其有待於後之人乎？

論曰：嘗稽往籍撫孤事，如鄧伯道之棄子留姪，第五倫之一夜十起，古今以爲難，乃今讀節齋公狀，證余所聞于興都人士稱伯氏之撫仲孤者，其行誼卓越，視二賢不少讓。且其爲人慷慨俶儻，樂與好施，喜交游，重然諾，有古豪俠士風，如公才品，當于隆古求之耳。噫嘻！微公則司馬公何以有今日；微節齋公則公之潛德或終于沉鬱弗宣，余故爲傳之，以風夫晚近世之爲兄弟者。

松石程公傳

公諱文思，字堯夫，別號松石，其世系之詳，吾宗家乘備矣。公本支自曾祖而下數世，皆有潛德。父十峰公爲四川按察副使，娶于趙，生四子，公其長云。公生而穎異，年七歲，日誦千言。憲副公初授南京大理評事，攜公往肄業金陵，師事方齋林公、南津胡公，而所與同業者，若東郭鄒公、壺宗黃公輩，皆海內知名士。蓋公處金陵七年，而公卿多器重之矣。弱冠歸，就憲大夫試，輒取高等。入棘乃益奮志，博習左氏、司馬、諸子百家。所爲文，宏肆雄辯，峭逸有奇氣，名藉藉學士經生間，謂爲公輔才也。然七試而七不第，公處之恬如矣。憲副公歸自蜀，悉以家政屬公。公才優經濟，亦不難於以身任之。料理經營，罔遺餘莢，而業日以起。憲副公歸時，餘俸不滿千金，不十年而致萬金之積，見以爲公專理財，而不知其窮經強學猶昔也。憲副公益鍾愛之，析業時，欲聽公之所欲爲田宅者取之，而後三分其餘，以與仲叔季者，公辭不受而均析焉，人以此服公義云。憲副公卒，寢苫糲食，不室處者三年。比太淑人趙卒，則公年五十矣，以哭泣喪明，辭諸生歸。

仲弟文恭公謂公："君有大才而未究厥施,曷觀禮辟雍而卒業焉。"公曰："榮枯有命,人何能違天。吾葆真怡情于巖穴間,有餘樂矣。而捐貲暮年,以求不可必得之榮遇,何爲也?"繇是緇衣白幘,嘯傲峰泉,謝絕紛囂,足跡不及公府。文恭公雖在津華而公無染也。有親昵憑炎而恣睢射利于其間者,往往嚴戢之,以保清白之譽。郡邑大夫聞公名,爭欲見之,如理齋史君、後溪陳君,屢以賓射之禮延公,並辭不赴,而公名愈益重矣。

公爲人端毅威嚴,家法甚肅,諸弟惟文恭公與公比肩,叔、季皆父事之,居常左右侍,斤斤然言笑不敢出口,若衆子姪庭闈勘侍坐時也。文恭公解吏部歸,以微嫌見恚于公,跪而請罪,公據床而盥,譙責不少貸。然友愛則素植之矣,文恭公疾,躬爲視視劑,逾年不倦。及卒,爲之紀綱家政,經營兆域,撫諸孤如己子,有欺藐而侵漁之者,力禁絕之,嫌怨所不避焉。居家好持大體,所先務者,申家令以肅宗盟,置義田以賙貧乏,而于奉先報本尤加意焉。廟祀則十峰祠、松崖祠,墓塋則龍盤寺、大理庵,皆次第修舉,堂宇輝煌,亭臺森列。其品式燦如也,典禮秩如也,而公之規模遠矣。他如重姻盟,禮文雅,廣堂構,拓畝疆,繕橋梁,治亭道,孜孜靡有暇時,則又公餘事耳。公與余考方伯公雅相意氣,所持論慷慨高遠,敦尚道誼,每見坐譚竟日,握手歡如也。而議論稍有異同,輒爭辯亡讓,家庭之際一師友相規之義焉。余考少苦貧,喪不能舉,公謀諸仲叔季者,假我文山之麓以爲大父塋,而又資之灰糜,以襄其事。若夫寒解衣,饑推食,則在公不爲惠,而余考不知其爲德也。余幼侍公側,與公伯仲子若孫輩同業十峰之堂,不時召余庭下而課其藝,程其優劣,而資之楮穎。朝夕訓言,靡不准諸德義,稱說今古,色正詞嚴。倘所訓授有違,亦譙讓不假。蓋公之愛余深矣。公初娶于趙,無出,繼娶於徐故給事魯齋公女也。魯齋公夫人某壽而無子,家日替,資公爲養者四十餘年。饋膳遺衣,婢僕相望于道,其篤于恩誼類如此。公年七十有八,仲弟文德即文恭公,叔文謨,季文訓皆先公卒。男子二人，章冕、章服並太學生。孫男三人，光祖鴻臚寺序班，光宗、光裔皆庠生。曾孫一十幾人，皆能世公業。

贊曰：公宗自松崖公，大度雄才，恢宏基緒十峰公，文章經世，顯名當時而發祥有自矣。公少年博學能文，睥睨一世，與文恭公有"二程"之號，謂大業可唾手爲者，而隱約終其身也，則公之數奇哉。處家庭以嚴勝乎，然友愛根天性矣。視遺孤如己子，爲之禁戢侵漁，邑人至今誦之。而殺仲之孤，以圖其產，蔞斐何從生也？責難之至，手足戈矛，蓋自仙居公之游武林而市虎成矣。甚哉，士君子之處家庭難也！今海內多知公者，則議論久而定乎。

少原吴公傳

余妻夫人，少原吴公女也。公少從先大夫受經生業，雅識余于髫稚，而以夫人妻余。蓋先大夫不具尺縑，笑譚取贶命耳。人服公高誼，有識鑒，謂吾黨之所難云。丙戌余自滇歸，則公捐館舍已八年于斯矣。公季子明卿謂余："先君有潛德，微子孰能知之？亦微子孰爲傳之？"余椎不文，即有言不足以報稱公者，而亦惡能亡言也。

公名桂，字德芳，別號少原，其先仙居人也。宋末，始祖昭卿來永康，三世而爲伯成，始遷後塘。伯成十世而爲一虛，即公父也。娶酈氏，生四子，公其長云。公幼敏慧，稍長就外傅，雅好詩書，旦夜呻佔亡惰。弱冠受《尚書》于先大夫，累試郡邑高等，蓋卓然有用世志焉，先大夫心器重之。尋一虛公及母酈相繼卒，仲、叔、季幼，公領家政，而爲叔季者治婚，爲女弟治裝，羔雁玄纁，靡有虛日，而經生之業廢矣。則又從先大夫講致知之學于五峰，志懇懇奮也。公性孝友，事一虛公若母酈，朝昏飭髓旨，省視惟謹，大得父母歡。及卒，寢苫菜食，不室處者三年。既除喪，而卜葬于東廣之源，亦復匍匐廬居，三年不廢。仲疾，爲之謁醫，蚤暮視視劑亡懈，仲持其所有田左券授公，曰："吾死，以此報也。"公泣曰："吾利汝田耶？汝不諱，吾以此享汝，不合汝爲若敖氏之無食也。"仲卒，公籍爲祀田，載其主而時享之以爲常。與叔、季異產，則聽叔、季之所欲爲田宅者，而獨取其所不欲。久之，季又稱其田宅不便也。公爲涕泣曰："汝不幸幼孤，奈何令汝失所耶？"時公室宇已更飭，輒令季居之，而往季所居焉。即所私庚廩、簾幃、杯棬、瓿合悉聽季有之矣。歲饑，出其庚粟爲賑，粟盡則出橐中金，易粟繼之，盡橐乃止。有輸子錢于公，而以多釜輸者，公悉以予里人而弗責其值也。一人貧而得公二釜，疾且革，則寓言于公曰："吾食公德數年，今死矣。何以歸公釜乎？盍來而自取之，俾吾不負公地下，幸矣。"公聞，亟齎斗粟，擔薪以往勞之，曰："而饑欲死而猶念吾釜耶？無釜而其何以生矣。"躬爲糜，哺焉而後去，其人得不死，來謝公。公善堪輿家言，遠邇葬者來謁公，未嘗不爲亟往襄其事。族之貧而不能殮者，多與之棺，而不取其償焉。公族故多業農，于文章理學稍未暢，則爲之行修，將幣聘禮經師，靡不竭力爲之，蓋至于廢業而不悔也。即今衆弟子員，文學日斌斌起，公之力居多矣。公爲人恬澹和平，與物無競，而能急人之難，樂與人分憂，故公之交游最廣，四方過從者，外户履常滿也。篤信好學，老而不衰，俛仰古今，悠然自得，往往有吟風弄月之意焉。年六十四卒。

程生曰：吾觀公之爲人，大類吾從皇父松崖公。其賑貧周乏，哀死恤生，大都無以異焉。而以田宅讓季無論，不有難色，涕泣且涔淫也，則惟公有哉。然松崖公之子孫踐要履華，已食其報，而于公獨未聞焉，豈有待者耶？愷悌作人，興起文教，蓋有移風易俗之功焉。使公得展猷爲，以其行之家庭者行之天下，無難矣。嗚呼！陳太丘蘊德弗施，天固厚于太丘者乎？

應古麓公傳

公諱兼，字抑之，別號古麓。其先台人，中徙縉雲。宋季，有諱歸孫者，贅永康之大田，因家焉。累世皆有孝行，芝產於墓，遂更里名曰芝英。越七世有諱曇者,字仕廉,其人慷慨有大節,財貨甲於鄉閭,樂善好施,家聲大起。又三世而爲尚端公,生四子,長爲天成公,即公父也。其季爲天彝公,舉進士,官至尚寶司司丞。尚端公以季貴,贈承德郎,兵部車駕司主事。天成公善治生,好以義,率先閭里葺文廟,樹先祠,多磊落奇偉之行。娶于朱而生四子,公其冢嗣云。

　　公生而敏慧,十歲出就傅,讀書輒數千言。繼受業於從父司丞公,而從兄高安尹鶴丘、二守芝田公、僉憲晉庵公輩皆同筆硯。尋補博士弟子,一時蜚聲蔚蔚黌序間。而公意氣凝定,不與時髦輩競艷爭榮,識者知其爲任道之器。既聞王伯安公倡學于紹興,又偕同志如吾先大夫方峰公、教授周峴峰公、文學周五峰公輩往從之游。比卒業歸,則相與創爲五峰之會,以切磨講習於其間,而推司丞公爲盟長。凡所規誨責成,皆身心實學,要以施之踐履,措之彝倫,非徒嘿坐沉思,譚說光景而已。時方伯應南洲公、尚書黃久庵公皆以講學顯名當時,公時時游赤城、天台間,與二公互相論辯,二公以師友之間處公,而公學日益深矣。公性至孝,豁達好施予,而於善惡之介,臧否無少假借。朱安人年逾九十,公日飭髓旨,視寢處七十年如一日焉。朱卒,悲哀無異孺子,葬則廬於墓所三年。初,天成公捐館,橐中之遺千金,朱安人無他費,惟鄉里之老而貧者,喪不能舉者,無罪繫逮力不能輸贖鍰者,苦縣官笞掠催科不能辦者貸之,惟存質券,償不償亡取必焉。安人卒,公謂諸弟曰:"吾母貸不責償,仁也。其存左券,慮吾儕之不樂施也。惟茲先人之澤,無亦有覬於孝子順孫爲之廣義宣仁,以昌宏基緒?豈吾儕之溫飽是遺而孳孳焉操奇贏之術,爲之箕斂而附益之,使先澤屯而弗暢,其何以見先人於地下?"遂取其質券焚之。晉庵公爲作《焚券記》。邑有以墨敗歸,而思幸起者,使其一二徒黨,諷邑諸生,爲之請於御史臺。公初勿知也,旅進伏謁。既而聞諸生之倡者,以某某爲言,公挺然從班中起,趨出廣文,立於堂下,叱曰:"生何狂乃爾?"御史哂之曰:"士各有志,何叱爲?"御史業知諸生之所請者大墨也，而益器重公矣。公蚤年志聖賢學，與先大夫輩互相責難，擔當宏鉅，不屑屑于階梯青紫之業，故屢試不第，及貲當賓薦，遥受訓職老焉。公卒以萬曆丁丑八月初五日，距生弘治壬子五月二十六日得年八十有六。配孫氏，先公卒四十餘年，其嫕德懿行公思之，義不再娶。男子三，世新邑庠生，娶太守俞沙泉孫女，世承娶教諭周一山女，世亨亦娶俞沙泉孫女。女一，適沙泉孫良輔。孫男凡數十人，皆英俊能世公業。

贊曰：應自仕廉公以來，多大度偉人，類能以其居積之富，敦崇高義，堅建宏猷，賑貧賙乏，聲施不匱。而要之從事聖賢之學，則自公與司丞公始。即今衆子姪多興起，蒸蒸嚮往，微公，其誰倡之？焚券以慰母心，庶幾孝子仁人之事。若不淆臧否，不輕許與，不苟折節，挺然見志於御史之前，以銷奪奸貪之氣，其丈夫之偉行與。執是以往，何憂國是不定，賢不肖混淆，而朝陽之鳳無聞也。廟堂儲器，終委草萊，則公之數奇乎？吾見公孫枝繁衍，皆英發挺特有奇氣，必有能繼公志節以廣勳猷者，殆食報在身後也。孰謂天不可必耶？

應母孫安人傳

孫安人者，隱君孫四三公女也。孫爲吾邑名宗。隱君有潛德，娶於蔣而生安人，與先太夫人爲兄弟。余生則安人卒，未識安人，而先夫人道安人之行，津津不能釋口，以是知安人之詳云。安人幼善容止，性敏慧，精習女紅，兼通《內則》大義。父母鍾愛之，爲擇伉儷而歸古麓公。古麓公，俊傑才也，少游黌序，攻藝文，而且篤志聖賢之學。每歲不適台，則適越，以從游陽明、久庵之門，其於房闈之愛，澹如也。安人曰：“子有超世之志，吾相子矣。子其勉成之。”於是，綜理家政，承事舅姑，辛勤拮据，以供婦道，事無巨細，靡不爲處分中肯綮者。以此古麓公得以專志於學，而無內顧之憂。安人初歸公時，公父天成公以萬金爲俠，屨滿外户，家事繁，安人冢婦以一身任之，裕如也。天成公嫁其長女，所治裝不及安人，朱安人欲以安人之裝嫁之，未言也而安人先姑意，盡歸其所有裝，無難色，亦無責償，以是得舅姑歡，始終無間。先大夫方峰公爲諸生時，古麓公遣其三子來受業於五峰。時季子世亨年十歲，妯娌謂安人曰："季稚，何苦兒爲也？"安人曰："教子須稚年耳。童稚不教，老大頑囂，義方之謂何，而以姑息爲哉？"遂遣與二兄偕往。尋，古麓公復延先大夫講業於其家寢堂。先大夫喜靜功，每雞鳴起坐，輒隱隱聞有聲鏗然，從深閨出，日以爲常。初不知其何聲也，久之，知爲安人妝鏡之聲。蓋安人勵勤飭政，夙興有常期，鏡聲與雞聲須臾不爽，真以燕安爲鴆毒，而不敢懷者。古麓公經業理學，烺烺爲時所宗，甌括士多來從公游。安人念諸士遠來，不無以饗殽奪志，往往資之樵蔬，助之廩餼，而至於衣履弊垢，則爲之浣濯而補葺之。古麓公如不聞也者，而諸士之來如歸，從游日益衆矣。安人性清靜寡言，聲音不聞閫外，居常躬紡績，寒暑不廢。而常服布素，修潔不尚華美，食三餐蔬糜而已。至於享祀賓客，則未嘗不極豐腴。妯娌相敬愛，情意懇懇，始終無間。而以嚴教其三子，有丈夫意焉。至於待婢妾則身先勤勞，未嘗妄加箠楚。一婢遺事古麓公，迄今四十餘年，每語及安人，輒垂涕泣淫淫下，其所感於安人深矣。安人以嘉靖庚子七月十六日卒，距生弘治辛酉六月十三日得年四十。男子三，女一，詳見古麓公傳云。

贊曰：安人之行，多能人所不能者，蓋其得之天者厚也。取箕箒語，自古嘆之。雞鳴宣勤，風斯遠已，而與裝不有難色，夙興不愆常度，其移風易俗之大端乎。力任家政，勤恤多士，以相其夫之學與教也，可謂知大義矣。秉心操行，古人有難之者，而享年不永，夫亦以勤勞傷生者乎？嗚呼！天之壽安人不以年，而天之報安人不在身，安人多令譽矣，多賢胤矣，天之報安人厚矣。

封宜人周母陳氏墓誌銘

萬曆丙戌十月，不佞治先大夫襄事于五龍山，醫者俞東白君在坐。蒼頭謁東白君,曰:"周母陳宜人之疾病矣,請往視之。"不佞促東白君行,未逾日而宜人之訃聞矣。一日,宜人子衛參軍應辰、太學生應長,持黃柱史汝通狀,詣不佞,曰:"子于家大人有平生歡,狎知先宜人也。今奄歲有期,盍爲我誌之。"余愧不文,而義有不容辭者,乃爲誌曰:

宜人者,陳隱君女也。陳爲華溪著姓,世居邑南之杜溪。宜人大父,以貲雄里中,父陪山公世其業,而行誼愈莊,人稱陳隱君云。隱君娶于周而生宜人。宜人生而穎慧,少受《列女傳》,能知大義,父母奇之,曰:"兒豈田家婦哉?"爲擇儷久之,得鍾吾公。公家故成康之裔,簪纓世顯,在吾邑爲巨宗。而公又髫稚蜚聲,才美冠時彥,故宜人之歸公也,有雙璧之譽焉。嘉靖甲辰,鍾吾公成進士,除長洲令,宜人偕之邸中。晨昏爲嚴扃啓,約束臧獲,令亡于官常。嘗爲鍾吾公言,吳會財賦之鄉也,沃饒甲于天下,其士人多名公巨卿,當津筦要。宦茲土者不染指膏腴,則詘身權貴,汩没寵利,毀節滅名。吾平生修檢之謂何而不以前轍戒也。鍾吾公從宜人言,政聲愈益起。久之,爲忌者所中,遷國學,尋擢臨安府同知。行,宜人留柄家政,又謂鍾吾公,君亡謂滇雲萬里,渙山瀘水之勝,固中州弗若也,以君其義,何黃鱗碧玉之能蔑吾守乎?顧茲土文教方興,文風未暢,夫子與有責焉,往慎之哉。願吾道行於南矣。于是鍾吾公蒞政,簿書之暇,毘勉作人,掄青衿,中及民家子之英異者,而群之上庠。朔望,躬往課其藝,程其優劣,而資之糗飲以爲常。未踰年,臨文學斌斌起,而士之偕計者甲南滇矣。今中丞蕭公崇業、憲伯王公未賢輩,皆爲公門人,而公之勵精文教也,則宜人與有力焉。鍾吾公性耿介,弗能媕阿爲希覯鞠脆之事,居常怏怏,有蒪鱸之思。宜人知公于時柄鑿也,則遺書公曰:"君不見夫豹與雉乎,炳其文矣,而不爲南山之隱。吾懼夫網羅彈射之不免也。"公得書大悟,遂解綬歸,與宜人老焉。宜人寬厚慈仁,以孝事舅姑,和處妯娌,藹如怡如,人鮮及矣。而其視諸媵也,不啻娣妹,咸謂其有《樛木》之風焉。宜人之撫其子，無嫡庶也。家處豐亨而躬操勤儉，課督耕蠶，盥櫛未嘗于日，米鹽絲縷之微，綜覈無一遺者。而居常澹泊，不爲甘旨之奉，曰："吾以此訓子孫，亦以此遺子孫耳。"晚年課諸子經術，曰："而父有未竟之業，其在汝曹乎？"長君應辰，既卒業太學，授南京龍驤衛經歷。萬曆癸未，以覃恩，得進鍾吾公階奉政大夫，及進封宜人。宜人以萬曆丙戌十月初四日卒，距生正德庚辰七月初五日得年六十有七。男子六人，長應辰，娶朱氏，封孺人；次應長，太學生，娶黃氏；應朝，上林苑監錄事，娶施氏；應章，府學生，娶徐氏；應睿，娶朱氏；應期，縣學生，娶陳氏。女子五人，長適俞郡伯孫良益；次適王給事孫宗烓；次適姜藩伯孫承軻；次適徐別駕孫一清；次適王主事孫家鶯。孫男十一人，胤彥、胤匡、胤瑩、胤國、胤廉、胤圖、胤修、胤伊、胤燔、胤光、胤優。孫女五並幼，未字。鍾吾公名秀，字實卿，卜某年月日葬宜人於某山。余維勤儉爲訓，賢母類多能之，至其姊視妾媵，嫡視庶子，吾見亦罕矣。而能明於官常出處之大義乎。不誘於利，不惕於勢，丈夫難之；懇厓造士，興教化於遠陬，甘棠不朽之業也，而其視榮名如敝屣，以勇退激流，則又難之難矣。宜人相其夫，大誼章章如是，古賢母何以加焉。若夫嚴課諸子，克紹箕裘，恢張大業，方興未艾，又宜人之餘事也。是爲銘。銘曰：

厥有名媛，孝惠睦姻。無妬無偏，閨閫儀刑。相夫宦成，出處斯明。螽斯衍慶，宜爾子孫。萬年兹丘，慰爾幽冥。

明處士杜公暨配郭孺人合葬墓誌銘

公諱某，字某，其先世居東陽縣北郭。宗甚強，考諸杜氏家乘，其世系戚屬詳矣。至十五世祖諱某者，始遷仁壽鄉居焉。又傳二十世爲公父諱某，爲人慷慨有大節。娶陳氏，生四子，公其季云。蓋公生十歲而父母相繼卒也。母陳有女奴者，才精健能，操作紀綱家政。公與伯若仲者藐諸孤，資奴成立。無何，郭孺人歸公，與伯、仲析業而居。里中豪有銜仲而誣之獄者，仲之橐盡矣。公謂仲，人之所貴於兄弟，恃緩急耳。吾儕藉先祖寵靈，遺一廛之田以世其業，庸獨爲糊口計？亡亦爲二三兄弟之有急難，以爲解紛爭乎？吾私吾有，不以白仲之冤，而坐視其死，是我實殺仲也，其雍容哉？手足之謂何，而忍殺兄以爲利，將何以見吾父於九原？乃盡售其所析業，以出仲獄中。於是，公竈不炊，托身於外家，而其意固恬如也。尋公又病痁，不能治生。久之，疾良已，始與伯若仲者協力農畝間，胼胝辛勤，不遺齒力，數年而家聲起，故業復矣。公爲人愷悌，樂施與，見閭里困窮者，輒爲涕泣，飲食之，不與人競刀錐之利，嘗曰：“聖人是何樣人？其心必清虛，必不言利。”公幼孤，蓋未嘗聞聖賢學，而其心獨冥契云。里少年申山澤之禁，公季子正夫君與焉。公聞之，怒曰：“若輩有人心耶？先王經理天下，山林川澤之利與民同之，亡有厲禁芻樵牧薙，惟民是從。是以上亡屯膏，下亡憂患，厚生利用，民物阜安，先王之盛治也。民非樵不食，非牧不生，山林川澤，民之所資以食而生者也，而爲之厲禁，如一方民命何？必使休其樵牧於茲土也，斯人將安適矣？”正夫君爲邑諸生出，卒業，公誡之曰：“吾教汝不在讀書，在做人耳。世之以明經取顯庸者何限，人品爲難矣。吾不望而以青紫榮而父也，孺子勉旃！”正夫君嘗不諱長者名，而爲辭傲也，公遽恚曰：“孺子不遜，犯義矣！何效輕薄兒爲也。”其立心端厚而慎於言行，類如此。孺人名家子也，歸公時，杜氏中衰，而公疾未已。孺人孑然處憂患中，力貧支僞，甘荼習蓼，略無難色怨言。暨伯仲克復哉故，業渙合離，則孺人煦煦然與姒娌相歡娛矣。邑長老咸謂郭孺人賢，稱爲公婦云。公生成化己丑二月十二日，卒嘉靖庚子九月十八日。孺人生成化甲午七月二十二日，卒嘉靖丙辰七月二十九日。男子三人，曰果、曰思、曰詩，即正夫君。一女適南岑吳宇。孫男八人，曰某某。公初葬上石塘山，孺人葬郭山，俱未有誌今將改而合葬于後章。正夫君請余誌之。

誌曰：古君子之篤恩義，性自有之乎？抑强作之以爲名高也？道喪風漓,薄恩手足,趨兄弟之急,而爲之排難解紛,可以爲難矣。乃罄室靡顧,甘心于流離寄食乎?山澤止禁,庶幾大道爲公之意焉。而以輕薄戒其子,伏波之所爲訓也,偉哉!"不在讀書"一言,真見其大者。吾觀胤子君之懇懇肩斯道也,義方豈有斁哉!力貧支應以相夫子,卒起家運于式微,何愧乎女丈夫矣。是爲銘。銘曰:

卓彼耆彦,名宗世冑。淳德自天,端良孝友。孔懷兄弟,排難解紛。不有其家,遑恤其身。愛及閭閻,恩施樵牧。惟國之瑞,惟民之福。崇德尚賢,訓子義方。貽謨式穀,胤嗣斯良。弓強于彌,衣靭於裏。淑哉悃儀,家聲是起。偕兹伉儷,媲美並賢。山高水長,芳聲以傳。

贈通奉大夫四川布政司左布政使先考方峰公行狀

公諱梓,字養之,方峰其別號云。先世爲徽之槐堂人,有諱楷者,仕元爲廉訪副使,晚年避難來永康。楷之子諱益寧,益寧之子諱可與,徙方巖之麓居焉。可與之子諱鵬,鵬之子諱禧,復徙居于駙馬堂。禧之子諱坊,坊之子諱佑,佑之子諱伯祥,即公父也。娶楊氏,生三子,公其季云。公生而英穎,年六七,言無勌戲,遇臧獲輩弗作而致恭,輒詬責亡貸。繇是庭除間凜凜,弗敢嫚怠。垂髫出就傅,聞吾婺有何、王、金、許之學,曰:"吾鄉故道學里也,生兹土而不聞道,不幾於虛生乎?"於是,益究何、王、金、許之所爲學者於其師。師故句讀老生,莫知何、王、金、許之所爲學也。久之,得《正學編》而聞所謂"真實心地,刻苦工夫"者。公曰:"嘻,學在是矣。"然婺之學,與濂洛關閩之學,道徑何以殊乎?乃遍索先賢論學書讀之,務求不二宗旨,以得當于先賢之謂爲心學者,以自快也。大父勉公爲經生業,公意殊不屑也。曰:"寓宇内獨少聖賢,豈少公卿乎?吾不能以雕蟲之技,儳吾精,取富貴,誇閭里兒童爲也。從吾所好而已。"大父謂公,奈何作迂儒言,戾父兄意也,而益謙讓之,不得已就憲大夫試,輒第一,爲諸生冠矣。公雖不屑經生業，然淹貫六籍百家，所爲文，傳誦博士諸生間，無少壯矩矱之也。亡何，聞王伯安公倡學于紹興，遂與李生候壁、周生德基輩往從之游。伯安公見公年少而意猛鋭，心大奇之。令與錢仲實、王汝忠諸公講切于陽明洞中。公毅然以身肩斯道，沉思冥會，辯析問難，夜不解衣者六更寒暑，於其所謂致知之學，亦涣然而冰釋矣。亡何，而伯安公卒。公謂吾邑理學自陳同甫以來未有譚之者，乃偕從祖文恭公及司丞應公輩創會五峰，而推二公爲之長。於是衢、婺、括蒼諸郡邑士，翕然向風，來從公游者日益衆矣。五峰故有臺，名"兜率"，爲古招提。相傳朱晦庵、呂東萊、陳龍川三賢講學之地，而兜率則晦庵遺墨在焉。公謂三賢講學于斯，而吾儕百世之下，聞風而興起，不祀三公於此，非所以風後人也。而四方來學者，每歲以數百計，臺無舍宇，且隘不能容，學者往往露居巖穴間，非所以安士心也。乃謀諸司丞公及德基、候壁，諸生各捐貲若干，卜臺側隙地，因石洞爲堂宇，凡數十楹。其奥以祀三先生，而前廡則以居四方學者，命之曰麗澤之祠。于是，士益蒸蒸奮而會日加盛矣。

有盧生德卿者，亦以理學授徒于兜率，因僧舍居之。僧兄某，里中豪也，與德卿交惡而辱德卿。德卿疏諸生名訟之官，而署公其首。於是，豪赴御史臺訟公及德卿輩，謂公建淫祠，倡僞學，簧鼓士心。御史故有銜于伯安公，又素不悦理學，謂公果僞學也，削公諸生籍，而廢其祠。於是，四方學者莫不爲公彈指，而薦紳先生若大宗伯黄公綰、大藩伯應公良輩爲公昭雪，白見冤狀於御史臺諸監司也。公乃復爲諸生，祠鼎新，祀三先生如舊。先是，有司受臺檄，逮公及德卿輩。德卿以疾辭，而公獨詣臺對，受笞掠，窘辱備至，公恬如也。訊詞及德卿，則亟爲辯之。或謂公："德卿實基禍，而子爲受惡乎？"公曰："吾平生言學，今日乃實踐耳。吾居其罪足矣，何以德卿爲哉？"以此，德卿終不及吏訊。事定而從公復言學也，則公未嘗齒及之矣。公以良知之學，雖孔孟宗旨，學者繇斯徑以入，其流之弊，將不免於通而鮮執，權而失經，故其所自磨淬，與其所教門弟子者，必以真實心地爲本。其摻持斤斤，靡斯須懈；一言一動，罔違榘度；一食一飲，必有存省；其氣節剛方，而踐履篤實，真無愧古人矣。公爲諸生，蓋累試不第。迨不肖學爲文辭，則曰："先人之所望我者，兒任之矣。"遂謁辭于邑廣文而歸衿巾焉。繇是不復赴憲大夫試，蕭然林壑間一綸巾耳。不肖旦暮受庭訓，靡匪古先格言，其意念所存，精神所注，諄諄責成于不肖者，聖賢也。故不肖自有知識以至今日，侍公庭闈間，未嘗聞燕私語，真所謂無一念不可與人言與天知者，即童僕能信之也。辛未，不肖舉進士，授武昌府推官，奉養公于郡邸，誡不肖曰："吾平生訓汝，今見諸行事矣。何以不負天子，不負所學，兒今始進日也，盍慎之哉！"一室左右琴書，恒竟日嘿坐，間亦有所吟咏。其于不肖所理簿書事無所問，曰："但得楚人士謂我清白吏父，足矣。"公性恬澹，喜優游山水間，居郡邸二年，意不適，曰："汝以禄養我，不如藜藿之爲甘也。"出游匡廬而歸。繇是，不肖累官比部郎及滇臬，皆不就矣。時公年七十餘，神益旺，日與其故友講學于五峰，亦兼事玄修，明釋老二家宗旨。非有所逃，爲性命計，復構亭於五龍之巔，匾之曰"抱一"，而時時寢處其間，晝夜恒覺無寐，遠邇事多先知之。榻之上瓦色焰焰有朱光，月朔，紅氣發于掌心，如丹砂色，蓋其所養深也。不肖初爲推官，以秩滿奏績，繼爲刑部主事，爲郎中，皆以覃恩得封公如不肖官。不肖捧璽書，爲冠服，以致于公。公服之，北面謝恩，遂笥冠服于寢堂，弗再服矣。平生足不及公府。郡太守王公慕公爲人，欲以賓射之禮致之，檄郡博士謁公者三，終不應。邑大夫吴君詣公至再，僅得一面而已。蓋公意雅不欲挾郡邑謬恭爲車上儷，以貽識者笑也。初，不肖爲主事，時政苛切，論囚以多寡爲殿最。不肖得命論吴中，便道謁公。公曰："多殺非盛世事也，汝其存矜恤意焉。榮辱固有命耳。"不肖從公言，遂與御史耿公俱得罪，而不肖得薄罰。公曰："兒幸矣，即與御史同罪，何恨焉？"無何，而不肖克青齊治獄使者，復詣公。公曰："亡遏朝廷曠蕩恩也,汝其有所全活,齊魯之民幸矣。"不肖復從公言,所平反數多,悉報可。則皇上好生之德,而公能仰體之也。逾年,而不肖竣事,入報命,得遷雲南按察司副使。不肖以公年逾大耋,業具疏請告侍甘旨,以未禀命于公,疏不敢輒上。比歸,以情告公,曰:"吾飲食起處如少壯時,汝不以此時委身國事,而狥匹夫之小孝,何耶?且吾聞緬寇暴起,天子厪西顧憂,臨安部正當緬衝,汝備兵官也,斯時而欲自引退,不爲縣官展一籌,如臨事避難之誚何?"不肖不獲已,乃適滇。久之,一日登山傷其趾,逾八月卒于正寢。嗚呼,痛哉!不肖之適滇雖公意乎,實抱終天恨矣。

公性至孝,本枝自曾祖以來不葬者數世。蓋其始也,惑堪輿家言,而其後勢異人殊,幾成委棄。公不愛重貲,悉爲之購地以葬焉,而衆子姓弗聞也。居大父若母喪,哀毀幾絕,廬于墓所,居之三年後,猶依依弗忍去。公伯兄貧,而仲鰥無子,饔飧衣履悉取給于公。公畢力周之,務使其豐足逾己。及卒,亦復購地葬之。太夫人蚤卒,公左右無御,朝夕奉養,一奚奴耳。故暮年而皓髮垂地,步履翩翩,咸謂有仙風焉。居常爲五七言詩,要以發舒性情,言己志,其辭峭健灑逸,自成一家,不拘拘唐調也。平生慕陶靖節、邵堯夫之爲人,所爲詩自比《擊壤》。比足不良行,猶時時坐小輿,眺望溪壑間,有所言輒成音韻,凡俚言皆詩矣。有《白翁吟稿》數卷藏於家。卒之前一日,命不肖諸兒治殮,曰:"吾逝矣,汝其勉學,成吾志。"一言不及家常。嗚呼,痛哉!公生弘治戊午八月初一日,卒萬曆乙酉八月十六日,得年八十有八。暨萬曆戊戌,以不肖今職秩滿,贈通奉大夫、四川布政司左布政使。娶先母孫氏,初贈孺人,次贈安人,又次贈宜人,今贈夫人。生一子即正誼,娶吳氏,累封夫人。一女適邑諸生徐文育。孫男五人,明志,娶朱氏,爲參政朱方孫女,繼娶盧氏,爲諸生盧仲吕女;明理,邑庠生,娶黃氏,爲諸生黃伯新女;明允,太學生,娶張氏,爲經歷張泳女;明試,太學生,娶徐氏,爲同知徐顯臣女;明見,庠生,娶李氏,爲先從祖文恭公文德甥女。女一適太學生黃志道。曾孫男十人：胤清，郡庠生，娶黃氏，處士黃文繞女；胤烈，娶盧氏，處士盧洪衡女；胤翼；胤祚，聘盧氏，庠生盧學廣女；胤孝，聘吕氏，處士吕應星女；胤茂，聘吳氏，太學生吳應朝女；胤振；胤綏，聘應氏，庠生應重光女；胤箕，聘王氏，知縣王世德女；胤緒；胤昌。曾孫女一：鸞，適庠生盧洪産。玄孫男二人：茂賢、茂獻，女二：蕭、順，俱未字。正誼已奉公葬于五龍山之陽，謹泣血具狀如左，惟明公大人憐而惠之一言，以爲九泉光，先大夫死且不朽。正誼不勝祇望懇切之至。

贈太夫人先母孫氏行狀

先太夫人，處士孫仲信公女也。年十六而歸先大夫。大夫弱冠，屬家運中衰之時，先大父若母六十餘矣。夫人至，則躬操饙曰，以事舅姑。蓋先大夫髫年知學，即杖策擔簦，尋師問友，往來吳越甌括之間；歸則聚徒教授，莫能朝夕供菽水，承膝下歡。夫人謂大夫子有四方之志，勉成之矣。家大人奉養，吾爲子任之。於是，習蓼甘茶，拮据紡績，以飴治先大父若母髓旨。庭以內事無巨細皆不使大夫聞之。以此，大夫得無內顧憂，以專志于學。不肖年七歲，即自授《孝經》、《論語》，又旁及他書。每日程課有常，有勿若于訓，譙責無少貸也。每不肖呻呫，則夫人以機杼相謂不肖曰："汝父以道德功名爲事，即未成功，箕裘不可不紹也。汝其殫力爲之，遇則有光先業，不者亦無忝前人。亡使考翼有棄基恨矣。"旦莫所訓飭，罔匪義方，與先大夫內外夾持，無所事姑息。以故不肖得不廢先人之業，夫人之力居多焉。夫人性至孝，事先大父若母二十年，未嘗有一言一事不得當其歡心。先大母嘗曰："季兒婦能使吾加餐，即茹藿哺糜，未嘗不飽。"先大父曰："婦也賢，稱吾兒矣。"姒娣中有薄德而侮夫人者，夫人折節下之，且爲之加禮焉，侮者自愧來謝。先外母夏卒，無以爲殮，鬻簪珥殯焉。爲之躬治其喪，罔弗飭也。鄉長老謂夫人婦盡婦道，(之)〔又〕盡子道云。夫人生弘治甲子四月廿八日,卒嘉靖庚申十月十七日,得年五十有七。初贈太孺人,次贈太安人,又次贈太宜人,今贈太夫人。男子一,即正誼。女一璧,適生員徐文育。諸孫男女婚嫁之詳,已具方峰公狀中,兹不贅。夫人以萬曆丙戌十月十七日與方峰公合葬於五龍山之陽。

補　遺

贈華溪朱隱翁傳

夫厚澤者,山川之融結,靈秀之所鍾也。而挺生於其間者,曰幾,字子升,號華溪者也。地之靈者,人之傑,固理勢之必然者。翁禀天地中和之氣,際重熙累洽之會。其爲人也,孝於親,友於兄弟,溫良樂易,恭儉慈讓,氣度豁如,不矜少廉,取與必慎,交游必端,言行不苟,忮求不形,驕謟不作。任約正,剪强扶弱,而有所不平者,莫不赴訴於其前;爲祠長,整綱立常,而有於風化者,莫不斥逐於其外。修譜牒,夙夜爲之匪懈,而譜則賴翁以續修;濟貧乏,貲費爲之勿吝,而人多賴翁以全活。貧不能娶者,捐貲以娶之;死無棺槨者,具棺槨以葬之。施人德不求其知,與人惠不圖其報。明辨是非,力息争訟,如太和元氣之流於四時,而鄉邦靡不稱其賢鄰,族亦皆仰其德也。所謂三代之逸民,太古之君子,非翁其誰歟?且翁之生也孑然,翁之嗣也濟濟然。生丈夫子十一人,曰鸞,曰昌,曰科,曰琪,曰琳,曰珍,曰琮,曰全,曰瑄,曰玘,曰琛。二女,長適方巖程,次適河頭吕,皆名門宦族,而天福善不淺鮮矣。噫嘻,是可以爲榮矣,是可以爲傳矣!敢是贈。

　　　　　　時萬曆二十六年歲次戊戌仲秋之吉,賜進士第山東左布政眷生居左程正誼拜撰

北山朱先生傳

士君子立身天地間，大用難期，真體貴裕。真體苟裕，則在在可以著經綸，夫豈以達而顯，窮而晦乎？若北山朱先生，其人也。先生方七歲，嚴君云亡，痛生事之未能也，即思顯親揚名，勵志螢窗，不十載而游泮水，蜚聲籍籍，藝林皆雅重之，而先生猶不以小就自安。勿憚遠涉，負笈於紹，從錢侍御、應揚公游。不扇不爐，不就枕者數年，吞吐六經，鞭笞兩漢，而經綸爲之益裕，意博科第若錐囊而取穎耳。奈才華數奇，竟淹於場屋，勿克遂祿養之願。嗣後講學五峰，與盧公一松輩諸君子相縞交，即皓首黌宮，不肯折節有司，終期善養。先生之純孝天篤，真事死如生，事亡如存，是孝之體立，則孝之用行矣。自是處手足則誼浹同氣，愛鍾大顯，而用行於兄弟也；處桂蘭則義方著訓，詩禮傳家，而用行於後嗣也；處族衆則禮讓謙和，友愛平施，而用行於宗盟也；處姻友則瓜葛情深，然諾信堅，而用行於親朋也；處鄉黨則抑強扶弱，解紛息爭，而用行於里閈也；至於處安人吕氏未有所出，連娶側室者四，不聞有妬意間言，固安人淑慎之德，實共刑於之化，而用行於室家也。且也言動不苟，取與必慎，弗昭昭伸節，弗冥冥惰行，弗察察而明，弗昧昧而昏。才擅於己而不有其能，德洽於人而不有其功，捐爾我，絕町畛，黜阿徇，杜賄賂，惟務衾影無愧，而用又見於植己矣。是不出戶庭，而人綱人紀之肅肅；不越宮闈，而比禮比樂之雍雍。雖不得秉鈞提衡，佐聖明於三代，而一家三代之風可想矣。孰非孝思一念，培養其真體中來哉？否則一孝有歉，而真體未裕，縱以一日之長，叨不訾之榮，尤先生所羞稱者矣。吾以是知先生窮養之不苟，正其達施之無愧者也，須富貴何爲？

余與先生幼忝同庠，雖邅奪宦游，時慕道趣，故特爲之表著云。先生諱舞，字子容，因進黌宮，以子容爲名，再字伯度，別號北山。配安人青山吕氏，賦性幽静，治家嚴肅，相夫子，遵母命之訓，理中饋，適豐儉之宜，撫育諸孤，猶若己出，愛而知勞，弗事姑息。其貞德淑行不能殫述。先生生於嘉靖甲申年正月初七日丑時，卒於萬曆甲午年三月廿二日戌時。安人生於嘉靖辛卯年正月十七日子時，卒於萬曆丁丑年十月廿一日午時。子男四，文康、文翰、文濬、文治。一女，適長城林。孫男純靖、純儒、國勛、純然、國和、國清，種種超群拔萃，克繼書香，振家業，足繼先生之儒業於不窮者也。是爲傳。

時萬曆二十六年歲次戊戌仲夏之吉，賜進士
第四川布政司窗友居左程正誼拜撰

處士天芳林公傳

余自致政家居，杜門謝客，不理人間事素矣。而其僻心成好者，則有善善一念。而善不多得，善善之念亦不少遂。余按朱景陽《實錄》中，則有林天芳其人焉。天芳姓林，諱桂，號桐山，宋樞密正惠公大中之裔也。父鸞，字景美，娶陳氏、蘇氏，公陳氏所生也。公生嶷異，而景美公鍾愛尤僻，公亦善事若考而以孝友稱。及考没，痛不獲承奉也，而奉其母陳氏以壽終。又友於弱弟，而家政紛紜，無不以身先之。且其度量宏遠，小視祖基不足預孫謀，乃暨厥弟天茂卜築於殿山之陽，規模大致，務圖壯麗，立丕基，俾子孫世世賴焉。嘗客游郡邑，經歷歐陽公深器重之。每佐以時政，直陳利害，切中民瘼，歐陽公亦傾心納焉。以故其政化所施，多有成績。迨家居，接應賓客，靡不款盡其誠。即族衆彌多，而問賀不少概替，而中有受抑者，必直爲伸之，人人咸願結爲平生交，此其率德躬行而大較可概睹也。公性磊落慷慨，有大節，粗知文義。少嘗與方山趙公游。趙即公之外兄也，相得甚歡。及趙公登進士籍，拜四川順慶太府，而公抱璞衡門。趙公嘗與詩文，問候不衰，非公之雅量素宏哉？娶趙氏，生二子，曰達，曰盛。達娶陳氏，生奎秀。盛娶章氏，生科、慶、材。後人繁衍，俱彬彬有乃公風。公殁，葬於墩坦塘山之原，至今翠柏森葰，蒼松鼎盛，瓊枝玉樹，種種生生，故睹喬木而起羹牆之思，瞻瓊玉而致冥靈之想，非公之種善有素，其能以若是乎？況後來之顯，應又不盡此也。

時萬曆癸卯年孟春月既望吉旦，賜進士第嘉議大夫陝西布政使司布政使敕任順天府尹前按察司廉使居左程正誼書

處士東谷傳

公諱橄，字子文，別號東谷，娶生從姑。公卒，表兄懋禮、懋敬來謝，且道未有傳。生自總角以至登仕版，常周旋公側，具按公事，遂爲之傳焉。公竹軒翁第三子，資稟過人，習舉子業。嘗誦"遊盡名山大川，故其文疏蕩"之句，喟然歎曰："誠哉是言也！"遂與從兄棠學於陽明先生，受良知真教，頓覺今是昨非，尊養性情。其爲文也，根極義理，不效進取枝葉，故爲學闇闇不自標幟。會稽人稱曰篤實君子。及歸，築室東山，栽竹鑿池，誦詩讀書於其間。晨時撫一張琴，登山巔鼓之，有高山流水意味。公父（下缺）。

帝刑旦宅，優遊以休。徽音遠矣，任彼虛舟。薄言有德，彪彪千秋。

賜進士第中憲大夫雲南按察司兵備副使眷生居左程正誼頓首拜撰

南泉翁傳

處士南泉朱氏，名榮，字子昌，古麗世家裔也。厥嗣字元充者，課以一經，出就傅于壽山五峰書院，與余子明試聯書榻，相磨礪，義重心交，雖古之雷陳不是過也。公屢攜觴詣館，擬延師友，凡接其清標雅趣者，罔不敬慕。一日余子偕二三賢友而謁余于幽厂，浼修公傳，揚其潛德，以敦友好，誼固不容辭者。因咨其實而文之。其稟性異受，得之溫醇動止云。爲諧於繩短，暇則學文游藝，悉欲體之身心。尚論古先人物，能私淑其大概。允矣偏方之傑出，無所待而興者也。究其

善之原,而稽其成風教,亦有自也。孩未及期,已失嚴怙,一遵母氏慈訓,不愆陶鎔。稍既長焉,則能謹信親仁,樂有難兄中,而且才足以觀法,故得膾炙人口,克紹家聲,敷之於修身齊家者,一皆可嘉可紀。如時而課農,則率作先勞。歲多儲蓄,倘可貨殖,則視義不苟,恤濟爲心。貢納每先期,而有司行獎,扁曰"尚義急公"。君分理郡之委吏,執政者稱其忘私確慎。宗中舉爲祠長,遇祭祀則恪厥職,端厥事,倡修歷世家乘,無非尊祖敬宗之誠。約於禮之所宜,不越吾忠孝之心,所顯洩也。抑且能洽游泉石,吟哦八咏,超然聲利之外,依稀乎葛天人氏。邑侯周公聞其賢,給貼冠榮,扁以"行誼高潔",播其譽於鄉邦,悉無間言、過情之議。故慨爲之傳,以俟修野史者以采錄云。

時萬曆二十六年歲次戊戌仲夏之吉,賜進士第升授榮祿大夫四川布政使司左布政眷生居左程正誼拜撰

白峰公傳

余奉命而南,友人胡懋明以其使至,開緘則其父狀也。繼簡曰:"先人辱公盛雅,今且死,未有傳也,幸爲巖穴光!"余不佞,特重其請,乃傳曰:公姓胡氏,諱棠,字子仁,別號白峰。其先自朝議公開基龍山,登進士者十數人。傳至承明公,徙可投。曾孫梅林鼎公舉進士。祖父皆世儒業。公自幼奇穎,稍稍就操觚者,窺習枝葉,并事游蔓。時陽明先生甄陶多士,公親炙其門,聞致良知學,始劃然思所以振拔。於是剗滌舊業,率意任真,左琴右書,時玩弄以寄其興,賞花賦詩,酣觴自得。余叔祖松翁講道麗澤祠,與公談説性命,相歡。有商人暴卒於道,公針活之,商悉謝其所有。公笑曰:"吾何以利爲哉?"毫無所取。松翁位宗伯,欲以醫院薦公。公寄之辭曰:"謾説聲名動地,富貴驚天,聊將斗室處,布衣穿,三杯酒,一炷烟,瑤琴一曲,詩一篇,人生足矣,何必求全?"松翁知其志,遂不之強。公書刻《百忍圖》,躬自爲跋,印積成帖,分布各家,教人以含忍爲勝。武平鄉靖心市爲邑通衢,

崎嶮不可越,出其貲修之。時賦役繁重,長兄遠避天台,公鬻產代爲之輸。岳父五雲張氏,家貧無子,奉養周備。於其没也,治其墳塋,置產以守之。節推李公珉感公德,贈以白峰詩卷,諸名公和之,遂成巨帙。家政嚴肅,教子義方。懋明有雋才,名冠州邑,較藝籍籍有聲,竟以厄蹶。公戒曰："綴文士子,紆青拖紫,鮮不以榮辱得喪撓敗其天真者,惟余守拙衡門,山居谷汲,爾雖屢遭抑塞,當委運達化,豈可以是爲患耶？"懋明習騎射,閑奇抱,就試武闈,將登名成業,公又戒曰："人心易動,軍旅多虞,即謀堪將帥,策上第,可指期有也,弗易弗躁,薰爲太和。"及己卯之薦也,侍御謝公思啓,欲以文字先,乃命大方伯滕公伯輪督學,喬公因臬策試韜略,預卜真材。懋明援筆作答辭,多經濟,大爲三公所稱,聲流遐邇,都指揮方公印聞而亟見焉。懋明以爲遭也,遂爲忌者所抑,鷹揚弗與,悉如公言。嗚呼,君子以是知公之有德有言,且有子也。公性淳和,不事表暴,旁通岐黄諸書,凡羸瘠疲弱,多其所活,不以德我爲意。孝友端莊,隱惡揚善,雖顛沛造次,未常疾言遽色,犯而不較,人皆敬之愛之。享年八十,無疾而終。所著有《山居節要》、《小兒良方》、《太古遺音續語》藏於家。謹次其焯焯者,類如是。贊曰：

　　三五邁邁,世運促悠。淳同杳漠,傴閉神丘。
　　惟公方稊,窺伺軒陲。飄然省悟,至人與游。
　　良知天啓,外慕何求？醫醫衡門,濯足清流。
　　曰琴曰書,邈焉寡儔。寄心清尚,嘯傲王侯。
　　正冠肅衽,和煦恭柔。置兹愠喜,酣歌自酬。
　　扶劑起痁,譽洽名鉤。有子烈烈,武奮文修。
　　永言告戒,遺訓綢繆。耄期觀化,考終素幽。
　　安排寥一,吾之何由？離刑旦宅,優游以休。
　　徽音遠矣,任彼虛舟。薄言有德,覰覰千秋。

　　　　賜進士第中憲大夫雲南按察司兵備副使
　　　　眷生居左程正誼頓首拜撰

少泉公傳

公諱章掖，字成伯，別號少泉。公大父十峰公爲四川按察副使，備威茂、建昌兵。曾大父松崖公偉度雄才，樹德深厚。以至公父伯並視湯藥於母前，母曰："兒勞矣，重勞難繼，如吾疾未已，盡晝夜循環之可久乎？"公勉從母命，然不能即安私室，不三日而晝夜勞如舊，衣不解帶者再更寒暑。及母卒，寢苫三年，哀毀骨立，甫除喪即吉，而松泉公又陡卒於寢堂。公號慟幾絶，左右扶而起之曰："先公遺橐多矣，盍往視之？"公曰："人子亡以爲寶，仁親以爲寶，父死之謂何？又因以爲利，鄉人其謂我何？"言者慚色而退。公處苫塊間，晝夜哭，幾至喪明。公盡孝二親，吾儕罕儷。公伯兄章縫、叔弟章緢皆早世，惟季弟章紳書伯公，與公並爲諸生，受業於先大夫方峰公之門。余同筆硯於二公，凡十年。所見公意氣昂藏，勵精苦志，昕夕資磨切，裨益良多。而公家素以同氣同心、先義後利之訓，著爲箴，公及書伯公守之，和氣藹然，十年如一日也。

人謂公篤於友愛，無愧古人。公生長世祿家，然不染華腴之習。飯糗羹藜，布袍革履，出入一奚奴自隨，輿馬不御，途之人咸謂公非膏粱子也。公性仁厚坦夷，生平不修邊幅，不設城府，與人交，必誠必信，忘分忘年，無寒温顯微之間。遇兒童後進，必接引而誘掖之，使知向方；遇貧寒老疾，必詢訪而周濟之，使無失所。里中人有得公錢穀不歸者，有以瘠土求售欺公取厚值者，有假公衣飾返非故物者，公曰："是夫也，饑寒迫身，吾安忍以細故，傷里閈情乎？"一切置不問，人服公高誼，謂繼美松崖公云。公博覽群書，克養淵邃，余往往退舍避公，謂遠到可指日矣。而沉淪不遇，則公之數奇乎？然公能黽勉家學，勵行飭躬，養拙以終其身，有先儒"行不愧影，寢不愧衾"之意。則公之所不足者華也，而非實也，於公又何歉焉？

余自辛未釋褐，始別公之武昌，馳驅十有五年，以父喪歸里，復得與公盤桓於五峰、十峰之間，握手論心，傾倒衷愫，謂與公爲白首交且未艾也，而遽以一疾不起。於戲，惜哉！公以萬曆丁亥十一月初十日卒，距生嘉靖壬辰四月初十日，得年五十有六。娶朱氏，爲處士八十二府君女。男子四人，光表，儒士，娶吕氏；光啓，娶應氏，繼娶朱氏；光初，邑庠生，娶葉氏，繼娶葉氏；光祧，娶應氏。孫男八人，皆努力藏修，能宣公未竟之業。

贊曰：公之行，端方孝友；公之賢，義方克守；公之慈，樂與好施；公之修，獨覺獨知。節不伸於昭昭，身無累而心無勞；行不惰於冥冥，行思影而寢思衾。美哉公也！亶不愧峰翁之子孫。

景屏公傳

昔周家以忠厚開基，漢世以循良課吏，享年俱永。《司馬溫公家訓》，以積德貽子孫長久之計。嗟乎，家國一理，承先啓後，存乎其人，豈虛語哉？夫積書之尚於積金，固矣。第書之遺在糟粕，德之蘊在精神。精萃神凝，要其傳於何自？種裕心田，脈衍藝圃，冥冥陰騭之中，可以調一時之消長，可以發百世之禎祥。吾姻契丈景屏公，真其人哉。公蓋以忠厚循良爲子孫計長久者也。公係大參適齋翁季孫，宦裔繩繩，而吾從祖松溪，忝在門牆，雅稱金玉，契籍道義，交澹如也，世爲通家好。故余獲與公相友善，久而愈篤，絕無宦情。余時尚未得第，欲拔爲長兒婚媾，而公即一言金石，不忘久要，此吾之締交於公者日益邇，而沐其雅誼休風，覩其歷履生平，爲最悉也。公自髫年充邑博士，尋補國子上舍。藝林諸友無不仰其謙謹，光霽襟懷，翔洽四暢。時姜公鳳阿、王公荆石，並司監署。公亦時以文藝優賞，滿日給歸，家務未遑，延師課子，恂恂不以賢智先人。余自辛未登第，而公年方强仕，遂豁然透義利關，弛詩書擔，付之後允，日優游尋芳金城勝景，與二三同志十松、卓吾、樂真輩，棋酒醻和，直可步東山而挹西園也。

公幼喪母應氏。父守適翁，授教南常府，極鍾慈愛，而公百順承歡,幹蠱繼志。孟兄早作,哀慟不勝,常追憶不能自已。其仲兄性剛傲,公惟委曲柔和,消其僭志,故夫鄉黨同聲,稱孝稱弟,復出尋常,纖無間語。娶趙氏,淑德邁種,主饋和丸,齊名孟母,助成家業,大都功居其半。生三男二女,長爲鞠課。四孫允昌、允治、振奇、振熙,連珠入泮廩食;次爲輅,係府庠生,亦課孫振麟、振儀,同曹入泮;次爲衮,亦係縣庠生,餘孫男種種,鳳毛方蒸蒸未有艾也。長女璁,覘室長兒明志;次女珪,適徐鶴溪孫一道,即東昌判府和齋次媳也。趙姆先喪,誓不續絃,以承先人三世節義,鰥守逾一紀,兼理內外,家聲整肅。

公生壬寅七月廿四日亥時,初諱宗孟,字尚醇,即其登籍名也,別號"景屏"。卒年五十有一。時銓部方移文取選,而公已幽尚,賦玉樓矣。合葬清塘下山原。噫,修短,數也,精按壽歷,不在數而在理;顯晦,身也,陰祐福澤,不在身而在子孫。況卑彼折要,安此日富,無論芬芳繞膝,承籍厚而視蔭長,夫烏知王之槐,不鬱勃於竇之桂乎?余心知公者也,敢以心印契元符,始信報施善慶,天之道也,當執余言以爲之積德券矣。詎曰試譽云乎哉?

屏山安人朱氏傳

芝英屏山應公,故兵部承德郎尚端公之孫,處士天成公之子,嘗從厥長兄學博古麓公與予先大夫同師尚寶卿石門先生,講明理學。公生平徽懿,更僕未易數,而雲邑後屏盧先生已傳其梗概。獨令配朱安人,中德壼範,未有一言狀者。厥子世孝、孫元詩,迺徵言於予。謹按,安人生龍川故地之橋下,爲康望族,宜黃丞野塘翁俊之孫女也。幼婉淑,有令儀。祖父母與父母最鍾愛焉,而慎難其所歸。其姑適公之季叔,即石門先生也。因勸以字公,實其姑與石門先生之遴德焉。既嬪,與公相敬如賓,久而彌篤。善事尊嫜,至踰九望百,而孝敬益隆。姊姒離穆。遇饗祀必兢兢。生平惟以耕讀、女紅啓令厥後。公嘗雅愛客,尤愛儒紳客。安人必先供具。即攜學於壽巖,即鳩集於新創善林書屋，費益廣，安人益不厭。公鼎建祖基，其初甚瓜岐而勢難必得，安人助公購之，調以惠和，卒令人咸懷感樂就，而嵬然底堂。凡公之歲饑而賑窮乏，捨棺而瘞行人，重貲而新公館，以來長吏旌義之褒，迨司府世積善良之榮，寧獨公義哉？亦安人内助之義耳。年六十而公即世，迺躬總家政，完室堂，肅内外，治塚塋，慎默而公明，中外無敢訾以非。幾二十年，倦勤而後析貲。此其姱節懿行直與美丈夫分道而抗旌，又烏知孰爲前茅矣？則其享遐齡，駢五福，孫枝芃芃，以敦仁讓，不可謂天道盡報施善人，亦其一二也夫，亦其造端也夫。

公諱璜，字佩之，生正德戊辰年十一月廿日亥時，卒嘉靖丙寅年九月十二日未時，享年五十有九。方亟疾時，人僉請禱，公獨毅不允。生平深斥僧巫，擯優妓，此尤其信道之篤者。予因狀安人而續後屏公之未備也。

安人生正德丙寅年十二月十一日午時，卒萬曆壬午年四月一日子時，享年七十有七。厥子從公治命，合葬於遊僊讓山之陽，俗呼即和田云。子男三，長世厚，娶陳氏；次世孝，邑庠生，娶朱氏；幼世教，娶吕氏。女一，適吕南宅吕應岳，即兵侍郎麓泉王公甥也。厚之子元讚、元謹，孝之子元諾、元誼，教之子元詩、元詔。女孫三，曾孫男女若干，皆遠到器。時元詩爲邑庠生，陽煦山立，擴學宏度，行將脱凡近者，則其成又未可量焉。噫，公與安人，吾知報未滿德也哉。其必有對揚光訓者矣。顧余之言，奚足以永令名于不朽？然語有之，曰：談京華之壯麗，則夷裔之君長不如王朝之卒伍；語滄海之汪洋，則京華之秀士不如渤澥之庸夫，以智精于習也。予幼與先大夫習學于公家最久，則於安人之事非精於習者耶？又奚敢以不文辭而重虛孝子順孫之請也？

贊曰：聖人傳《易》至坤，以地道與妻道、臣道並言，而歸重於從事代終也。臣道無暇論矣，吾觀安人而得妻道焉。方公之在日，則能從事而相其義；及公之既往，則能代終而纘其緒。若安人者，謂不於坤德爲無忝矣乎？余故傳其事，以竢秉彤管、修内則者採焉。

旌表朱節婦傳

余鄉有朱節婦曰淑鑒者，考諱方，正德甲戌進士，歷仕雲南大參，清名冠世。婦及笄，歸在城裏靖公裔樓偉。不三載，偉早世，無子。婦年方二十，時伯母李亦於是年孀居，有子二。乃商之考適齋公暨樓氏族長，乞其次子文升爲嗣。嗣定，乃曰："既有子，吾已有依矣。"剪髮毁容，誓無二志，惟處一室，撫子以慈，事二大人以孝。考歷宦游，不與榮禄，荆釵裙布泊然，若田家婦也。嘉靖五年，縣有陳生者，覬勢利，集兵衆，欲奪其志，赴水幾死，幸救免。事聞於縣，父母毛公衢且駭且怒，悉抵於罪。由是冰蘗之操愈堅不可磨涅矣。教子業儒，補邑庠生員，與伯姆相倚，朝夕茹苦食糗，宗人每聞悲號聲，未嘗不爲之泣。二大人相繼以天年終，脱簪珥殯葬如禮。厥考厥妣遘疾，割股和藥密致之，不欲令考妣知，以傷其心也。年逾六十，鄉人學校覆其實，舉之有司，而申請往返至再至三，微不可捫。巡按趙劍門公諱炳然者，題請樹坊，旌表其門。噫，名成而節自著，蓋雖本諸秉彝，良由大參公之清風家學，而《内則》、《女誡》講明於閨，誨之日漸漬使然也。厥侄文林具實略，謂余宜有述。予與朱爲切鄰，而朱節婦又予長兒婦之大姑也，稔知其悉，故傳之。

論曰：婦以貞静爲德，從一以終者也，而鮮廉喪節，接踵於世，豈恒性勿若哉？動於欲則情蕩，窒於養則志移，頽風相煽，競於義者寡矣。然在法不以禁，而君子亦不深究焉。以爲人道所難，酌於情而勿强也。朱節婦以宦室之女，方笄之年，夫死而無子，使有二志，誰得而禁之？亦誰得而議之？從一以終，誓不再醮，頓挫困抑，皆人情難堪者，而處之裕如，不易所守。況人不能恒壽，節貞而年不永，名亦隨滅。婦之節愈久愈勵，教子撫孫，享年六十有七，是以得竟厥志，而有此名也。嗚呼，論定蓋棺，旌表鐫之金石，史書傳之後世，朱節婦之名當與天壤同不敝也。己之蕪詞,亦與有榮也。
賜進士第中憲大夫雲南按察司副使兼理兵務
前江西清吏司郎中眷生居左程正誼撰

臨川吕公像贊

公之貌古而蒼,公之體偉而長,冠裳衣屨,佩服端莊,儼如其生之在堂。噫嘻,所可見者丹青淋灕,神貌俱肖;不可見者,經綸滿腹,志氣昂昂。欲勒勛名於鍾鼎,植萬古之綱常。遭數不偶,龍門屢躍屢點額而還鄉。晚安於命,隱耀含光。尋幽選勝,樂道德以徜徉。畫工雖巧,不能一展其蘊藏。猗歟我公,品誼之臧。即余掭管,亦祇得其大概;若無依附,終湮没而不彰。還藉丹青手留遺迹,瞻拜者覽及余題,永繹而不忘。

周母安人胡氏墓誌銘

周母謙二百五十六,安人胡氏,諱鍈者,念松山人之配。生正德十五年庚辰九月初四日,卒萬曆十四年丙戌十月二十有二日,以次月十二日卜葬於本里山盤前山之陽。嗣子道輩恐其久而湮没也,乃以所撰狀,請余記之。

余按狀,安人系出宋儒安定先生瑗之後,世居邑東游仙之環谿。父諱澤,母盧氏,庠生肖松勳之從妹也。性勤敏儉約,尤篤於孝愛,事姑徐氏,僅十日而卒,常以不得終養爲恨,敬事大父松庵公有加。年十九歸念松,相守於山盤者幾五十年。念松好道學,常從應石門、盧一松及余先君子、餘姚錢緒山諸先生游。念松得優游於道藝之場,與師友相往還,而不爲内累者,皆安人協助之力也。訓諸子以耕讀,初不以禄養爲意,字諸婦諸孫曲盡其恩愛。妯娌四,皆先安人卒,或賻其衣棺,或撫其孤幼,自奉至薄也。惟賓客祭祀之需,則竭心力而爲之,閨閫中人皆稱之曰:"繼姁姑之後者,安人而已。"平生少疾病,雖將革,猶曰:"吾自有命,非藥石所能愈也。"噫,夭壽不貳,在君子猶或難之,安人如是其篤於自信也,爲何如?子男五,長純道,娶吳氏;次純佑,娶朱氏;三純化,娶吕氏;四純儒,娶陳氏;五純倫。女一禄,適杜溪陳文邦,宋運使之裔。孫男十,中孚、中美、中行、中協、中祥、中慶、中禮、中瑞、中義、中恒。女七,益、貳、珊、肆、多、慧、瑞。余唯婦人無特銘之例,而余爲念松安人銘者,志其賢也。銘曰:

前山之陽,山盤之側,一封若堂。安人之德,有子有孫,視此刻石。

時萬曆十四年歲在丙戌冬十一月長至前三日,賜進士第中憲大夫雲南提刑按察司右副使奉敕整飭臨安等處通家生孤哀居左程正誼稽顙拜書

池母周安人墓誌銘

婺州以星名,上應婺女。以故禮俗相刑,帷薄斬斬,屨不踰閾,市不倚門。余幸婺產,其宦游所歷,幾遍天下。而語《内則》之章,則無如婺者。會文明池君謁余,信宿道故,恍然曩昔執經下帷時也,長跽爲其母丐墓銘。余於君叨一日長,則義實通家也,烏敢以不文辭乎?

母周氏,廣東惠州府長寧縣巡司侶山池公配也。母幼閑姆訓,稍長負異慧,既笄而歸池,相夫子,事舅姑以禮,和姒娣以嚴,馭媵僕以勤儉補施費。歲時禋祀,姻朋會宴,即一俎一豆,必身爲之料理,而靡不極其禋潔。公業故饒,得母而拓基圖、廣第宅,較前益倍。高堂染恙,母偕侶山公兢兢藥餌,三月衣不解帶。侶山公昆季五,棠榮荆茂,迄白首而無少鬩墙者,以母在中饋,其調停功居多也。少參啓齋周大夫,係母從侄。當諸生時,母曰:"此子他日當飛黄天路,禮貌之,貺饋之。"既而果如母言。其物色塵埃,又有迴邁女流者。侶山公以知印謁銓部,得廣東巡司,意欲偕母行。母曰:"夫子蒞官萬里外,詎不欲飾蘋蘩,侍晨夕?然家内外務猬集麋至,誰當職之?夫子其壹意於官,毋以家爲念。"侶山公遂驅車嶺南,而留母應家事。尋侶山公及官

還，亦感母言而投閑矣。其庭闈訓子也，常曰："若父暨若母拮据以承先業而有今日。若必勉之！"明敏者課詩書，練達者直門户。文明君既以文學顯，而諸子若孫皆敦行服誼，爲時傑士，則母之機訓所留也。他善更課數之不勝數，則置之而已。夫母幼而婉，父母嘉之，里之女則之；歸而順無制也，舅若姑安之，夫子宜之，里之婦則之；老而貞，以訓子若孫率之，里之母則之。若母者信鍾女宿之精，而尤表表余婺者哉！

母生於嘉靖丙戌年九月初二日，卒於萬曆戊戌年十月初八日，享年七十有三。男六，長文明，邑庠生，娶周氏，少尹周默齋公女，繼娶李氏；文盛京吏，娶五雲李氏；文隆娶呂氏；文升娶五雲李氏；文鄰娶李氏，繼娶舒氏；文陸娶李氏。孫男起龍，郡吏，娶林氏；起蛟、國慶、國康、國庸、國聘、有源、國亮、國鳳、國寬、國寵、國安、國浣。孫女三，一適象珠王，一適河頭呂。曾孫佳肇。以己亥年十二月初九日吉，葬於仙英之原，坐癸向丁。銘曰：

崔巍石室，女宿焜煌。母儀克正，壼範流芳。烟雲靄靄，松楸蒼蒼。樹德彌深，流慶彌長。伊人其邈，伊嗣其昌。嗚呼，銘鐫《内則》於窆石，俾千秋萬載以爲女史光。

時萬曆二十七年歲次己亥十二月吉旦，賜進士第通奉大夫四川布政使司左布政使升北直隸順天府府尹眷侍生程正誼頓首拜撰

明故處士舜之周君墓碣銘

嘉靖歲乙卯八月之十七日，處士舜之周君卒，阡於四十三都黄橋之原而大封焉。今年夏，予膺上命，總憲於洛。其子順昌丞涓，持其弟少參啓齋君狀，而請銘焉。以予曾叔祖憲副十峰公，叔祖太史松谿公叨外裔，耳熟其世之盛，而予不文，即夙道雅誼，亦何説之辭？

按狀，處士諱韶，舜之其字也。世籍武平之璋川。曾大父叔珍膺

萬石長，鄉多其惠。大父仲敘，父宗宏世長者，行以全盛畀君。君以瑰瑋器，持平恕量，上趨鯉訓，下儆雞箴，斤斤自飭，行無越禮，言不違心。事後母鄒，問視如其所生。既歿，葬祭一遵古制。與二季處，少壯無忤，有克諧風。治生產，惟遵前人之所欲爲與未迨爲者，充拓之。無悖若政，一毫非分者罔干，遂大起於阡陌間，時並遊者莫之先也。嘉靖中，兵檄旁午，上下莫支，君出所餘餉之，人多賴焉，而家益裕篤。生二子，長即涓，次治，並課《尚書》，嚴督責之，皆遊郡之上庠。已而從子鍾吾登進士第，勗曰："爾曹能終博士業耶？"厚資斧，策太學，授今官，政聲懋暢，民歌思之。而涓子應乾，治子應驥，繼若志，並晉南雍。而諸孫濟濟登黌序、注銓曹者，且羣起焉。人謂君後昌，君業盛，而教且益行，顧不美哉？惜年四十之九而卒，尤未既厥施也。渠生正德丁卯十月五日，配在城徐氏，生正德丁卯十月十五日，以萬曆戊寅四月一日考終命，享壽七十之三。涓娶魁山胡氏，庠生德昭女。生子應乾、應時、應薦、應望、應賢、應祿、應鍾；治娶五雲王氏，通判伊公孫女，生子應驄、應驥、應驊。乾、驥皆國生，驄、驊皆庠生，祿、鍾皆省祭，合十人。孫女二。池文明、吕宗賢其婿也，皆邑庠生。曾孫男女合三十有七人，是宜銘。銘曰：

燁燁兮君之先，匪君善承兮孰光其傳。燁燁兮君之後，匪君善裕兮孰開其先。裕於後，光於先，孰謂不顯兮與不多歷年。

　　時萬曆二十有一年歲在癸巳仲夏之吉，賜進士第大中大夫河南提刑按察司按察使邑人居左程正誼拜撰，賜進士第通議大夫刑部尚書郎奉敕恤刑南京蘇松等處邑人見紳徐師張書丹，鄉貢進士文林郎知福建浦城縣事姻生五雲儀庭李繼韶篆額

漸夫松坡吕君行狀

君諱升，字漸夫，號松坡，行孚百七十六，姓吕氏，世居青山，爲吾

永名族。曾祖諱浚,妣孫氏。祖諱槐,妣馬氏。考諱熙,字世遠,妣陳氏。其里居分析之由,世系源流之遠,名公述之,家乘備矣,今不復詳。君天性英明,慷慨多大節。由孩提入繼世遠公嗣,事二親愛敬備至,以孝聞於當時。世遠公謝事,所親有欲鼎分其資産者,君嘆曰:"爭小利而傷骨肉,吾不忍也,保先人區區之業而危其身,可謂孝乎?"遂出所有分之,曾無難色。治家益崇儉約,務本力農。未幾土田開拓,堂構更新,視世遠公故業有加進焉。然家雖日穰,而平生取與,一準諸義,未嘗以利爲計,而尤重於綱常,篤於報本,捐重貲以助建宗祠。今吕氏之祠,春秋祫奠,歲時合族,肅肅雍雍,燦然爲吾鄉稱首者,君與有力焉。里有侵上祖彦機公宫塚者,君奮然曰:"是吾責也。"遂不惜資費,協力仗義,申理於官,先塋地界得以不失。其所繼母陳氏晚年病瞽,君則孝養加虔,斂曰:"若妣得視於既盲之後。"蓋言有子爲之耳目也。教其子以義方,令習舉子業。聞五峰講陽明之學,俾就聽焉。由是吕氏之門興起於理學者,益加多矣。迨易簀,呼其子時可,囑之曰:"爲學而不底於成,猶耕之樹藝,而弗獲其報也。而其就吾志乎?且祖妣在堂,而能以吾之事妣者事之,如此則吾目瞑矣。"遂卒。君與人恭謹有禮,雖妾媵無敢褻慢。常尊禮賢達,雅好斯文,而尤厚於戚族。尊者敬,卑者愛,無不得其歡心。平生交游之最密者,外則陳君安之,内則其從兄達夫及其季弟崇夫,亦鍾愛焉。蓋皆講學於五峰者也。卒之日,鄉人士無問知不知,罔不驚悼。

君生於正德乙亥九月十五日,卒嘉靖甲子十月初五日,享年五十歲。娶東陽絳塘馬氏,柔順懿淑,姑姆娣娌無間言,志意雅與君合。子三,長時可,庠生,屢試前茅,未獲大展厥志,益勵;次時行,前君數月而卒,方鋭志進修而天奪之速,友善者憾之;幼時寧。女一,適芝英應世家。孫男二,文易、文治。君卒之明年,時可廷用君與誼同業五峰,以道義獨契,乃以其尊君行狀爲囑。及戊辰誼歸自京師,廷用君復惓惓請焉。誼惟桐塘吕氏,予世交也,雖以年之相後,不獲見公之德儀，然受知於若子廷用者不淺，義其可辭乎？乃采公之實行嘗共聞於遠邇者識之，以附諸家乘之末。詞之鄙則有之，非敢諛也。呂氏之後，尚論先德者，庶有考於斯云。

時隆慶戊辰八月既望，浙進士年家眷侄居左程正誼謹書

程正誼集卷之六

疏　書

陳情引罪懇宥寮官疏

　　原任四川布政使司左布政使，今升順天府府尹程正誼奏爲罪未蒙罰，累及無辜，懇乞聖明，特賜降謫，併宥波及之臣，以明賞罰，以服人心事。臣以辛未進士，初任湖廣武昌府推官，歷升四川布政司左布政使。萬曆二十七年十月内叼升今職。本年十一月内離任，過家接取家眷，起行赴任間，二十八年三月二十八日偶見邸報，禮部接出聖諭"四川布政司今年進到扇柄，内多粗糙不堪，又且不合原發式樣，糜費錢糧，漫不經心，職守何在？經管官員，查明姑着降一級用。欽此。"臣思四川二十八年貢扇，始終皆臣經管，粗糙違式，罪實在臣，降謫宜自臣始。隨具咨文，將吏部原發府尹劄付一道，責差順天府原差吏高紹曾齎帶回府，轉繳吏部以憑補缺，原文在府可查。臣在籍聽候降處間，六月三十日順天府快手董臻，齎到本府府丞喬璧星書併文憑改限，前來促臣赴任。書云：辱承華翰，併繳文憑，自是古人難進易退之節。第蜀紱事，主爵久已題覆，與門下無干，且科場逼近，借重提調，祖宗二百年來未之有改，此斷斷乎不可缺者。尚人奔來促駕，希即單車就道，務於七月終抵任云云。此時臣未見報，不知奉旨查究貢扇事，該部議覆何如，止見喬府丞前書，不勝忻喜。以爲臣罪之首也，且蒙皇上赦宥，其餘司道，量無蒙罰者矣。隨於七月初五日起行，前來上任。比至杭州省城，得見邸報，始知右布政王道增、參議劉三才又蒙降罰。竊思扇柄美惡，自是臣事。惟是二十七年之間，西蜀多事，除大木、礦稅外，又加播酋猖獗，地方阽危，一切繕城設備，籌餉募兵，買馬制器，雖臣與各司道共理其事，而臣司繁劇居多，晨夕焦勞，靡有寧晷，不能如往年親到扇局，時刻稽查，以致扇柄粗糙。總之，臣職瘝曠，罪復何辭？若參議劉三才，則與臣交代之後，署司事止十九日；右布政王道增，到任接管，止及一月，雖本列二臣之銜，而扇之美惡，二臣實不與。今臣得幸免，而二臣蒙罰，不惟二臣不堪，人心未厭，而臣亦慚愧死矣。士君子立身制行，功不貴幸成，難不貴幸免，義之所在，死且不避。臣若以幸免爲得計，靦顏就列，無所愧恥，如士君子立身之義何？伏乞皇上，將臣重加降罰，或遂罷斥，以爲人臣失職之戒。其王道增、劉三才乞免降處，無使有向隅之悲，則情可原者，蒙法外之仁；而罪難宥者，無幸免之誚，而人心亦允服矣。臣不勝恐懼戰慄之至，緣係罪未蒙罰，累及無辜，懇乞特賜降謫，併宥波及之臣，以明賞罰，以服人心事理。爲此，具本專差家人程祿親齎，謹具奏聞。
此本到通政司，因部覆旨下，未上。

復喬聚所府丞書

使者奉台翰遠來，誨諭諄懇，臺下提攜至意，九淵爲淺，感鐫心腑，其何能忘？使者以六月三十日抵舍下，誼心驚惕，不能即安。隨於七月初三遣牌期，初五日就道，以感暑破腹，延至初九方行。晝夜遑遑，冀在場前抵任，庶幾助臺下一臂之勞。奈江南地方，官民疲憊，舟楫應付甚艱，兼以腹疾未瘳，沿途理朮，至八月初四方得渡江。以此遲誤前行，不能及場屋之事，有妨台命，萬罪何辭？蜀紕事，誼實經管始終，自難逃罪。前日繳憑，絕無倖免之望。楚中魚鮓已事在前，掌印官且至削籍，幸而得降，心甘如飴。詎知仰賴台庇，更得瓦全。

此固聖天子稀曠之恩，當事諸明公曲成之惠也。若使驗解二司官不及於罪，則誼雖非分之獲，亦且冒昧居之。今王嵩淮、劉易亭二丈，原非經管官員，止以驗解蒙罰，誼實經管失職，又得免罪，誼心何以能安？以此，具小疏認罪乞降，併具揭帖呈覽，倘得即荷明旨罰不肖，以懲不職，而並釋王、劉二公，則不肖之願足矣。誼今暫住近(效)〔郊〕候命。使旋，先此附復不宣。

答貴州撫院江念所書

播酋包藏禍心，弄兵無忌。不但目中無兩省，已無朝廷矣。司道輩見此光景，孰不切齒憤心，恨芟薙不早？況譚老先生有專制之責，剪此朝食，乃所願耳。惟近來艱於籌餉，武備久虛。去年虜犯松潘，臨時募兵，僅能防守。一路軍門標下，雖有操兵五百，皆土人，脆弱，緩急難恃，近已調守酉陽，此外再無兵矣。故黃平、偏橋告急，不能策應，雖鞭長難及馬腹，亦阻於力之不逮，非坐視也。近軍門已調松兵一千人，令參將房嘉寵統領，防守綦江，元宵前可到地方矣。此兵若來，亦隱然山中虎豹，黔兵既當其前，而此兵復牽制其後，亦或有所憚而不敢大肆。今蒙台劄見命，當一一傳知譚老先生。前此五司阽危，賴臺下爲之保障，譚老先生已極心感。若播孽猶然未消，則犄角之勢亦自不容已也。況不肖亦有人心者，肯漠然不以地方爲念，爲台臺盡力乎？

與準臺趙使君書

楊酋之所深忌，在蜀不在黔。而其積慮矢心，思挫官兵鋒銳，以圖自存者，亦在蜀不在黔也。但欲併力於蜀，恐黔議其後，故先盡黔之精銳，使無南顧之憂，而後圖蜀。今蜀中備禦，誠不可不加嚴矣。昨奉台諭處置之策，某謂當此之際，於蜀中游守內，調東移西，力微勢弱，終於大計無補。惟得新制府速到地方，則氣勢重而精神強，即兵事未能就緒，彼亦有所畏憚，不敢突出以徼幸於一逞。此須臺下速上一疏，嚴催而後可也。及查松潘邊報，目前似緩。總兵在地方，全省皆其責任，誰謂川東非總兵之地乎？今日事勢，似宜行令萬總兵到川東一行，略示彈壓之意。其所有家丁軍兵，俱付兵備道調度防守，不可携帶，以損其兵力。其本鎮南行，合無將、叠茂二參游下操練官兵，從便挑選五六百名，給與行糧，於松茂武職中，揀選一員統領，前去聽總鎮分布協防，或總鎮回松，則聽房游擊調度，此亦一時權宜之計。但無撫臺，去遠詳稟甚難。伏乞台臺見示，如以為可，則當會文呈詳，何如？

又

總兵劉綎兵一萬一千有零，回川防守，此事甚難處。彼既奉旨，必不肯散。不散，則歲費餉銀十二三萬，從何措處？且此兵盡是土兵，以之禦倭則可，以之禦播則不可，何也？彼同為土司，當無事，則有輔車相依之勢；及有事，則有狐兔相悲之情。故以土兵禦土司，以土兵攻土司，皆止虛聲，無益勝負。彼其心陽順陰逆，不倒戈者幸耳。而此一萬一千之兵，將焉用之？不知當事者何故為題此本。彼一出山海關，勢必移文索餉。不與，則彼有詞，而且暗鼓其部兵出不遜之語；與之，則生輩地方官皆墮彼計中。仰祈台臺加之意焉。

復來希庵憲副書

弟於十六日抵巫陽，方修小啓附謝，問使者捧儀翰兼寶箋、佳稿，儼然臨之，何翁丈用情無已如此也。世情薄惡，至今日而極矣。風波起於平地，荊棘生於坦途，吾儕處此，兢兢業業，惟盡此心而已。所如合與不合，委之於命，亦且奈何哉？大都君子處世，順易而逆難。翁丈今當逆境，泰然處之，不以介意，此見翁丈素養之深，抱負之大，非淺衷狹量之士所能及也，不能不令人心服。君子用小人之說，尤見翁丈康濟之具，弟意亦然。梁公處濁亂之朝，日與張昌宗輩爲侶，而不見不合之跡，非其能用小人耶？及至反周爲唐，乃見梁公之妙用耳。翁丈此論，先得我心同然。四篚之賜，篋中富珠玉矣。佳稿尤所夙慕而未得者，何喜如之。使旋，草草附謝，不盡欲吐。

答李旭山中丞問蜀事機宜書

不肖某近爲疝氣所苦，諸藥不效。以此人事俱廢，久缺問候，歉甚，歉甚！昨盧柘峰賜顧，云翁丈有來游方巖之意。方擬過此伏暑，專力奉邀，或八九月之間乘興北來，盤桓旬日。此時五峰之白雲可臥，方頂之青芝可飧，天高氣清，正堪游覽。弟當奉杖履追隨左右，售此數十年夙約，實大快也。翁丈肯不爽否？

蜀中礦稅，歲費十餘萬金，與他省同。中璫初到時，處之有方，不至決裂。聞近年不依往時約束，搜括多端，視舊額不啻倍蓰，此亦蜀中一苦。但藩司稍加調停，姑如舊，厭其所欲，使中璫之情與我無間。然後責其禁戢左右，俾不肆灼削搏噬之威，則亦可相安於無事。所至苦者，則三殿木也。先年弟在時，所採止於宮材。頭號木長不過六丈五尺，徑不過六尺五寸，每根議價一千二百金。至於斫伐拖曳所費人夫，又於通省丁糧上起派，每根所費，又不止一千二百，通計五千七百。根塊大小不同，費至二百萬金之上，彼時庫藏充實，兼以他省協濟，民已不堪。今大兵之餘，瘡痍未起，邑里蕭條，何能復堪此役？查得嘉靖三十六年，三殿徵材，頭號木長七丈五尺，徑七尺五寸，每根議價一千五百金，通計所費帑金，至於三百六十萬。彼時題請協濟，河南、山東、廣東、廣西、鳳陽等處，共得八十餘萬，餘者皆出四川。今司庫已竭，無可動支，人民逃亡，又難加賦。播州之役，河南、山東、兩廣諸省已苦協濟之難，今難責其復濟。茲殿材也，蜀中爲無米之炊，當事者良工心苦矣。爲今日計，司庫協濟陝西邊餉銀每年十萬，此銀可題請暫留數年，木完如舊。往年雲南用兵，借去四川庫銀前後四十萬。播州之役，本省題請，已償過二十萬，尚有二十萬未償，當再題請，責其盡償，以充木價。三殿皇居，當請發內帑五十萬，以濟四川之急。海內礦稅，原爲兩宮，今三殿不重於兩宮乎？四川軍門當與湖廣、貴州會題，將四川礦稅留住四川，湖廣留住湖廣，貴州留住貴州，以充採辦之費，是內帑暫寄外帑耳。揆勢可以得請，則四川每年可得十萬。此外似難別處。至於採木，或議招商。商人之力能辦常材，不能辦此合式之木，且川省無商，商皆楚人。若未完木而先給銀，則欺騙百端，必誤大事；若未給銀，而先責其採木，則彼懼短價，勢必不從。須照舊責令有司正佐官，更翻入山，親自買採價木，每根先給一二百兩，量取山本犒夷人，爲找廂墊道之費，其夫力仍當派於丁糧。合式巨材，百不能得一二，終當謀於政府，從中調停，請循世廟故事，用九州六合之法，方可完此役耳。

播州蕩平之後，迄今五載，尚爾驛騷。新設八府七州縣大小官寮，皆旅寓巴城，無一人至信地者，則安疆臣爲之祟也。疆臣與應龍相依爲命，剪播豈其所欲哉？播惡已盈，播勢已急，疆臣恐黔蜀之相犄角，以危播也。則借江中丞杖死馳驛夷差之事，引兵三萬，直逼貴陽城，索抵夷命，黔中爲之騷動。未幾，而有飛練之衄，則疆臣助其鴟張之勢也。郭中丞得代之後，以疆臣附播終難成功，不如陽浮撫之，以孤播援，於是安疆臣稍稍內附。蓋因蜀兵五十萬，俄頃而集，內勢已不可支；又以黔蜀故事，用土司之兵力以平土司，則多以其地償土司之用兵力者，故陰逆陽順，冀播平之後，全得播地，以收漁人之功耳。今廟謨既定，改土設流，但以官爵金帛酬其功，而不得播州之地，則已大違其初心，彼豈肯使朝廷新設官吏，得安其身於彼卧榻之旁耶？而行邊使者至一方，則曰："此吾水西故土也。"又至一方，則又曰："此吾水西故土也。"處處嗾其夷人，千百爲群，哨呼而驅逐之，故五年之間，邊境騷然，人無定志，衙門城廓盡就荒穨。蜀之當事者曰："既入版籍，必不可以畀水西。"黔之當事者曰："不畀水西，恐他日不爲吾有。"夫此一役也，繫西南數千里安危。安南之事，殷鑒不遠，烏可視爲道旁之舍？播土平定，安疆臣亦頗有微勞。播州與水西原係接壤，其地相錯如綉，謂宜將播地之深入水西境者，議割數處。兩省會題，請以綸恩頒賜水西，使西南諸酋，知土官之效忠者，蒙朝廷不測之賞，以示激勸。水西既無異志，邊境夷民自安。其新設府州縣城池衙門，督責旅寓官，刻期各入信地，修理安住，以修新政。其原設總兵官，當携兵二三萬人，駐紮新府城，以示彈壓。庶幾返側不萌，邊鄙大定，廟堂之上可安枕矣。

與譚岳南中丞書

楊酋兵數萬，分道四出，以六月二十一日陷綦江。房加寵戰死，六子與妻妾皆死難，僅一長男與家丁三人突圍而出，得不死。張良賢率其家丁數十人，逆戰於二十里外，須臾殺賊數百人。賊兵四合，良賢見勢不利，破七層重圍而出，亟入城，與房加寵皆殊死戰。城惡須臾潰，張良賢死無踪跡。胡汝寧、胡順堯與守兵數千，皆盡於賊。若綦江小民，數日前漂屍遍江而下，江水爲赤，今已無孑遺矣。賊聲言攻重慶，城中男女，不分大小家，紛紛奪門逃出。該道嚴法禁之不能止，旋將城門緊閉，至今不開。川東大震，南川、江津將兵士民俱逃盡，今止一空城矣。萬總兵亦在重慶，與該道計無所出，只得移文撫諭，以緩其師。又將奏民何邦卿及楊可棟屍棺，差指揮李光祚送還之。此舉欠妥，然爲其所恐嚇，不暇擇矣。數日内，似稍收斂。貴州飛練之事雖稱已甚，然未常破城池，殺參將，此禍比飛練慘加倍矣。所謂本省土兵，以數萬計，然糜餉終無實用。北兵、浙兵雖曾咨取，然不知得應手否？據酋今日罪狀，非掃穴犁庭，何能洩神人之憤？然酋奸通神。不知地方當事者能必行其志，以收全局否也，老先生何以策之？追思袁子升之事，癬疥耳。緩之不急，良醫之見也。一急之而成大疽，然不知此疽之潰之速也。初議設兵之時，曾具禀數語，謂此兵一設，彼之疑畏日增，邊境從此多事，必須長慮，却顧有萬全之勝算，而後可知必有今日矣，台臺或能記之。台臺爲地方養安靜和平之福而不能如願，或者其天數與？某目擊其事，不能不爲之浩嘆。

又

播酋殲黔軍於飛練，罪已滔天。今又陷綦江，戮三將，屠一邑生靈，積屍遍野。廟堂聞之，誰不切齒腐心！豈肯因細人越奏之言，輒信以爲然也。鄉官即與酋厚，身冒冠裳爲叛夷作說客，寧有此面目乎？此本下部，必行兩臺查勘，是非自在，似不必預爲之防。當大事者，泰山崩於前而色不變，麋鹿興于左而目不瞬。奸民越奏，一魍魎耳，台臺作用，堂堂如雷霆日月，而與魍魎爭先着，不爲識者笑乎？捧誦台諭，自是廟堂謨謀，非淺識所及，職揣摩亦止如是而已。不悉。

與李霖寰制府書

某自謁辭後，於二十三日早解纜南行，因灘陡水乾，沿途澀滯，至本月初六日方抵渝城。竊見瀘合而下，涪渝而上，營壘星列，號令霜嚴，兩路將士之心，皆有先登之志。若本部移鎮而東，氣勢更當百倍。今奏浙諸省之兵已漸集矣，正、二月之間，楚黔勢合，便可定期舉事。令三省齊驅而進，三省大將各當孔道，厚集其陣，陽示必戰之形，以牽制其重兵，使不能復顧巢穴。而吾以輕銳敢死之士各數千人，由間道疾入，以搗其虛，此必克之勢也。但搗巢合攻，旌旗、衣甲、號色三者必相同，或黿夜劫營，妝塗面目，顏色必先約定，以便彼此識認，此亦萬全之算耳。大都賞格一懸，勢必中潰，兵不血刃，而收功俄頃之間者，事機已至七分。某當於春夏之交，聽台臺奏凱廟堂耳。

又

某與總兵劉綎相會見，其卑損謙抑與往日不同，驕悍難使之氣已消磨盡矣。細察其精神意氣，實肯奮勵任難，矢志滅賊，非悠悠圖僥倖者。而於衛署中開局製器，某往親爲試驗，百子鳥嘴筅鎗、藤盔之類，一一精利倍常，與某向所督造更爲得法。彼家丁數千，器械似無待於官製矣。迤東一路，人心皆已翕然歸之。兩師分方之事，某亦密商之各道，皆(合)〔曰〕川東不可無此人。若監軍張大參，則確然以爲不可易。昨張大參差人於綦江趕水地方，擒得酋腹心細作四人。某往拜各道，偶在會審，其中一人言內地兵數多寡，進兵遲早，彼中皆不得聞，止聞總兵劉爺來，遠近搖動等語。又府縣各官及通城士夫皆言劉總兵大爲賊中所憚，其人心已大動搖，川東一路必不可無此將云云。職觀事勢人情如此，似當因而用之，以不更爲得策矣。目下機宜，此爲第一着數，台臺宜速裁定，使將兵有定志，以預精其攻取之謀；其次則賞格當速懸，以解散賊中人心；又其次則綦江當及早屯兵，以爲積聚糧餉之地。聞此時播民震撼，皆欲奔逃避禍。若東南兩路兵合，而黔蜀兩省之兵各得數萬屯境上，師期一定，鼓行而前，已有泰山壓抑之勢，彼其怨憤久離之人心誰爲固守，有不瓦解倒戈者哉？

與張還樸大參書

使來捧翰教，知翁臺審勢料敵之明，已如燭照而計數矣。賊所賴九種苗，勇悍當鋒者多不過三萬。吾兵合三省三倍之，則可稱全力。其餘應援犄角，以壯聲勢，再得五六萬足矣。大都川中十萬，楚黔各六七萬，此亦勢所必須，將來力亦可辦。但察之目下事勢，猶似草草。一則大將未定，二則驍勇偏裨不多，三則秦浙之兵營伍未齊，而數亦少。觀此氣勢，似猶得一二月方可冀湊合耳。此事譬之採生折割者，魂魄形骸皆取之他人之身，湊合而成人，欲其神形貫串，血脉流通，奪化工而作禍福，原非假之時日不能也。此事但期於成，不拘遲蚤，總之有制臺與門下在，不肖某無所慮也。

與顧悦庵憲副書

　　承教，尊翁老先生誌書遺刻，當時任事者潦草如此，何以爲信史也。即行改正，登銜補入呈覽，吳環江事按院，似無過求之意。此間一照門下牒示者，覆議處分，擒獻馬酋，及折習呷正法，此必不容已者，則環江當力任之。聞近日已報升任，剪此而後戒行可也。未獲六兵，不知近日已盡歸否？王豐老事，真是費處。彼時被殺傷擄掠者五百餘家，兵道曾行賑恤，其册見在。彼時寢不以報，此豐老之失也。今直指追此册，發臬司查參，軍門亦行牌查參矣，始謀不慎，致遺後悔，亦且奈何哉？他日得止罰俸爲幸。

　　建昌衛大木銀一萬二千有零，俱已發盡，未有一木交廠。經手官或當責其交木，銷算而後離任，庶後日不致誤事，何如？

又

　　昨從陸入川，篋中舊書通未携帶，早晚無可寓目。自得佳韻佳編之後，每遇沉鬱不暢，輒焚慶真香于所携小玉爐中，讀奏雅一二篇，佳章三五首，不覺悚然，凉爽透心脾矣。竊謂二編，詎是文章大雅，且可稱却病仙丹，翁丈以爲然否？不肖弟筆拙如椽，平生無片語可錄。前所致謝，何足以形容全豹一斑，所喻剞劂云云，是以蠅玷玉也，過矣過矣。陰揭事，弟初不知，今止吳游戎罰俸，可置之度外矣。不盡。

又

　　使者來，承賜佳作佳編。雖述作不同，然字字隋珠，句句荊璧。盥沐誦之，如戛玉鳴金，如聞韶觀濩，如詠游光風霽月之下，心曠神怡；如獨坐清泉白石之間，肌凉骨悚；又如入萬花之谷、錦綉之叢，令人應接不暇。一稿二篇出，從今紙價高矣。

　　前使者行促，不及附數行爲謝。承諭鄭倅事，真是可憐，同寅諸兄弟無不爲動念者，便間，試與直指言之。黎夷辱將事，中丞疏言及道將，而以罰俸結之；直指疏未曾得見，而其言似又以歸責道將爲不然者，蓋其意有所重，中丞似已得其肯綮矣。不久亦當有報。

又

奉違台教，似不啻九秋矣。會城事體朝夕變更，送往紛紛，蓋已空國。向非盧龍陽以陪巡，到子然不肖身矣。蓋翼庵督木虛舟入賀，時下皆東行也。周用吾純篤君子，橫遭彈射。李太宰書來，微示加(御)〔銜〕致仕之意，以此用老請告，直指允具題矣。弟爲作一册送行，乞翁丈大作數篇，以光其事。册待得之後送去，一月內見惠未遲也。莫荊泉去意已決，不可復留，弟擬遣人送之矣。丘中使已入會城，其人頗明達，似可與爲善者。征採之事，彼止移會按臺及守。西道初未嘗與弟言及若礦稅有無，征採可否，一切地方利病。弟已具呈按臺上疏去矣。中使處有可調停，固無俟翁丈囑也。彼之意似欲久住省城，未見他出之意。翁丈處應否送一下程，須會各道行之，未可先發。以後有何事體，當於郵中奉報。

答徐石樓方伯書

東魯孔孟之鄉，道德文章淵藪。近年文章雖盛，理學似見寥落。自借重台駕，張主斯文，隱然見彼中士大夫駸駸興起，傾心理學。翁丈所爲轉移化導之者，其功豈淺尠哉？閱所賜粹語，令人觸目儆心，受益無量。不肖奉職無狀，擯斥允宜，況荷聖明覆載之恩，重譴不加，薄罰示儆，此心有餘愧矣。重辱台念，以此置之胸臆間，尤感尤感！時事日非，民生日促，寰宇內處處厲階，真不能無杞憂矣。所幸翁臺以康濟經綸之手，長駕遠馭之才，所在調停，隨時匡救，旦暮且當樞筦，撑柱乾坤，海宇敉寧終將賴之。不肖在山谷中，當坐享太平如舊，有何慮哉？

與劉右川方伯書

違教忽忽逾年,瞻念私悰無日不切。弟自抵京後,屢捧手教,備知難處苦情。因思督過司中,其意全在不肖。世情可畏,危機在前,鄙心亦已脫然,自分爲雲霄人矣。不意計典瓦全,斜陽無事,若非賴翁臺骨肉之愛,爲之默奪潛消,轉禍爲福,可得今日復爲太平世界哉?至于謬厠薦剡,則尤意料之所不及。今不肖考滿蒙恩,祖、父俱叨一命,亦可謂非望之獲,秋毫皆丈賜也。明德無報,惟子孫世世銜之耳。弟於二月盡過鄒魯之郊,詢之郵人,駕未入境。京中曾有數字,附貴司覘吏問安,不知達記史否?不知台駕何日榮蒞?弟於四月上旬抵家,卧病二月有餘,力倦志疼,已不欲再出。因先人恩典,未得封司行查,恐不免求請兩臺再復一疏,以此貿貿然來,亦自愧不知止也。方今海內多事,防範需賢,翁臺望重中朝,旦暮且秉旄鉞。弟但伺看邸報,翁丈大拜得旨之日,即天下太平日也。貴鄉去魯不遠,風土相同,榮蒞後,老夫人賢公子而下,諒俱禔福。兹因王念老回便,肅勒附候台安。不盡。

又

拜領台翰,捧誦如接清光,豈勝喜慰。弟自乙未冬,獲附署末,迄今歲律五更。雖其間兩晤兩違,追思如夢,而跡遠心邇,常恍然如飛越左右也。弟才疏劣之甚,於時局不投,惹恨招嫌不一而足,皆翁臺所親見者。初以覲行,冀得薄譴,以遂歸農之計,而賴庇瓦全,亦輒欲與故山雲水尋盟矣。乃以未得恩典之故,仍復西來。心隳力倦,度日如年,朽質棄才,進退無據,見機不能明決,恐悔吝不終無也。翁臺夙負重望,不宜久借藩垣,主爵者或欲簡補衝邊,故稍有待。然借此以得恩典,亦目前一喜事也。兩堂及各道事跡,俱查明造册,及狀結如數呈上。不宣。

與范晞陽公祖書

不肖幸附寀末,重承肝膽之愛,指誨提携,誼同骨肉,感懷明德,匪言能喻。兹西來聚晤,僅僅三月,忽然分袂,殊不能爲情,所幸澤被全浙。枌榆千里,得蒙怙冒之恩,則某一人暫遠台光,亦復何恨?但恐台駕未及東越之墟,而新命又至,則既失道義之資,又孤霖雨之望,不能使人無深恨耳。時下川江水落,舟行平穩,兩岸山光初媚,春意逼人,知題咏篇章又多於西來時也。《紀行稿》刻完,先印數十册呈覽,碑石亦已到□過半,今月内或可竪立,兹專吏候送境□。不盡縷縷。

又

別來時序忽更,時事亦改。譚老先生之去,可恨可惜。而江念老亦意料所不及也。蜀中改設,其事已成。新制府之推命且未下,撫院交代無期,已移鎮夔門矣。劉綎兵一萬一千,兵部坐題,防播歲該餉銀十五萬。而中使以榷稅開採來,恐歲費之數非十萬所能了。且其搏擊凶殘之狀,如青州、南康將有不可言者,蜀之殘壞不支,從今日始矣。敝省市舶之設,似在寧波,在老公祖信地内,中使相處,恐亦費唇舌也。所幸有孫東瀛在,或亦有所規正。今海内之地,貂璫布滿,豈好消息哉?急欲挂冠,非敢爲不情之言,恐日後如杜子美無歸襄陽之路,悔之亦無及矣。老公祖以爲何如?一嘆。

與莫荆泉憲副書

承教領悉,地方一啓兵端,遂騎虎成,白骨原野之事,他日難保必無。前日行司亟議調兵防播,弟將此意以禀帖達之兩臺,先與説過,不然恐後日謂弟始謀不臧也。近日江津、南川二事,直指疏謂欺隱之局。初變備禦未周,未嘗有督過意,此又所當知者。抽取民兵銀,各處未解到，止有重慶原解銀九千有零，先行詳發，須得原解官來領。已行文催數次矣。到即發行，不敢遲誤。如目前要濟急，不妨權宜將府庫堪動銀暫行挪用，俟民兵銀補還，亦可。

又

承翰教知，黔酋稍知悔禍，猶爲知幾。不然，是自速其亡也。牛雖瘠，奮于豚上，其畏不死，特其惡未甚耳。調用將官事，撫臺已允，已經移文奉會，料直指亦當允從。大抵酋之知悔，非其善心之萌，以我調將設兵恐禍及耳。目前彼即輸服，武備不可不修。狼子野心，惟兵威是懼。我有强兵一枝，不必寸寸設守，彼自不敢跳梁，其服也堅而可久。武備一弛，彼無忌憚矣。近年川中武備廢弛至極，旁觀甚明，而當事者欲爲地方養安靜之福，不知反不得安靜，當事亦甚難哉。承官評之賜，弟得指南，以報直指矣。感謝感謝！

程正誼集卷之七

書

候王荆石相公書

別駕管兄來，知老師台體康勝，此天下蒼生之福也，某心實切喜慰。某生平性拙寡交，自入仕迄今三十年，當路罕相識者，以故向來升遷皆聽於命。蓋至今日，則分量已盈矣。雖去歲曾陪京兆，今年曾推廣西，總以無援，終歸畫餅。今齒已近暮，志亦漸隳，兼之軍旅煩興，採榷相繼，實不耐拮据之勞，非久且為歸農計，更無復他望矣。竊念長公超世之才，乃為薄惡之風遲其進取，可恨可恨。然青年有待，無妨於大魁也。幸為某道惓惓意。

與許少薇京兆書

蜀中既苦採辦，又苦礦稅，民間膏血盡矣。今年軍旅大興，小民益不堪命。廟堂之上，若不急為存恤，事勢大可慮也。播酋陷城戮將，據其猖狂之勢，非有底極之時。聲言若不得撫，我以數萬衆浮江而下，控訴京師。此何言也！若不及今撲滅，不及二十年，蜀非吾有。今日勢在騎虎，難放手矣。其事亦在可為，但須得秦、浙勁兵二三十萬。川中土兵，無一足恃者，歲費餉銀五十萬，蜀帑已如懸磬。此非廟堂之上從長計處，何能濟此艱屯？播中細作絡繹，京城未必能為別,患惟鑽刺可慮耳。倘一人生別議,以搖動人心,恐復蹈前年之轍,不可不慮也。翁丈身居華要,與軍國訏謨,不肖弟敢私布之? 不具悉。

與來希庵書

兩臺於綦江未破前,報楊酋猖獗之事,兵科參論,有計多曲折,此中事體恐有更張矣。六路分兵之事,翁臺姑稍俟之。制府之意,謂兵聚於一處則有餘,分於六路則不足,即每處有兵數千足觳分布,而綦江、南川、江津各須得一驍將統之。目前,諸將誰敢領數千之兵,復入綦城,蹈房加寵覆轍? 此兵未敢輕試,其勢甚明。欲俟秦浙兵齊,軍威大振之後,即以勁兵萬餘守之。蓋至此則三省之兵以漸而進,非徒以爲守矣。半月後,劉省吾可到。彼所帶家丁五千二百有零,料其不肯分遣,然渝城加此五千之兵,無可安營之處。原兵一萬七千,可分撤以實一城,則當首涪州也。三省兵餉,皆無所出。制臺意,用兵十萬,一年之餉,須一百二十萬金。擬於太僕寺請六十萬,各省協濟六十萬,則黔、楚二省皆在其中。此雖未可取必,大司農必當有處,不止靠滇負矣。松潘議易副戎,方欲上疏,而本兵早已易之。補者爲寧夏舊副總兵周國柱,昨已有報。聞貴道有行查綦江啓釁之由,不知果否。如有行,姑且已之。中間或有不便,翰教皆奉手書,篇篇法帖,弟得之不啻拱璧,而翁丈顧以爲不敬乎? 弟筆拙如椽,不能以親書致敬,惟翁丈諒之。

復來希庵書

守備不設,律有明條。若有將有兵,自宜速赴。第土兵難得死力,而蜀將悉多常才,遣當賊鋒,恐無益有損耳。近聞新募羿兵已滿五千,而酉陽又有續到兵四千,已將滿萬。昨萬梅軒書來,謂賊若內犯,願親督戰,則勇氣萬倍矣。既有婁國警報,不赴何待? 制府具揭本兵,請設中軍副將一員,練兵游戎二員,及更換旗牌等項,兵部題奉欽依。咨劄中有萬鰲免赴新任，留重慶共完播事，成功叙錄之言，諒軍門已有文至矣。然不知究竟何如，姑且俟之。行查啓費之事，不肖弟知爲翁丈妙用，而其中有當避之嫌，丈細思當自會之。今寢其事可矣。吾儕忠肝義膽，可對天日，質鬼神，而作用機權或有人不及知者，其間有所齟齬，則亦忍之而已。忍之而陰爲調劑其間，此古人之所以不可及，而狄仁傑所以反周爲唐也。善哉！含污含垢之言，乃益知翁丈器大，負荷此事有餘矣。慰甚慰甚。税銀原出於商賈，貨物不出於丁糧，而各州縣派銀多寡，則以丁糧之多寡爲準耳。附復。

又

進表事再三商榷，制府欲翁丈收其表，而遣還其人。收其表以示不絶，而遣其人實以絶之。蓋近日議論已定，若容其十二人入省，遠邇觀望以爲果綏柔之，而不知吾之微意，似足以惑亂人心。吾收其表，彼以爲得達其恭順之心，未必即肆衝突，與翁丈之意同也。十二人既至省城，必無遣還之理。欲殺之則彼之來無罪，欲囚之則恐有意外之虞。不如早遣之，猶似有恩，而可以羈縻之耳。欲守南川，梅子果非其才。弟素不識王之翰，翁丈以爲可用，必有真見。但恐渝中武弁，無不與播厚善者耳。餉道議丁糧派夫，勢難卒到，老弱不汰，而使之運糧，事體甚便，制府亦以爲可。二人既不同心，全賴翁丈爲之調劑，不至誤事。若成心未化，亦未如之何矣。

與徐韋庵書

前報，播攻永寧，聲息甚大。近宋芳蕘與梅瓊宇皆來永寧。梅遣人致書於弟，謂未有兵。又郭清宇承差從永寧來，亦謂無警，乃知前日所傳皆虛聲也。鋪板收路，或亦除道剪荆之事乎？多是虛聲，未必實際。大都時至今日，我兵日益日增，我勢日强日盛，兵連七省，以天下之全力制之，何異千鈞壓卵？彼知亡在旦夕，收精鋭以自固巢穴，猶且不暇，恐不敢分兵自弱，先出犯我，以取喪敗也。以王易梅之事，制府已行文，且到臺下矣。綦南邊界之民，但恐怯弱無鬥志，若能奮勇殺賊，何不收以爲兵？有保全鄉井之心，而又有報復私仇之念，臨敵用命，必無他腸，較之他方應募之兵，相去遠甚。我之大兵既合，使此輩自作一隊，鼓其勇氣，翼而進之，可爲衝鋒之助。況彼生長此地，能識路之險夷，可使不墮天牢，此等兵一可當十，萬無不收之理。制府亦已慨然，惟翁丈行之耳。我若不收，必爲播用，失策之甚也。火器方在制造，陸續發來應用。草草附復，不具悉。

又

承教播事機宜，言言碩畫。雖智者千慮，無能出門下範圍。綦城自殘破後，棄之若置。蓋兵將俱無足恃，不得不然。今主將已到地方，而秦浙慣戰之兵，進境已數千矣。但得一驍勇偏裨，領萬兵屯之，斯可繕城集餉，以爲大舉之地，此四十日內事也。張還樸到任已久，不日可抵渝城。可惜來熙老兩被指摘，恐不能安其位矣。奈何，奈何。王同知改捕盜職銜，軍門已許允。張太守與莫荆老，皆以送屍之事被彈，奉旨行勘，不知部覆何如。萬梅軒被參太重，得褫職爲幸。

又

兵以十萬爲準，時以仲春爲期，似中窾矣。但未滿六百之說，是何兵也？劉將軍家丁前報五千有餘，或者未盡到乎省城？火器一面修造，但匠少，成功甚難。張還老欲於重慶開局，事體甚便。蓋劉省吾標下素多匠作，使其自製自用，器械必精。不惟免省城解運之勞，亦省他日歸罪於器械之不精，所當速行者也。運餉兵夫，當聽餉道詳奪。蜀中大將止是一人，若一柄兩持，他日必至誤事。此中忌嫉相傾之不暇，何暇治他事乎？但聞有北將麻孔英者，楊少林題請送來。此人驍勇之極，若用之，當能濟事。制臺言之已久，似已列於諸款中具題。不然，三省路有險夷，進兵有難易，若止以得鹿爲功，犄角者能甘心乎？張還老不日到矣，諸事請與商之。別論塘報，官爲地方累，恐不止一人也。使旋，附復不宣。

又

使來，承翰教知，酉向南川之意已眞。其矢心積慮，欲折劉將軍之鋒，以圖大逞，此必不可使得志也。省吾北來，精銳似當發至南川應援。冉御龍馬千乘，皆乳臭子耳，此豈楊應龍之敵，而倚爲屏蔽乎？綦江失事，猶曰無兵，今川東之兵已至數萬，再不可以此爲委矣。大舉之事，不可太遲，極遲亦當在二三月間。然不知得就緒否？川中所調各省兵，早則十二月，遲則正月，皆可到齊。分布軍器，亦粗粗可備。但楚黔之兵，恐不得齊。一省不齊，未可以輕動也。大都可慮在楚，彼其痛癢不甚相關，故無同仇之志，恐不免誤事耳。二監軍道，張還樸住重慶，而謝鳳翥居省城，已經軍門議定。張還老今已來重慶矣。北將有周國柱、余世威，皆驍將也，本兵選擇而用，不日俱可到。又有麻孔英者，係寧夏副總，驍勇絕人。楊小林題送來川，不知何時可到，到則可無恐矣。賞格已經具題，不久或可頒布。使旋，肅勒附復不宣。

與王壽軒書

不肖以菲劣備員，罪愆叢積，重荷台慈爲之包容掩護，俾得藏拙，以至於今，感荷私悰，有難云喻。貴省採辦之役，脂膏竭矣。今復益以礦稅，加以師旅，八府六州之民，在在塗炭，市肆山澤之内，處處驚惶。疲勞之休息無期，征斂之加增未艾，不知將來作何結局。翁臺何以爲桑梓謀乎？不肖某弱質遲年，碌碌靡豎，非久且爲歸農之計，無可對高明言者。使旋，附謝不宣。

與趙新盤方伯書

長公巡歷久竣,初擬七月交代,緣新院請告,乃復稽遲。今交代在月朔後,不久可錦旋,遂家庭樂矣。司吏回自浙,奉老公祖嘉報,到司即專役送長公臺下,喜不可言。回字云五月差承差來浙,迄今未回,不意此書先到云云。近蜀中有三大役,一採辦,二鑛稅,三用兵。無米之炊至爲難處,皆賴長公調停。所陳乞凡數十疏,所議留錢糧凡數十萬,所全活民命凡數百萬,所造福於蠶叢之域凡數十年,長公之爲澤溥哉,而孰非老公祖之所遺也。其餘良法善政,更僕難數涯略。附報不宣。

與應宏齋方伯書

自戊戌邂逅黔中,迄今幾十五載,萍踪徙迤,南北各天。夫論良遘之難,即竿牘之訊無由得達,左右悵怏,何可勝言?播酋不道,荼毒生靈,討罪興師,兩省當其苦。不肖某以菲才承乏,已不勝蚊負之憂,何幸借翁臺同舟共事,此固黔民之幸,而實不肖之幸也。下車後,向未能專力脩問,知能見原。滇中償蜀銀二萬二千有零,原係奉旨採辦之數。江中丞題請,止償蜀貸,而併及此銀。三月間遣丞來索,弟因奉有前旨,未敢議從。今黔蜀爲一家矣,翁丈與郭撫臺當事,又與往時不同。前銀,專官解上,煩爲查收。荷荷。

與范晞陽觀察書

不肖某去歲入蜀,原非本心。再來不值半文,實懷內愧。惟是爲先人一命之榮,不暇顧輕身之辱,爲親而屈,亦自安之。豈料今日欲退而不能乎。相知去盡,時事大更,司中止某一人,百責攸萃,艱苦拮据之狀難以盡言,幾欲拂衣而行。庫藏無可托者,啓口陳乞,輒以規避爲詞,欲不發狂疾,其可得乎?譚岳老聖賢之徒,遭逢不偶,竟爲人所中,以損功名。然其品格殊絕,又孰有能損之者?此時狂瀾方倒,國是未明,不知此公之在地方未常失着，直至禍結兵連，生民塗炭，推原基禍之由，而後知此公之有功地方耳。此公養安靜和平之福，故帑藏稍有盈餘。然養之數年，壞之一旦，司庫所有，近發泄幾盡矣。此公於某頗相知愛，與吾同事地方，意舒不見其苦。今在蜀有度日如年之意，且奈何哉？

與周二魯書

曩不肖游梁，得因便羽寄候。未幾爲海岱之行，又未幾徙蜀，相違輒數千里，聞問久缺，然仰念之私，未嘗不朝夕切也。去歲以覲事過家，遇周澤合父母，獲知動定之詳，輒欲因旋使附尺一奉候，乃以寒舍遠城，又成畫餅。冬初抵蜀，方司理來晤，獲拜儀翰之辱，厚情愧不能堪。切念門下才品既邁，時流節概復高，天下士無賢不肖，入朝見嫉，而況以大賢稱者乎？柳下惠之三黜，固無足怪。所恨者，以聖世麟鳳之才，使之墮落沉淪，而不得行其所志，不能不爲世道慨耳。承諭知門下家庭之間，近日又多傷感。前在括蒼遇尊夫人淹棄，今如夫人又亡，門下之情苦矣。或者困衡憂患，天意固有在乎？一日漢帝願治前席，賈生固今之所望於聖明，理勢亦不遠矣。何如，何如？

與徐南龍年兄書

去歲謁龍光，經旬連榻，清夜論心，此景此情可謂生平大快。至若圖書四壁，極目縱觀，名卉滿園，銜杯痛賞婉砌雕欄之上，清波綺瀫之間，萍藻生花，魴鱮出水；比及涼生廈屋，爽透靈襟，衣冠集而玳筵開，錦綺鮮而簫韶奏，舉觴邀南山之月，歡呼傾北海之尊，客醉還醒，月沉而旦，追思此樂，恐前此所未聞也。別去匆匆，從間道西發，遂不及踵門申謝，計翁丈能原之。弟至錦城在九月之望，裘葛又一更矣。宦況如常，故山入夢，不能不起蓴鱸之思。況西蜀兵木繁興，播虜交作，籌兵轉餉總屬藩司，弟以屠弱之軀當此繁劇，真度日如年也。五載三巴，如石沉海，見知者雖有量移之意，如數奇何？非久且圖挂冠，與翁丈尋盟於華水之上矣。

與高宜庵書

曩不肖曾以懇留父母官免覲之事，上瀆記史。近聞院道有文行門下查議，則此事非獨下情，似亦上所注意。門下八婺保障，欲置地方於泰山之安，議留有機矣。永康亢旱，早禾不收，中晚禾得雨甚遲，收成未見，大約有五六分災傷。小民因非全災，不敢指望蠲恤，故不敢呈報。然時下貧民已多菜色，若至青黃不接之時，則大有可慮者。八寶山之礦，官採雖停，私採者猶然盤據。礦山去永康一舍，而私採者強半永康之人。若山墨場在永康腹心內，官採之稅雖不多，私採之徒則甚夥。呼群引類，日益月增，與八寶山礦徒更相交結，爲地方患。近聞佛爹佛娘餘黨，有倡白蓮於深山之中者，已首報在官矣。礦墨徒與白蓮之徒，皆山澤不逞，倘因災荒之勢，民饑盜起，勾連嘯聚，安知其無南陽、馬鞍山之事乎？此不可不大加提防，預爲之所者也。伏乞翁臺爲之查勘，斡旋定議，倘□□官免行，永康受福，量士民幸甚。

與熊永康書

近十年來，父母官在任皆不甚久。兼之朝覲往回，奔走道路，不能行其所志，又署□史換夫馬勞費，民亦苦之。老父母下車，一念爲民至意，豚魚皆孚，士民彈冠相慶。所慮惟覲期在邇，恐駕去又失所依。不佞方思及此，忽豚兒傳到，見紳惺吾舍親二啓稿，此心豁然，自愧不如舍親見事之早，遂率爾作一書，令豚兒躬致帶水、宜庵諸公祖處，諒已達矣。大都朝覲述職，國家大典。查各省歷年免覲事例，非地方兵事旁午，城池防守戒嚴，則不得免；非陡遇災荒，饑民嚷亂，獄囚庫藏可虞，則不得免。如蜀中往年採木，朝廷大事，正官得免亦不過衝要數處，不概免也。不佞見縣東災荒太甚，故書中以旱災言，庶幾合例可請，亦將爲後日乞恩題請蠲恤張本耳。近日縣東一帶，早禾死盡，已無顆粒，中晚禾亦皆舉火可焚，旱災成矣。不日各里排或有呈詞報災，若至十餘都里，即當備云申報道府，以便轉呈。日後有續報，又當續申。此事關係民瘼至重，不厭詳也。但兩臺題請，須通府皆旱災至八九分，或縣分過半，災至四五分，若地方狹而分數輕，亦不肯題。則老父母入覲之事，行不行尚未可定。覲事至勞苦，費用更難少，不下六七百金。聞老父母薪米之費，皆取簽中，此可暫不可常。若入覲，自是官中事，無取給於家之理，不可不留神也。不佞老廢，未曾得見老父母一面，乃父母視愚父子無異家人，此所謂千里神交，何敢不以肝膽相告？伏祈照原。

與郭清宇書

承示佳作三章，直追大曆，真所謂陽春白雪，和者難矣。敬羨敬羨。江念老以疆場失事，責在彼躬，推諉無由，乃以防禦責川東，以為自全之地，彼非真欲川東赴偏橋之援也，借此為諉罪張本耳。今又欲川中設兵，為思石防禦，部覆業已從之。撫臺曾許助餉，而彼來催銀，遂急於星火，凡此舉動，皆似智術行事者。若播州欠糧，而責川中以庫銀賠解，則無理之甚也。川中司道豈皆孺子可欺乎？承見示牌稿，無非欲翁臺贊成助餉添兵之事，目下似不必復。兩臺意亦不欲為彼募兵，似已有疏行矣。不盡。

與劉肖華年兄書

遂寧劉君來，獲領台翰，知翁丈垂念惓惓，不異在師門時也。感甚，慰甚。我同年兄弟，迄今已如晨星。去歲入長安，晤復齊、衡野、南渚諸丈，在京者止六七人，而同門則叔臺一人而已。近日浪游藩臬間，每省同官不過一二，更不可多得矣。弟于翁丈同門同選而為郎之時，又常同會燕市，不為不親。顧自長安分袂，忽忽幾二十年，無由得一良晤，悵歎何如？前歲保寧令姪使來，獲拜翁丈及衡螺令姪華翰，即具手柬與保寧同知王守禮。令其倡率同僚，及各屬州縣，各盡禮於令姪。如贖鍰等項，可料理者即爲料理。此柬隨與盛使賷去，仍與相約必回錦城與之復啓，以便報命。不知盛使間道速回，弟復啓雖發王同知覓便送至門下，然弟之疏失爲甚，衡螺令姪得無有見薄之意乎？贖鍰等項，諒保寧處之不周，或阻於事體之難，非弟不用心也。去歲過太平，冀得令姪一面，道此衷曲，而又無緣，故敢對翁丈陳之。翁丈尊命，不敢不留心也。仰念之私，無時不切。無便羽可通候問，茲仍託劉君達之。草草不盡願言。

與劉孔源書

不肖某猥以菲劣，幸厠末僚，蒙厚誼高情，真有淺瞿塘而卑華嶽者。即丁酉入覲，濱行，濤井供帳，漏下四鼓，猶把袂綢繆於錦江之側，仕路寅僚中能多見耶？別去半月而抵巫山，聞翁丈橫遭婁斐，未之敢信。不數日，報台旌度劍閣矣，不覺令人髮指，仰天搥胸而嘆，天下事不平者常有，寧至此極耶？仕路中遭坎壈者常有，寧如翁丈之連年頻遭耶？深夜長吁，寢不成寐者至十餘日。然南北殊方，竟無能寄尺一之牘，奉慰門下。逾月抵京，竣事抵舍，皆奔走車塵馬跡之間，俗事紛擾，而音問益寥寥矣。某於戊戌秋冬之交，方抵錦城。詢問寮寀中，略知起居大概。方擬覓便脩候，忽吏來，得捧華劄，如自天而降，不勝喜慰。翁丈之事，廟堂上是非原自昭然。典銓者畏建言之人，不敢拂之，故寧屈丈，以爲保位之計。弟以是知海內之所謂有品者，多虛名耳。此事大爲人所不滿，從今所爲補報丈者，當自有破格非常之擢，不令丈久屈也。何如，何如？

與史緯占書

前賜茶多而且旨。不肖某曾分惠于清宇、荊泉二老，俱嘆賞不容口也。乃今加惠又不啻倍之。而更重以佳葛，在老公祖爲解衣之仁，而不肖某何能當緇衣之愛也？尤愧，尤感。群小之章疏填塞金門，奉使之貂璫布滿天下。自中朝以及海宇，盡寰區之内，皆魑魅魍魎橫行矣。世道至此，奈何，奈何？弟恐數年之内，海宇紛然，吾輩無還鄉之路。每思及之，毛骨俱爲寒聳。中涓之至不出兩月外矣。此輩當有術以駕馭之，宜馴其性，而不宜激其怒；可潛消其蜂蠆之毒，而不可激發其虎狼之威。此一事關係地方利病，甚非淺尠，更祈老公祖教之。

與房參戎書

近來内地無兵，播寇跳梁，邊境莫之敢問，氣索久矣。周甫六之梟示，可以寒黠寇之膽，而振中國之威，壯哉！舉也。足下之雄才略見矣。近楊酋大猖獗於黔中，指揮把總而下，被殺不下數十，官兵損失數千，不可謂無能爲也。包藏禍心，誠未可量，足下當十分戒嚴固守。内地進攻之事，未可易言，須待新軍門至日，另圖之耳。使旋，附復不悉。

與重慶張太守劄

承教知，房椿亭有斬獲之功，其驍勇可嘉，其寡謀可慮，從此邊釁大開，難住手矣。總府未來，撫院去遠，軍幾變於呼吸，誰則主之，此川東大可慮事也。此時譚老先生未到重慶，門下可率大小士夫及在城小民遮留於河下，得在重慶住二三月，以便調度，乃長策也。不佞輩屢屢勸住重慶，堅不肯從，若士民遮之，動以迫切之情，當不忍去。軍門在地方，其勢自重，賊亦不敢輕發，門下以爲何如？即已過重慶，差人急報守道，請其以此法固留，住在涪州，亦優於住夔也。莫荆老請告之意似決，此事須門下主之。不具悉。

與周用吾書

某才至菲劣，重荷翁臺不棄，肝膽同之。雖援手止八閱月，不知其非髫稚平生交矣。深夜思之，不勝自慶。翁臺以細人之言，遽起冥鴻之志，拂衣而去，决意還山。大丈夫富貴浮雲本不足戀，翁之此去，真可以立懦廉頑，流芳寓宇。顧某輩分手爲難，而留戀鷄肋，不能自斷，則於翁臺有愧耳。吏回領手教，捧誦再三，心殊耿耿。此時江水初長，而波濤未生，舟行正快而穩，况山光水色，尤是可人之時，隨處觸目，皆是佳景，知翁臺樂意滿腔，勝于在署時也。何如，何如？

與房游擊書

內地一向無兵，任狡酋之縱橫，莫能禁治，可恨爲極。今得門下出精銳之兵，稍稍斬刈，爲之奪其魄而剉其銳，不佞方甚喜之。若當路所慮者，內地武備未脩，恐其一時突出，則自貴營之外，無兵接濟，故欲門下暫韜鋒銳，俟力全而後圖之，爲萬全之策耳。承尊教，皆是用兵機宜，全蜀地方幸得干城如此，更復何憂。不具悉。

與張參戎書

曩松邊虜患突來，乃國朝未有之事。變生意外，誰則虞之。非賴門下威靈，不知作何景象？幸門下運籌制勝，談笑却之，我兵無亡矢遺簇之費，而邊圍安於泰山，伊誰之力哉？保障功成而易之臨敵之際，已爲非策。乃以小河波及，非惟有功不賞，更復罰之，人心果安在也？言及令人扼腕。自尊駕去後，松潘之是非淆矣。張良賢驕悍得罪，猶不足言；杜世仁之死難，迄今四年未蒙襃忠之典，何以慰忠魂於地下，爲生者勸哉？中丞鬱鬱數年，職此之故，不佞雖在局外，亦常耿耿在心。今翰教忽然及之，知尊駕有來蜀消息，不覺喜心與憤心交戰於中，則有感而然也。蜀中多事，有用兵之漸矣，尊駕來，似逢其會。草草附使奉復，不盡願言。

與莫荆泉書

屢奉台翰，知翁丈去志甚堅。弟輩懇留之意，上爲朝廷，下爲地方，台駕留一日，則蜀民受一日之賜。況弟輩智力短淺，諸事皆賴維持，故不忍翁臺之去耳。直指亦心服翁丈品格出塵，力量宏巨，欲資爲一方保障，故懇懇相留，實非有相難之意。弟才劣志隳，久有歸農之念，而猶豫因循，深切自愧，乃翁丈急流勇退，雅志出塵，真有可仰而不可及者，不肖實忻慕之。不日芒鞋竹杖，與翁丈尋盟於錢塘、天目之間，蓋亦不甚遠也。聞撫院過渝，翁丈終不出見。知尊駕不可復留，而又不知發駕之日，謹此專力奉候，不宣。

與趙寧宇司空書

採辦之事天困西蜀，艱苦萬端，言之淚墮。蜀固産木之地，嘉靖三十六年以三殿採，萬曆十二年以慈寧宮採，凡長圍合式而人力可施者，已絕無矣。今採買所獲者，圍圓多止七八尺，極大至一丈二三尺者，近于三號。而一二號者，未嘗得一根。司道與有司官恐誤大工，急急採運赴廠，所恃徐念吾老先生在部時，曾有勘合，許長短大小通融折算。雖所指在杉木，亦冀楠木可以推類收耳。不意歲前，忽奉勘合，以後二、三運木俱要合式，不許折算。若此法必行，則採就二運之木，費過錢糧不止百萬，將委而棄之溝壑乎？欲舍此而重採二運，民力可能堪乎？無此理矣。昨司中具呈，兩院已經會題，請乞俯容折算。時下疏或可上，不知部覆何如？今工部事，自老先生主之，而台駕又適過蜀，目擊採辦之苦，此蜀民更生之機也。台駕到京，尚得二三月，伏乞先遣一書與楊后山老先生，懇其必允兩臺之請，則台臺爲桑梓造福無量矣。此事允否，關係全蜀民命。故敢冒昧上瀆，仰祈台臺原之。

舉李翼庵書

違教忽忽逾旬，未及脩候爲歉。目前蜀事難處，一征榷中使，二土司回兵。誠有如按臺所慮者，不知按臺請止中使之疏，已曾上否？

土司兵似未可即具疏，蓋主議者，爲蜀防播，以急難爲名，其名是也。我遽阻之，彼且有詞，而部覆必不允。其兵與將，將益生驕縱之心，反似不便。倘得如台諭，以書達部科，使當事諸公曉然，知多餉之必不能支，土兵之必不可用，以後相機審勢，以漸轉移，庶或有濟耳。夫一萬一千四百之兵，一年該餉銀十三萬有零。西蜀困於採辦，即議增三千二百之兵，餉已難措處；議請於扣減，民兵工食尚且不敷，何能於此外又徵十數萬之餉？此非地方之所能辦，其理甚明。平茶、邑梅、永寧諸土司在播州卧榻之側，勢力不及播之十一，若構怨於播，則禍不旋踵，五司之覆轍可鑒也。彼豈無愛惜身家之念，而爲我仇播哉？此其兵不可用，理亦甚明。然今日所以有此議者，蓋亦難言矣。彼其主將，先年不見容於蜀，欲避蜀而去也，則有洮岷之移繼；因洮岷新設，兵餉無措，欲避秦而去也，則有朝鮮之移。夫以洮岷之將，募川東之兵，資蜀帑之餉，牽強湊合，皆事理之所不順。而彼能使其機發於朝鮮，則今日以當撤無用之兵，當移無缺之將，東隅將失，先爲桑榆之收，兵權不釋，利源如舊，彼豈無妙用於其間哉。蓋其爲機甚玄，而其爲力甚巨，此時即爭之不能得也，亦徐觀事勢而爲之調停耳。核餉之事，法所當然，但監司力量恐不能行於彼，恃有兩臺法度，即虛冒或不至太甚也。何如？不具悉。

程正誼集卷之八

議

四川徵採始議

看得全蜀地方，并無銀場礦砂可以開採；本省額貢扇柄，該用赤金數百兩。發銀所屬州縣分投市買，零星輳集，俱云尋取於雲南地方。若四川果有礦砂，何能掩人耳目，先年何無奏報？其商人販賣楠杉，從川江而下，則有荊州、蕪湖等處數節抽分，商人已稱苦累。近自兩宮役興，杉楠盡歸官採。即商人有承採者，皆領官銀，供官用，無復有可抽稅之杉楠矣。白蠟、生漆、藥材、茶芽，除每年坐買額解外，皆無剩餘販賣可以抽稅。至于蜀錦，係蜀府每年成造數疋，以備上供，民間并無成造尺寸。省城原設稅課司，稍有微稅，不過布疋、米糧、雞豬、蔥菜之類。自國初以來，欽賜蜀府抽取內用。至於永寧、烏撒、瀘州、重慶、合州等處，雖各設有稅局，額課多者數百金，少者數十金，悉皆支給彼處官吏、師生俸糧及協濟各驛夫馬廩糧。多因民間窮困，商賈不通，稅額空懸，稅銀百無一解，地方困累已甚。自此之外，又何能更添稅也。及照川省，自採辦役興，民死過半，艱苦萬狀，誠不忍言；兼以播州叛逆於東南，韃虜陸梁於西北，徵兵轉餉，所在驛騷；又聞三運之木難採倍前，三殿之工，部文將至，諸艱并臨，百愁俱集。遠近民情洶洶，弱者思逃竄以偷生，彊者思跳梁以從亂，職等有地方之責，已不勝厝火積薪之憂。若復差遣內臣來蜀徵採，重斂橫徵之下，峻法嚴刑之間，竊恐將崩之土，難勝一鋤；垂溢之河，難勝一決；一夫攘臂，響應如雲，不必播虜交訌，而蜀土難支持矣。此職等所爲疾首痛心，私切杞憂者也。查得各省，皆有徵榷開採，皆有專遣內臣，川中特遣一臣，似亦非過。職以爲他省可添徵榷，惟川省不可添；他省猶可開採，惟川省不可採。何也？他省無兵無木，力可堪也；湖廣無兵有木，雖與他省不同，猶可堪也。惟四川兵事則湖廣所無，而木務重於湖廣，尚能堪徵榷開採之事乎？譬如人之一身，病至九分，不可復益之疾矣。伏乞軫念地方困窮，民言可畏，會疏陳乞免遣內臣，庶全蜀之民心可安，西徼之亂萌可杜云云。

四川徵採二議

看得今之稅務，算舟車，榷酒沽，箕斂及於錙銖，搜括遍於境內。時政如此，勢難挽回，但當就其中爲之調停耳。重慶、瀘州、合州、永寧、烏撒等處，南北商賈經行，舊有稅課司局，係蜀省大關隘，成法可因，徵收頗易。若其餘州縣，原無稅司者，即有往來商販，貨物甚微，而況深山窮谷之中，遠浦荒郊之外，三家之市，負米鬻薪，十室之廛，典衣賣履，皆徵榷所必至者，則其事瑣屑而料理難周；欲以一官兼數處，勢有所不能相應。每州縣責一佐領官經管，佐領或缺，不妨以倉巡雜職代之。必其守法循理，素以廉幹稱者，方許委用。其瀘州、永寧二處，商多稅大，須於府領州佐中，各另委一官專理，不以他官兼之。重慶、合州、烏撒雖原有稅局，而稅不甚多；富順、雅州雖原有稅局，而廢革已久，皆令各州縣委官兼之可也。查得重慶、叙州、瀘州、合州、保寧、夔州、雅州、嘉州、永寧、蒼溪、巫山等二十二處，本監各已委去參隨官一人。此時，各州縣未經呈詳定委，應聽本監官權宜查理；俟各州縣委定之後，或知會本監取回，或准其會同徵收；其未經中使委官，地方各州縣當徑委一人爲之，作速料理。

至於徵收之法，或驗物抽取，或牙店上納，或商賈隱匿，所當稽查；或管收侵漁，所當綜覈；或委官之橫徵暴斂，巡攔之生事需求，所當禁戢。皆在各掌印官量物力以劑時宜，殫精神以察弊竇，弗憚一己煩勞，而忍閭閻之苦，弗避眾人嫌怨，而甘猫鼠之同，則自有下不損民，上不虧稅，中肯綮而當人心者，本司有難於預定也。各州縣將委官及徵收之法，擬議停妥，一面報本監及通詳司道，轉報本院，以便覈查，有不妥者，即行駁正；一面隨宜劑量，依法徵收。蓋一月之後，務須有稅銀解納，以不愆其秋運之期，方於事體妥便。若必待司道覆議詳允而後行，則事益緩而解期誤矣。

至於參隨人等，有額外需求，指稱擾害者，明旨森嚴，三尺具在，或驅逐，或拏究，固不容有所假借也。至若本監及奉欽依冠帶參隨員役大小，廩給口糧及衣鞋犒賞等項，每歲共該銀若干，已經議詳允奪，無容再議。

四川徵採三議

看得四川一省，居中國西南隅。非各省往來通津，舟車輻輳之地，即有商賈貿易，貨物甚微。茲奉綸旨，特遣中官徵榷，以佐國儲，仍不許濫用群小，額外需求，致生擾害。明命有赫，敢不欽承？自宜設法徵收，以佐公家之急。尤宜畫為定例，以為有常之供。今查全省所屬，如成都府稅司，欽賜蜀府抽取，始自國初，原無定數。其瀘州、永寧、烏撒、重、合五處，各設有稅課衙門，李渡、馬湖原未設有課局，以上七處，歲報共銀六千三百九十餘兩，額供協濟驛遞，及各衙門官吏師生俸糧，各有定項支用；其餘不通舟楫州縣，亦有門攤商稅，歲共徵銀一千八百七十餘兩，類解陝西濟邊。二項銀兩皆歲不缺者，今川省徵稅以三萬兩為則。既不能以舊稅充解，勢不得不於通省州縣市鎮牙行之中零星抽取，以足其數。州縣有大小不同，商賈亦有多寡不一，派徵銀數，當以州縣之大小為差等。但貨物之多寡盛衰，無可憑據，當以丁糧之多寡，酌爲等則，共派足稅銀三萬兩。

至本監二季差官解銀赴京，箱槓盤纏與上納鋪墊，買備方物諸費，亦應從長議處。如瀘州、永寧、烏撒、合州、重慶係原有稅課衙門去處；保寧、叙州、夔州、馬湖、雅州、嘉定、巫山、蒼溪、新津、灌縣、萬縣、綿州、中江與李渡鎮、秋林驛，係聚商之所，以上共二十處，已該本監差人前去坐抽，相應即以前項二十處抽取稅銀，充該監解銀盤費及鋪墊等項支用。及計二十處所徵銀兩似覺稍裕，應於內抽一千二百兩，湊三萬兩之數充解，仍該銀二萬八千八百兩。除汶、保二縣及建昌五衛地方係邊荒無糧免徵，其餘州縣，若富順、江津、永川、大足、榮昌、長壽、眉州、廣安、銅梁、岳池、涪州、璧山、南溪、隆昌、巴州、墊江、內江、平武、江安、成都、崇慶、邛州、遂寧、定遠、仁壽、溫江、鄰水、大竹、西充、榮縣、簡州、郫縣、南充、新都、渠縣、華陽、慶符、資陽、金堂、大邑、南部、新繁、雙流、夾江、彭縣、梁山、漢州、長寧、安岳、合江、犍爲、峨眉、蒲江等五十三州縣分爲上等，共派銀二萬二千三百七十六兩七錢二分；資縣、高縣、儀隴、通江、洪雅、綿竹、達州、安居、什邡、雲陽、忠州、樂至、蓬州、德陽、南川、潼川、南江、鹽亭、彭山、丹稜、開縣、新寧、安縣、威州、劍州、江油、井研、崇寧、蓬溪、珙縣等三十州縣分爲中等，共派銀四千四百六十六兩三錢八分；威遠、蘆山、彭水、青神、綦江、酆都、羅江、名山、興文、納溪、建始、營山、彰明、昭化、筠連、射洪、東鄉、大寧、廣元、榮經、梓潼、石泉、茂州、武隆、大昌、黔江、大平等二十七州縣分爲下等，共派銀一千九百五十六兩九錢一分。除巴縣、閬中、宜賓、奉節、屏山各與府附郭及瀘州、合州、雅州、嘉定、巫山、蒼溪、新津、灌縣、萬縣、綿州、中江，已經該監差人各州縣鎮市貿易俱屬徵榷之內，不在以丁糧多寡攤派之列。計通省州縣丁糧共一百三十八萬四千一百五十(丁)〔一〕石五斗六升，共派銀二萬八千八百兩。此本司攤派之大略也。至散派於各州縣，又在各府與直隸州，斟酌定之。若各州縣有丁糧數多，而貿易簡少；有丁糧數少，而貿易繁多，難以丁糧定者，亦在該府州酌處劑量，每州縣坐定銀若干。總之，一府一州務足本司派定銀數。

其抽取人役，本監已差人坐抽去處，各該府州縣仍選委能幹佐領官一員，與差官協同徵收。内永寧、瀘州已有原委監稅官，惟烏撒府係土司，舊無委官，應聽守巡下川南道揀委。餘富順等一百一十州縣，各選委廉能佐領官一員管理，照攤定數目，於各地方城鎮貨物内自行徵納。其榷稅之則，酌量價值高低，從輕量抽。總之，一州一縣止足派徵銀數。如貨物稀少不能足數者，有司官另詳措處補足。瀘、合等處有稅課衙門，除原定額稅之外，本監新稅亦計值依舊例加徵，分外不許需索。或原有牙店處所，有願照門攤商稅，事規包納足數者，聽從其便。每一處，有司置循環簿二扇貴守巡，該道印發委官收掌，登記日收銀數，挨順月日，不許遺漏，每一月倒換稽考。其所收稅銀，每日固封，開一總撒單，送州縣正官判封，另櫃收貯。每一月照收銀單總撒造册，報司道磨對收完。新稅銀兩均爲二季，上季定於二月，下季定於八月，徑解本監收貯。類解八府屬不必解府，直隸州屬不必解州，仍令各州縣每季具批文同銀，赴兩院并本司挂號，發該監秤收，掣批回銷，以稽完欠。今年上季不解，時候已遲，若待徵完，必至誤事。各府州於庫貯堪動銀内，暫借解完一半，以便本監進供，俟各屬徵解還庫。瀘州等處，係本監差人自解，免其挂號，止令各掌印官委官，按季備細造册，申報查考，以杜通同侵没之弊。至於民間日用柴米、菜果、草鞋、篾器與肩擔背負之類俱免。概徵各項貨物，止許於收買起脚處所，及貨到坐賣地方，照例抽徵。其餘經過處所，不得一概濫抽，虧累商民。委官仍給一票付照。其委官循環，通將所收稅銀，務須盡數明白登報，如有隱匿不報者，查出，坐以侵漁。其本監差官巡攔人役，量給六名，於各州縣正堂皂快内，揀選誠實者，月終輪換。有司官原有跟用人役，亦免另撥。各役俱不許轉覓次身，濫用多人，及棍徒攬充騷擾。其各稅課司局，原額稅銀與各州縣門攤商稅，俱照舊解司濟邊，及聽原坐各衙門協濟支用。不許假以另派新稅爲詞，短少原稅，致虧正供。及照兵巡上川東道議，謂板、鹽二事，俱應量加稅銀。第鹽稅初已上納稅銀，方給引票，發賣處所亦有隨徵之稅，若欲再加，似屬太重；惟杉板獲利頗厚，雅州、馬湖二處，杉板每塊量抽稅銀五分，至重慶每塊亦抽五分，夔府不復重抽。又自重慶以下，各河出水者，止於夔府，每塊徵銀八分，各給印票執照，徑達荆州。候詳允日備行。按察司及守巡各道轉行所屬一體遵照徵收施行。

設兵防守綦江合江及救援偏橋議

看得播州地方，四川環其西北，貴州包其東南。附近土司，如水西、永寧、烏撒諸酋，雖同類唇齒相依，實異心薰蕕相反。彼彈丸黑子之地，如魚游瓮中，非荒徼裔夷，幅員無限，任意長驅，莫可犄角之比也。故強則爲負隅之虎，弱則爲守窟之兔，急之則格鬥，緩之則苟安。故自有土以來，雖地方多事，彼亦不能蠶食鄰封，併吞尺寸之土。播酋情態自古而然，近來制馭失策，討罪無萬全之謀，徒開邊釁，接刃損數千之衆，自喪國威。及督臣奉旨大征，又奪於本兵中制，勘處聽贖，國法未（未）〔申〕。酋見官司之力，莫可誰何，以此益肆跳梁，縱惡無忌。近來綦江、合江之事，令人髮指。今又連攻黃平、偏橋二城，執留職官。據報事勢甚急。職意酋雖跋扈，未必敢有陷城之志，不過挾取馮權等諸土官，如去年憑合江城故事耳。然其禍心叵測，猖獗之勢不可不預爲之防。查得合江一帶，有先發操兵八百五十五名，又行建武游擊楊敏政，調取防虜掣回兵三百名，又發存留兵一百五十五名，共一千三百餘名。責令楊敏政親自督押，赴合江要隘地方扎營防禦。地近各兵易集，可保無虞。如其勢弱，不妨另行查議，陸續調補其安穩等處防守之兵。原行該道於羅網招募土兵應用，該道亦報有應募兵四百名，但恐此兵難恃以濟燃眉之急。去年，劉總兵亦欲招募此兵赴遼，本職經過萬縣，曾問知縣周作樂南岸兵可募否，彼言昔年有兵，近來無一人肯應募者。今稱有兵四百，或者以不出本省，故肯投充。然此兵衣甲器仗，皆待給領安家銀，然後置造。倉卒之間，難必可赴信地。況烏合之衆，未經將官操練，驅之臨敵，恐亦不可恃也。爲今之計，似當於松潘防秋報罷兵内調撐二千名，責令參將房嘉寵督領前來，赴綦江安穩分布防守，其漳臘兵防，暫令別將代理。方今雪積冰堅，虜不能入，可無他虞。俟近議綦、合二處防守兵召募已完，布置已定，然後將松潘兵將一併撤回。梅游擊兵仍當在彭水防守，以備涪州緩急，不可動移。未足兵一千六百名，俟會川東道議確另報。及查本省往偏橋道路，由涪州、武隆、彭水，越過婺川縣石阡府，以至偏橋，大都一千二三百里。中間千溪萬谷，至爲險阻，無論内地無兵，即有兵，難赴彼急，非職等所敢輕議。在貴州軍門，當行辰沅兵備道，及鎮筸參將督兵往援。在彼自是信地，且道里相近，又當嚴戒偏橋。印捕官切不可因其恐喝，將衆土官與播，以求退兵，此則貴州軍門之事也。在川省，當傳諭馮權等，救兵不日且至，切不可畏威投降，自取駢戮。延至月餘，我兵一至綦江，彼懼我乘虛而入，必且掣回苗兵自守巢穴，偏橋之圍不救而自解矣。但彼兵既回，勢必連營屯劄境上，與官兵相拒。兵端一開，遂成騎虎之勢。彼時若審己量力，斂兵自固，則以弱示寇，益長其驕縱之心，欲聲罪致討，振揚天威，則兵力單虛，無必取必克之算，進退兩難，事勢所有，則又不可不長慮而却顧者。日後深謀，職等愚昧所不能及，仰賴台臺威靈，必有萬全勝算而後可收局也。

復川東道免赴偏橋應援議

看得播州，該道所轄，防範鈐制，責有攸歸。今楊應龍以馮權之故，先攻黃平，又及偏橋，敢肆鴟張，藐視天憲。貴州軍門檄該道，親自攜兵往彼禁禦。蓋欲典守者收出匣之虎，自是職掌宜然。況貴州比鄰，亦宜急纓冠之救。惟是該道雖名兵備，其實無兵。目今防守酉陽，止靠鎮遠營之兵五百，該道無一人也。若責該道赴偏橋之急，以單騎往可耳。然空拳豈能搏虎，亦何濟於偏橋之緩急乎？況近日重慶府又報，播州頭目楊統等，統領百餘人入涪州城。黠酋包藏禍心，其事叵測，該道正當戒嚴之際，亦難舍此而圖彼也。川東去偏橋甚遠，所經道路皆在夷方，無論兵餉俱無，即有兵有餉，亦何能越千里之地，蹈不測之險，而以禦侮折衝之事責之儒生乎？揆之事勢，似難輕赴。及查偏橋，係湖北道所屬地方。有急當責湖北防禦，川東非信地矣。若謂播屬川東，則連年驚擾內地，未深督過於該道。謂播之縱惡，非該道所能制耳，又何能遽責該道禁戢播兵於隔省千里之外乎？伏乞移咨貴州軍門，姑免該道赴偏橋之急，專心防守內地，庶幾可無他虞，地方幸甚。

調游擊房嘉寵守川東議

看得內地添兵設將，意雖止於自防，而播酋舊負不赦之辜，近又連年狂逞，罪狀叢積，心實懼誅。今我調將徵兵，其形已露，雖申之文告，彼焉能信我之無他腸，而不生疑畏也？諺云：困獸猶鬥。彼之強，以枯朽視黔蜀，我加以恩，彼且悖逆。我日數其不臣之罪而欲圖之，彼肯坐以待斃而不為格鬥之計乎？則今日之阻撓設營，揚言燒劫，理有固然，不足為異。惟是狡酋素知內地無兵，一時召募，悉皆烏合之衆，雖多不足恃。倘乘我備禦未周，為先入奪人之計，擁兵驟出，攻掠內地，所傷必多，此事理之所有者。則該道之所陳請，誠至計也。查得省城五衛并無軍器。都司所貯軍器，去年俱運至松潘，無一存者。已蒙軍門牌行都司掌印官，製造鳥銃、鉛彈、火藥等項，當行急催成造，陸續運到軍中應用。戰馬已經詳允，行川東道聽其動支所屬新增抵贖銀兩，先買一百匹送軍中騎用。糧餉亦經呈允，將重慶原解民屯驛傳等銀共九千三百餘兩，行委中衛知事洪誅解回，聽支訖。又將墊江縣應解司庫條鞭銀一萬二百餘兩，呈詳解發府庫支用，已行道府知會訖。以後催各屬民兵銀兩解發接濟，不致誤事。以上三事，目下無容別議。惟是改用將官一節，似不容不爲曲處，以濟燃眉者。前議房游擊止於借用，而不議更調，謂播事未必急耳。今播中情形如此，禦播之將可以客官爲之乎？客官有欲去之志，無任事之心，非奉敕書，難責死敵。即部推一員來蜀更換，不知謀勇何如，況臨敵易將，亦兵法所深忌也。似宜俯從該道所請，將游擊房嘉寵會疏具題，請改川東禦播。

查得本官原係龍安參將，敕書見在。後以才望調漳臘，官銜反是游擊，不知何故。今若請改川東，相應仍與參將職銜，庶將官不以無辜受抑，而益作其效用之心。至若張良賢以忿爭之故，縱部曲彎弓射人，致死多命，自當按法定罪。即從末減，亦宜邊戍，以（洩）〔洗〕死者之冤，有不容於宜貸者。惟今日邊事告急，欲求折衝禦侮之才，南中罕良賢。比去歲虜犯漳臘，微良賢，松潘非吾有矣。其膽略弓馬，真是絶人，二司之所深知。今當有事之時，用人爲急。語云：使功不如使過，又云：用人之勇去其暴。今日正用勇使過之時也。謂宜將良賢原犯情罪，一一查照律例，議擬呈詳具題，請旨發落。仍乞本院重地方之急，施法外之仁，將良賢一面發川東道執戟禦播，如能舍死拒敵，大立邊功，不妨爲之議擬寬釋，此亦權宜救時之計，合候詳允。將游擊房嘉寵題改川東防播參將。漳臘缺，請選謀勇兼全北將一員，速來交代防虜。張良賢一面定罪招詳，一面發川東道隨操禦播。其高胤才非張良賢之比，候問明被參贓私各情，呈詳另議。營房俟兵集修建亦未爲遲。川東邊播地方，處處鄰賊。我即有兵數萬，不能寸寸設守，況寡弱乎？法云無所不備，則無所不寡。彼專而爲一，我分而爲十，是以十攻其一也，分兵自弱，兵家所忌。內地兵重威震，賊膽自寒，可無潛入劫掠之患。間或有之，地方微有損失。亦望本院稍賜寬貸，使文武任事職官，得展布四體，以圖戰守之事，則地方幸甚。

停免貴州調川東兵議

看得播屬川東，國朝立法，蓋取犬牙相錯之義，非謂川東能制其死命，而貴州鄰播地方亦責川東防守也。查得嘉靖三十三四等年，楊應龍之祖楊烈作亂，攻掠川貴地方，民遭荼毒。朝廷特遣總督馮岳、石邦憲，相繼用兵討平之。及議善後，移銅仁參將住劄石阡，移思石守備住劄龍泉，即以貴州兵將保守貴州地方。在四川止設一通判於黃平，以撫順民夷，未嘗議移四川兵將為彼防守。若以播犯貴州，當責川兵為之防禦，前總督先為之矣，何待今日而後責備於川乎？且四川境内，如烏蒙、烏撒二府，則與雲南之尋甸、霑益接壤，倘二府不守約束，跳梁於尋、益之間，亦責川兵為之守尋、益乎？安綿、白馬諸番則與陝西階文接壤，倘白馬侵掠階文，亦責川兵赴陝西防白馬乎？近日彭元錦大肆猖獗，攻破酉陽，屠戮殆盡。兩院議遣標下游擊梅鼎臣統領鎮遠營之兵，赴彼防守。未嘗題一疏，責湖廣募兵守酉陽也。竊服本院自是公恕之心，平易之政，不見多生機械，責備鄰封。四川所屬裔夷，與他省相鄰者，延袤不止萬里，若受害鄰境，皆以防禦責四川，即有兵百萬亦不能及，奈何黔中責備之過也。

查得庚寅、辛卯年間，五司始受應龍之雪，控訴於貴州軍門。前任軍門葉某以五司在卧榻之側，將土官撤入省城，共圖滅播，而以擒斬應龍之事，責之安國亨。應龍覺之，乃引兵投川中效勞征番，始得脫禍。而後五司之仇益深，是應龍之必報五司，貴州為之也，非四川為之也。貴州貽其戚於始，奈何責川人善其後於終乎？今欲四川設將添兵防守要害，若為保障五司，則以中國為夷狄藩蔽；若為保障思石，則以四川為貴州捍禦，於義皆屬牽強。惟是貴州軍門之疏，已經部覆允行。本院又移咨貴州，許其助餉，已行本司解銀六千五百兩濟之，川中人事盡矣。乃貴州按院，猶為迫切之言，以督過該道，未必實心欲此中兵將守彼疆場，然其詞嚴矣。夫此兵隸之川東，則鞭長難及馬腹；隸之貴州，則庖丁難於越俎。本院前疏已詳言之，況此兵一設，貴州文武職官將以地方防禦之責盡諉四川，不拘大小失事，皆以我為諉罪之壑。文飾巧言，以欺兩臺而脫己罪，黔蜀兩臺將自相督過，交謫終無已時矣。且兵到黔中，水土不服，死亡逃竄，無時無之，查點不密則虛名冒餉；查點嚴密，則數年之後，頂充皆貴州人，又何必於川中募兵，而一時倉卒，何能得六百之兵赴彼防守哉？故四川止於助餉，兵將聽貴州自行選募，事體至妥。本院前疏雖曾言之，然奉旨允行之事，中間稍有變更，必須特疏具題，得旨而後事定，不然，貴州終以爲詞也。其烏江渡口去貴州省城不過百里，欲該道整兵到彼堵截，亦責該道赴偏橋之意，六百之兵餉去矣，何爲又更端哉？至若責應龍以擒獻僞官，退還人口，賠償燒劫糧馬，優恤殺死軍民，法當責成，無容假貸。然非兩省兵威大振，有以制其必死之命，不能得此於應龍也。此其操縱之柄，主之在廟堂，行之在兩院。猥云會議，終是虛文，於事無益。伏乞本院將貴州軍門所請，設將添兵之事，每年止助兵餉情節，特疏請旨，以便遵行。仍移咨貴州軍門，兵止助餉，咨會在先，銀已解到貴州，請踐前約，免責該道出兵，及更端堵截烏江之説一併罷免。庶兩省和衷，少免異同之迹，責任歸一，兩無推諉之嫌。

請調山東銃手議

昨准都司咨奉本院批允，齎領工價，製造鳥銃五百門。該本職查得先年所造鳥銃，發松潘、安綿各兵用者，藥從火門洩盡，而彈子不行。大都放銃，既無師傳，而製造又不如法，如是徒費錢糧，雖多無益也。今都司委官言，該司原有製造鳥銃匠人，其所製之銃可用與否，本職未曾得見，姑不敢言於各省取用匠人。但放打鳥銃，必須南邊教師來川訓練，而後爲有用之器。浙兵精鋭者多去北邊，咨取亦稍不便。惟山東軍門標下，及登、萊防海南兵多有鳥銃教師，若台臺肯移一咨與尹老先生，調取數十名來蜀教練，則此兵可爲地方長技，而錢糧亦不致虛糜。職又有一謬見，新練兵不如久年熟練之兵，新製器不如久年熟用之器。山東防海鳥銃手數千，打銀錢彈無虛發，可謂至精至鋭。今倭退，此兵無用，其勢必撤。而撤兵之勢甚難，則山東軍門正以此爲苦矣。台臺若移咨彼中，調其精銃一千人或五六百人來蜀，我得精兵之用，而彼省撤兵之苦，事勢兩便，兵心樂從。奉調之兵，即將原用鳥銃隨帶來川，而各兵行糧亦從山東布政司借給，五十日不兩月可到川東。兵到之日，將鳥銃價值與行糧銀兩計算明白，差官解還山東軍門。其領兵將官，聽山東軍門於欽依把總內揀選一員，押解前來，聽房游擊節制防禦。如東兵到蜀，而此中兵數太多，糧餉不繼，則將土兵脆弱者汰去，而以餉給東兵。如不嫌多，則並留而兼用之。職意此事似而爲者，惟台臺裁之。

禁諭播酋爭木議

前奉臺示，查得涪州防守之兵，附近無兵可調。雖備行上東道，而莫憲副請告之念已堅，不知作何料理。目今涪州事勢，似不可不嚴爲之防者。下南王憲副從長壽經過，聞播酋所遣頭目楊統，携帶約有二三百人，沿江上下與川廣商人爭奪大木。孰爲我進獻，孰爲我抵贖，孰爲我自採發賣，挑釁生禍，一路騷然。職意此機括殊有可慮。查得蜀中各州縣近日所報大木，皆買於楚商許國威、馮廷渭二人之手。許國威係徽州人，有大木二千餘根；馮廷渭係江西人，有大木一千餘根。二人皆寄居沙市，其實受命於荆州府，採辦以備楚材。二人之木，皆採於酉陽地方，與播州不相干涉。彼以木進於楚，則臨以官法而得值難；木售於川，則購募方多而得值易，大都售蜀與輸楚相半，二省實賴之以濟上供者也。前年楊應龍上本求請斧記，謂恐異省奸商來彼盜採奪利。職意斧記細事，彼不請於兩臺，而欲求部降，此其意不可測。今鬨起爭木釁端，則前之求請斧記爲今日張本也。楊應龍進獻之木，川東道委官驗過，止四十根，且小不合式。若另有抵贖之木，彼不惟申報兩臺，必且上一本以自表其忠順之意，何四十根之外，並無一木在水次也？諸商所採之木，工本累數十萬。今來妄認，諸商必不肯甘心與之，勢必至於交爭互搶，相戕相殺。彼恃其衆，而綦江、合江之事，今日又將再見。若諸商略識事機，讓不與較，則各州縣所買之木，多錯雜於商牌之中，彼乘機一概攘奪。有司守木之人，畏禍逃竄，不惟無木應解，彼之惡焰，從此益張，橫行大江之上，而運道為梗矣。今日事勢，似宜請台臺再加查訪。如果是實，特遣指揮官一員，持牌前去禁諭。播目除進獻木四十根外，原未見報有抵贖餘木，何得無端與商人爭論？如該司果有自採餘木，當即具數報官，抵充未完贖銀。贖銀數足，而外有餘木，許揭報所在官司，止留一二人看守，准照督木道所定價值，與商木一體平賣，並不許欺凌異省商人，冒認爭奪；亦不許多留棍徒，在地方生事，致起爭端。如違，定行參奏重處。庶幾播人有所畏憚，可杜亂萌。防守之兵，似須再於松潘撤取數百，以防意外。統祈台臺裁奪。

酌用將官及發大木銀兩議

羅網壩之兵，前奉本院牌催，該道不敢不行。急調則其請用統領將官亦勢不容緩。昨奉台諭，謂房嘉寵於本月初八日起程，則到信地有日矣。不知羅網壩之兵免用他將，川東道點齊之後，即送該參部下一併操練。俟二三月間，又另議將官，與該參交代，不知可否，何如？大都各將官中賢愚勇怯，職等不能盡知。不過據所聞一二，稟請台臺耳。大木銀，若將司府庫藏盡數搜括，或可得十萬之上。職意以此十萬之數，散之通省州縣，一處所得幾何？合式之木不殼一二根價值，而民間一聞發銀之名，遂格派夫之令而不可行矣。三運之木不許折算，則採運之艱難在後，況又有三殿乎？非從丁糧夫役之中折價採買，而止靠庫餘，何以終此大役？故各州縣間，有請銀之文，本職未敢陳稟。近見高推官條陳四款，本職謬為議覆，欲求台臺會疏，題請各州縣所派夫役，明許折銀給商，買木起運，庶幾後日不困，數日內可以呈詳。昨按院有牌查發大木銀兩，本院應否發一牌到司統，祈鈞裁施行。

請將木夫折銀具本題知議

昨奉憲牌，行查應發大木銀兩。隨查得工部料銀、贓罰、契税、商税、缺官薪俸，係原奉勘合許令動支之數。但贓罰，惟兩院司道新加銀肆千兩。其餘兩院贓罰、商税、契税俱歲額助邊，無可供採辦者，止有料銀缺官二項而已。又户部四司料銀，及南京工部麂皮銀二項，係題奉欽依之數。初發大木銀兩，麂皮銀發去一萬陸千有餘，餘銀在庫。若户部料銀即甲丁銀兩，年年起解，無存矣。今查工部料銀，南京未解麂皮銀，及兩院司道新加贓罰、缺官、柴馬，除以前支過外，在庫未支銀共四萬七千五百六十兩有零。又工部事例，堪充大木銀三萬五千一百零七兩，共銀八萬二千八百六十八兩零，堪以支發。除候另文呈詳外，該職查得，初次發銀三十一萬，止算一分三釐；二次發銀二十一萬，止算九釐；今在庫銀八萬二千八百有零，不過三四釐之數，爲數甚少。通省採木州縣衛司一百三十處，以此八萬之銀散之，一處所得無幾，合式之木不過二三根價值而已。若再搜括各庫，及查本院贓罰，量動二分三分之數，總得二十萬之上，方可給散。職又妄意，此翻搜括之後，庫藏再無餘矣。即敕書十款裁省之數，得旨允留，每歲多不過二萬金。見有新添兵餉，取足於此數尚不敷，豈能及於大木？今三運之木不許折算，採運之難在後，況又有三殿乎？非從丁糧夫役之中折價採買，不能終此大役。昨蒙台臺發下疏草，奏請派夫一節，可謂至詳盡而慨切矣。但蜀民俱不願入山，惟願折銀，此事當從其便。台臺前疏似未説及，則凡折銀買木者，皆掩耳偷鈴之事也。高推官條陳四款，撫院批司查議，謬爲議覆數條，若得採擇於前疏之外，將聽從民便；折收夫價買木情節，再一題明，則採運有終局之良圖，而後日不困矣。

程正誼集卷之九

説

四川土司總圖説

　　謹按四川境土，如夔州、達州、大寧、太平，正東一面則與湖廣荆州、襄陽、鄖陽三府接壤；轉而北則與陝西漢中府、徽州、略陽等處接壤，中間絶無土司；又轉而西則有白馬、木瓜諸番，其地在青川之西，小河漳臘之東北，抵階文，延袤數百里，近年撫賞不絶，頗稱易制；又西爲白草、青片諸番，其地在松潘南路之北，東路之西，左逼龍安，右通威茂，先年頗肆劫掠，近款順願爲編民；又南爲威茂諸番，如巴猪、牛尾、麻搭、楊柳溝、麥兒等處，碉寨難以數計，種類近十萬人，頻年劫掠爲患，自萬曆十九年大征以來，稍就寧戢；其自松潘漳臘以外，爲寒盼、商巴、祁命諸熟番，歲受撫賞，爲我藩籬，不敢有異志；又自保縣、汶川而南，爲雜谷、金川、含胡、董卜、長寧諸土司；若雅州縈經西北，則爲天全六番招討司，天全實與含胡、董卜諸司聯絡接壤；又自天全而西，則爲烏思藏、大乘、大寶、闡教、輔教、法王以及大西天、小西天，其地直通崑崙，不可究竟矣；天全之南爲黎州，爲建昌、越巂、五衛地方，道通雲南之武定府；又南爲馬湖、泥溪、平夷四土司，疆界窄小，其間深菁鳥道可通建昌；又南爲永寧宣撫司；又南爲鎮雄、烏蒙、烏撒、東川四軍民府。大都、烏蒙、鎮雄居北，則與叙州府珙縣爲界；東川、烏撒居南，則與雲南之尋甸府、霑益州爲界；西盡建昌、會川，東盡貴州宣慰司，合四府之地，約方千里，其幅員亦頗深廣，若雲南昆池之水，合流金沙江，出東川、烏蒙境内，入馬湖而合川江，此四府形勝也；自此稍折而東，則爲播州宣慰司，及所屬九土司；又東爲酉陽宣撫司，及平茶、石耶、邑梅三土司；又東爲石砫宣撫司，諸司雖川省轄乎，而其疆土在貴州幅員之内，形勢遼遠，控制爲難，以故數年來，往往有跳梁讐殺之患，語在諸司説中，茲不復贅也。愚觀全蜀形勝，西南北三面土司環列，種類繁多，憑倚山川，負恃險阻，或緣小忿而自相攻殺，或因詰捕而抗拒官兵，廟堂憂綏定之難，閭閻多鋒鏑之慘。載觀已事，如萬曆元年，則有都蠻之役，十三年有松潘之役，十四年有建昌之役，十六年有馬湖之役，十九年有威茂之役，近黎州、播州之兵並時而起；松潘漳臘之虜飄忽而來，而西蜀固多憂多虞之地，非承平無事之邦，較然明矣。所資以保固封疆，震讋番虜，陰奪其跳梁之氣，而陽催其狂逞之鋒者，非兵威乎？而蜀中之武備單虛，則於諸省爲最。所以然者，增兵則必增餉，民力既已不勝，衆口又復難調，以故因循迄今，遂成積弱之勢。蓋西蜀土司目中無官兵久矣，譬之琴瑟不調甚者，可不爲之一更張乎？馬湖、播州之事，可不爲之一深創乎？謂宜盡汰鎮遠營脆弱之兵，募健卒五六千人，統以良將，結以恩義，爲之時其訓練，嚴其紀律，信其賞罰，作其勇敢，使之千人同心，萬人同意，赴湯火而有所不避，入虎穴爲有所不辭，則兵氣揚而兵威自振。近之，門廷之寇不難於殄殲；遠之，變起他方，可資以策應，而環蜀諸夷請死且不暇矣。或謂養兵六千，歲費不貲。不知馬湖一敗，而費至七十萬金，播州未勝而費至二十萬金。之二役也，以所費養六千之兵，不啻可支十年，在達觀遠識之士爲之調劑其間耳。苟不爲長久之慮，而惟顧目前，分文皆可惜也。

松潘圖説

按松古氐羌地，禹貢梁州，導江之源實出於此。歷漢、魏、晉、唐、宋，爲郡，爲州，爲縣，廢置陷據，視番强弱，靡可究竟。元始内附，屬吐蕃宣慰使司。國朝洪武十一年，御史大夫丁玉爲平羌將軍，克平其地，設松州衛、潘州衛，屯兵守之二十年。廢潘州，并爲松潘等處軍民指揮使司。宣德二年，諸番圍困松城，道梗援絶，都督陳懷帥師，由洮岷取道救之，松潘圍解。正統十四年，設松潘巡撫都御史一員，以都御史寇某鎮之。景泰二年，侍郎羅某，成化五年，侍郎黄某，弘治三年都御史童某，前後鎮蜀，經略勦撫機宜。地方平靖，始用按察副使一員，坐鎮綜理兵糧。嘉靖十八年，副總兵何卿以蜀人鎮松三十餘年，加都督銜管事。先是南路梗塞，惟賴東路轉輸，寄咽喉於龍州，勢同繫卵。自何卿鵰勦松蠻五寨，復七堡，節兵糧，鑿石開道，而南路始通。兩路夷俗，呼牛腦爲大姓，羊腦爲小姓，狡猾桀驁，叛服靡常。何卿家視松州，諸所繕緝城垣邊墻，百廢具舉，兵威亦震，百蠻慴伏不敢動。垂五十年來，番姓生齒日繁，番酋之梟黠者，有輕視官軍之心，時出殺人剽掠，困苦行旅，阻截糧運，需索無厭。萬曆八年，兵使楊一桂有征進三寨之役，番猶不悛。十四年間，又有雪山國師喇嘛等四十八寨，結謀勾虜爲患，邊岷岌岌。巡撫徐元泰題請，率諸路兵會勦。檄右使朱孟震主餉，兵使謝詔、王鳳竹監軍，功成番乃大創，埋奴請死，誓不敢犯松。萬曆丙申年九月内，虜騎由寒盼黄勝草場分道突入，圍漳臘。守備張良賢率兵破之，斬首六級。又攻鎮虜百户，杜世仁死戰，斬首四級，城得保全，杜世仁死難。又攻制虜臺，官兵奮勇，斬首一級。虜失利，又探知道鎮所調遣官兵四合，遁去。張良賢率諸路兵追至思答弄，又大破之，斬首十六級，虜乃出境。初虜之入也，分兵由間道奄至。指揮謝世源覘賊死於澇撒溝，蓋其兵詭而形不露，故偵者不知其數。及閲虜營不下五千餘竈。未幾，有番婦自虜逃回，言所斬虜級中，有火落赤之姪小王子在内，虜以此必欲報讐。是役也，虜至數千，統以巨酋，勢亦重矣。我兵無亡矢遺簇之患，使之大創而去，非仰賴國家威靈，文武籌略，何以至此？及查虜騎出境，住牧殺鹿塘，迄今半年，未聞遠去。蓋近日洮岷勢重，既不遂其搶掠之謀，而喪敗西還，且必售其報復之志，理勢固有然者。故自今以前，松潘之所重在番；自今以後，松潘之所重在虜。兩院灼見其勢，爲請於天子，移總兵鎮之，而又爲繕城堡，儲戎器，廣芻粟，增兵馬，所爲善後計者，靡不周且備矣。顧善後所急者，其要有三：曰功罪當明，不明則無以服人心。曰報功當厚，不厚則無以勸忠義。曰頒賞當速，不速則無以作勇敢。修是三者，而又在乎封疆之臣同寅協恭，分猷共念，使文武將吏心志歸一，而無憂危瞻顧之難，則虜不足滅矣。

龍安府圖說

龍安府，古氐羌地，漢置陰平郡，歷代更置不常。宋乾德間，改爲龍州，賜州守薛嚴世襲，宋元因之。明興，大軍入蜀，薛文勝首先歸附，仍授知州。時有李仁廣，係千長；王祥，係提領官，接濟我軍糧餉。蜀平，賜仁廣州同知，祥州判官，俱世襲。宣德九年，以征剿松潘番有功，升龍州爲宣撫司。知州薛忠義爲宣撫司使，同知李爵爲副使，判官王璽爲僉事，皆世守地方。境内羌裔，一白草在府之西南，一白馬在府之西北，一木瓜坪在府之正西，三土官各統土兵五百分守之。迨世廟二十三年，白馬番跳梁，題請大兵征克之。世廟末年，宣撫薛兆乾謀逆伏誅，遂改宣撫司爲龍安府，割成都府石泉縣，保寧府江油縣，及青川千戶所隸焉。當時王李二姓，原未與謀，改襲土通判。兆乾庶弟薛兆芝年幼降土知事，皆列銜本府，照舊分守地方。移小河參將於府城，以重彈壓。萬曆十九年，又增設平武縣，附郭江油爲腹裏，實運糧咽喉之地。石泉雖迫近番夷，有永平壩底備守巡視等，官兵強堪以防禦。青川所爲白馬番後路，近設控夷、椒園二關堡，撥兵防守，可保無虞。其三家土兵，原係垛集充發，每月支本色菽糧五斗，如折色給銀一錢一分。當改流時，已失額軍過半，兹僅存七百餘名。近設平武縣，多應民差，輪日供役，雖緩急不足賴，亦不能爲地方梗也。且土官僅享世澤，邊夷亦各安堵。今日要務，惟勤訓練，謹哨防，嚴奸民通番之禁而已。其番夷向背，撫剿之略，俱附各圖下。

播州宣慰司圖說

按播州，古夜郎且蘭地。漢屬牂牁郡。唐貞觀初，分牂牁北界置郎州，領六縣。已，改郎州爲播州。乾符中，爲南詔所陷。太原人楊端領兵討之，復其地，授安撫使，蠻人畏服，子孫遂世有其土。歷宋及元，皆内附稱忠順。明興，楊鑑率衆歸附。以其地爲播州宣慰司，授鑑宣慰使，領播州、餘慶、白泥、容山、真州、重安六長官司，草堂、黃平二安撫司。自楊鑑至楊應龍，凡十一世。應龍與諸司部落，前此皆安堵，無異志。惟黃平、草堂、白泥、餘慶、重安五司，凡承襲表箋，必須宣慰司印文，往往索賄無厭，此釁端所由起。至於七姓之民，應龍原寄以腹心者，而龍之雪視五司皆七姓導之，且又藉龍爲奇貨。久之，龍覺其欺，又恨其騙金錢累巨萬，乃稍稍收其權，遂交相讐怨。叩閽鳴冤，七姓且反噬龍矣。維時應龍俛首出聽勘，法司不能決。會朝鮮告急，應龍計以征倭贖前愆，本兵可其奏。遂解網負嵎，疑畏日甚，進退維谷。七姓又轉相煽惑，階禍興戎，遂致應龍爲格鬥之窮獸。脱非聖明如天之仁，許其伏辜轅門，待以不死，則應龍釜中魚耳。且應龍之得免於死，幸也。應龍抗拒王師，罪在不赦。聖天子赫然震怒，命將興師，大集三省之兵，猛將謀臣星聚雲合，而又特遣總制邢侍郎以臨之，以此加播，何異垂千鈞於鳥卵？當其時，蜀兵挑勁卒數千，從松坎取間道入，當其前鋒，戒勿輕動，以候諸兵之合；又以一裨將督兵，屯清溪河爲應援；楚兵取道偏橋，從東入；黔兵取道黃平，從南入，而又預定其合攻之期，申嚴夫失律之戒。彼兵當吾前，則擊其後，當吾左，則擊其右，使之東西不能相顧，南北不能相守，倉皇狼狽，勢必退保海龍屯。夫屯無半年之蓄，吾以重兵困之，鮮不擒矣。又況安奢二氏與酋恩讐相半，五司七姓與酋結怨已深，我移檄令彼擒酋，又懸之厚賞，必且奮勇夾擊，以快夙怨，我師可無亡矢遺鏃，而成掃蕩之功者。顧當時倭封未成，廷議牽於東事，急彼緩此，遂使酋之罰不足以盡酋之辜，至今使人切齒。故謂酋之得免於死，幸也。酋而知幾，則所議善後諸條不宜久格，而猶然陽順陰逞，戾我邊氓，真不啻燕雀之處堂矣。按此圖說成於萬曆戊戌年十二月，興兵剿播在萬曆己亥年六月，至次年庚子六月播滅。

黎州安撫司說

按黎州安撫司，古西南夷筰都地。漢平西南夷，以筰都為沉黎郡。尋罷郡，置東西兩部都尉，一治旄牛，主外羌；一治青衣，主漢民，並隸蜀郡。東漢後，沿革不同，或為沉黎郡，或為沉黎縣，或為黎州。宋以黎州屬成都路，元屬吐番宣慰司，明興，洪武八年，改為黎州長官司。十一年，升黎州安撫司，隸四川都司。其地東至天冲山三十里，止通樵採；南至大渡河八十里，中設文武、消瘴、香樹、黑石、藍家灣、流沙河、紫打地、羊腦山、大小山冲、扒拍寨等堡，自各堡官道至富村營，直抵瀘河；東南係本司管轄下七枝熟夷；又自炒米寨、水尾、白巖、深溪、路通、巖門抵松坪寨，係土舍馬應龍所居之地；西至黑巖關三十里下關之外，係本司管轄上七枝夷，猓三腳、花林坪等處，約老弱五百餘人，一路通椒子岡，至沈村冷磧番寨，直抵長河西宣慰司接壤；大西天、烏思藏進貢大路北，至黃土堡八十里，為榮經縣界。

洪武初年，土舍馬芍德征討有功，襲授本司土官副使，傳襲至馬祥故絶，該司印信係馬祥妻瞿氏署掌有。今降襲土舍馬應龍，序該承襲本司官職。因瞿氏接取兄男瞿一枝撫養，恐伊奪襲，遂聽奸徒撥置，興兵燒堡，攻城逼取瞿氏印信，又縱番夷猖獗，劫掠商民。該道呈報兩院，調兵剿平之，議將該司降土千戶職銜，另設千戶所於大田壩，候馬應龍子馬新受長成之日，承襲其安撫司。舊署改為游擊衙門。該司管轄地方，削去上七枝，改為編戶，屬大渡河所當差；其下七枝屬馬新受管束，及設堡添兵善後各項事宜，俱於萬曆二十四年八月內兩院題請允行訖。

越巂衛説

越巂衛，漢之越巂郡大笮縣地。元改爲邛部州。我朝初因之，後改爲越巂衛土官邛部長官司。其先嶺真伯，在元爲邛部州招討使，元亡，率衆歸附，以爲邛部長官司，世襲。其地東至馬湖府，西至西番，北抵大渡河，南至寧番衛界。高山峻嶺，居十之九，地土瘠薄，不産五穀，惟畜養牛馬，射獵以供饔飱。其人輕生好殺，憒然莫知漢法。萬曆初年，土官嶺伯死，其妾沙氏與其孽子嶺應昇爭印。逆酋阿堆等擁沙氏，焚利濟站廬舍，臨城索應昇。總兵劉顯奉檄勘處，沙氏悔禍，殺阿堆等自贖。顯遂取印付沙氏署掌。後沙氏淫於族人，阿祭負印歸之，應昇爭之不得。祭死，其子嶺鳳起鴟張日甚，陰嗾廣洪番，刺應昇於道，殺之，亂終不弭。前道周副使因平蠻之師，誘鳳起繫之，奪其印，而誅廣洪番之行刺者百餘人，其亂稍平。第印無所歸，緘而置之庫中。所部諸夷散無統紀，遂肆行爲盜。萬曆乙酉、丙戌間，黑骨夷酋阿弓、凹乞等手刃送哨千户丁應時、百户王宗於小相嶺而刳其腸。普雄酋姑咱與王大咱連結爲患，嶺頭置郵告絶，遠近爲之震動。萬曆丁亥，上命動大兵，斬俘亂黨千餘，道路始通，鳳起旋亦病亡。其東近峨眉者數百家，相率歸縣，願附版籍爲新民。其原認越巂祭祀，站馬鋪陳額銀，亦隨之。縣請於兩院批允，爲置平夷、歸化二堡以居焉。其餘部落仍奉應昇妻李氏爲主，歲時起居之，但煢煢老嫗，無能爲者。丙申春，撫夷通判鄭友諒又毀其城內舊宅，驅逐城外，斯不足慮。其可慮者，猓玀、鐵口、普雄三村番人最桀驁。苟駕馭得宜，亦足藉其死力捍禦野外生番，爲吾之藩蔽。若鬼皮羅，若草加户，若洗馬姑等種，雖或有時跳梁，然亦不敢大肆猖獗，顧在拊循之何如耳。

建昌衛説

按建昌衛，乃漢之越巂郡邛都縣地。歷代因之。唐末陷於南詔，改爲建昌府，以烏、白二蠻實之。元至正間，置建昌路，以其地爲建安州，屬羅羅斯宣慰使司，隸雲南行中書省。洪武初，爲建昌府，後改爲衛。有普卜者，爲鎮國上將軍、羅羅斯宣慰使。洪武四年，普卜孫安配率衆歸附，奉命招安旁夷有功，授配招勇將軍，子孫世襲。尋，改授土指揮使、昭勇將軍，世襲如初，子孫遂爲安氏。第帶衛，建昌衛不給符印，置院於衛城東郭外里許居之。所屬有四十八馬站、火頭，皆吐番㒪人，子伯夷、摩些、猓玀、猍玀、韃靼、回紇諸夷種，散居各山谷間。北至大渡河，南及金沙江，東抵烏蒙，西訖鹽井，延袤殆千餘里，昌州、普濟州、威龍州三長官司皆隸之。有把事四人世轄其衆，而節制於闔衛諸帥，西夷大酋此殆爲稱首云。配故其後凡六世而爲安忠。忠故無子，伊妻鳳氏管事，以族人安登爲嗣。鳳氏故，安登繼襲。登故復無子，伊妻瞿氏管事，以安忠堂姪安世隆爲嗣。見今奏請承襲，所轄有禄馬、阿用、白水、瀘沽四土驛，并涼山、拖郎、桐槽、熟水等處。夷人强弱不同，俱各耕種射獵爲生，不敢爲惡。其土官原受建昌衛印巡官節制，不得私調夷兵與人仇殺。近年，伊妻小瞿氏以淫亂被逐，常來構爭，地方被其驚擾。又因繼娶烏蒙府土官女禄氏爲妻，被土夷匿其裝奩，禄氏與烏蒙夷人互相仇殺，至今未靖。貴州宣慰司又乘間爲奪婚之説，常來騷擾。本舍懦弱無爲，不能捍禦，又聽信左右，竊肆陰謀，每每挑啓釁端，爲可恨耳。駕馭苦無良策，惟申飭各鄉兵，保守屯堡，時加偵探，以遏亂萌，地方庶得無虞云。

昌州長官司，在建昌衛城南二百里，土官姓盧。遠祖盧尼姑，洪武元年歸附，進貢馬匹，欽授世襲德昌府昌州知州。洪武二十七年，因建昌月魯帖木兒謀叛平服，改爲建昌衛昌州長官司，子孫世襲。今土舍盧應聰，於萬曆二十一年奏襲，就彼冠帶，承繼祖職。每三年具本册應朝，所管夷民耕種田地，上納秋糧，頗稱恭順。

普濟州長官司，在建昌衛西南三百五十里，土官姓吉。始祖吉撒加，洪武十八年蒙賜誥命一道，印信一顆，內開"撒加鎮守邊方，誠心慕義，萬里來朝，朕甚嘉焉。今授奉訓大夫普濟州知州"。後改為土長官司，子孫世襲。今土舍吉守祖，應繼管理印務，每三年具本册朝覲。所管夷民上納秋糧，並不桀驁。

威龍州長官司，在建昌衛東南四百一十里，土官姓白。先祖原係奉貢土知府，改為長官。每三年具本册應朝，額該上納秋糧，認辦鋪陳驛馬，近多逋欠不納。萬曆中，土舍白馬管印，私抽商稅，凌轢軍民，蒙前道周參政革退訖，以其子朝俸繼管印務，仍有父風，見今查勘議處。

鹽井衛說

按鹽井衛，漢越嶲郡定筰縣地。元為柏興府。我朝初因之，尋改柏興千戶所，又改為鹽井衛。衛西南三百五十里為瓦剌長官司。土官姓阿，始祖原係本處土人。洪武間歸附助餉有功，授以長官職銜，子孫世襲。原管地土村落，俾之統管，認納本衛秋糧一百二十石，并答應鋪陳。其地方接壤雲南北勝州，田土寬饒，夷民庶富。今土舍阿嵩管事，並不桀驁。左所土千戶姓剌，遠祖剌他，原係本處土人。洪武二十五年，月魯帖木兒賈哈剌謀叛征平，剌他歸附大軍，開設鹽井衛，節次剿賊有功，撫安百姓。二世祖剌馬，非朝覲進貢馬匹，保送赴京，升授鹽井衛左所，世襲土官副千戶。永樂十一年進貢，蒙欽升世襲正千戶，子孫承襲不絕。其地方接壤雲南㴑葉州，兵馬頗壯。今被鄰境麗江府土官木旺奪占，永寧府越境侵併土地，夷民約去其半。土舍剌馬高，幼孤單弱，不能調度。今已長成，頗有才勇，見今保勘承襲。右所土千戶姓八，遠祖原係本處土人，歸附征剿有功，畀以副千戶職銜，子孫世襲。原管土地村落，照舊管理。先年與各所同進良馬，後奉旨，改回協濟驛遞。其地方與雲南麗江府相連，屢被侵凌，兵馬單弱，居無險地，今土舍八繼宗，以子繼父，例當承襲。中所土千戶姓剌，遠祖原係本處土人，歸附征剿有功，畀以副千戶職銜，子孫世襲。先年亦與各所同進良馬，後奉旨，改留協濟驛遞。其地方與雲南蒗蕖州相連，節遭侵凌，原管地方窄狹，部下夷民不滿百人，勢孤力弱，日以事強免害為謀。今土舍剌述祖以子繼父，例當承襲。前所土千戶姓阿，遠祖原係本處土人。歸附征剿有功，畀以副千戶職銜，子孫承襲。先年與各所同進良馬，後奉旨，改留協濟驛遞。但原管地方止是一圖，甚褊小，與雲南麗江府相連，被該府土官木旺將地方盡行侵占，止存一隅居住。今土舍阿永臣，勢孤力弱，不能恢復。後所土千戶姓卜，遠祖原係本處土人。歸附國朝征剿有功，畀以副千戶職銜，子孫承襲。先年與各所同進良馬，後奉旨，改回協濟驛遞。其地方與雲南麗江府相連，被土官木旺侵占。今土舍卜元吉，力寡兵微，不能恢復。

馬湖府說

按馬湖，即牂牁地。舊有馴、浪、騁、商、㵲五州屬焉。商、㵲二州在府東南，故址尚在。百里外為敘府地方，馴、浪、騁三州在府西南，計程千里外，與建昌卬部相連。先朝因革之詳，皆不可考，大都為夷人所據。至我朝奉貢，始入版圖。開設馬湖土府，領泥、平、蠻、沐四長官司。弘治九年，改設流官，仍以四長官司隸之。萬曆十七年間，新設屏山縣，附郭四土司環列於外。東界敘府一百一十里，西界建昌一千二百里，南界烏蒙一百四十里，北界犍為二百里。敘府、犍為皆腹裏地方，烏蒙建昌則夷漢雜處之地。然其界限猶明。若西北邊界，盡是夷種，其地遼闊不可考。先年膩夷構逆，屠戮官兵，大為地方之患。擒滅後，設安邊廳於新鄉鎮，又設守備司於煙草峰，及水池、大河壩、兩河口三營，凡夷人出沒之地，各設兵守之。水池一帶以老鶯山爲界，大河壩一帶以大凉山爲界，雷坡、黃郎等處以分水嶺爲界。界以内，勿使之入；界以外，勿使之出，於是邊界截然。頃議者，謂馬湖陸通建昌，計程六日，水通滇南，不過十日之程，疆界接聯，水陸交通，庶幾西陲一雄鎮矣。第建昌一路，其間有夷巢在，其害在所當防，而滇南從金沙河下，灘急磯險，舟楫難行，其利有當興者，亦未敢輕議云。

建武鎮説

建武鎮，春秋爲僰侯故地。秦惠王九年，使張儀、司馬錯伐蜀，皆爲西南夷部。其蠻剪髮打牙，衵兵嗜殺，茹生飲血，嫁娶不辯倫理，叛服不常。自諸葛武侯征撫，置銅鼓，埋鎮諸山，蠻患稍息。唐儀鳳間，開拓夷徼於本部，置晏州羅陽郡，領七縣。宋熙寧間，晏州夷獻地，隸瀘州郡。政和間，夷卜龍謀叛，據五斗壩，後據九絲天險，號九絲山都掌。元至正間，本部歸附，升爲戎州，統轄水都四鄉、山都六鄉。

本朝改州爲縣，隸叙州府。水都則陽順陰逆，山都則猖獗日甚，先後凡十有二征，俱弗克。萬曆元年，巡撫曾上疏剿之，駐節叙府，調議兵餉，九月而始芟薙焉。改戎爲興文，水都震懼，悉歸編户，於山都六鄉適中處建武寧城。拓地五百餘里，設鎮守總兵、安邊同知、坐營守備。建武守禦千户所形勝，環四山而翠聯雲貴，襟三水而勢壓叙瀘。蕩平之後，招集十邑流移，建學育才，夷風丕變，巋然爲川南鎖鑰。丙申丁酉間，虜酋火落赤率其部，令寇松潘，敗去仍駐牧殺鹿塘。爲大舉計，中丞譚公以戎民久爲編户，建武可無重兵，乃謀諸御史王公，將總兵萬鏊移鎮松潘，改設游擊於建武，以資防禦。會題得旨，建武兵亦全營移入松，所存止哨堡兵矣。

酉陽宣撫司説

按酉陽，古蠻夷地，秦昭王時，始隸中國。漢屬牂牁郡，唐貞觀初,改屬思州。黃巢之亂,酉陽蠻叛唐。駙馬冉人才,征之有功,留守其地。當五代擾攘,中國無主,冉氏遂竊據爲己有。歷宋及元,冉氏世爲酉陽知州,明氏僭號重慶,以酉陽爲沿邊溪洞軍氏宣慰使司。洪武初,冉如彪歸附,仍爲酉陽州,後升爲酉陽宣撫司,許冉氏子孫世襲,爲立學校,俾漸華習。三年一入覲,十年大造黃册,略收其租,濟貴省軍餉。蓋以夷治夷,不欲重煩中國。所屬九溪一十八洞苗蠻,編爲忠、孝、容、平等一十二里。人分三種,曰犵獠,曰冉家,曰南容。暖則捕獵山林,寒則散處崖穴。其地南接保靖,北抵彭涪,西當思南之衝,東接荆湘之境,山磧險阻,古號難治。國家羈縻得法,二百年來,永爲藩籬。近爲鎮箄苗殘破其土境,莫克恢復,至勞内兵爲之助守雲平,不能爲中國衛,而反勤中國衛之。經略之宜,是在所當講矣。

石砫宣撫司説

按石砫,古蠻夷地。漢爲牂牁郡,後改夜郎郡。歷代沿革不同。元爲石砫軍民府,尋升安撫司,未幾爲明玉珍所據。洪武七年克復,馬克用出降,升石砫宣撫司,世襲管轄土民。其地東連忠路安撫司,南抵武隆彭水,西抵涪州酆都,北至忠州萬縣,其民悍而好鬥,兵馬稱強,間有所遣調,輒踴躍趨赴。忠路本其姻戚,因爭邊界,彼此搆殺不休。近方勘明,稍得休息。而土官馬斗斛,又與族人馬廷蘭讐殺訐奏。今斛妻覃氏又赴奏,勘問方結,斗斛革職,伊子馬千乘管事。近又與馬蓋等相仇,輒動干戈。跡其情形,將復爲厲階,其漸殆不可長。相應宣布恩威,諭令馬千乘安分守土,撫恤夷民,勿擅興兵仇殺,勿聽群小生事,内事父母,外睦親鄰,務使邊氓獲安,地方寧謐,庶可長保爵土。不然,馬湖龍安之事可鑒也。

程正誼集卷之十

雜　紀

嚴嵩殺沈鍊始末

嘉靖庚戌秋八月，俺嗒大舉入寇，圍京城。城中食盡，勤王之師不至，人情洶洶。大學士嚴嵩當國，議遷都避之。朝議紛紜不决，時沈鍊爲錦衣衛經歷，當朝指嵩罵曰："爾爲宰相當國，專受將官賄賂，邊防不修，以致事勢及此，京師人恨不能食爾之肉。乃不議死守，而議遷都。此議果行，爾死固不足惜，如社稷蒼生何？乳臭子，何不速罷！"朝散，嵩使人偵之，知罵者爲沈鍊。暗嗾言官附己者劾之，下法司議鍊罪，應流發安順州，安置訖。

辛亥秋，鍊子沈襄，以本州籍入學，隨補廩。鍊亦聚徒講學於州城。有巡撫順天都御史輅楷，巡按御史楊順爲嵩羽翼，欲羅織鍊罪殺之，以快嵩意。乃交章劾鍊包藏禍心，興白蓮教於邊方，徒衆萬餘，夜聚曉散；又交通韃虜爲裏應外合之謀，變在旦夕等情。疏上，下撫按衙門會問，擬鍊腰斬，沈襄邊遠充軍，發遼東鐵嶺衛，着伍京詳依擬將沈鍊决訖，沈襄固監候遣。楊順、輅楷以爲鍊死非辜，其子沈襄尚在，不併去之，使其種類無遺，未可貼席臥也。乃授意該道必於一月之內殺之。該道不忍，呼襄面諭之云："吾憐汝父子無辜，欲爲汝求生路。但揣上人之意，生路絶矣。汝當默會吾意，早自圖之，毋使及禍。"襄答云："襄有先人文稿數帙，見在編輯。乞寬浹旬之期，稿完即當自盡。"仍發繫。未及一月，順楷又詰該道，罪孽何以尚存，如再姑息市恩，該道以不職論。該道出呼沈襄，諭之如前。襄答云："事至今日，襄何敢自愛其死。襄有祖母寄寓天津。襄使人取母來州，數日當至。待母至，能收襄骨，襄死乃瞑目耳。"該道憐之，仍發繫。未及十日，輅楷欲斃襄杖下，取入軍門捆打七十棍，發繫，襄不死。未及十日，楊順取襄入院，又責八十，發繫，襄又不死。次日，楊順、輅楷呼該獄獄官至別院，讓之曰："今日三更時，若沈襄不死，汝辰刻死吾堂下。"乃指棺木示之，曰："此棺賜汝。"獄官回，戒獄吏獄卒勿泄，但及二鼓，沈大官必使成僵，速備灰囊以俟。獄中人盡知之，爲襄暗泣而襄不知也。至一更將盡，獄官謂吏曰："時至矣。好理灰囊，無致誤事。軍門與我棺，察院與爾棺也。"時獄中異香滿室，紫氣氤氳，獄中人皆謂沈大哥將行，閻王遣使來接。若得閻王選擇，使爲我獄獄神，則自此獄無冤矣。衆囚役環聚觀聽間，忽聞獄門有亂擊聲，喊呼甚急。獄官吏卒大驚，曰："兩院來拿我矣！"哭聲震獄，及門開，一人被髮衝入，大嗷曰："沈大哥何在？"吏引至沈襄繫所，將沈襄抱起，大哭一聲，遂絕倒。須臾乃蘇曰："沈大哥，楊順、輅楷拿矣。"獄中數百人無不驚汗浹踵。此人忘其名，乃沈鍊門生，沈襄肝膽友也。知有殺襄灰囊，乃取囊撒灰於獄官之面而出。時御史吳時來極論楊順、輅楷阿附賊嵩，冤殺沈鍊，奉旨械繫到京，行法司勘問。向繫獄未經議罪，順、楷敗，沈襄雖得免死，但嚴嵩尚在當道。官無敢爲襄昭雪無辜之情，開其成伍者。

甲寅春二月，該州奉文，解發襄赴鐵嶺衛着伍。時遼左大饑，寧遠至遼陽廣寧一帶，二千里內皆殺人食之。一日晚，沈襄與其妾投宿旅店中。店中人左睥右睨，瞻視不常，有欲食沈襄之意，心竊疑之。其妾偶從側門出後園觀視，見新剮人骸二副，懸挂壁間，尚餘額顱、脚板未剮。本婦驚出，密報沈襄，即出通衢大嗷："我是安順州發解鐵嶺衛軍人軍妻，解役俱在。我見地方不法，多有生死不明。爾衛所巡捕官及團保長留心護我，無致失事，以累地方。"有不知名百户一人，引襄夫婦至其家止宿，乃得免死。襄自出關之後，賣卜以資饔飧，艱苦萬狀。及到衛着伍，解卒索歸途資費，襄苦之。適該衛經生欲得明師講習舉子業，聞襄至大喜，執贄來，從者輒數十人。朞月間，得贄金三十餘金，遂遣解卒報命。此後處遼，所收門下士甚多，所得修脯資甚裕，數年内，不以衣食爲苦。

　　至嘉靖丙辰，遼左又大饑，人死過半。廷議京通諸倉積貯已盡，無粟可移以濟遼左者，當暫弛關禁，不拘軍民人等，盡放出關就食，以活生靈。議允遵行間，沈襄亦奉明旨，以妻子西出，遂還京城。襄意以身雖離伍，伍尚未開，非得言路諸公爲之昭雪沉冤，未能遽脱羅網，常披眼罩出入，以便往來。巡緝番手謂襄踪跡可疑，拏送錦衣堂，發經歷司鞫問。時衛堂官猶是陸炳，而炳則嵩之爪牙也。襄之意謂炳緝知其脱伍而捕殺，以阿相嵩。承問官初不知其爲沈襄，而止疑其爲奸細。司官鞫云："汝是何人？"襄答云："我與你做功升賞便是，何必再問姓名？"又鞫云："汝實是何人？"襄又答云："你既（襄）〔拏〕我，豈不知我姓名，不必多費詞説。"司官云："我實不知。"襄云："沈鍊之子沈襄。"此官原是沈鍊同年，亟下執襄手，泣曰："兒子，你何爲至此？我不呈堂矣。汝可急回原籍。"即差二軍校送襄出城，仍餽路資銀五兩，南還訖。行至山東茌平縣，遇夜投宿肆中，不知爲輅楷家側。楷之子窺見襄面，謂襄脱伍還鄉，我父尚羈部獄，兩家冤孽深重，勢不相容矣。遂執襄及妾置地窖中，不敢擅殺，赴京謀之於父，逾月不回。襄晝夜號哭窖中。楷母年逾九十，聞哭聲，恚曰："小子痴頑可恨，將他鄉過路人拏禁家中，朝夕費我茶飯，又聒我不得安睡，小厮放他去罷。"衆僕因主母命，將襄夫婦取出，鎖禁門右小廟中。廟門臨街，襄竟日向街觀望，忽見傳牌一面，自北南行。襄呼郵夫借看，知是沈鍊同年，前赴淮安督糧道蒞任者。襄候於廟門，不分晝夜。次日晚，該道將至廟前,襄急呼:"老年伯救命!我是沈襄,落難在此。"該道呕下輿,令捕官抉開廟門,問故。襄備云前情,該道亦泣下,遽令左右取一輿一馬以沈襄夫婦,南行回籍訖。

至隆慶庚午,有御史顏冲宇督學順天,念襄父子沉冤,無能以大義爲之叩閽昭泄者,乃具疏,備云襄父子一死一戍,盡屬無辜。死者不可復生,而生者猶堪振拔。查得沈襄自補廩之年,迄今已二十載。循例賜貢,以示優恤,情法允宜。其遼陽戍役,係酷吏羅織之情,應行遼東巡撫衙門删去沈襄伍籍,以昭清明之治,題行議允。沈襄於（萬曆）〔隆慶〕庚午年准貢。辛未年選授湖廣安鄉縣知縣,政事赫赫有聲。丙子升刑部貴州司主事,歷升福建司員外郎中。癸未升雲南鶴慶府知府,以母年九十,上疏乞歸養母,得旨挂冠都門而去。襄既棄官,當歸原籍餘姚縣。自揣餘橐不滿二百金,本鄉風俗奢華,不足一年之費,乃携其妻子寄寓天津。偶見天津衛軍伍盡逃屯田,子粒無辦。當道出示,不拘軍民人等,但肯認種屯田者,止完應輸子粒,其軍伍雜辦並不相干。沈襄謂此事可行,盡出其所餘橐金,買備牛犁種子,廣種屯田。適值次年豐稔,獲利三千餘金。連種三年,利息鉅萬。後慮災傷賠累,將屯田告退還官,別行生息。挂冠未及十年,而居積之富不啻十萬金矣。

襄才局高明,情懷灑脱,葛巾野服,逍遥山水之間。逸客騷人,晨昏滿座,吟詩對局,處處盡歡。才雖長於治生,而察其心神,不以理財爲事。善爲晉人書畫,尤喜批竹畫梅,有索取者,即刻揮毫,無不副其所願。余與襄同官十年,晨昏相與,止見其舒容愉色,未見其蹙額攢眉。蓋襄於死中得生,世情看破,心無繫累,品格自殊。觀其棄二千石之官有如草芥,而甘心農畝以濟餘生之不足,其爲人亦奇矣。

播州用兵大略

嘉靖初,有江西張真人子姪,忘其名,投充楊應龍頭目管事。生女張氏，有姿色。楊應龍娶以爲妻。萬曆初年，應龍游獵至土民田某家，見其女田氏色美，遂納爲妾，寵日盛。張氏憤恚。應龍黜張氏而立田氏爲妻。張氏遂與應龍之弟爲夫婦，應龍殺之。張氏兄張某具奏，下四川巡撫會同貴州巡撫勘問。四川行重慶，貴州行鎮遠、石阡三府官會勘，應龍抗提不出。又播民多富室大戶，子弟尚文墨，應龍惡之，將子弟之俊秀者，敷蠟足底，而以烙鐵烙之，使徒行砂石之上，以爲獵卒。入學爲經生者，奪其巾服，械繫之，不許赴渝城試。或索取財物，或要挾子女，稍不如願，輒殺戮而抄劄之，民怨入骨。播屬草堂、黃平二安撫司及白泥、餘慶、重安三長官司，凡承襲表箋，赴應龍請印，往往索賄無厭，五司官不堪陵轢。又七姓奏民何邦卿等，視應龍爲奇貨，托爲腹心，撥置應龍爲惡，騙金錢巨萬，應龍覺之，遂收奪其事權，於是七姓五司將應龍罪惡連名具奏，下川貴兩省巡撫勘問。應龍見仇家蠭起，奏牘繁多，稍稍有所畏憚。分守川東道李士達又多方撫諭，乃出渝城聽勘，繫重慶府獄。緣事屬兩省，各問官難於期會，日久未得勘結。應龍苦之，乃爲脫身之計，具本奏稱，日本吞噬朝鮮，王事孔棘。臣願出兵數萬，以爲勤王之師，誓滅關酋而後朝食。該部不知其詐，議復許之，行四川巡撫准令釋繫調兵，以其子楊可棟爲質。應龍出，遂爲出匣之虎，勢益鴟張。四川巡撫王繼光以考成被參，行該道拘提，再三抗拒。王繼光謂應龍欺罔朝廷，罪在不赦。乃大發營兵討之。應龍覺，設伏兵於白石口。官兵入其伏中，全軍覆沒，營兵六千人無一還者。四川撫按以事聞，上大怒，命遣大臣督湖廣川貴三省兵討之，以侍郎邢介充總督。行兵部尚書石星謂介曰："東事方殷，西事又起，日本、播州皆巨敵，兩夷夾攻，天困我也。海內勁兵良將皆在朝鮮，川貴無一兵可用。君今奉命討賊，有必取必克之算乎？"介曰："公意何如？"曰："自古帝王，未有得志於西南夷者。大兵進剿，可爲先聲，結局必須用撫。公若不爲長慮，無機權默運其中，播人不知，以剿爲實，則彼部下皆出萬死以求一生，楚蜀烏合之兵，百不能當其一,倘蹈白石口覆轍,如國事何?"介曰:"領教。"介入蜀住劄渝城,行令檄調楚黔兵,皆住境上,不許妄動。差官徑入播州,宣諭楊應龍出趕水聽勘。應龍疑畏不出。復遣府佐官招之,乃出見。邢介責以四事:其一,解出敵殺官兵爲首者四十人,赴軍門正法。其二,責應龍出銀四萬兩,自贖其敵殺官兵之罪。其三,議設撫夷同知一員於綦江,責令應龍建造衙門一所,以待新同知住劄。其四,議設備邊參將一員於趕水,責令應龍建造參將府一所,以待新將官居守。應龍皆不允從,道府官諭之再三,止許解敵殺犯人數名赴省。道府以四事不從,督臣難於復命,乃權宜具文呈報督院,謂應龍輸服無詞。邢介竣事回京。應龍將無干貧夷八人,解至川東道,巡按御史王慎德斬之,人以爲冤。應龍回播州,謂大征結局止此,益無畏忌。遂縱其部夷千百爲群,出綦江、南川境上,掠人口、焚廬舍,攻劫殆無虛日。各州縣馳報邊儆,羽檄相望於道。先是,四川巡撫譚希思以清望擢居華要,因蜀土貧瘠,征輸不前,不欲養兵添餉,以病小民。故邊儆俄生,無兵策應。督臣撫播之日,事皆專行,不與撫臣關會。故督臣善後之事,不得歸責於撫臣。應龍犯邊,敗督臣之盟也,而撫臣失於策應,以非其任,亦標下無兵耳。四川前後巡按王慎德、王明與譚希思不相友善,連章以釀寇殃民劾希思,攻擊不已,希思亦上疏辯其非辜,兩臺交爭,絶無同寅協恭之意。及御史趙標按蜀,始徹藩籬。有重慶府推官高攀枝揭稱,播酋縱惡,屢犯邊疆,皆緣内地無兵,故敢狂逞如此。爲地方計,不在議論繁多,但須見諸行事。綦江爲播酋出入要路,於此設一參將,領兵三千以塞其咽喉,則播盜自彌,而地方安矣。條列呈詳二院,批藩臬二司議行。余謂西南土司官爵印信皆出朝廷,征賦調兵皆聽節制,開設之意原作内地藩籬,非戎狄比也。撫馭有方,自然按堵無事,惟處之失策,乃致跳梁。西南諸省土司延袤萬里,若因一小酋偶爾跋扈,輒添重兵備之,則添兵百萬不足爲防。且我兵一到綦江,酋謂我將進勦,勢必屯兵境上,與官兵相角其間,釁隙一生,遂成騎虎之勢。此時若審己量力，斂兵自固，則以弱示寇，益長其驕縱之心；欲聲罪致討，振揚天威，則兵力單虛，無泰山壓卵之勢，進退兩難，理所必有，不可不長慮而却顧者，他日變生，無謂始謀之不臧也。余以此意回復兩臺，兩臺不允，仍行選將添兵。余勉從之，隨發兵三千入綦江，調松潘參將房嘉寵及繫獄原任游擊張良賢二人協守綦江。未及二十日，應龍差頭目周甫六及夷丁三十人赴陝市買硝黃回綦江，房嘉寵盤獲，盡斬之。呈報到司，余曰：「禍自此始矣。」不逾月，播兵十餘萬，分道四出，以己亥六月二十日陷綦江。房嘉寵、張良賢與其妻妾子女皆死難。

　　先是播寇猖獗，廷議欲制播酋，非湖廣川貴三省同心不可。乃將四川巡撫裁革，更置總督衙門。選原任遼東巡撫李公化龍，以副都御史兼部銜，總督三省兵事。六月初旬涖蜀，余入見，公曰：「討播之事何如？」余曰：「奉旨進剿，更難別議。」公曰：「兵餉安在？」余曰：「廟堂更置衙門，且又選擇臺下，政爲處兵餉耳。聖上厪西顧憂，食不下咽。台臺具一疏，請發南北諸省兵，無不允者。數十萬之衆刻日可齊，何患無兵？兵餉不敷，當於楚蜀二省來年賦額之內，每省量加二十萬，其餘江、浙、閩、廣、山東、河南、鳳陽等處，查照嘉靖三十六年三殿採木事例，每處協濟銀十數萬兩，但須台臺一疏，請旨而行。將來百萬餘金一年皆可到蜀。又太僕寺馬價銀兩，亦可請發十萬，何患無餉？」公曰：「即今燃眉之急，何以處之？」曰：「台臺但決策行事，接濟本司任之。」公曰：「司中餘蓄幾何？」曰：「尚存六十餘萬。」公喜曰：「吾復何憂？」方檄發庫銀買馬招兵間，而綦江破矣。乃一面奏請，一面移檄浙江、山東、陝西、寧夏等處，調取南北勁兵。播酋勢益猖獗，將貴州守兵一萬六千人及大小將軍盡殲於飛練。又圍偏橋城，挾取逃官馮權，貴州事勢益促。巡撫郭子章以播本蜀轄，今爲黔患，屢屢移文蜀中，要取助兵助餉。每批司議，余不能從。時調用將官則陳璘、吳廣、劉綎、萬鰲、周國柱以總兵至監軍；督餉則謝詔、張棟、史旌賢以參政副使至，陸續蒞事；調發則陳璘以廣東兵，吳廣以福建兵，周國柱以寧夏兵，劉綎以朝鮮回兵，趙賢輔以山東兵，封闔司以浙江兵，多者萬餘，少者數千，前後入境，報司領餉。聽候分布間，余升順天府府尹。得報將行，入辭李公，公曰："駕行不得再回。兵事喫緊處，更惠一言。"余曰："西蜀幕府向來無兵，節年盜起邊疆，束手無策，不得已用土兵平之。功成後，則以其地酬土司之用兵者，蜀中已事皆然，習爲故套。今播亡在即，安疆臣陽浮效順，陰懷吞噬播土之心，疆臣與蜀中武弁向多結納，播亡之日，必有爲之游説於台臺者，其言切不可從。水西蠶食諸夷，黔中已不能制。今若復有播土，譬養之蠱者，一蟲食盡百蟲，其蠱乃大，殺人無可療者。台臺以韓、范之才，運籌幃幄，中原豪傑之士畢集轅門，眞所謂師武臣力以收剪播之功，於水西犵酋何與？何可以播地飽之，使成大蠱，爲朝廷他日患乎？善後之事，必須改土爲流，爲國家闢地千里，使西南之民得見天日，乃台臺不世之功也。"公曰："領教。"余解蜀事東歸。庚子春，督府主客兵三十餘萬，合楚、黔、滇詔兵共五十萬，分爲六路並進。應龍設險拒敵，我兵皆殊死戰。六月某日攻破海龍屯，遂斬應龍，縛其妻妾子女數百人，獻俘闕廷。播平，以其地爲遵義府所屬州一，真安；縣四，遵義、桐梓、綏陽、仁懷。

羅雄州用兵大略

隆慶初年，羅雄州土官者舜，劫奪鄰寨婦某氏爲妾。數月生一子，者舜育爲己子，愛之，欲立爲嗣，命名者繼榮。繼榮長，身長八尺，勇力過人，州民服之。聞其父爲者舜所殺，遂殺者舜。有司力不能治。鄰壤土官禄華誥、普山蛟、龍騰雲等以繼榮弑父事關綱常，連名具奏。奉旨行兩院，轉行曲靖道府勘問，屢提不出。又行曲靖衛操捕指揮張先聲嚴提，輒負固，敵殺官兵，道府莫敢誰何，年久不結。兩臺勘札不繳，考成被參。

萬曆乙酉年九月內，該府署印同知姚繼先與指揮張先聲謀，土司敵殺官兵，據法當剿。此事是祿華誥等造端，國法不伸，華誥等豈得辭責？若遺書各官，以大義勸其出兵，協力征剿，事必可集。遂出庫銀，置造銀牌五面、銀花五對、紵絲五表裏、聘書五通，以十月初十日差人分送土官祿華誥、普山蛟、龍騰淵、龍騰雲、祿志貞五處，聘其出兵，仍揭報巡撫中丞劉鳳屏公，請其催督進剿。本月十六日清晨，中丞傳密帖云，土官祿華誥等欲合兵攻者繼榮，期於某日進兵。煩貴道密行催促，使兵速進，以求成功。余以羅雄、曲靖道所屬該道金副使見存，何爲舍而不用，以危事責我，心甚不快。再思此公舍近求遠，似有低昂之意。既以腹心相托，豈宜負之？乃回啟云："台臺有命，不敢不殫力奉行，但催兵可以無形，出兵不能無跡。各兵一出，五百里之內載道干戈，豈袖中之物可使形不露乎？惟台臺諒之。"付差官回報訖。即刻取千百戶五員，只與馬牌，不發印票，使呼取五土官限二晝夜到道，違者以軍法從事。至十八日晚，五人齊到道門。余屏左右，呼入祿華誥等，稟云："老爺分付何事？"我云："爾各官何爲不奉我牌，擅自出兵騷擾？"答云："老爺兵豈敢擅發？"我云："軍門書在。言爾等欲攻者繼榮，期於某日進兵，何爲欺我？"乃云："其事有因，曲靖府姚同知與張指揮二人共將書幣聘各官出兵，書幣見存，日脚可據。各官未曾許允一字，果有此言，各官萬死何贖？"我言兵既未出，於本道法體無傷，姑置勿論。軍門意，實欲爾兵速行。我待軍門檄來，亦遂有文催促，兵當速點，無致誤事。將各官發回併揭報中丞間，又領中丞密帖云："姚繼先、張先聲二小子無知輕動，諸路兵並無影響。先洩兵機，以致者賊盡聞，勃勃欲發。貴道須發兵嚴守信地，無致疏虞，仍多出告示安慰逆酋，以緩其衝突之勢。"我回札云："臨安道信地，自能嚴加提防，無厪台慮。告示安慰，恐屬虛言。賊雖愚，不可欺也。然即遵命行之。"因喚投劄人問，軍門聞何聲息，心急如此。答云，者繼榮投一揭帖，言本州頭目大阿本，自省城回言，天臺欲合兵剿滅羅雄，請問卑舍何罪？如果有罪，粉骨碎身有所不惜，如無故加兵，其如一方生靈何？以此軍門心動云云。發與回文去訖。廿一日午時，又接中丞帖云，師宗州急報，者賊札三大營於境上，期以某日先破師宗州，擒知州某人，某日破廣西府城，擒知府某人，賊勢甚大，防守無益。煩貴道暗集大兵五萬，期本月內合攻搗巢。我思兵難暗集，亦有暗集之法。我以按部傳檄廣西境內兵，自集聽點，此暗集之法也。兵集則賊不敢衝，防守自固，豈爲無益？但此兵未經操練，可以近守，而不可以遠攻。如欲搗巢，非祿普五家之兵不能集事。此兵一集，關係一省安危，事體重大，何可以副札行乎？即具帖云："奉命防守信地，原是職掌，不敢瑣聒台嚴。今委集兵數萬，剿滅羅雄。羅雄原非信地，本道亦非將官，若不奉軍門憲牌，豈敢輕率行事？今事體至急，不敢避難，但須速賜鈞牌，以便轉發。"去後廿二日，傳檄按部廣西，又行參將府，將操練紅兵調二千名隨道聽用，留二千防守府城。在營衣甲、器械、金鼓、旌旗之屬亦隨帶，以壯軍容。又取本道餉銀買紅綠布三千疋，營兵齎行以備添造衣甲旌旗之用。廿三日，到阿迷州住劄，添製大小旗一千五百面，併原帶營旗二千面；添製色巾衣甲一千五百副，並原帶衣甲二千副。其中軍旗纛及營門大旗，高招五方七星等旗，俱製造鮮明完備。原發防守阿迷、蒙自、㹳雞撲喇、虛撲桶等處土兵，俱集州城聽點間。廿七日，廣西府告急文書一日八至軍門。牌不發，更差官催兵。我具帖云："賊榮包藏禍心，練兵秣馬已將十年，本是一巨敵。參將劉綎見在參將府待罪，台臺不使督陣，而以衝鋒之事付之，本道一書生，豈能保其萬全乎？倘非萬全，本道無論。台臺原未題請，恐亦不能辭責。本道聽命不違，已將七尺之軀付之度外，而台臺吝一紙牌，不發本道，實不喻意，豈不以無牌爲據？萬一功非大集，本道可獨任乎？廣西城破在旦夕，本道側足候命。"

十一月初一日辰時，軍門調兵牌至，又發一牌准劉綎暫出協理兵事。我即轉牌差官,催五土司兵,一面將操練紅兵二千人俱充隊長,每名色巾衣甲一付,執紅旗一面,帶領防守兵九名,共十名爲一隊,二千名爲二千隊。又選本營把總二十名,每名執大旗一面,領兵百名爲一總,二百名爲二十總,列爲隊伍成行,每一人相去一丈,不許錯雜,違令者穿耳。兵二萬,號爲五萬,責令指揮白極督領前行,兵皆銜枚,但金鼓之聲震動山嶽,旌旗蔽野,延袤二百餘里,威震滇南。戒令白極兵分二大營,一營住廣西城下,一營住師宗州。此兵未練,賊出不可與戰,但作疑兵,使賊營遥見旗鼓聲容,畏威不敢突出,待祿華誥等兵齊之日,另行分布。白極遵令劄營間,夷酋素憚本營紅兵,以爲浙兵無敵,忽見大集師宗州城下,逼近賊巢,對壘兵皆哭。初七日到十八寨,初十日到彌勒州,沿途料理糧餉。廣西師宗二營兵已及二萬,祿華誥、祿志貞兵到。彌勒州取齊,又二萬,普山蛟等兵一萬,共五萬人。每一日該米五百石,以一月爲期,該米幾二萬石。此米出附近數十州縣,近者百里,遠者二三百里。米一石分爲二駝,該馬二匹;米五百石,該馬一千匹,皆出全滇衛所。自廣西至省城八百餘里,每百里設三塘,傳報聲息。每塘該馬五匹,共該馬百二十匹,出附近州縣。督糧驛傳二道,並不與知,皆我一人料理。兵到給賞花牌絹布,皆動支見在州縣庫銀,事完丹報。十三日到廣西。入城,但聞城內外皆碓磑之聲,詢其故,各州縣解到皆倉穀,蔡知府躬自分量,給散各人户舂碓,男女十歲上無得閑者。十四日普山蛟、龍騰淵、龍騰雲兵皆到城下,給賞訖。大兵既集,與蔡知府計議進剿事宜。蔡云此間土人,惟以土官爲便,所憚者改土設流。繼榮有弟者繼辰,見在普山蛟寨内。若出示軍中,者繼榮誅滅之後,即以繼辰爲土官,繼者舜之後,仍以繼辰置中軍帳下,州人願從者,聽其歸附。彼以得立土官爲幸,歸附必多,既附者給與照牌,兵至免其屠戮,可使賊黨離散,用命無人,者酋從逆之兵不攻自破,此計立項燕扶蘇之策也。我從之,即召者繼辰,置之軍中;製造受降大旗五面,已降照帖萬張,分發中軍及各將官收領。旗樹營門，帖候投降付照，不三日，降者七千餘人。各將官稟稱，進取搗巢，不拘晝夜。每兵須用白布一方，長一尺五寸，闊八寸，上寫"天兵"二字，縫衣甲上，庶夜戰倉卒，可無妄殺之虞。又土兵上陣，人用綿被一牀覆冒頭顱，方可以衝矢石。每三人共與食鍋一口，刀斧各一把，方可安札夜營。行府急行買備，十九日方完給各兵收領。仍赴教場，給與牛酒賞勞，將官花紅絹布有差。二十日，兵行方及二舍。二十二日接衙中報帖，原籍訃來，方峰公以八月十六日終於正寢。即刻傳諭各將官，停兵免進，札營固守，以待軍門另行道印，咨送臬司，請詳委署，仍揭報兩臺知會，奔喪東歸。二十三日，自廣西發行，二十六日到道。二十八日家口發臨安，不過會城，徑行出境。

十二月十三日，至普安州。該州與普鮓相鄰，普鮓去羅雄二百里，傳聞者賊知我兵無主，貪夜率死士襲破官營，幾至覆沒。祿華誥督其部下死戰，賊兵方却，官營稍稍保全，死者亦以百計。兩臺選委臨沅分守道文作署本道，兵符至師宗，督兵前進。此時州民來歸者繼辰十已七八，聞官兵發師宗，人人解體，無固守之志。我兵搗巢，四合賊黨潰散，無敢與官兵敵者。時劉綎亦在軍中，自知被論待罪，即得賊不居首功，搗巢時專務搜括金銀，暗嗾賊中舊識，將者繼榮縛送普鮓獻功。羅雄平，軍門具奏，改羅雄為羅平，更設流官。中丞加升蔭子，用兵土流官賞賜有差。文守道以善後之事，與進勦用兵不同，呈詳兩臺歸還道務與金副使自理。此時地方初平，雖城郭衙門草創建設，而反側未定，彈壓豈可無兵？該道失慮，防守一兵不留，遽使新設州官入保信地。者賊未殲，餘黨復行作亂，將新知州某人併其家口與隨帶人役盡行捆縛，幽置水室中，陰行招集黨羽，欲待兵力稍強，遂殺州官舉事。兩臺無奈，不欲復動干戈，恐成敗難必，乃以事再屬文守道。文守道計擒首惡五人，解軍門正法，地方始定。京師去滇萬里，聞見不真，乃以曲靖失機，誤作文守道之事，參論回籍聽勘，幾至罷斥。劉中丞恨我事多齟齬，不能迎合婢阿，又以羅雄之役不終，奔喪不別而去，以不候代參我。倘非廟堂之上公道猶明，幾爲中丞甘心，世路險哉！

耿御史保全三賢事

先是徽州六縣，獨歙縣額派絲絹銀每歲七千兩，而休、婺等五縣無之。歙人以爲不均，常有叩閽之意。緣歙中無當路者，向未舉行。萬曆初，殷正茂爲戶部尚書，歙人始具奏，下該部議。殷正茂議復，以爲六縣皆赤子，惟歙有向隅之悲，似非聖朝絜矩之政。前項偏累銀相因攤派，休、祁等五縣照丁糧多寡均輸。時張居正當國，居正素厚殷正茂，遂爲調旨允行。徽州府奉文，轉行休、祁等五縣。五縣小民謂殷正茂以賄賂結交政府，罔上行私，變亂祖宗舊章，雪害桑梓，不肯奉行新令。縣官進絲絹銀急，休寧縣先行鼓噪罷市，堅激變旗。婺、祁、黟、績皆望風應之，一方震動。此事首倡皆無籍棍徒，五邑鄉士夫絕無與知之者。張居正初當國，時政尚操切，禁勘合，廢書院，讞獄殺少而生多者，考校黜少而進多者，皆蒙刻謫。言路畏其威，莫敢非議。少卿余懋學首先彈之，居正大怒，將懋學逐歸。又有故御史覺山洪公、中丞都山汪公，與殷正茂志操薰蕕，議論不合，殷正茂銜之。及五縣鼓噪事聞，正茂遂欲嫁禍，密言於張居正，五邑之變皆二人倡之。居正亦欲殺余懋學以快私忿。戊寅春，差御史耿鳴世往徽、寧、池、太六府巡按。辭居正行，居正囑之曰："五邑之變，幾成大疽。倡此亂者，某某三人也。聖上已深知之，汝渡江，不可徇私佚罰。舉動稱上意者，忠臣也。若付托不效，國法昭然。"鳴世拜命南行。博採輿論，鼓噪事與三公絕無相干。及渡江詢之樵夫牧豎、三老長年，皆謂此事初發原是五縣市棍，及包收錢糧積役倡之，鄉官讀書之人，豈肯爲此赤族之事？江南數千里內，未嘗聞有此言。及按部徽州，鞫審本案人犯，干連五百餘人，號哭震天，皆言小民無知，止是抗違殷尚書(所)〔矯〕誣之令,豈敢齟齬朝廷。萬口一詞,將首倡學霸生員及積棍七人姓名報出,行委別府知府、推官等官十數員,公同會審,前情真確,申報耿御史。御史撫膺嘆曰:"世情傾險如此,豈君子行志時哉?吾家在海濱,惟扁舟散髮,與鴟夷子浮東溟耳。殺人媚人以求榮遇,吾不能也。"遂據實將首亂七人擬大辟,具疏報命,三賢得免羅織。

本年十月內,余以刑部主事奉璽書,錄徽、寧六府大辟囚,與耿御史同駐姑孰。余審六府重囚,有安慶府獄決不待時重犯某人等一起二十八人,盜情無據。細察之,皆捕役嚇詐不遂,捉掌送官。問官以獲盜爲功,不容分訴,人人稱冤不服,然京詳已允,當即決者。余心有所不忍,謂耿公曰:"不肖菲劣,得與公同事一方,幸甚。但目前之事,有不容不商榷者。秋後處決犯人,議擬非難,所難者決不待時人數耳。不肖審某人等一起,盡是覆盤。法司欽恤之謂何?何忍將無辜赤子驅之法曹,使駢首就戮乎?不肖意欲緩其死,但新法甚嚴,吾儕殺不滿品,必不免於譴謫,不肖心自甘之,但不免爲公累耳。公意何如?"耿公愕然張目曰:"吾不意今日得遇知己,公不顧一身利害,以活無辜之人,不佞獨無人心乎?而何忍殺人以避罪也。法曹之事惟公主之。不佞拂權倖之意以活三賢,不惟視功名爲破甑,即此身亦付度外久矣。苟得吾心不死,譴謫何足計哉!"二十八人遂免決。及竣事報命,余得薄罰,耿公被嚴旨罷斥歸田。至萬曆壬午張居正卒,耿公始起田間。數年後,徙陝西參議。余因服闋銓補,得與公遇於長安,盤桓數日而別。公爲人性潔而品高,不能婟阿狗時,故所如不合,官卒不顯。新安三賢之禍,倘所遇非公,欲保首領難矣。而公也爲之消彌於冥寞之中,不惟人莫之知,即三賢亦未之知也。余與公同事彌月,始知梗概。因嘆波流披靡之中,未常無特立君子。而公也保佑善良,其德甚大,而其跡甚隱。余恐其泯滅無聞也,故特爲紀之。

補　遺

程氏宗祠楹聯

纘令緒以貽孫謀，惟是憂勤惕勵；
法前脩以振家學，無逾道德文章。

大京兆第

吾儒生在世間，立言立功立德。
此學求諸性內，希賢希聖希天。

趙清獻公旦晝所爲，夜必焚香以告帝；
司馬溫公平生行事，無一不可對人言。

處世間，朋友同德，同志同心；
遇事端，兄弟互讓，妯娌互諒。

附録一

四川布政使司左布政使程正誼並妻夫人誥命

奉天承運皇帝制曰：三川天府，饒夙甲於西藩；四嶽疇咨，權獨隆於左轄。分藩攸重，作屏維良。既奏爾成，宜懋若賞。爾四川布政使司左布政程正誼，清操偉度，卓識閎才，試理郡刑，入襄邦禁，庭無溢訟，獄尟冤民。逮觀察于南滇，尋量移於西蜀，乃參薇省，爰涖桂林，更中州總憲之司，膺東省右藩之寄。歷遷今職，咸懋宏猷。雅操堅持，吏模型其冰節；惠風遐邕，民鼓舞於春臺。嘉乃歲績之上聞，寧靳褒綸之下賚。茲授爾階通奉大夫，錫之誥命。於戲！民勞可憫，難忘竭澤之憂；夷性無常，當謹察淵之戒。惟茲臣庶，咸爾紀綱，益奏膚功，用需大受，欽哉！

初任湖廣武昌府推官。二任刑部江西司主事。三任本部福建司署員外郎事主事。四任本部雲南司署郎中事主事。五任實授本司郎中。六任雲南按察司副使。七任四川按察司副使。八任廣西布政使司左參政。九任河南按察司按察使。十任山東布政使司右布政使。十一任今職。

制曰：南國懷棠，疇佐旬宣之績；東房薦藻，爰嘉敬助之功。義有相成，恩宜並逮。爾四川布政使司左布政使程正誼妻封宜人吳氏，溫惠淑身，肅雍宜室。聞雞儆怠，嘗躬贈佩之勤；養豹敦廉，無改履蓁之素。劍外之屏藩有托，閨中之協相良多。是用加封爾爲夫人，知無愧於六珈，尚益敦夫四德。

　　　　　　　　　　制誥
　　　　　　　　　　萬曆二十六年七月二十七日
　　　　　　　　　　之寶

順天府府尹贈通議大夫程正誼誥命

奉天承運皇帝制曰：惟社稷之臣，敷貢大猷，施於子孫，厥子勿遏。佚前人之休光，亦用對揚休命，以彰前烈。爾原任順天府府尹程正誼，乃大興縣主簿程明允之父，學包九流，名滿六合，李署蔚祥刑之譽，雲司追淑問之風。藩臬踐更，勳勞聿著。撫夷滇海，樽俎寓夫折衝；定變靖江，譚笑銷其鋒燹。既而鍛戈斂甲，淄青草木皆兵；尋以決策運籌，蜀播鯨鯢一洗。方屬台垣而虛席，乃繇京兆以掛冠。野服談經，十載恬然丘壑；潔身俟命，四壁惟有圖書。眷念老成，勤思優恤。茲以覃恩，從爾子請，贈爾通議大夫，錫之誥命，寵仍加於身後，績益表於當年。明德發祥，蒿原永賁。

制誥

天啟元年九月二十九日

之寶

湖廣武昌府推官程正誼並妻孺人敕命

奉天承運皇帝敕曰：今郡國置理官，專鞫讞之事，而吏民嚴事之與太府等，職顓任重，非淑問之士未易勝也。爾湖廣武昌府推官程正誼，起家廷對，筮仕郡刑，能以廉平守官，明慎折獄，休有令問，列於薦章。茲秩滿，特授爾階文林郎，錫之敕命。漢詔有之，刑罰所以防姦也，內長文所以見愛也。爾茲以平法無頗，召入憲曹，能使疑者予民白者無恨，斯稱朕恤刑之意，欽哉！

敕曰：語稱福之興，莫不始於閫內。朝廷錫命，並秩中閨，禮也。爾湖廣武昌府推官程正誼妻吳氏，夙閑姆訓，克踐閨儀，相夫業官登於最課，賢足徵已。茲封爾爲孺人，祗服明恩，益修令範。

敕命

萬曆三年九月十七日

之寶

刑部江西清吏司主事程正誼並妻安人敕命

奉天承運皇帝敕曰：朕慕古帝王刑清之化，慎選司寇之屬，俾之分采飭事，自匪茂異，曷以稱兹。爾刑部江西清吏司主事程正誼，性資通敏，操履純明，拔於制科，筮仕郡理，晉聯秋省，而爾敬明乃罰，審克惟勤，朕甚嘉之。兹以覃恩，授爾階承德郎，錫之敕命。書曰：士制百姓於刑之中。其仰思古訓，彌究爾猷，以弼予祗德之教，則爾亦永有休問，欽哉！

敕曰：人臣奉職公家而罔念其私者，則必有伉儷之賢贊理於内，恩命所宜偕及也。爾刑部江西清吏司主事程正誼妻封孺人吳氏，女史夙閑，壺儀攸備，爾夫歷官外内，宣問法曹，其相成之德有徵已。兹加封爾爲安人，尚敦交儆之風，益迓方來之渥。

敕命

萬曆六年四月初十日

之寶

刑部郎中山東審錄程正誼敕諭

皇帝敕諭刑部郎中程正誼：朕惟刑獄重事，民命所關，兹當五年審錄之期，特命爾往山東，會同巡按、御史並三司掌印守巡等官，遵照該部節提事理，即將見監一應輕重罪囚從公審錄。死罪情真罪當者照舊監候聽決，其有情可矜、罪可疑、事無證佐可結正者，陸續具奏定奪。軍罪有情罪不合，牽引例文深入者，如未發遣，即附入矜疑疏内，題請開釋。雜犯死罪准徒五年者，並已徒而又犯徒律，該決訖所犯杖數，總徒四年者，各減去一年。例該枷號者，就便釋放。其餘徒、流等罪各減等，擬審發落，笞罪放免。各項事情，俱以每一府事完，即便奏請，不必等候通完。凡在前問革官吏生儒，舉監事已結正者，毋得辨復。其見問未結，或事連重犯同案，果有枉抑，仍從本案一體審豁。若御史別有公務，相離地遠，爾只督同所在有司從公鞫審，不須久候。

如理刑官亦有別委，責委府同知一員專理問斷審錄。所至知府執屬官禮，庭參免行跪拜，同知以下俱照常行禮。審問之際，爾尤須虛心詳察，毋惑浮言，毋拘成案，毋偏言原問及原保結官吏餂非撓法，務協於中。其原勘問官吏故失入等罪，俱不追究。敢有偏執違拗，阻撓行事，應提問者，即便提問，應參奏者指實參奏，務要遵照近日題定程限，入境出境，俱先具不違。揭帖開送刑部，事完之日，仍將府州縣正官賢否開揭送吏部都察院，以備考察。爾受茲委任，宜體朕欽恤之意，精白一心，秉公持正，務俾冤抑得伸，民隱上達，庶稱任使。如或詢察不明，處斷失當，罪不輕貸，爾其慎之！故諭。

敕諭
萬曆九年二月
之寶

刑部雲南清吏司郎中程正誼併妻宜人誥命

奉天承運皇帝制曰：朕體古昔矜哀庶獄之意，期與法吏共底明清，故司寇列屬掄選必慎。國有慶賚，霑被顧可後乎？爾刑部雲南清吏司郎中程正誼，性敏而恭，才宏以達，蜚英廷對，試理名城，晉秩秋曹，載躋郎署，而爾操持平恕，議讞精詳，信為良折獄已。茲以覃恩授爾階奉政大夫，錫之誥命。夫兩造難於得情，五刑厥有倫要。欽虔天刑，慎惜民命。此司憲諸臣所有事也。尚勵初忱，以永終譽。欽哉！

制曰：人臣夙夜在公，無內顧之私，必有媲德之助。朝廷敷寵，俾從夫爵，豈非稱哉！爾刑部雲南清吏司郎中程正誼妻累封安人吳氏，植性惠溫，理家勤儉，篤循內則，敬贊官堂，宜申象服之榮，用普鴻庥之被。茲加封爾為宜人，光承冠帔之華，益謹鏧紳之訓。

制誥
萬曆十年十一月初七日
之寶

雲南按察司副使備兵臨安程正誼敕諭

皇帝敕雲南按察司副使程正誼：

今特命爾顓一整飭臨安兵備提督軍衛有司修理城池，操練軍馬，鋒利器械，振揚威武。如遇賊寇生發，即便督調官兵民快夫甲設法撲滅，毋令滋蔓。查理各該衛所軍儲禁革奸弊，關防外夷奸細，嚴戒本土諸色人等私通透漏事情及販賣軍器火藥。若有違法，爾即依法究治，輪班協守。官軍加意撫恤，其廣西澂江、沅江、鎮江，廣南五府及者樂長官司新化州十八寨所地方兵備事務，併命爾等兼管。爾須查照該部奏准事理，於所擬地方駐劄往來提督一體用心整飭。各該所屬官員人等有壞法誤事者，就便拿問懲治，應奏請者，指實參奏。凡軍務邊情及彼中利有當興、弊有當革者，具呈鎮守、巡撫等官計議停當而行。爾受茲委任，尤須持廉秉公，正己率下，圖副任使，毋或怠忽乖違，自貽罪責。爾其慎之！故敕。

　　　　　　　　　　　　　　敕諭
　　　　　　　　　　　萬曆十一年二月十六日
　　　　　　　　　　　　　　之寶

附錄二

大京兆程公居左先生傳　〔明〕韓　敬

先生諱正誼,字叔明,別號居左。先世自歙之槐堂來永康,九世而生方峰公,即先生父也。先生生而風度俊拔,既長,博習周稽,於書無不讀,尤精析六經奧義;工詩詞,大類盛唐;習晉人書。十六就郡試,學使薛方山公特加優拔。先生亦因而淬勵,時時與黄柏新、應汝敬輩三十餘人昌明理學,餘力及舉子業。歲丁卯,以麟經雋拔,而先大夫幸與焉。戊辰,鎩羽歸,游括蒼,郡守李公亨庵重先生行誼,設絳帳延先生居萬象山,盡以所聞會稽之學,曲引諸門士。庚午秋,將赴禮闈。方峰公誡之曰:"以爾所抱,取青紫無難。但世間少聖賢,不乏卿公也。乘時而奮,不詭所學,吾願足矣。"先生拜受。先期至京師,凡四閱月,登張公元忭榜,而先大夫復與焉。初授武昌司李。癸酉,分校楚闈。時江陵屬其子於總裁,令冠多士。先生爲麟經專房,總裁諭意,先生正色力辭,却《春秋》而兼領《五經》卷。所取士如吕瀾以《詩》,費尚伊以《易》,周弘鑰、瞿九思、陳楚産以《春秋》,皆三楚名碩也。先是,武昌屬邑無雉堞可憑,黠盜縱掠。當事欲興工築,而掣肘於鄉紳權要。先生毅然引任,鼎建五城,不憚勞險,至今恃保障焉。萬曆乙亥,升刑部主事。戊寅,慮囚吴中。時政府尚申韓,論決以多寡爲殿最。先生心非之,銜命而行,務存矜恤。時有御史耿公鳴世者,以保全三賢落職,先生以全活安慶重囚被罰,不謂兩人氣誼券合如此。己卯,復銜命,辛巳,以刑郎治獄青齊。政府敕厲,甚於吴中,先生惟以哀矜庶獄爲念,雖譴責有加,勿顧也。癸未,升雲南憲副,欲辭終養,而方峰公遺書責以大義,且示己夔鑠。乃於九月抵任臨安。所屬多土夷,如車里、八百、老撾等,向負固。先生至,推誠布公,結以恩信,甫一年,皆悦服奉貢。乙酉,廷議進剿羅雄州。其地麗曲靖道,非先生責也。中丞劉公鳳屏越曲靖而走密札委先生,先生忻然受任,爲轉餉陳師,井然布列。將拔羅雄,而方峰公訃至,遂兼程歸,哀慟疾作。蓋先生篤於孝思,親老而去滇,非其意也。戊子服闋,補蜀臬。未幾移參廣西。適靖江王逝,悍宗無主,群聚爲亂,抗中丞,辱憲長,潛煽夷種,勢不可制。先生嘿令街巷步步作栅,軍士閉守,以分其黨。而又徐諭以朝廷威德,乃感泣不復噪,西粤賴以安。壬辰,升中州憲長。時兩河大祲,饑民黃江、曹祈南等聚衆行掠,官兵追之則散,否則復聚。當事欲大創之,先生語中丞曰:"饑民烏合,非得已。誅之傷和,不如賑之而因以撫。"遂單騎詣賊所,宣朝廷德意。饑民感泣復業。初,中丞之兵汝南也,格鬥死者千計,直指素不善中丞,劾以"妄殺",遂聚訟不相下。廷議檄觀察使核實,各致默刺求自白。先生從公覆奏,兩公皆無恙,和協如初。乙未,升山東右藩,攝左篆,十月轉四川左轄。時三殿鬱攸,蜀中採辦大興,小民爲屬。先生定折算銷算法,鋟爲書,以播告上下。自是官無靡費,商無浮累。既而逆知土官有亂萌,乃遍訪諸路險隘,爲之圖,圖麗以説,舉全蜀邊徼,睹若指掌,名曰《西蜀土夷考》,蓋欲令當事防於未然也。戊戌入覲,秩滿得封祖若父如先生官。六月,復抵蜀。時朝廷言利抽分,中使四出,不善處則因而爲亂。先生至,而權鐺丘乘雲來蜀,蜀諸司莫知所裁。先生曰:"此輩坐不讀書,然非不可以誠動也。"已而密刺州郡,凡中使所經,厚其廩,既無使匱乏,俾不得指瑕;文告期會,遏毋令即應,俾不得肆志。比至而中使果窘,請於先生。先生曰:"公遠來,第使完征輸之額,則公職盡矣,顧徐以爲計,公第坐而享成事耳。"因曲爲籌處,數盈而公私無礙,蜀中得安。己亥春,推贛撫,越月復推廣西。時中鐺有以賄請者,家人或勸先生,先生曰:"爾烏知吾志?先大夫語我以聖賢,寧能以公卿奪所守哉!吾顧不爲纖趨,即以老岳牧終吾身足矣!"故兩推皆不獲命,先生夷然自甘也。六月,播州楊應龍犯順,西南騷然。朝議遣李公化龍以總督按蜀。先是,應龍嘗叛,前撫邢公介以就撫爲了局,而養虎遺患,益長其驕。李公來,欲踵前轍,謂剿而勝,不如撫而安。先生以爲不可。李曰:"蜀偏方,欲集則無兵,已集則無餉。況賊詐而穴險,謀不臧而取敗,某不足惜,公固不免耳。"先生一一開陳,出所爲《土司圖說》,示以用正用奇之法,調度精詳,議論剛決。李躍然喜曰:"不謂今日得遇臥龍,何相見晚也?"由是無巨細,悉先生是諮。越二月,軍士糗粗畢具,方議進師,而公遷大京兆矣。李公怏怏失所恃,瀕行,求善後之策,先生備爲指授。後奏凱,李公推先生首功,以爲運籌決算,皆程某力,而己第受成勞。蜀帑故豐,又因軍事徵發,羨餘累數萬,先生一無所染。群下曰:"此公橐中金,留以資後來之壑,彼固不以爲惠也。"先生曰:"古人有言,子孫多財,賢與愚皆有損。吾將貽此以備兵荒,其它非吾知也。"庚子五月,發棹赴京,而以貢扇事,有旨坐驗解官,遂住舟淮上。初蜀中扇貢,歲有常額。己亥,欽降新式加造。先生以蜀方多事,而復以玩好之物重爲民累,恐遂爲例,因令有司,毋爲美好,冀幸免於歲額也。無何,而譴責及矣。當事以先生去職久,覆題坐驗解官,而累及王公道增、劉公三才。先生以事實由我,而被及同官,遂陳情引罪,隨蒙降級之旨,臺省疏救,皆不省。先生飄然歸,時與故友集五峰,整方峰公講學之會。喜游諸名勝,所至口占,遂逼古調。自庚子歸林十餘年,公府不投一刺。令公來謁,則侃侃語以正,曾無片語及私。藿食草衣,聲色之事不銜。誠其子若孫,首以篤學馴謹。故今見其裔嗣皆恂恂雅飭,庭訓力也。先生享年七十有八。卒之日,諸子簡遺橐,無有也。乃質產爲殯具。明年,學使王公從府縣之請,入郡邑鄉賢。先生娶於吳,爲德芳公女,封夫人。繼室蕭氏。男子五,明志、明理、明允,吳出;明試、明見,蕭出,皆文學多材。孫男一十五人。先生於不肖敬,父執也,與先大夫舉同榜,仕同官,其知先生行履稔矣。壬戌夏游婺,而先生子明志、明允、明見,孫引清、引祚、引茂等,持所爲狀示敬。敬史職也,忻然欲以補其所未備,而愧不文,然而不能辭也,因爲傳。

史敬贊曰:世之崇厚重者寡揮霍,務矜尚者鮮圓通。先生以天縱之資,成于家學之素,故才堪御變,守足廉頑。而又安詳和協,化雨春風,以視夫空談理學,獵取功名者,相去不霄壤哉!播州闢土之謨,有若功而無其報;貢篚屬民之慮,深乎國而蒙其幸。天下負先生,先生不愧學問矣。康熙壬戌《程氏宗譜·土集》

程正誼事略

程正誼,字叔明,精晰六經,登隆慶辛未進士,司理武昌。武昌屬邑向無雉堞,正誼至,建議築五城,升刑部。癸未,分巡雲南。時土司車里、八百、老撾等負固,正誼開誠宣諭,遂悅服。乙酉,廷議剿羅雄州,巡撫以正誼才,檄委佐理,拔羅雄,升廣西參政。時靖江王逝,悍宗煽亂,正誼令閉守,諭以威德,不復噪。壬辰,晉河南按察使。時兩河大祲,饑民黃江等行掠。正誼設策賑撫,單騎至賊營諭之,皆感泣歸命。乙未,升山東右布政使,校梓《五經旁訓》。尋轉四川左布政。時三殿災,蜀中採木爲厲。正誼立折算銷算法,鎸爲書,商民不困。既而知土官有亂萌,乃遍訪諸隘,爲之圖,繫以說。及楊應龍反,播州總督李化龍議撫,正誼曰:"此益長其驕。"乃出向時圖說,指以正奇之法。化龍曰:"不謂今日復見卧龍。"事悉諮之。及奏凱,化龍疏正誼功,升順天府尹。時蜀帑羨餘數萬金,吏以請。正誼正色卻之。赴京,以蜀扇不工,罰及僚屬,正誼引罪請寬僚屬,遂飄然歸。日與同志講學五峰,林下十年,壽八十。所著有《宸華堂集》。萬曆間,崇祀郡邑鄉賢。(《光緒永康縣志》,標題爲編者所加)

賀程居左鄉試捷 〔明〕胡淡窗

天子龍飛治佐文,擢高賢允快人心。麟經增韜衝奎宿,虎榜懸名奮士林。驥逐青雲先着步,鳳鳴丹穴瑞揚音。何來春天對名顯,金殿傳臚第一人。

贈居左程公擢參知西粵序 〔明〕陳文煥

余初起田間,奉簡書西來,適憲長以下諸公咸遷去。余一人總厥事,深惟綿力弗克肩也。頃居左程公賁然至,止寧獨分若任,宣若猷,而日坐春風中聆至論,長益甚多,恨相見晚也。不踰時,以積資隆望,西粵藩參之命且下官舍,信蘧廬而勝會奇逢,顧造化亦有所靳也,何聚散之不常如此? 公浙永康世族,承大宗伯松谿翁家學淵源,深得陽明先生正脉,萬物一體之情,肫肫在念。登第後,司平南楚,入爲司寇郎,銜命欽恤青齊遼海之間,多所平反。主上念厥勞,特簡秉憲滇南,凡再踰年,憲績丕茂。即今兩月,蠻叢乃爲之肅紀綱,首風教,諸便宜與民從事,如文衡之代庖,銳意引誘。時甄輪歲舉,既公且明,蜀人士唯唯率從。夫道久化成,理固然也。公車新入,而注厝彰彰若是,脫假之歲月,所豎建可尋常測耶? 公行矣,寧無一言以爲公望?

我聞粵介西南遐僻,當嶺梧巨鎮,腹以内稱爲漢民者,周遭不踰百里,此外盡猺獞居,夾道陰蔽,不直滇有緬、蜀有建松已也。順其性而馴化之,幡然就撫。如或不爾,即投篁穴,走巖谷,甚至鼓噪聚嘯,莫可收拾。往歲柳州、古田諸郡可鏡已。且藩封繁衍,禄糧往往告匱,司計者調劑區畫,晝夜殫厥心,迄無長策。公素敏練精詳之猷,事無巨細,較然不爽。即出所爲經理滇蜀者,弘敷而保釐之,若理紛絲,治亂繩。運糧弛張,必中肯綮,安攘鴻巨,吾知其無難也。聖天子加意元元,藩臬大吏有持石畫大計當意旨者,每即就其地授以鉞斾,奠鎮一方。然則公兹行也,即且儼然開府西南,爲國重臣。余覽載志,若唐張公九齡、余公靖,宋趙公抃、張公栻,俱先後焜耀,著績彼中。公其爲訪求懿矩,平昔所以紓生民之急,息海隅之警,垂百代經久無窮之計者,一一舉而行之,副當宁之憂可乎?文煥不佞,將拭目以觀厥成,且次第爲公頌。

贈大方岳居左程公入覲序　〔明〕黃廷寶

按掌故,天下諸司三載修覲禮於闕下,制也。是歲秋,方岳程公自蜀往。佐僚祖之,供帳於錦官城外,而徵言於廷寶,三辭弗獲也。乃諗於諸大夫曰:"是行也,何居乎?凡朝儀,天子當宸,文人公孤而下,將臣列侯諸將軍而下,各簪笏,東西相鄉。大行設九賓,臚句傳,百官以次伏謁,呼萬歲。御史舉不如儀者,輒引去。則是行也,以尊君也,公其以是乎?"諸大夫曰:"然。""既竣,天子命冢宰及御史大夫大計群吏,而令天下方岳各考所統,列五等以名聞。冢宰馮之,報命天子,而黜陟行焉。則是行也,以察吏也,公其以是乎?"諸大夫曰:"然。"余曰:"是同軌者,咸有事也,而何待蜀,亦何待於余?余固所願。"余初從公游,劇譚世務,無論宦轍所經,諸大政闇記如昨。即肯綮之未嘗,如九邊情形,河渠源委,條析利害,雖肩其任者慮不及之。竊嘆曰:"命世才也。"猶意大受之器或難小知。乃其綜理微密,雖履屣間必得其任。所司錢穀,夙稱蠹孔莫可詰。公剚抉幾盡錙銖,出内定爲章程,俾世守無害,而大指則歸於厚民。每匆邊中逢市兒欲控,停車受之,務得所欲。其周於用愛,而無遺人者,類若此云。吾觀古賢豪,展驥者略小施,割雞者若大受。故棠溪制蓬,棨柮荷棟,此善喻也。神龍可大可小,故能上下於天,而澤被萬物,吾觀公其猶龍乎?矧今巴蜀之民,罷於木務,鑿山通道千餘里。行者賫,居者送,輟耕空杼,道殣相望。公故蹙額不忍道,然訕於大義,猶執撲而扶不勉者,不得已也。古方伯入覲,置湯沐邑。覲畢,賜對平臺,求民瘼也。民瘼無如蜀,愛民無如公矣。以民尊君,其尊也大;以民察吏,其察也精,則是行也,公其有大造於西乎?頃天愛吾皇,殿災至再,蜀人相謂曰:"是災我也。"余醳之曰:"程公在,無恐。"余無識,竊謂輦轂之下,如神木臺基,諸儲材所,無慮數萬章。有司以非傑材,置不用。而數十州赤子,莫必其命,遂決於此。彼堯階禹室,至今在也,奈何與未央而下競崇侈耶?今平臺置對,不可望矣,亮弼之司,豈其乏人?倘借昌言,爲丹扆一箴乎?字之曰"天下父"。公行矣,異日下咫尺之詔,令蜀之人釋斧荷鉏焉,知公之言行也。蜀之人且列俎以俟。

贈左伯程居翁秩滿膺封序　〔明〕范晞陽

今上握乾之廿二年,浙江永康程公爲蜀大方伯。既至,政通人和,遠曁邇安。不三朝,而風采勛猷,無脛而走四裔。丁酉,公以歲事入覲。蜀人士引領相謂曰:"今廟堂資,文武全才,公非若而人乎?茲行也,得毋以節鉞借重,使蜀之轅不再輓矣,若西南重地何已。"主爵者進議曰:"維蜀遠神州,去輦轂下萬里許。且三面阻邊,頻年困戎困苗,又困木,經濟調停,蓋難言矣。微英雄才略者,誰爲之屏翰?而責成勛遷代,詎易易哉?"乃復暫以公徂蜀。會公秩滿,以治狀報上。上念西牧,功罩及兆人,績隆隆在鎮,於維垣中無兩。於是特封公大父母、父母如令官。時蕃臬諸大夫各奉卮酒爲公慶,而右伯蕑溪周公謂新安范子例宜更觴以賀。范子釁然喜而致辭曰:不敏睹昔國朝設十二牧,以擁衛京室,蓋沿虞廷十二牧之舊云。在虞則三載考績,九載陟明,猶未聞封及三代也者。迨周宣命召穆公,句宣江漢,於時受釐錫祉,追告文人,對命颺休,歸功天子。夫成周以孝治天下,故人之報之也忠。我朝考績之典仿虞氏,展親之典埒周氏,固宜泰和元氣瀰漫宇宙間。而縉紳大夫家,相與共綿有道之長也。公起家名進士,由司理召入白雲,既又分憲西南,又由豫州廉訪使擢魯右轄,計所揚歷厥績,不啻茂矣。今藩蜀,蜀即多故,而公考傳驗圖,操縱在手,去苛釋繁,覆盂向隅之幽慮亡,無不揭青天而行白日。崎嶇羊腸,郡縣故邈不相屬,申戒墨綬長吏,其洗慮以承,毋厲黔首。邊城櫛沐,仰給内地,灌輸實廩,無令後時。白金、文錦、寶幣、金銀之耗,每歲鉅萬,則戢城社私漁,畢力剔厹蠹。自肘腋始,□□□□。上贊神明,用以勤百司。百司奉職,所在粢寧,西南夷之君長曹相蹂躪。帷幄機籌,實是運之。一切修攘經營,不崇朝而風斥霆暇,若磐劍壘而障岷嶓,奠江沱而登巫峽,猗歟烈哉!主上聰明神聖,恩隆嘉賚,錫爵報功,寧獨褒忠,且以章孝。蓋昔楊朱適宋,宋人伯榮、仲華,各質所事親者於朱,曰:"華也惠於迹;榮也惠於志;華也孝,孰與榮多?"故太上以志孝,迹孝次之。公是遇,所云伯榮之孝非耶?余嘗推慕公家乘,積德垂芳,淵源已遠,至嚴君方峰公,以異人夙悟,講會陽明洞中,潛心王伯安致知之學,不出於宗,而亦不顯於宗,其所自提,與所以淑後者,必以真實心地爲本,躬行爲驗,氣節剛方,卓然古人風烈,爲一時理學冠。已而蕭然以一丘一壑終其天年。其言曰:"寰宇内獨少聖賢,豈少公卿乎?吾安能舍濂洛關閩之秘,而博富貴,夸鄉井爲也?"家庭義方諸訓,壹禀於道真。公奉而立朝,用成未竟之志,故卓猷茂伐,世荷絲綸,對揚不朽。此非公之能〔遺〕其孫子,而公先代之,自食其報然乎?《書》曰:"七世之廟,可以觀德。"老子亦云:"天之道猶張弓然,必陰德者,必有陽報。"以是左驗於公,其植彌長,其慶彌永,天人相與之際,庶足窺其概矣。今天下搶攘冲决,南挂倭,北挂寇,公車之牘山積,祝融玄冥之異叠見,不爲無事。公撐西陲半壁,紓上外顧憂,且曰非卿貳推,即以鎮撫寄,平章軍國,望重臺衡,勳銘鐘鼎,天下後世,知聖朝獎率重臣,由十二牧爲九官者,非公而誰?不敏辱在下風,所竭蹶忻幸焉。吾□□□□,仰慕無窮也。周公首可其説,爲公酌之。議自肘腋始,□□□□。

賀左伯程居翁遷京尹序　　〔明〕李維禎

國家仿漢内史、京兆制,兩京并置府尹,而順天爲尤重。其職宣化和人,勸農問俗,閲户口,均徭役。每三月上,勖戚家人引帳。國有市,易平其價,召商而時給之。凡學校貢舉、軍匠積貯、牧馬薪炭、河渠道途、緇黄醫藥之事,率其僚而分理焉。輦轂下帝鄉,帝親無所不有,驕蹇邪侈,公卿貴幸,勢出上者,或爲造請,或抑撓之,法日以弛,而事變日以益,内供日以繁。一切徵派私買,閹寺夤緣必滿所欲,馳騁繩墨之外。而頃者上意在實内帑,所聚斂算權,及簿録諸罪人財物,歲無虚日。當事者少拂意,輒切責之,至鐫秩五等,而京尹稱難任矣。冢宰推擇以聞,章不即下,而最後舉方伯程公,旋報允。程公之爲左方伯蜀也,可四年;其爲右方伯齊也,可二年。故事,方伯滿考以上,遷御史中丞,開府專制一方。京尹秩相若,而委任權力差次。余不佞,起田間,事公於蜀。蜀事之最爲利害者曰採木、征播,中貴開市括税。公既旁求累朝採木例,爲折算銷算之議,而玩弄中貴股掌上,罄控縱送,不使橫潰,所以利蜀民無慮萬數。播事之起也,郡縣虚無備,民望風駭散,從政者新,未得要領,一一倚辦公。公爲募兵,爲儲餉,爲市馬,爲繕器,近者浹旬,遠者彌月,而事肅給,蜀恃以無恐,則莫不望公爲御史中丞鎮撫之。而以京尹遷,於格非殊異。然余以爲自蜀論,則蜀重;自天下論,則京師重。用公京尹,所以重京師也。登上□□□□□,恐夫下有異議,動必曰舊制。營建宫殿,非舊制何所商量?一念省費百萬。蜀額外之征,倍蓰舊制,而處置得宜,不病農商。此兩事者,遠在萬里,能陰爲轉移,而况京師,悃誠易達乎?即無難上矣。上久不御群臣,而閹寺乘間爲奸利。公以杯酒笑譚制閹寺,無播惡於蜀,即無難閹寺矣。朝臣有兩九列,其上爲六卿、御史大夫、納言廷尉;而次爲奉常京尹。若太醫、上林之屬,京尹又以事與外郡等,至上計時,不能若奉常諸卿長揖而體貌漸夷,於是居職者視爲公卿假道,無三年淹。公在方伯,必申其志。部使者盛氣而待,公卒侃侃自如,即無難帝鄉、帝親及公卿、權幸矣。上不難天子,下不難帝鄉、帝親,内不難閹寺,外不難公卿、權幸,則京師重矣。天時人事,遞相緩急輕重。堯時儆洪水，故平土事急，而司空官重。典禮典樂，號爲清秩，退然居其下。今時事重且急，無如京尹。橫政四出，天下囂然，喪其樂生之心，正營思亂。假令京師一搖足，禍不可言矣。此開府御史中丞所不必得之數，而安危惟京尹操之。故曰：用公所以重京師也。居重而馭輕，天下臂指相使，四方疥癬疾，不爲腹心憂，豈不善哉？重京師，所以重天下也。京師無虞，天下脫有患如蜀，公持御史中丞節出撫，抑念公久勞於外，遞遷廷尉内言，御史大夫、六卿固分内事，寧晚莫耶？漢内史京兆趙張輩，功名顯於竹帛，無論丞相封侯，余竊執簡俟之矣。

賀左伯程居翁陟順天序　〔明〕沈季文

上首重畿輔，非勛德大臣不任。於是叔明程公，以左伯擢爲大京兆。瀕行，藩臬諸大夫相聚，祖送於郊，而志其盛。曰：今海内大勢，京國爲重，列國次之。京國重，則天下益重。所爲重者何？得其人也。夫王畿，元首也，環宇，四肢也。其令精神宣暢，元氣灌舒，則腹心主之，宰執是已；咽喉運之，京兆是已，此兩者實繫關事權。今一切冠婚大典咸倚辦，不啻取諸宮中；又宇内稍稍騷屑於時政，無如輦轂易搖矣。得其人，然後國家神氣孔張，内外固於磐石，奠於金湯，是京尹譚何容易？蓋懸缺餘三閱月，而諭旨不下，爲若斯之慎也。程公才故天授，獨傳陽明夫子之正學。於尊公先大夫，預爲經綸之本，養何醇以厚也。辟之洪淵頵洞，混混出蒙。源惟長，故澄泓流漾，匯百川而東之。豐木秀株，蟠蟠固蒂，根惟深，故蔥鬱壽滋，枝遠揚而益茂。公之人品，其根源用事多如此。今藩蜀五載於兹，迹其規恢有遠略，經以文，緯以武；賦維平，績維理；綱用舉，目用張；風裁肅凛，法令章嚴。當紛紜盤錯之冲，每閑暇從容而辦。故當今岳政，推公第一焉。是時播夷跳梁，三藩大震，司馬李公，總裁聲討，甫藉公專城，餘力經濟，勖勤於其中，旬月間不見驁驊枝梧狀，而軍國大事賴以調停，公獻靖之功最多。全蜀吏若民，擬公當留代大中丞。居無何，乃擢大京兆以行，時論快之。顧茲任也，宮府一體，最號峻崇。臺佐之華，宰執之漸也，而動稱難其人者，京府去天咫尺，當咽喉要地。今東南之力竭矣，西北之事紛如。帑藏匱竭，則轉輸難；符移旁午，則應酬難；況職司彈壓，則肅清輦轂之難；望首羽儀，則糾正列曹之難；且豪民臣姓之根連，則讋服難；戚畹貴臣之盤據，則震懾難。一切繁劇。昔初謂難，在明習事機者，猶有畫餅蠟鞭之誚，而矧其餘乎？然皆非所以難公也。公家學閎深，繕練已裕，所謂真實心地，公獨得之矣。真儒作用，夐出尋常，故平生歷歷，可畫省，可監司，可藩岳，可京兆，可機衡，可公孤，若游刃有餘，輕車就熟。其於道德功名，履如一轍，難易之間，非所以論公也。昔張敞為京兆，繼鮮其人；劉沆在天聖，自尹入相。第才諝臣，宜未有才德兼濟如公者。夫風伯在山，林壑唱於；迨其吹萬也，八弦鼓呂而颺聲。簫韶在齊，聞者心契。及登清廟，奏明堂，則鑑天地，協神祇，和民人，感麟鳳，皆是物焉。故難易之間，非所以論公也。公在蜀蜀治，在內則朝廷尊而天下治。余因以風伯簫韶之說，卜公相業之弘遠云。

答左伯程居翁惠扇　　〔明〕沈一貫

序向朱明，人歡永日。門下宏敷橐龠，廣布陶甄。五明七寶，聲價重於當時；去酷除煩，德政流於所部。推餘見及，流潤無窮。所愧不佞了無披拂之仁，更鬱卷懷之志，徒增汗顏，惟有心銘。謹附來伻，勒箋為謝。

答程左伯居公　　〔明〕趙　准

川省苦採辦，苦征榷，更苦播酋，此皆二三年以內事。不佞以謭劣肩此，寒暑兩易，今幸獲釋於擔負，而及於寬政也，則拜受明賜者極宏且侈。試想去秋以前，蜀中事體是何景色？自執事者入境，整頓井井，議論侃侃。不佞始有所藉力而舒眉。以此思感，感可知矣。承教深忉冲懷，敬復。

答程京兆居翁　　　〔明〕徐石樓

翁臺道德勛望，海宇斗山。桑梓末學，正拭目握樞秉衡，爲閭里光榮，爲後進領袖。不虞無端詿誤，暫爾投閑。公論嚚然不平，天心自爲助順，東山之卧，豈安穩耶？學聚頏蒙無似，謬轉强藩。鼷腹已盈，蚊山安負。正賴翁臺委心詔告，闢此蓬茅。如來諭云云，直有愧而走耳。

柬程京兆居翁　　　〔明〕李維禎

維禎入仕三十餘年，所承事僚長非一，才全德備，而又敦伯仲塤箎之好者，□□□□也。銜恩東下，受事以來，思陳銖兩之報，其道無由，而京兆新命至矣。長吏言綉衣已還里第，不得與賓客之後，旅進展謁，奉爵稱慶，敬遣一介，薄致筐篚，伏惟鑒納，幸甚。

錦水仙舟

《錦水仙舟》卷引首　　　〔明〕史旌賢

程叔明先生既擢大京兆以行，蓋艤舟錦江之滸，不得發，玄亭浣溪，若戀戀有餘思者。諸大夫乃就迴瀾塔之使院祖焉，而復繫之詩，志别也。史子曰：夫祖必以詩也，其《嵩高》、《烝民》之始乎？是故有頌焉，祝焉，思焉，何也？詩可以觀也。是卷也，若聚錦於天府，而組織於支機之石也。或徵諸摽銅盡瘁以揚其烈，謂之頌；或取諸持衡曳履以竟其用，謂之祝；或寄諸甘棠、岷山以承其愛，謂之思。故曰詩可以觀也。叔明曰："唯唯，否否。夫頌者，以其人祝者卜諸天，吾言吾思而已。然孰與規以見志也？"於是諸大夫復以持盈之什終焉。嗟夫，至於規而頌也，祝也，思也，義具是矣。昔者鄭六卿餞宣子於郊也，宣子使各賦焉以觀，鄭風遂有聲於後世不衰。是卷也，謂之善焉可也。他日展卷而憶諸大夫，其猶有玄亭浣溪之遥思乎。遂解纜而別。

題《錦水仙舟》

〔明〕屬吏張璇 湖廣華陽知縣

二儀間氣鍾神岳，摩漢擎霄更超卓。使君直以大菘英，總翰西川誰與角？世德延芳有釜華，衷禎毓秀鼎鍾家。學自鯉庭沿正脉，文因象帝沛真涯。芳年奏封明光殿，濯錦聯珠霞彩絢。心帝早已注賢良，珍重金甌儲碩彦。只今游刃苙蠺叢，幾載西人怙恃公。巨海汪洋膏澤溥，陽春浩蕩燠咻洪。况有甲兵滿胸腹，座中醜虜已在目。轅門借箸妙前籌，屈指何難威草木。聲績雄飛宇宙間，北之斗柄東泰山。聖主旁求摳世軸，特重京畿內召還。西人輻輳攀車轍，薺憩留公意凄切。絳帳高搴玉壘雲，碧岫寒映岷山雪。自憐菅蒯與荆蓁，五稔生成托大鈞。敢謂龍門當國士，頓忘鮒迹在河濱。此行獨立神京障，掀揭勛名張趙上。懸知玉鉉佐三公，元氣蒸蒸彌健王。會須中外盡敉寧，我亦承風仰德星。模範在型金在冶，慈恩如綫澤如醽。芙蓉江上梅花發，峨嶺依稀望明月。愁心三叠通驪歌，繚糾去去思不竭。東流錦浪何茫茫，天際雲峰何蒼蒼。神馳千里復萬里，北望山高與水長。

錦水仙舟七言律

〔明〕同安蔡守愚 副使

錦城曙色動驪歌，驛路寒光送玉珂。此去威名卑廣漢，向來餽餉屬蕭何。吳江水落烟波遠，薊苑春生雨露多。倘許臨軒親賜問，西南今已半兵戈。

又　　〔明〕史公旌賢 參政

送爾朝天白玉珂,江聲岳色動驪歌。彈冠猶憶張京兆,標柱勛名馬伏波。北極雲霄遲露冕,西川風雨厭兵歌。故人落落那堪問,初報吾歸老薜蘿。

又　　〔明〕馬朝陽 參政

幾年薇省挹清光,話別紅亭更舉觴。光映雪山偏有色,清分錦水并多芳。弘才佇看登廊廟,京兆無須數趙張。此去燕臺梅正發,一枝莫惜寄餘香。

又　　〔明〕燕南張棟

九衢春色擁鵷班,却憶含香蚤賜環。銅柱千秋張蜀壘,金臺一日築燕山。自依北斗清輝近,爭識中原紫氣還。前席定勞帷幄計,書生今得請行間。

又

西土三年載保釐,追鋒遄入依彤墀。殷畿千里成盤石,漢殿群公見羽儀。卿月遙懸鵁鶄曙,秦階親切衮龍垂。籌邊賸藉文饒笑,補闕重賡吉甫詩。

又　　〔明〕涇陽劉三才 參議

薇省經年報政成,□□□□共高清。文翁化裏饒經略,范老胸中富甲兵。霓節高騫風凜洌,鳳池佇想業崢嶸。携提未久旋分袂,側聽寥天一雁鳴。

又　　　　　〔明〕周懋卿 知府

青霄世講起當年，何幸蓉城戴二天。餘迹津津煩玉頰，陽春脉脉動金纏。絲綸特簡台垣宿，風采行消輂路烟。錦水攀轅隨父老，豐碑擬誦去思篇。

程子格言

前　言

　　《程子樗言》，先祖永邑程氏十一世祖明試公撰。本書闡天地之秘，究古今之學，上而天文，下而地理，中則人物，巨細粗精，無不參究辯論，簡約精嚴，令人有望洋之歎。非行萬里路，讀萬卷書，焉能有此？實奇書也。程子自謂：樗言，無用之言。蓋作者自謙之詞也。

　　程明試，字式言，號龍門。明萬曆三年（一五七五）三月廿二日出生於武昌，大京兆居左翁第四子，大儒方峰先生之孫也。天授異敏，深爲京兆翁鍾愛。京兆翁爲官齊魯、滇桂、巴蜀，即無時不隨侍身邊，所過山川名勝，皆得周遊觀覽，以自廣益。其家多書，于經史、諸子、詩賦、四六，及稗官、野乘九流之類，無不周覽。過庭之訓，家學承傳，弱冠即以《禮記》高等入泮。試浙闈不第，遂鼓篋遊北雍，一時譽髦之士，咸嚶鳴和之，文名鵲起，每以一代作者相推。京兆翁解組歸田，公亦南歸，閉門讀書著述，其學益邃，所著更豐，蔚爲鴻儒。

　　我國古代，諸如賈誼、王弼、王勃等，少年即享高名，天年不永。而明試公亦以癯癯弱骨，嗜學積勞，竟于萬曆三十六年（一六〇八）十二月初三英年早逝，年僅三十有四，豈天生才而故靳其用耶？

　　明試公於書無所不窺，多疑而異同，思爲考訂；友朋唱和，詩作甚多。平生著述盈笥，付梓者僅見《程子樗言》。該書凡四卷，每卷首題：明寶婺永康程明試式言父著，孫懋昭編次，曾孫璘初校錄梓行。

　　卷一：造化、律元、律氣、原曆、隼刻、改火。卷二：日食、夜明、霜文、冰文、雹異、蟛蜞、嫦娥、牛女、水性、潮信、山異、人生、氏族、宗法、四禮、師服、官制、官數、舜出井辯、伊尹生於空桑辯、太王翦商辯、孔子仕周辯、西施、蔡琰入胡辯。卷三：三易、尚書、詩序、三傳、儀禮、石經大學、論語、汲冢竹書、鶡子、陰符經、鬼谷子、鶡冠子、司馬法、參同契、元包、中説、正易心法、潛虚、洞歷、越絶書、漢晋春秋、史通、諸皋記、天咫、緯書、讖書、石經、藏書、書難、佛經、沈韻、造書、章草、飛白、臨摹、花押。卷四：道家源流、浮屠宗派、無鬼説、神像、卜筮、拘忌、陽九百六、束脩、冠、屨、履化、筆、墨、紙、硯、紙錢、俗語有本、鳥語獸言、犁牛、牛耕、羔、鸕鷀、螟蛉、異魚。内容遍涉天文、律曆、地理、神話、歷史、經學、宗教、音韻、服飾、文房器物、鳥獸魚蟲等，細大不捐，均廣徵博引，詳加考辨，多有灼見。

　　清雍正間，明試公曾孫程璘初，深慮其行之不遠，傳之不久，謹細校讎，訂證無訛，手録付梓，捐資獨刻，澤延無窮。余精心整理該書，於二〇一二年由上海古籍出版社出版。今有幸納入永康市文化工程——《永康文獻叢書》再版，以廣流傳，令先賢華章再賁于天下，斯文不墜，嘉惠學林，誠愜余平生之願也。

癸卯仲春，程朱昌撰

叙

程子之樗言,非樗言也。其書闡天地之秘,發古今之覆,蓋六經之佐輔,諸史之羽翼,而百家之蘊奧也。其標義也大,其證引也確,其搜抉也隱,而其評斷也正。其與世之碎錦散珠,止足供詞家之採取、坐席之清談者,蓋迥然不同也。或者以書契以來,奇事日出,如入海算砂,不可數計。今欲以四卷括之,毋乃不備。殊不知四卷之中,非自窮數千卷者不能作。苟逐條而釋之,雖數十卷不能盡也。是能使誇多者服其簡約,漁獵者遜其精嚴。即偶舉一二條,已令人有望洋向若之嘆,況覽其全帖乎!蓋程子之學邃矣。

程子號式言,予友自玉曾祖,而京兆尹居左公之子,方峰先生之孫也。方峰先生親受業於姚江陽明子之門,闢五峰書院,講良知之學。居左公恪遵庭訓,居官廉介,為時名臣。家學承傳,遠有端緒。其家又多書,故程子能縱其博取,蔚爲鴻儒。

唐宋以來,文士墨客廣搜奧篇隱帖以著書者,不下數千百家,要皆齊諧、燕書、野史之支流。至於原本經術,摧揚大道者絶少。明時予邑盧御史荷亭著《經學辯論》,蕭山毛西河先生極推服其識力,而微嫌其未博,因論勝國博學者推潛溪,繼則升庵、弇州,在本朝則西河其人矣。然諸公皆享有上壽,故能以寬然有餘之日力,可以恣意墳典。今程子年止三十有四,而所學如此,斯則難矣。倘使享有大年,吾不知其學將何底。□李有晚成,亦有少就。賈長沙年止三十有三,王輔嗣年二十四。今程子之天授異敏,殆其流(典)〔與〕?此書已經遺失，後復從他家敗筐中收之。蓋兩間之鴻寶，必有鬼神呵護，宜其隱而復出也。今自玉校錄梓行，誠可謂繼志之孝，其嘉惠後學亦無窮矣。

時雍正五年丁未嘉平月，東邑後學鶴潭王(宗)〔崇〕炳撰。

本　傳

明寰徐昇騰　江津訓導

龍門程公諱明試，字式言，大京兆居左翁第四子也。居左翁初授司李時誕於楚，幼而岐嶷，京兆翁鍾愛之，適燕、適滇、適蜀，無頃不攜置膝上。故所過山川名勝，皆得恣流以自廣，益以過庭之訓，長習博士業，駸駸乎高翔藝苑矣。弱冠以《禮記》高等入泮。丁酉試淛闈，不第。語人曰："翡翠離越而貴，章甫入魯而售，物固有所遭也。"遂鼓篋游北雍，一時譽髦之士，如趙無聲、沈千秋、祁爾光、王大廉輩，咸嚶鳴和之，文名鵲起。更嫻於風雅，偶有嘯詠，渢渢乎皆開元、大曆之音。其文雄奇閎麗，每欲以一代作者自命，大爲李本寧先生所稱許。

辛丑，京兆翁解組歸田。公亦自燕而南，菽水之情愈篤。或強之就試，則曰："吾安能以三公易此一日哉！"遂於宅畔構樓三楹，匾爲"七松書院"，定省之暇，閉户讀書其中。於文則六經、周禮、先秦、司馬、班掾；於詩則蘇、李、曹、劉、甫、白；於騷賦則屈、宋、相如、楊雄；於諸子則管、韓、莊、列、荀卿；四六之文則王子安；於本朝則北地、濟南、弇州、新安，及稗官野乘、百家九流之類，無不周覽。每嘆諸家彙書如《御覽》、《合璧》、《册府》、《六帖》、《玉海》、《廣記》、《初學》、《藝文》，多疑而異同，欲爲考訂，作《博古事海》約數千卷，未成。

嘗過姑蘇，與王百穀、張凌虛輩友善，交相賡和。百穀贈詩甚多，内有"莫問著書多少，請看樹作龍鱗"之句。今簡遺篋，僅得《程子榯言》、《七松吟稿》、《海運議》數帙而已。更深喻儒釋合一之理，著有《心經出旨》，并《松窗頌古》等書藏於家。

公生於萬曆乙亥年三月廿二日，卒於戊申年十二月初三日，享年三十有四。配徐氏，廣東廣州府同知南龍公之女，余姊也。子三，長引祚，郡庠生；仲引孝，佐岳陽縣事；季引宣，邑庠生。孫男十一人，懋修，邑廩生；懋功、懋新，邑庠生；懋銓、懋晉，郡庠生；至懋昭，未冠入泮，補郡弟子，有文章聲，又娶余次子庠生大統女爲室，聯舊姻也。

徐子昇騰爲之傳曰：余因余姊而有感於太母程淑人之事焉。淑人歸都憲谷雲公，不三年而孀。備嘗艱苦，撫孤成進士，官卿貳，迄今世澤未艾。淑人蓋贈憲副松崖翁之女，憲副十峰公之姊，而大宗伯松谿公姑也。故先大夫與居左翁得稱兄弟，復同入泮，同舉於鄉，遂約爲婚姻。

萬曆壬辰，余姊入子舍，奉兩尊人以孝聞，佐龍門下帷，朝夕惟謹。龍門癯癯弱骨，嗜學積勞，中道而殂，莫竟厥施，豈天生才而故靳其用耶？抑挹茲注彼，瀦其後之逢耶？今觀其子若孫，皆亭亭物表，風雲指日，與余家祖復齋公及父伯輩後先輝映，若合左券，則余之言且爲讖緯云。

私　述

《樗言》一集，余曾祖龍門公所著也。其詳具於外太祖徐公本傳及我弟嗣音跋中，余無庸贅。所異者，公以天授奇姿，雖享年不永，而於書無不讀。聞生平著述盈笥，付梓者僅見《海運議》《七松吟》及《松窗頌古》數篇。即此一集，亦手錄成編，未付剞劂，幾致流失。公貴介子也，豈艱於刻，抑欲老其才以益廣其集，而爲未定之本乎？還以俟之後人耶？

幸上天不負苦心，故失而復得，晦而復顯。昔王子朝沈成周之寶珪於河陰。不佞還，得之津人，以獻敬。王鶴潭王先生所謂"兩間鴻寶，必有鬼神呵護"，非鑒言也。

當康熙丙寅春，先君子既得之陳家，手分卷目，以授不肖兄弟，曰："此先人手澤也，力能表章則急爲表章，以垂不朽。"余受而珍藏，經今四十餘年，晨夕披覽，覺上而天文，下而地理，中而人物，巨細精粗，靡不參究辯論，約其文於四卷，衍其義於無窮，反覆推類，殊有望洋向若之觀，非讀破萬卷，焉能如此？

余深慮其行之不遠，傳之不久也。適嗣音刻《內外集》，工良技精。輒忻然曰："是余之責也夫！"捐資獨刻，以成先志。謹細校讎，詳句讀，手錄付梓。自丁未孟夏，歷戊申仲夏，經年乃成。

愧余淺學，其出於他書者，不敢是正。至於徵引五經、三傳、兩漢、子、史，凡目所經見者，略已訂證無訛。豈敢謂表章前人，嘉惠後學，聊以延手澤於世世子孫勿替云爾。雍正戊申四月辛丑，曾孫璘初百拜謹識於清白堂。距萬曆戊申恰兩甲子。

程子樗言卷之一

造　化

　　談造化之理者，莫妙於《易》。子曰："《易》有太極，是生兩儀，兩儀生四象。"周茂叔乃加無極於太極之上，曰："無極而太極，太極本無極。"夫"太"者最上之名；"極"者至盡之謂。所謂乾坤未列，無象可見；大衍未分，無數可數。冥冥而性存，天地之父母也。今而曰："無則爲空、爲虛、爲寂、爲滅。"既無其氣，復無其理。乾坤之道，幾乎息矣。《老子》曰："知其白，守其黑，爲天下式。爲天下式，常德不忒，復歸於無極。"此其爲虛無之教，而不可訓者也。《周書·命訓解》云："正人莫如有極，道天莫如無極。道天有極則不威，不威則不昭；正人無極則不信，不信則不行。"吾儒無極之名，實肇於此。然《竹書》多戰國僞筆，原非聖賢之言。而周子之説，得無鼻祖於此乎？

　　孔子曰："吾道一以貫之。"老子曰："道生於一。"《三墳姓紀》云："太始之數一，一爲太極。"故極者，亦至一之謂也。一其一則爲太極，二其一則爲兩儀，三其一則爲三才，四其一則爲四象，五其一則爲五行，六其一則爲六度，七其一則爲七致，八其一則爲八卦，九其一則爲九疇，萬其一則爲萬殊。太極、陰陽、天地、萬物，有則俱有，生則並生。故曰："道並行而不相悖，萬物並育而不相害。"

　　且天地之道，悠久無疆。消息盈虛，不過晝夜寒暑之理。若夫玄黄之質，誰搏之而成？誰摧之而壞？誰立於天地之先而見始？誰老於天地之後而見終？邵堯夫《皇極經世》乃曰："自有天地萬物，至於

245

天地萬物之窮盡,謂之一元。一元十二會,一會一萬八百年。子會生天,丑會生地,寅會生人,至戌會則物閉而人消,亥會則天地皆消。至於子會丑會,則又生天生地,而循環無窮焉。是一萬八百年,陽始生而有天;一萬八百年,陰始生而有地;又一萬八百年,陰陽始交而萬物生;至十三萬年,天地必消而爲烏有。"造化之理,果若斯乎?

嘗見二氏之言,云十方三世,所有一切世界,皆悉具四種相劫。謂成、住、壞、空:成而即住,住而續壞,壞而復空,空而又成,連環無端,都將成、住、壞、空八十轆轤結算。一十三萬四千四百萬年,爲始終之極數,所謂一大劫也。又云龍漢之後,天地破壞。逮至天地開光,天地復位,一劫周又復破壞。逮至開皇,天地復位,又有五劫焉。龍漢爲木劫,赤明爲火劫,延康爲土劫,開皇爲金劫,上皇爲水劫。一起一伏,周而復始。荒唐無稽之談,得非邵子元會循環之權輿乎?

《易》曰:"天尊地卑,乾坤定矣。"《禮》曰:"天高地下,萬物散殊。"論天地之高卑者,如斯而已。《魯論》曰:"舟車所至,人力所通,日月所照,霜露所墜。"言天地之廣博者,如斯而已。初未嘗尺計寸量,而以數定其遠近也。《酉陽雜俎》云:"天地相去四十萬九千里,四方相去萬萬九千里。"《廣雅》云:"凡天去地二億一萬六千七百八十一里半度。地之厚與天高等。天南北相去二億三萬三千五十七里二十五步。東西短,減四步。"《淮南子》云:"禹使太章步,自東極至於西極,二億三萬三千五百里七十五步;使豎亥步,自北極至於南極,二億三萬三千五百里七十五步。"

古之言天運者,不過曰天有三百六十五度四分度之一。故《書》云:"期三百有六旬有六日。"《易》云:"乾之策,二百一十有六;坤之策,百四十有四。"凡三百有六十當期之日。《考靈曜》亦以里計之,云一度二千九百三十二里千四百六十一分里之三百四十八。周天百七萬一千里者,是天圓周之里數也。以圍三徑一言之,則直徑三十五萬七千里,此爲二十八宿週迴徑直之數也。然二十八宿之外,上下東西,各有萬五千里,是爲四遊之極。謂之四表之内,併星宿内總有三十八萬七千里。然則天之中央上下正半之處,則一十九萬三千五百里。地在於中,是地去天之數也。宇宙之内,亦玄邈矣,人果何物,乃能度其里數如此之悉也?

不獨此也,虞昺《窮天論》云:"天形穹窿如笠帽。地之表浮於氣之上。譬覆盫以投水而不沒者,氣充其中也。"《渾天儀》云:"天如雞子,地如中黄,居於天内。天大地小。天表裏有水。地各乘氣而立,載水而浮。"又云:"天抱地,如水抱舟。夏景長者,地沉遠於天也;冬景短者,地浮近於天也。"以此形容天地,已爲臆説,猶未嘗論及天地之外也。朱子乃云:"天外更須有軀殼甚厚,所以固此氣也。"又云:"北海只挨著天殼邊過。"夫在廬山之外者,乃能辨廬山之形。人在天地之中,安能於天地之外見其殼,復得揣其殼之厚薄也?《莊子》云:"六合之外,聖人存而不論。"《傳》云:"及其至也,雖聖人亦有所不知焉。"夫惟不知,是以不論。聖人且不知不論,而况不能爲聖人者乎?

劉伯温云:"天有極乎?天之外又何物也?天無極乎?凡有形必有極,理也,勢也。"夫非有極,又非無極,非無非有,名之曰"太"。明於太極之理,則天地之外、天地之内,無餘藴矣。故曰:談造化之理者,莫妙於《易》也。

律　元

律者,述也,法也。述陽氣而出法度也。樂不律則淫;兵不律則亂;天地之氣不律則舛而無紀。故律之來舊矣。

式稽造律之法:太上以聽,其次以候,其下以算。聽有三:一曰神聽,二曰心聽,三曰耳聽。神會者天,心通者聖,耳決者聰。候有二:上古權炭,中古吹灰。算則三分,損益隔八,相生之理,至於纍黍積塵,而愈趨愈遠矣。

蓋聲由氣生者也。氣有始、有壯、有究。始爲太初,壯爲太始,究爲太素。太初，氣之始也；太始，形之始也；太素，質之始也。形質始合，而聲生焉；聲比於律，而音出焉；音協於風，而歌成焉。是聲者，天地自然之氣；律者，天地自然之聲，非假器而有，非藉物而均者也。故《易》曰："雷出地奮，豫。先王以作樂崇德。"蓋雷之爲聲也，始則殷殷隆隆，沉厚渾雄，在下震動，是之謂宮；繼則亹亹哆哆，抑揚流利，從下而上，是之謂徵；中則瑲瑲鏘鏘，勁明凝長，辟歷四達，是之謂商；已而舉舉詡詡，高徹遠去，細小而清，是之謂羽；終則剝剝啄啄，中平端確，質直而收，是之謂角，五聲已備於雷矣。不獨此也，凡風聲隆隆如雷者，宮也；如馬奔焱走者，徵也；如叩鐘鈴者，商也；如濕鼓激波者，羽也；如叫嘯啾唧者，角也，五聲已寓於風矣。不獨此也，《管子》：聽聲之術，七尺爲施，視土所宜。凡草宜楚棘，是土也，五施，三十有五尺而至於泉，呼音中角；草宜茅蕝，是土也，四施，二十有八尺而至於泉，呼音中商；草宜黍秋，是土也，三施，二十有一尺而至於泉，呼音中宮；草宜菽薋，是土也，再施，十有四尺而至於泉，呼音中羽；草宜萍稻，是土也，一施，七尺而至於泉，呼音中徵。凡聽徵，如負豬豕，覺而駭；凡聽羽，如鳴馬在野；凡聽宮，如牛鳴窌中；凡聽商，如離羣羊；凡聽角，如雉登木以鳴，五聲已具於土矣。由此而鳥獸、林木、庖刀、女砧，何者無聲？何者不可以造律？然古今之雷無異也，惟先王能聽之；古今之風無異也，惟虞幕能聽之；古今之土無異也，惟管子能聽之。是非聲之難，能聽之難也；又非耳聽之難，能以神聽之難也。

故黃帝之制律也，令伶倫自大夏之西，乃之阮隃之陰，取竹於嶰谿之谷，以生空竅厚均者，斷兩節間，其長三寸九分，而吹之以爲黃鍾之宮。次制十二筒，以之阮隃之下，聽鳳凰之鳴，以別十二律。其雄鳴六；雌鳴亦六。雄鳴爲律，雌鳴爲呂，此律呂之始，聖人心通神會之妙也。

聖人不世出，耳聽亦已稀。故張文收聽玉磬，而知爲閏月所造；張茂先聽銅〔鐘〕自鳴，而知與洛陽鐘聲相合；荀勗聽牛鐸，而識其可以諧聲,可謂能聽也者。然荀勖所造鐘鼓、金石、絲竹,皆比古銅尺短一黍,而聲太高,是又非真能聽矣。隋萬寶常與人方食,論及聲調。時無樂器,寶常因取食器及雜物,以箸叩之,品其高下,宮商畢備,諧於絲竹,可謂能聽也者,然世不能用,竟以餓死。他如楊傑、魏漢,咸稱知律。然傑欲廢王樸舊鐘,而樂工一夕易之,傑不辨;漢欲請帝中指爲律徑,爲容盛,工人改爲,而隨律調之,漢不能察。耳聽且難,安望其神會也哉?

既不能聽,則不得不假之候氣。既欲候氣,則不得不假之炭灰。《後漢·律曆志》:"古者天子以日至御前殿,合八能之士,陳八音,聽樂均,度晷景,候鐘律,權土炭,放陰陽。日冬至,陽氣至,則樂均清,景長極,黃鐘通,土炭輕而衡仰;日夏至,陰氣應,則樂均濁,景短極,蕤賓通,土炭重而衡低。"《淮南子》云:"水勝,故夏至濕;火勝,故冬至燥。燥故炭輕,濕故炭重。"吹灰之法,漢制,殿中候用玉律十二,惟二至乃候靈臺,用竹律六十,候日如其歷。其法作三重密室。外一重與最內一重,門皆向子。中間一重却向午,治地令極平,乃以木爲十二案,內卑外高,從其方位,埋於地下,加律其上:黃鐘子位,頭向南;蕤賓午位,頭向北;餘律各依辰位加焉。中秋白露降,採河內葭莩爲灰,實於管中,以素紗覆於管端,所謂緹素也。氣至則吹灰動素,小動爲氣和,大動爲君弱臣强專致之應,不動爲君嚴猛之應。大概較灰於炭,灰輕炭重。炭猶待衡,復經二物,即未□□。灰則氣至而飛,舉目可睹。但八方風氣不同,難以一隅取則。以故孔子必周流天下,自衛反魯,然後樂正。且候之而氣應者,無孔之律也;吹之而聲和者,有孔之律也。後世如蔡季通,先候氣定律,而後積黍,可謂得矣。然吹候氣之管,不復制笛孔,竹氣從下洩,無復清濁高下。朱子謂其法度甚精,吹律未諧。所由專重三分損益、上下相生之說,精於算而不精於聽。律苟未諧法度,將安用哉?

昔信都芳深有巧思,嘗爲輪扇二十四,埋地中以測二十四氣。每一氣感，則一扇自動，他扇並住，與管灰相應。使候氣之管可以定律，則合管之輪扇亦可以協樂乎？此勢之未必然者也。蓋聲者，氣之軋也。求聲於氣，猶恐其遠。世則有盡舍聲氣，而專求虆黍者，捐捐然日致辨於縱橫秬色之間，多寡庞實之際，不以律生尺，制律先後本末，顛倒盡矣。於是釋氏者流因而倡爲積塵之法。謂七微塵成一窗塵，七窗塵成一兔毛頭塵，七兔毛頭塵成一羊毛頭塵，七羊毛頭塵成一牛毛頭塵，七牛毛頭塵成一蟣，七蟣成一虱，七虱成一芥，七芥成一大麥，七大麥成一指節，七指節成半尺，兩半尺成一尺，二尺成一肘，四肘成一弓，成一丈，二十丈名一息，八十息名一俱盧舍，八俱盧舍名一由旬。其積量衡，亦復如是。西方最重聲韻，故亦用意律度。然塵甚微眇，何爲據？總之，不能會通於心神，而徒假借於外物，縱或得之，亦不過仿佛之似，而況乎其不能得也？

今夫天下之變而不可泥者，聲也；一定而不可易者，律也。以一定之法，律至變之聲，必我之心有以通天地之心，我之氣有以會天地之氣，使宮商金石皆吾心之自〔律〕，而清濁高下皆吾氣之自調。於是聽雷而雷無所淆其聲，聽風而風無所逃其響。林谷之音可以效歌，鳥獸之聲悉關於律。則楊雄之吹灰，劉歆之積黍，班固、淮南之上下相生，俱可洗其言而焚其書，折其度而剖其量。安知嶰谷之竹，不生於今日，而阮隃之鳳，不鳴於斯時哉？

律　氣

大聖至理之世，天地之氣合而生風。日至則月鍾其風，以生十二律。

仲冬日短，至則生黃鍾。黃鍾者，陽氣施種於黃泉而出也，所以宣養六氣九德也。季冬生大呂。呂，旅也，旅而出也。言陰。大旅助黃鍾，宣氣而牙物也。孟春生太簇。簇，生也，奏也。陽氣大，奏地而達物也。仲春生夾鍾。夾鍾者，種始莢也。又陰夾助太簇，宣四方之氣而出種物，蓋陰陽相夾廁之時也，又出四隙之細也。季春生姑洗。

洗,潔也,陳去而新來也,言陽氣洗物辜潔之也,所以修潔百物,考神納賓也。孟夏生仲呂。仲呂者,宣中氣也。言萬物盡旅而西行也。又微陰始起未成,著於其中,旅助姑洗,宣氣齊物也。仲夏日長,至則生蕤賓。蕤,繼也;賓,導也。言陽始導陰氣,使繼養物也,所以安靖神人,獻酬交酢也。季夏生林鍾。林,君也。言陰氣受任,助蕤賓。君主種物,使長大楙盛也。又引而止也,所以和展百事,俾莫不任肅絶恪也。孟秋生夷則。則,法也。言陽氣正法度,而使陰氣夷當傷之物,所以詠歌九,則平民無貳也。仲秋生南呂。南呂者,任包大也,又贊陽秀也。言陰氣旅助,夷則任萬物,而陽氣之旅入藏也。季秋生無射。射,厭也。言陽氣究物,而使陰氣畢剝落之,終而復始,無厭已也,所以宣布哲人之令德,示民軌儀也。孟冬生應鍾。鍾者,種也。應鍾者,言陰氣應無射,該藏萬物,而離陽閡種也,所以均利器用,俾應復也。

天地之風氣正,則十二律定矣,律定而萬事之根本在是矣。故黃鍾之律,九寸爲宮。宮,中也。居中央,暢四方,唱始施生,爲四聲綱也。太簇爲商。商之爲言章也,物成就,可章度也。姑洗爲角。角,觸也。物觸地而出,戴芒角也。林鍾爲徵。徵,祉也。物盛大而繁祉也。南呂爲羽。羽,宇也。物聚藏,宇覆之也。

五音者,天之中數;六律者,地之中數。五音自倍而爲日,六律自倍而爲辰,故日十而辰十二。月黃鍾爲子。子,滋也。萬物滋萌於下也。亦爲壬癸。壬,任也。言陽氣任養萬物於下也。癸,揆也。言萬物可揆度也。大呂爲丑。丑,紐也。言陽氣在上未降,萬物厄紐,未敢出也。太簇爲寅。寅者,髕也。擯拆也。正月陽氣動,黃泉欲出,而陰尚强,象宀。莫堅切,交覆深屋也。不達,髕寅於下也。又物始生而螾然。螾,寒蟬也。言蟬螾相繼生也。又螾,土精也。黃帝以土德王,而地螾見。其大五六圍,其長十餘丈。言土氣方王而生物也,故曰寅。夾種爲卯。卯之爲言茂也,言萬物茂也。亦爲甲乙。甲者,言萬物剖符甲而出也。乙者，言萬物生軋軋也。姑洗爲辰。辰，言物之蜄也。言萬物至此而振美也。仲呂爲巳。巳者，言陽氣之已盡也。蕤賓爲午。午者，陰陽交午也，亦爲丙丁。丙者，言陽道著明。丁者，言萬物之丁壯也。林鍾爲未。未者，言萬物皆成，有滋味也。夷則爲甲申者，言陰用事，申賊萬物也。南呂爲酉。酉者，萬物之老也。卯爲春門，萬物已去。酉爲秋門，萬物已入成熟之時，故曰老也。亦爲庚辛。庚者，言陰氣庚物。辛者，言萬物之辛生也。又辛爲痛泣。萬物方盛，初見斷制，故辛痛也。無射爲戌。戌者，言萬物盡滅也。應鍾爲亥。亥，該也。陽氣盡藏下，故曰該也。戊己，土也。土旺於四時，故無尚屬也。

始以十二月之氣定律，繼以十二律之律律歲，於是以宣八風之氣，以生二十四時之變，以經二十八宿之次，皆是物矣。八風者：黃鍾，一陽之始，廣莫風主，位居北方，於卦爲坎，於音爲革。廣莫者，言陽氣在下，陰莫陽廣大也。故曰廣莫。廣莫風至四十五日，條風至。位居報德之維，於卦爲艮，於音爲匏。條者，言條治萬物而出之也。條風至四十五日，明庶風至。位居東方，於卦爲震，於音爲竹。明庶者，明庶物盡出也。明庶風至四十五日，清明風至。位居常羊之維，於卦爲巽，於音爲木，主風吹萬物而西之也。清明風至四十五日，景風至。位居南方，於卦爲離，於音爲絲。景者，陽氣道竟也。景風至四十五日，涼風至。位居背陽之維，於卦爲坤，於音爲土，主地。地者，沉奪萬物氣也。涼風至四十五日，閶闔風至。位居西方，於卦爲兌，於音爲金。閶者，昌也。闔者，藏也。言陽氣道萬物、闔黃泉也。閶闔風至四十五日，不周風至。位居號通之維，於卦爲乾，於音爲石，主殺生。言其不與物相周旋而殺之也。不周風至四十五日，復起於黃鍾之一陽日，冬至而廣莫風至矣。

二十四時者，有中氣，有節氣。一年四立，即節氣。二分、二至，即中氣。九十日之氣，往過之，來續之，故曰立，言成立也。九十日之中則謂分。夏冬不曰分，而曰至者，子至巳六陽，午至亥六陰。是爲行及巳、午、亥、子之間，而云至也。冬至亥，陰極，亦曰至。而子陽於此生，亦曰至。夏至巳，陽極，亦曰至。而午陰於此生，亦曰至。大概十五日爲一節。斗指子，則冬至。音比黃鍾。加十五日，則小寒。加十五日，則大寒。小寒、大寒者，猶《豳風》"一之日觱發"，爲風寒；"二之日栗烈"，爲氣寒。風寒，故十一月之餘曰小寒也。氣寒，故十二月之終曰大寒也。加十五日，立春。加十五日，雨水。蓋水自秋分始涸，立冬始冰。冬至，水泉動。大寒，水澤腹堅而玆，曰雨水，則知先是爲露、爲霜雪，皆由水氣凝結，以至寒極也。至是則水氣又流行，而爲暑之始矣。加十五日，驚蟄。蓋二月大壯，雷在天上，則當爲驚蟄。加十五日，春分。加十五日，清明。四時有八風，而獨指清明風爲三月節者，此風屬巽，萬物齊乎巽。巽爲風，爲潔齊。清明有潔齊之義。加十五日，穀雨。穀雨當如"雨我公田"，"雨"，下也，言播種下地。《周禮》："稼，下地是也。"加十五日，立夏。加十五日，小滿。四月乾初，而謂之滿者。姤初，羸豕蹢躅；坤初，履霜堅冰。"羸"喻其小，"蹢躅"喻其滿。"霜"喻其小。"堅冰"喻其滿。一陰方萌，戒其防之，預也。加十五日，芒種。芒種謂種之有芒也者，麥也。"種"音"總"。加十五日，夏至。加十五日，小暑。加十五日，大暑。由小而馴致於大也。加十五日，立秋。加十五日，處暑。處，止也。暑終而寒之始也。加十五日，白露。加十五日，秋分。加十五日，寒露。秋屬金，金白。白者，露之色；寒者，露之氣。先色白，而始氣寒，寒有漸也。加十五日，霜降。寒露始結爲霜也。加十五日，立冬。加十五日，小雪。加十五日，大雪。寒氣始於露，中於霜，終於雪。雪又先小而至於大也。加十五日，則又起於黃鍾之冬至，而循環無窮焉。

　　二十八宿者，宿，舍也，言運行至此，爲次舍也。一歲之中，始一陽冬至生黃鍾。故日月五星之行，東至於虛，律中黃鍾。虛者，能實能虛。言陽氣冬則宛藏於虛。日冬至而一陰下藏，一陽上舒，故曰虛也。東至於須女。言萬物變動其所，陰陽未相離，尚相如胥，故曰須女。東至於牽牛。牽牛者，言陽氣牽引，萬物出之也。牛，冒也，言地雖凍，能冒而生也。又牛耕植種萬物也。東至於建星者，建諸生也。南至於箕。箕者，言萬物根棋。音機。南至於尾。言萬物始生如尾也。南至於心。言萬物始生，有華心也。南至於房。房者，言萬物門户也，至於門則出矣。南至於氐。氐者，言萬物皆至也。南至於亢。亢者，萬物亢見也。南至於角。角者，言萬物皆有枝格如角也。西至於軫。軫者，言萬物益大而軫軫然。西至於翼。翼者，言萬物有羽翼也。西至於七星。七星者，陽數成於七，故曰七星。西至於張。張者，言萬物皆張也。西至於注。注，味也，鳥之喙也。柳爲鳥味，言萬物始衰，陽氣下注，吾鳥喙之下注，故曰注。西至於弧。弧者，言萬物之吴落，且就死也。吴落，凋也，又曰柔落，言柔弱似死也。西至於狼。狼者，言萬物可度量，斷萬物。北至於罰。罰者，言萬物氣奪，可伐也。北至於參。參者，言萬物可參也。參爲白虎宿，三星以三相參，又主殺伐，故謂之參。北至於濁。畢星也。濁者，觸也，言萬物皆觸死也。北至於留。卯星也。留者，言陽氣之稽留也。北至於胃。胃者，言陽氣就藏，皆胃胃也。胃於天爲倉。夫倉，藏物者也。北至於婁。婁者，呼萬物且内之也。故婁於天官爲聚衆，謂納物也。北至於奎。奎者，主毒螫殺萬物。奎而藏之東壁，居不周風東，主辟生氣而東之，至於營室。營室者，主營胎陽氣而産之。東至於危。危，脆也，不安也。言陽之危脆，故曰危。自危而東，復至於虚，而合諸黄鍾焉。

　　古人言律必及曆，言曆必及律。律生於氣，氣律於律，天地自然之理，亦自然之數也。太史公曰：「王者制事立法，物度軌則，一稟於律。律之時用大矣哉！」

原　曆

　　天地之道，時爲大。昔者先王之正時也，履端於始，舉正於中，歸餘於終。履端於始，序則不愆；舉正於中，民則不惑；歸餘於終，事則不悖。故《易》曰："君子以治曆明時，時以作事，事以厚生。"生民之道於是乎在矣。

神農以前，事不可考；黃帝以後，法亦未詳。當堯之時，二正之職廢，而閏餘乖次，孟陬殄滅，攝提無紀，曆數失序。於是乃命羲和、欽若、昊天因中星以驗日，定閏餘以成歲，至舜之璿璣、玉衡，而制稱大備矣。

三代既沒，五霸迭興，離黍降而史不記時，二跡熄而君不告朔。於是辰在申，而司曆以爲在建戌。史書建亥。哀十二年，亦以建申流火之月爲建亥，而怪蟲之不伏。吁，敘疇之季且然，又何論於失鹿之朝哉？

由斯以還，西漢造《三統曆》，百三十年而後，是非始定。東漢造《四分曆》，七十餘年而後，儀式始備。又百三十一年，劉洪基造《乾象曆》，始悟月行有遲速。又百八十年，姜岌造《三紀甲子曆》，始悟以月衝檢日、宿、度所在。又五十七年，何承天造《元嘉曆》，始悟以朔望及弦皆大小餘。又六十五年，祖沖之造《大明曆》，始悟太陽有歲差之數，極星去不動處一度餘。又五十二年，張子信始悟日月交通有表裏，五星有遲速留逆。又三十三年，劉焯造《皇極曆》，始悟日行有盈縮。又三十五年，傅仁均造《戊寅元曆》，頗采舊儀，始用定朔。又四十六年，李淳風造《麟德曆》，以古曆章蔀紀元，首分度，不齊，始總法用進朔以避晦晨日見。又六十三年，僧一行造《大衍曆》，始以朔有四大三小，定九服交食之異。又九十四年，徐昂造《宣明曆》，始悟日食有氣，刻時三差。又二百三十六年，姚舜輔造《紀元曆》，始悟食甚泛，餘差數。又百七十餘年，元郭守敬等造《授時曆》，所考正者七事，所創法者五事，視前朝最爲精密。

自漢至元，上下千二百年，曆更七十餘家，創法者十三餘家。當其時，廣集衆見，思無遺智，法無遺術，宜可永久。然皆不數年而輒差者，不獨人之聰明有所未盡，亦天運有所必至耳。蓋上天之運，三歲而改節，六歲而易常。三十年一小變，五百載一大變。故洛下閎謂八百年當差一度。晉虞喜謂五十年日退一度。宋何承天又倍增之，謂百年退一度。至隋劉焯又取二家中數，以七十五年爲差一度。至唐僧一行乃以《大衍曆》推之，謂八十三年爲差一度。而元郭守敬則約六十六年差一度。朱子云："天無體，祇二十八宿便是天體。"今以中星考之，堯時冬至則纏在虛一度。夏至在柳十四度。春分在胃十二度。秋分在氐十度。至唐開元《大衍曆》，冬至日則纏在斗十度，夏至在井十度，春分在奎七度，秋分在軫十四度。宋《統元曆》，冬至在斗二度，夏至在井六度，春分在奎初度，秋分在軫七度。今之冬至初昏室中，而在箕三度矣。計今去堯未四千年，而差五十度矣。

夫曆者，以人合天者也。今定歲之法，積四期餘一日之數，而分此餘一日之數，以加於四期，故二至之時，祇存絲忽。而絲忽之間，最爲難分。定日之法，一日有百刻，而一日變爲九十四畫者，以氣朔有不盡之數，難分故也。每一月三十日，而一氣盈四百十一畫二十五秒，一朔虛四百四十一畫，積盈虛之數以成閏。故定朔必視四百四十一畫，前後爲朓朒，_{音條縮。}祇在一畫間，而一畫之間，最爲難定。至於日月交食，月食易知，而日食難測。蓋日大月小，日上月下，日遠月近，自下望之相掩。南北不同，每千里約差一分；東西不同，每千里約差數刻，此皆勢之所必然者。且造曆必藉於璣衡，凡日月星辰、纏離次舍，皆摶乎一器之中，而天爲變動之物，器爲一定之法。苟不隨時省改，則積秒成分，積分成刻，積刻成時，毫釐之差，千里之謬矣。

故自黃帝以迄秦末，凡六改曆；由漢高帝迄漢末，凡五改曆；由魏文帝迄隋末，凡十三改曆；由唐高祖迄周末，凡十五改曆；由宋太祖迄宋末，凡十八改曆；由金熙宗迄元末，凡三改曆。宋沈括云："秦漢以前，爲曆者必有璣衡以自驗。其後，雖有璣衡，而不爲曆作。爲曆者，亦不復以器自考。"至洛下閎始製圓儀，陸賈又加黃道。其後，張衡爲銅儀於密室中，以水轉之，蓋所謂渾象，實非古之璣衡也。吳孫氏時，王蕃、陸績皆嘗爲儀及象，其說以謂舊以二分爲一度，而患星辰稠概，張衡改用四分，而復推重難運，故蕃以三分爲度。周丈有九寸五分寸之三，而具黃赤道焉。績說以天形如鳥卵，小橢，而黃赤道短長相害，不能應法。至劉曜時，南陽孔定製銅儀，有雙規正距子午以象天，有橫規判儀之中以象地；有持規斜絡天腹以候赤道。南北植幹，以法二極，其中乃爲遊規窺管。劉曜太史令晁崇、斛蘭皆嘗爲鐵儀，其規有六四，嘗定一象地，一象赤道，二象二極乃定，所謂雙規者也。其制與定法大同，唯南北柱曲抱雙規，下有縱橫水平，以銀錯星度，小變舊法而皆之，言有黃道，蓋失傳也。李淳風別爲圓儀三重，其外曰六合，有天經雙規、金渾緯規、金常規。次曰三辰，轉於六合之內，圓徑八尺。有璿璣者，黃道屬焉。又次曰四遊，南北爲天樞，中爲遊筩，可以升降遊轉。別爲月道，旁列二百四十九交，以攜月遊，而一行以爲難用。其後率府兵曹梁令瓚，更以木爲淳儀，因淳風之法而稍附新意，謂與一行雜校得失，改鑄銅儀。一行與令瓚鑄圓象，具列宿赤道及周天度數，注水激輪，令自轉，一畫夜而天運周。外絡二轉，綴以日月，令得運行。天日月東西行度及日周天、日月會與有餘，其轉靡不自然合度，蓋作之善者。沈括又取古今諸象，改其不合者十三事，自制渾儀、景表、五壺、浮漏，亦爲得法。此後儀不一改，而法莫精於元郭守敬。守敬言曆之本在測驗，而測驗之器莫先儀表。今司天渾儀，宋皇祐中，汴京所造，不與此處天度相符。比量南北二極約差四度，表石年深，亦復欹側，乃盡考其失而遺置之。既又創作簡儀高表，用相比覆。又以爲天樞附極而動，昔人常展管窺之，未得其的，作候極儀。極辰既位，天體斯正。作渾天象，象雖形似，莫適所用，作玲瓏儀以表之。規方，測天之正圓，莫若以圓求圓，作仰儀石。有經緯，結而不動，則易之，作立運儀。日有中道，月有九行，則一之，作證理儀。表高景虛，罔象非真，作景符儀。月雖有明，察景則難，作窺几儀。曆法之驗，在於交會，作日月食儀。天有赤道，輪以當之，兩極低昂，標以指之，作星晷定時儀。以上凡十三等，又作正方案、圭表、懸正儀，座正儀，凡四等，爲四方行測者所用。又作仰規俯矩圖、異方渾蓋圖、日出入永短圖凡五等，諸儀表皆臻精妙。虞廷璣衡之後，未有出其右者。我朝之曆，雖以"大統"爲名，實皆守敬遺制。但自古以來，無百年不敝之法，亦無百年不敝之器。夫子於革，而曰"治曆"，明時革去故也。聖人之意徵矣。

隼刻

刻漏之法，晝夜百刻。易氏云："十二時，每時八刻二十分，每刻六十分。"王昭禹謂："寅、申、巳、亥、子、午、卯、酉八時，各八刻。辰、戌、丑、未四時，各九刻。"蔡邕以星見爲夜，日入後三刻，日出前三刻，皆屬晝。《士昏禮目錄》：日入三商爲昏。疏云"商"謂"商量"，是刻漏之名，故《三光靈曜》亦日入三刻爲昏，不盡爲明。馬氏云："日未出、日入後，皆二刻半，前後共五刻。"今云"三商"者，據整數而言，其實二刻半也。《淮南子》云："日出於暘谷，浴於咸池，拂於扶桑，是謂晨明；登於扶桑，爰始將行，是謂朏明；至於曲阿，是謂旦明；至於曾泉，是謂早食；至於桑野，是謂晏食；至於衡陽，是謂隅中；至於昆吾，是謂正中；至於鳥次，是謂小還；至於悲谷，是謂餔時；至於女紀，是謂大還；至於淵虞，是謂高舂；至於連石，是謂下舂；至於悲泉，爰止其女，爰息其馬，是謂縣車；至於虞淵，是謂黃昏；至於蒙谷，是謂定昏。日入於虞淵之汜，曙於蒙谷之浦。"

晝者，陽之分；夜者，陰之分。是以陽氣勝，則日修而夜短。陰氣勝，則日短而夜修。《器世界品》云："日輪者，由風運行，一晝一夜，遶四大洲。日行向北時，日則長，南行時短，行南北間時晝夜停。"《周髀》云："冬至晝極短，日出辰而入申，照三不覆九。夏至晝極長，日出寅而入戌，照九不覆三。照三者，南三方，巳、午、未也。不覆三者，北三方,亥、子、丑也。"《書·堯典》"日永"、"日短",《蔡氏傳》:"日永,晝六十刻,夜四十刻;日短,晝四十刻,夜六十刻。"元《授時曆》:"夏至晝六十二刻,夜三十八刻;冬至晝三十八刻,夜六十二刻。"說者謂地有在南在北之不同。蔡氏據地中而言,故晝夜刻數長極於六十,短極於四十。《授時曆》據今燕都而言,故晝夜刻數長極於六十二,短極於三十八。是以南爲地中,北爲地偏也。然稽之沈括《渾儀議》云:"臣嘗讀《黃帝·素問》書,立於午而面子,立於子而面午,至於自卯而望酉,自酉而望卯,皆曰北面。立於卯而負酉,立於酉而負卯,至於自午而望南,自子而望北,則皆曰南面。臣始不諭其理,逮今思之,乃常以天中爲北也。"夫天中爲北,則地中安得爲南乎?昔者周公攝政,欲求地中而營王城,故以土圭測景,得潁川陽城,於是建都。土表長尺有五寸,夏至日晝漏半。立八尺之表,表北之景尺有五寸,與土圭等,此爲地中。鄭司農云:"日景於地,千里而差一寸。"當知陽城蓋就此上,自爲中耳。宋沙門慧巖嘗言:"天竺夏至之日,日正中時,監晷無景,是謂天中。"又按《道經》云:"崑崙之山,天之中嶽也。在八海之間,上雷天心,形如偃蓋。東曰樊桐,西曰玄國,南曰積石,北曰閬苑。居於中元,一氣天中焉。"以理勢推之,天地之中,似在崑崙。故東夷、北狄、南蠻皆不聞有曆,而西域獨有之。蓋以其地當崑崙之陽,於諸夷中爲得風土之正,故所傳《回回曆》,曆家以爲至密。苟就其地,因其法推驗,以定晝夜之刻,或庶乎其不差矣。

改　火

楊用修云:"鑽燧改火,四時而五物焉。"朱子謂:"夏火大盛,故再取。"此意料之言耳。先王取火,法五行也。春行爲木,榆柳色青,以象木也。木生火,夏行爲火,棗杏色赤,以象火也。火生土,季夏行爲土,桑柘色黃,以象土也。土生金,秋行爲金,槐檀色白,以象金也。金生水,冬行爲水,柞楢色玄,以象水也。四時平分,而夏乃有二焉,何也？土位在中宫，而寄王於四季。季夏者，土之中位。故月令於仲夏之後，列中央土。《素問》謂之長夏，是其説也。王邵云："周官四時變火，以救時疾。火不數變，疾必興。"東漢《禮儀志》："日冬至，鑽燧改火；日夏至，浚井改水。"則不獨改火，而且改水矣。宋敏求云："唐時惟清明取榆柳火以賜近臣，本朝因之。"蓋秦漢以降，漸至易簡，惟以春是一載之首，爲一鑽燧，乃寒食禁火之所由來也。蓋既取新火，即當去舊火。《禮記·郊特牲》所謂"季春出火"，爲禁火是也。後世傅會其説，乃引介推爲言，淺陋甚矣。

程子椸言卷之二

日　食

人之言曰："日食非盛世事也，自太康始也。日食而可測，尤非盛世事也，自唐一行始也。"蓋上古之世，日未嘗食；中古之世有食之，而不可預知；後世則食有常期，人皆得而推測之矣。何以言之？孔子曰："古之治天下必聖人，聖人有國，則日月不食。"是日未嘗食也。又曾子問孔子曰："諸侯旅見天子，入門不得終禮，廢者幾？"孔子曰："四。"請問之，曰："太廟火，日食，后之喪，雨霑服失容，則廢。"是日食與火，與喪，與雨，皆不可先定也。苟不先知，則當預有戒，令不入朝矣。非有食之而不可預知乎？今也不然，時、刻、分、數，推測殆盡，不失尺寸，不爽毫髮。故曰："尤非盛世事也。"予曰："其然，豈其然乎？日月之道，貞明者也，即萬古不易，豈以今昔異哉？日之蝕，月掩之也。朔旦之日，日月同宫。月行日下，掩太陽而過，則日爲所遮，故爲日蝕。非此二日，則無日蝕之理。自有天地以來，未之或殊也。豈至太康，始有日蝕哉？蓋日，君象也，書日食，記異也，所以警人君也。太康失邦，故始記其異，以示警耳。"且曰："既爲君食，既爲異，誰敢以其異必人君乎？"故《春秋》書曰："食則曰日有食之。"若本無而或有之辭，其用意蓋甚微且婉矣。後世人心矜炫，恒以推測爲能。故一行、洛下之流，始假數以定其期。於是庸君世主亦視爲常事，而不自知所警矣。曰："然則孔子之言皆不足信乎？"曰："非也，孔子之言，不過以古之聖人望當世，以日月不食忻人君。"蓋與"日有食之"之意，若異而實同者也。至於旅見不終禮，四者皆可預知之事，但不敢以未形之變異，廢朝見之大典，故必待其已至，乃可廢禮耳。不然顓頊迎日，堯舜齊政，雖纏離次舍，無不周知，乃一行、洛下之不若哉？嘗考《春秋》二百四十二年之間，日食三十六；有甲乙者三十四；歷家推驗之精者，得其二十六。唐一行得其二十七，至宋衛樸則得其三十五矣。日食在周末，而唐宋之世能推之，且世益晚而推益精。是可知與不可知，非由於日，由於人也。又非今之人賢於古人也。蓋由古人存而不論，今人炫而不藏耳。故謂推測非盛世事則可，謂之古無而今有，則不可也。

夜　明

史志書天變，晝晦爲多，夜明爲少。《春秋》：魯莊公七年辛卯夜。"恒星不見，夜明也。"王充《論衡》云："桀無道，兩日並照，在東者將起，西者將滅。"解道彪《齊地記》："齊有不夜縣，古者有日，夜出於東萊，故萊人立城，以不夜爲名。"漢武帝建元二年四月戊申，有如日夜出。元帝大興元年十一月乙卯，日夜出，高三丈，中有赤青珥。又骨利幹居瀚海之北，其地晝長夜短，日方沒後，天色正曛，夜亦不甚暗。煮羊胛適熟，而日復出矣。予鄉有趙法師者，遇仙人於匡廬間，傳以不夜之法。每於日入後，懸鏡高山樹杪，則相望數里，昏夜如白日。人因其言事多幻，呼爲"趙白捏"云。

霜　文

新安詹東圖《小辨》云："萬曆六年五月十四日，邑中大風，齊雲山天門內有碑，厚八寸，高九尺有奇，吹爲兩截。是年大寒，時邑城中瓦上霜凝冰文，若板刻成。畫法有爲藤蘿，爲林亭，爲溪山釣艇，爲江干行旅，爲雲龍風虎，爲花石翎毛，爲蓮池，池有雙鴛鴦。好事者以墨塗以紙印之，與刻板無異。城以外則間有，如是二十餘日乃已。"又云：

"風吹碣斷,亦或有之。如吾邑六年之霜,恐前世未有。稽《文獻通考》及《記纂》諸書咸缺焉。"

予偶覽《續拾遺記》載:"宋仁宗天聖中,王侍郎子融歸其鄉里青州,時滕給事涉爲守。盛冬濃霜,屋瓦皆成百花之狀,以紙摹之。其家尚餘數幅。"按此與六年之事甚相肖,東圖以爲前世未有,豈未見此耶?

冰 文

因覽詹氏霜文之異,閑搜史志,通考諸書,見所載冰文亦有甚(音)〔奇〕者。唐景福中,滄州城壍中冰有文如畫,大樹華葉芬敷者,後(音□)〔晉開〕運二年正月,東京封丘門外壕內冰上有文,若大樹花葉芬敷之狀,相連數十株,宛如畫圖。宋景德元年二月,保順軍城壕冰隱起文,爲桃李華,雜人物之狀。大中祥符九年正月,霸州渠冰有文,如花葩狀。紹興七年十二月,中書門下省檢正官張宗元,出撫淮西軍,寓家建康府。盆冰有文如畫,佳卉茂木,華葉芬敷。日易以水,變趣奇出,盡春暄乃止。淳熙初,秀州呂氏家冰瓦有文,樓觀、車馬、人物及並蒂芙蓉、重葉牡丹、長春、萱草、藤蘿,經日不釋。元順帝至正十四年正月,汴河冰皆成五色花,三日方解。二十八年二月,汴梁雨木冰,狀如樓閣、人物、冠帶、鳥獸、花卉,百態具備,羽幢朱葆,彌望不絶,凡五日始解。皇明永樂十二年十一月,金水河及太液池冰凝,具樓閣、龍鳳、花卉之狀,奇巧特異。上賜羣臣觀之,呂震以爲禎祥屢見,率百官上表賀,不許。又正德中,文安縣水忽僵立,是日天大寒,遂凍爲冰柱,高五丈,四圍亦如之,中空而旁有穴。後數日,流賊過文安,鄉民入冰穴中避之,賴以全者頗多。土人謂之"河僵",亦前史罕見云。

雹 異

元順帝至元四年四月,青州八里塘雨雹,大過於拳。其狀有如龜者,有如小兒形者,有如獅象者,有如環玦者,或長如卵,或圓如彈,玲瓏有竅,狀如雪而堅。皇明成化八年七月丙午,陝西隴州大風雨雹,中有如牛者五,長七八尺,厚三四寸。六日方消。嘉靖五年七月朔,江西南豐縣雹大如碗,形如人頭。十七年戊戌夏四月八日,吳城冰雹如注,其大如李,中有一竅,而四圍皆紋。

蝃蝀

蝃蝀,虹之別名也。《詩》云:"蝃蝀在東。"《春秋元命苞》曰:"虹蜺者,陰陽之精。雄曰虹,雌曰蜺。"《莊子》云:"陽炙陰爲虹。"《禮疏》云:"日照雨滴則虹生。"蔡邕《月令章句》云:"虹者,陰陽交接之氣,著於形色者也。"又曰:"陰陽不和,則其氣爲虹。常依陰雲,而畫見於日衝。無雲不見,太陰亦不見。"《釋名》云:"虹,攻也。純陽攻陰氣也。"

予則以爲虹蜺亦背矞、抱珥之類,皆日旁氣也。故《太玄》云:"紫蜺矞雲朋圍日。"日旁氣恒不可見,如燈光之外,亦有青紫浮氣,但不明顯耳。見則必於所衝之處,或借陰雲,或借霏雨,陰陽之氣相照而成形色。故朝陽則虹在西;夕陽則虹在東。雨散則暈斷,雲合則光聯。予鄉有五峰之洞,洞口瀑布飛瀉空中,細如野馬,每日光相射,輒成五色圓暈。予常以此喻虹蜺之理,亦可謂簡易明白。

然虹必輕雲微雨乃見,太陰大雨則否者,何也?譬如燈照牆壁,則有光無彩,映以琉璃,則五色自耀,此虛實之故,亦無難曉。乃《河圖稽曜鈎》則謂:"填星散爲虹蜺。"《春秋運斗樞》又謂:"樞星散爲虹蜺。"皆未可信。

諺云:"東鱟日出西鱟雨。"楊用修謂"鱟亦虹也"。然考之《山海經》及《爾雅翼》,鱟形如車,青黑色,十二足,長五六尺,似蟹,雌常負雄,則鱟實蟲屬,或能吐氣爲虹蜺之狀,故以名虹耳。至於吸水飲酒,變男化女,貫日掩月,如鳥若龍,則皆陰陽不常之氣,妖邪變幻所爲,非真虹蜺也。

嫦　娥

《學齋佔畢》云：《莊子》載嫦娥一事，許慎注云："羿妻也，羿請不死藥於西王母。嫦娥竊之以奔月。"後漢張衡《靈憲》遂引之為證，且云："嫦娥托身於月，是為蟾蜍。"豈有人化蟾蜍之理？假如其說，蠢爾形容，尚得為月中仙乎？其後王充《論衡》及謝莊《月賦》、《後漢書注》承訛因陋，盛贊素娥之美，至明皇遊月宮而怪妄極矣。嘗觀《漢志》，黃帝使羲和占日，常儀占月，車區占星。而疑所謂嫦娥必因常儀字之誤，而起紛紛之說。及讀《周官注》云："儀、羲二字，古皆(因)〔音〕俄。"而洪丞相适引《詩》："實惟我儀"協"在彼中阿"，"樂且有儀"，亦協"中阿"。《太玄》亦以"各遵其儀"協"不偏不頗"。而漢碑凡"蓼莪"皆作"蓼儀"，然後斷知諸人之妄，以常儀為嫦娥，明矣。

《學齋》此說，足破千古之謬。用修、元美皆祖之。又觀《山海經》云："東海之外，甘水之間，有女子名曰羲和，方浴日於甘淵。羲和者，帝俊之妻，生十日。北海之外，有女子方浴，月帝俊妻，常儀生月十有二，此始浴之。"羲和、常儀皆以為女子。然則嫦娥之說，實《山海經》誤之也。乃《黃庭經注》復引《上清紫文》云："鬱儀，奔日之仙。結鄰，奔月之仙。"據此則奔月者，又不止一嫦娥矣，豈結鄰即嫦娥之別名乎？怪以傳怪，又謂月中有兔，有桂，有仙人宋無忌，而斫檀者為吳剛，或為吳質，又謂月姓文，名申，字子光。月中青帝夫人名娥隱珠，赤帝夫人名醫逸寥，白帝夫人名弄素蘭，黑帝夫人名結蓮翹，黃帝夫人名青營襟，則愈荒唐而不可信矣。

牛　女

古樂府云："迢迢牽牛星，皎皎河漢女。"又："東飛百勞西飛燕，黃姑織女時相見。"李白詩："黃姑織女星，相去不盈尺。"劉均《內翰》

詩："百勞東翥燕西飛，又報黃姑織女期。"不曰牽牛，而曰黃姑者，蓋因古以牽牛爲河鼓，故訛其聲爲黃姑耳。乃李後主詩："迢迢牽牛星，杳在河之陽；粲粲黃姑女，耿耿遙相望。"則又誤以黃姑爲織女，鼓音訛而爲姑，姑字復訛而爲女人矣。嘗考《爾雅·星紀》，"斗，牽牛也。"注："斗，牽牛者，日月五星之所終始，故謂之星紀。"是牛即牽牛星矣。又云："河鼓，謂之牽牛。"則又以河鼓爲牽牛。豈牛星曰牽牛，河鼓亦曰牽牛，一名而二星耶？《天文志》云："牽牛爲犧牲，其北爲河鼓。河鼓十二星在牽牛北，實非牽牛也。"《猗覺寮雜言》云："牽牛，牛星也。織女，非女星也。織女三星在牛之上，主金帛。女四星在牛之東，是須女也。須，婢之賤稱。"詩人往往誤以織女爲女星。子美云："牽牛出河西，織女處其東。"亦誤矣。然又考《天文圖》，織女在河南而東，牛宿在河北而西，以河爲界。則子美詩又爲是矣。

愚以爲牽牛、織女七夕渡河之説，皆騷人墨客及世俗好怪之論，當時不過借二十八宿之牛、女相與，以神其説。因以牛對女不雅，於是牛之上加一"牽"字；因以女對牽牛不整，於是女之上亦加一"織"字；又因牛女星近天河，於是有七夕渡河之事，假借爲説，牽合成文，訛以傳訛，難爲典要者也。苟欲考其詳而辨其實，則星者，精也，雖有陰陽五行之別，然何所分其男女之形，又何所用其夫婦之道？何所得其牛而牽？又何所得其機而織哉？《述異記》乃謂：天河之東，有美麗女人，乃天帝之子，機杼女工，年年勞役，織成雲霧綃縑之衣，辛苦殊無歡悦，容貌不暇整理。天帝憐其獨處，嫁與河西牽牛之夫婿，自後竟廢織紝之功，貪歡不歸。帝怒，責歸河東，但使一年一度，與牽牛相會。星宿何物，爲此媒嫚之語？乃海上浮槎之客，又謂見一丈夫牽牛飲河，一女與以支機之石，俱不經甚矣。小説有謂：後漢董永至孝，織女降而爲妻，生子董仲者。又有謂太白星窮織女、侍兒梁玉清，逃入衙城小仙洞者，亦可謂無稽之極也。

水 性

《空同子》云："天下之水，勁莫如濟，曲莫如漢。"濟水其源出於晉，伏流地中，乍見乍伏。一支穿太行，爲百泉，爲衛水；一支爲濟源，出山東，爲七十二泉。漢水其流，十里九彎，鄖、沔之間，瀦爲澤藪，皆漢之水也。又蒲元爲孔明鑄刀，刀成，自言漢水鈍弱，不任淬，用蜀江爽烈，是謂大金之元精。又庭州灞水，金鐵盛之皆漏，惟角與瓠葉則否，拘夷山中有流水亦如之。延安石油以爲煙墨，松脂不及。所謂"鄜延之川曰脂流"者是也。南荒有黑溪水，其水似墨，象至輒不去。昆侖兒以塗身，即能乘象如家畜。所謂"玄溪黑髓"者是也。又有溺毛者，弱水也；熱物者，湯泉也。又《荆州記》云："桂陽縣有圓水，一邊冷一邊暖，冷處清且綠，暖處白且濁。"金陵有半湯湖，亦冷熱相半。《淮南子》云："白水宜玉，黑水宜砥，青水宜碧，赤水宜丹，黃水宜金，清水宜龜，汾水蒙濁而宜麻，濟水通和而宜麥，河水中濁而宜菽，洛水輕利而宜禾，渭水多力而宜黍，漢水重安而宜竹，江水肥仁而宜稻。"

《管子》云："齊之水道躁而復，故其民貪麤而好勇；楚之水淖弱而清，故其民輕果而賊；越之水濁重而洎，故其民愚疾而垢；秦之水泔最而稽，淤滯而雜，故其民貪戾，罔而好事；齊、晉之水枯旱而運，淤滯而雜，故其民諂諛葆詐，巧佞而好利；燕之水萃下而弱，沉滯而雜，故其民愚戇而好貞，輕疾而易死。宋之水輕勁而清，故其民閑易而好正。"水性之不同如此。

楊用修云："古有五行之官，水官得職，則能辨其性味，潛而復出，合而更分，皆可辨之。"故師曠、易牙、兪兒、張華、王邵、陸羽、張又新、劉白芻、李季卿品天下之水，性味不同。蓋古水官之遺法也。

潮 信

海潮有言因月者，有言因日者，有言因長短星者。因日之説起於盧肇吉,謂:"日是太陽;水是純陰。日西入地時,陰避太陽,東海潮上。日出時,水乃西流,東海潮下。"審如其言,是晝夜方一潮耳,所謂大謬不然者也。長短星之説載於《寰宇記》,謂瓊海之潮,半月東流,半月西流。潮之大小隨長短星。此但瓊州一處爲然,不可以例他方。□□概水陰物也,月亦陰物也,以陰從陰,因月之説爲是。然又有不可執一論者。丘長春云:"東萊與膠西,陸地相去二百里許,水行迂曲則千里許。潮信不同,萊北潮上則膠西潮下,膠西潮上則萊北潮下。北到南海,約近萬里。據大體,北海潮上,則江淮以北皆潮滿;南海潮上,則江淮以北皆潮下。"由此觀之,北海與南海相去尚萬里,若登、萊、即墨,不過千里之遙,何至盈縮不同乃爾哉?

又重慶府南川縣北,有三潮泉,早晚三潮。夔州府開縣,有三潮溪,日常三潮,冬熱夏涼。柳州亦有潮泉,一日三湧三退。又安州潮泉,一日三溢三蘸。連州水下流有斟溪,一日十溢十竭。貴州城外有漏汋,一日百盈百竭,應漏刻焉,則愈異而愈不可曉矣。顧元慶云:"同一天地,則同一喘息。"而潮信之候,大異如此。以此推之,則瀚海之外,又有不可知者,審哉其言之也。

山　異

萬曆庚子歲試,在太學見邸報,言陝西狄道縣,山忽陷入地中,相望數百步。平地生小山五座,陷處成淵,深不可測。當時皆以爲古今所無。

及觀馬氏《通考》載:唐武后垂拱二年九月己巳,雍州新豐縣露臺鄉,大風雨震電,有山湧出,高一十丈,有池,周三百畝,池中有龍鳳之形,禾麥之異。武后以爲休應,名曰慶山。又永昌中,華州赤水南岸大山,晝日忽風昏,有聲隱隱如雷。頃之,漸移東數百步,壅赤水,壓張村民三十餘家,高二百餘丈,水深三十丈,□□草木宛然。又宋慶元二年六月辛未,台州黃巖縣大雨水,有山自徙五十餘里,聲如雷,草木冢墓皆如初,而故址爲淵潭。時臨海縣清潭山亦自移。據此數事與狄道事略相類。

俞文俊曰:"人氣不和贅疣生,地氣不和堆阜出。"《金縢》曰:"山徙者,人君不用道,佞人執政,不出五年有走王。"吁,可畏哉!

人　生

太極之先,太始以前,混混沌沌,莫得而云矣。及夫清濁肇分,是爲太易。太易者,天地之變也。陰陽既形,是爲太初。太初者,天地之交也。萬物哉成,謂之太素。太素者,三才之始也。人物既備,謂之太古。太古者,生民之始也。

《易》曰:"天地氤氳,萬物化醇,男女構精,萬物化生。"人生之道,爲物最靈,陰陽之氣,妙合而成。故一月而始屯,二月而始蒙,三月而始形,四月而外具得,五月而内臟成,六月而骨髓足,七月而脈絡生,八月而血肉備,九月而神息全,十月而魂魄靈。天一,地二,人三,三三而九,九九八十一。一主日,日數十,日主人,故人十月而生。孔子曰:"人始生而有不具者五焉:目無見,不能食,不能行,不能言,不能化。及生三月而微煦,然後有見;八月生齒,然後能食。三年(顋)〔顖〕合,然後能言;十有六精通,然後能化。陰窮反陽,故陰以陽變;陽窮反陰,故陽以陰化。是以男子八月生齒,八歲而齓音襯。女子七月生齒,七歲而齓,十有四而化。一陽一陰,奇偶相配,然後道合化成。"

又曰:"人者,天地之德,陰陽之交,鬼神之會,五行之秀氣也。"故人首圓象天,足方象地。天有九重,人亦有九竅。天有四時,以制十二月。人亦有四肢,以使十二節。天有十二月,以制三百六十日;人亦有十二肢,以使三百六十節。東方屬(水)〔木〕,故人蒼色而兑形,長大而早智。南方屬火,故人赤色而修形,兑上而早壯。西方屬金,故人白色而修頸,卬行而勇敢。北方屬水,故人黑色而翕形,短頸而大肩。中央屬土,陰陽之所會,四時之所和也。故其人黄色,大面,短頤,美鬚,多聖人而好治。人生於堅土者恒剛;生於弱土者恒肥;生於壚土者恒大;生於沙土者恒細;生於息土者恒美;生於耗土者恒醜。生於日者類父;生於夜者類母。老子感火星而生,故壽;微子感牽牛而生,故仁;顏淵感中台而生,故聖;子路感雷精而生,故勇;張良感弧星而生,故智;樊噲感狼星而生,故力。乾道成男,坤道成女,清濁之謂也;山氣多男,澤氣多女,剛柔之謂也。丈夫之民,無妻而生;女子之國,無夫而娠:陰陽之偏也。男化爲女而能生子,女化爲男而能御女,人道之妖也。司幽之國思而生,卵民之國卵而生,造化之變也。夫蛇之國,男爲蛇。夫猿之國,亦然:形氣之雜也。

昔者,殷王祖甲一産二男,曰囂,曰良。許螯莊公一産二女,曰妹,曰(筏)〔茂〕。楚大夫唐勒一産二子,一男,一女。漢李黎一産三子,一男二女。又有北魏秀容郡婦人一産四男,四産皆四,而皆男。昔者,修己背坼而生禹,簡狄剖胸而生契。顓頊之後曰陸終,娶於鬼方氏,是謂女潰。一云女嬇。蓋孕而三年不育,啟其左脇,三人出焉。啟其右脇,三人出焉。六人者,曰樊,曰惠連,曰籛鏗,曰求言,曰晏安,曰季連。又有魏黃初五年,汝南屈雍妻生男,從胳下水腹上出,數月創合,而母子無恙。此皆人世之所時有,亦陰陽化生之偶然也。

人生七年曰悼,十年曰幼,二十曰弱,三十曰壯,四十曰強,五十曰艾,六十曰耆,七十曰老,八十曰耋,九十曰耄,百年曰期。人壽六十爲下,七十爲稀,八十爲中,百年爲上,逾百年者,世無幾焉。黃帝有言:"上古之真人,壽蔽天地。"蓋天真全而天一定,不滑其元者也。又云中古有至人者,益其壽命而強者也,亦歸於至人而已。後世有聖人者,形體不蔽,精神不越,亦可以齡逾數百,雖有修縮之不齊,亦時與數當然爾。故世之傳長年者,偓佺千歲,彭祖八百,亦庶幾乎至人矣。他如黃帝、堯、舜壽皆百有餘歲,伊尹百有五歲,太公百有十歲,竇公二百八十歲,范長先生百三十歲,羅結百二十歲,李元爽百二十六歲,譙定百三十歲,雞窠老翁二百餘歲,雖不能與至人同天壽,然亦孰非得時數之厚者哉？若夫顏淵三十二，賈誼三十三，謝瞻、謝晦、劉琰、謝朓、王洽、王錫、謝惠連、王僧達、王珉、王儉、王肅、王濛俱不得強仕，何炯、王弼、王延壽、何子朗、袁虬、禰衡、王訓、李賀、衛玠、王融、酈炎、陸厥、沈友、王勃俱不及三十。自古謂文人不壽，亦其時數之不可逃耳。孟氏曰："夭壽不貳，修身以俟之，所以立命也。"

夫命者，性之始也，道之宰也，人生之原也。《詩》云："維天之命，於穆不已。"故天地之大德曰生；人受天地之中以生，曰命。修其道，率其性，以至於命，人生之事畢矣。

氏　族

按《左傳》，天子建德，因生以賜姓，胙之土而命之氏。諸侯以字爲謚，因以爲族。官有世功，則有官族，邑亦如之。《禮書》云："姓非天子不可以賜，而氏非諸侯不可以命。姓所以繫百世之正統，氏所以別子孫之旁出，族則以氏之所聚而已。"此說正與《左傳》相合。

然氏有不同，鄭夾漈分爲三十二類，一曰以國爲氏；二曰以邑爲氏；三曰以鄉爲氏；四曰以亭爲氏；五曰以地爲氏；六曰以姓爲氏；七曰以字爲氏；八曰以名爲氏；九曰以次爲氏；十曰以族爲氏；十一曰以官爲氏；十二曰以爵爲氏；十三曰以凶德爲氏；十四曰以吉德爲氏；十五曰以技爲氏；十六曰以事爲氏；十七曰以謚爲氏；十八曰以爵系爲氏；十九曰以國系爲氏；二十曰以族系爲氏；二十一曰以名氏爲氏；二十二曰以國爵爲氏，而邑爵附焉；二十三曰以邑系爲氏，而邑官附焉；二十四曰以官名爲氏，而官氏附焉；二十五曰以邑謚爲氏；二十六曰以謚氏爲氏；二十七曰以爵謚爲氏；二十八曰代北複姓；二十九曰關西複姓；三十曰諸方複姓；三十一曰代北三字姓；三十二曰代北四字姓。

近世又有因避諱而改其氏者，如錢鏐有吳越，吳越之人避其諱，以劉去邊旁而爲金。王審知據閩，閩人避其諱，以沈去水邊而爲尤之類是也。蓋姓別而有氏，氏別而有族。族無不同氏，氏有不同族。故八元八愷，出於高陽氏、高辛氏，而謂之十六族，是氏有不同族也。商氏、條氏、徐氏之類，謂之六族。陶氏、施氏之類，謂之七族。摯氏謂之戴族，向氏謂之威族，是族無不同氏也。《通志·序》云："族者，氏之別也。以親別疏，以小別大，以異別同，以此別彼。"孟氏、仲氏，以兄弟別也。伯氏、叔氏，以少長別也。丁氏、癸氏，以先後別也。祖氏、禰氏，以上下別也。第五氏、第八氏，同居之別也。南公氏、南伯氏，同禰之別也。孔氏、子孔氏、旗氏、子旗氏，字之別也。軒氏、軒轅氏、熊氏、熊相氏，名之別也。季氏之有季孫氏，仲氏之有仲孫氏，叔氏之有叔孫氏，嫡庶之別也。韓氏之有韓餘氏，傅氏之有傅餘氏，梁氏之有梁餘氏，餘子之別也。遂人之族分而爲四，商人之族分而爲七，此枝分之別也。

齊有五王，合而爲一，謂之五王氏。楚有列宗，合而爲一，謂之列宗氏。此同條之別也。公孫歸父，字子家，襄仲之子也。歸父有二子，一以王父字襄仲，爲仲氏；一以父字子家，爲子家氏。公子郢，字子南，其後有子南氏，而復有子郢氏。伏羲之後有伏、虙二氏，同音異文。共叔段之後有共氏，又有叔氏，又有段氏。"凡如此類。無非辨族而已。

春秋以降，五宗不明，人心渙散。至於商君之法行，富民有子則分居，貧民有子則出贅。上雖王公，亦莫知敬宗之道，於是姓氏益爲淆亂而無所統。司馬遷修《史記》，採《世本》、《世系》而作《帝紀》；採《周譜》、《國語》而作《世家》，人乃知姓氏之所出。至於齊、宋，譜牒之學復興，分天下之姓而爲四。過江則有僑姓，而王、謝氏、蕭爲大；東南則有吳姓，而朱、張、顧、陸爲大；山東則有郡姓，而王、崔、盧、鄭爲大；關中亦有郡姓，而韋、裴、柳、薛、楊、杜首之；代北則有虜姓，而元、長〔孫〕、宇文、陸、源、竇首之。至唐貞觀中，命高士廉遍責譜牒，質諸史籍，考其真偽，辨其昭穆，第其甲乙，進忠賢，退悖逆，先宗室，後外戚,右膏粱,左寒畯,分爲九等,號《氏族志》。然差等既別,甲乙既分,於是族之中又分而爲望,望之中又別而爲房。望如王氏二十一望,謝氏二望,崔氏二望,盧氏一望,范陽李氏十一望,鄭氏五望,顧氏一望,吳郡陸氏二望,朱氏四望,張氏十四望。十姓之外,劉二十五望,蕭二望,趙五望,楊二望,周八望,唐五望,陳、徐皆六望。房如清河崔氏一望而三房,博陵崔氏一望而四房,趙郡李氏一望而六房,隴西李氏一望而四房。房多反詆其望,望多反詆其姓。氏族之僞,所自來也。

大概世代遼遠,裔系易淆。譜牒之家,復多牽合。故均一曹國也,或以爲重黎之後,或以爲吳國之後。均一嬴姓也,或以爲伯翳之後,或以爲伯益之後。左氏、司馬且不免於異同如此,況王路輩乎?故黃山谷《族譜》,七世以上,遠不可知,疑不能明者,皆略而不著,蓋慎之也。

宗　法

《戴記大傳》曰:"別子爲祖,繼別爲宗,繼禰者爲小宗。有百世不遷之宗,有五世則遷之宗。"別子,凡始封諸侯之次子,別於適子,及出奔他國,而別於本國;或身自起爲卿大夫,而別於本宗者,俱爲別子。別子不敢禰其父,而身自爲祖,故曰"別子"。爲祖繼別,則別子之冢子也,凡從祖出之庶子皆宗之,是爲大宗。雖百世而宗子死,則爲服齊衰九月,所謂宗其繼。別子之所自出者,百世不遷者也。

大宗復有次子,不敢承繼別之宗,而身自爲宗。其冢子亦不敢繼祖,而但繼禰。凡從禰出之子孫亦宗之,是爲小宗。小宗五世之外則無服,其繼禰者親兄弟爲之服。其繼祖者,從兄弟爲之服。其繼曾祖者,再從兄弟爲之服。其繼高祖者,三從兄弟爲之服,其服大功九月。而高祖以外,親盡則易宗,所謂宗其繼高祖者,五世則遷者也。小宗四:有繼高祖者,有繼曾祖者,有繼祖者,有繼禰者,與大宗爲五,此所謂五宗也。至於公子止一人,則身以別子不宗人,而人亦無宗之者,待繼別之子出而後有宗。故曰有小宗而無大宗，有大宗而無小宗。有無宗亦莫之宗者，公子是也。此古宗法之大略也。自秦火以來，其法久廢。宋之儒者，每謂大宗難復，小宗當復。然卒亦不聞有行之者。今宗藩及勳臣家，雖稍存其遺意，而卿大夫之家，則杳莫之講矣。

夫宗所統族屬，而隆親親之道也。故堯之於變必先平章，平章必先親睦。苟有族無宗，則族不可合。族不可合，則冠婚不相告，喪祭不相赴，甚至父子異居，兄弟相訟，人心渙而風俗漓。雖欲親之，遵何道哉？孟子曰："天下之本在國；國之本在家。"又曰："人人親其親，長其長，而天下平。"世乃有以合族之法爲迂闊而不必行者，是不知本之甚者也。因爲表之，以俟有志於親睦者。

四　禮

夫禮，始於冠，本於婚，重於喪祭，故四者之禮。人道莫大焉。其義詳於《戴記》，其制備於《儀禮》，朱子參合古今，裁爲《家禮》一書，意良厚也。

我朝太祖，稽古定制，頒《大明集禮》於天下，蓋昭昭乎一代之鉅典存焉。其所定品官、庶人之四大禮，則本於《儀禮》，而以《家禮》參之者也。孔子曰："禮與其奢也，寧儉；喪與其易也，寧戚。"此爲春秋縈禮者發哉。世道江河，趨而不返，當今之世，尤大不可訓矣。

按《儀禮》有士冠禮，而無天子、諸侯、卿大夫之冠禮。蓋古者，二十而冠，惟天子、諸侯有以幼沖踐阼。如武王崩，成王年十三而嗣立，周公攝政，以治天下，冠成王而朝於祖，以見於諸侯。魯襄公送晋侯，侯以公晏於河上，問公年。季武子對曰："會於沙隨之歲，寡君以生。"晋侯曰："十二年矣。是謂一終，一星終也。國君十五而生子，冠而生子，禮也。君可以冠矣。大夫盍爲冠具？"武子對曰："君冠，必以祼享之禮行之，以金石之樂節之，以先君之祧處之。今寡君在行，未可具也。請及兄弟之國，而假備焉。"晋侯曰："諾。"公還及衛，冠於成公之廟，假鐘磬焉。此禮罕行，故後世失傳。

若大夫則非五十不服官政，寧有冠禮乎？故曰："無大夫冠禮，而有其婚禮。"又曰："天子之元士，猶士也。"天下無生而貴者也。然則天子、諸侯、卿大夫之子皆稱士，故其冠亦皆用士禮耳。今制，自東宮親王另有冠禮外，其一應品官，俱損益古士冠禮行之。其制筮日，筮賓，宿大賓，宿贊冠者，布席設帨等儀，無一不宗古規。至於三加、三醮、命字、見母等事，則稍潤色而節文之，然皆人情之宜也。《冠義》云："凡人之所以爲人者，禮義也。禮義之始，在於正容體，齊顏色，順辭令。容體正，顏色齊，辭令順，而後禮義備，以正君臣、親父子、和長幼。君臣正，父子親，長幼和而後禮義立。故冠而後服備，服備而後容體正、顏色齊、辭令順。故曰冠者，禮之始也。"今人視冠禮不知爲何物，即有行之，亦目爲故事，習爲儀文。爲父兄者，孰能以其義訓子弟？爲子弟者，孰能以其義自儆省也？

　　婚禮者，將合二姓之好，上以事宗廟，而下以繼後世也。其禮有六：一納采，二問名，三納吉，四納徵，五請期，六親迎。六禮之中，古人最重親迎，然皆取成禮，不取備物。故納采，重在一雁，當其奠雁之頃，儐者與主人再拜行禮訖，即執雁問名，原以二禮合爲一禮。納吉之禮頗重，重亦在雁。納徵雖有玄纁、束帛、儷皮之幣，而所重亦在雁。請期與問名相仿佛，不過以一雁致虔而已。即親迎之禮，亦不過重在男子以身迎女，而不在物。古禮，諸侯以履二兩加琮，大夫、庶人以履二兩加束帛二，曰："某國寡小君，使寡人奉不珍之琮、不珍之履，禮夫人貞女。"夫人曰："有幽室數辱之產，未諭於傅母之教，得承執衣裳之事。敢不敬拜祝？"祝答拜夫人，受琮，取一兩履以履女，正笄衣裳而命之曰："往矣，善事爾舅姑，以順爲宮室。無貳爾心，無敢回也。"女拜，乃親引其手授夫乎戶。夫引手出戶，夫行女從，拜辭父於堂，拜諸母於大門。夫先升輿執轡，女乃升輿，轂三轉，然後夫下先行。大夫、士、庶人稱其父曰："某之父，某之師友，使某執不珍之履，不珍之束修敬禮某氏。"貞女母曰："有草茅之產，未習於織絍紡績之事,得奉箕帚之事,敢不敬拜。"此古人敦本尚實之禮然也。今制自天子納后、東宮納妃及親王、公主婚禮外,有品官納婦之禮,有庶人納婦之禮。品官全祖士婚禮之式,六禮次第舉行。而庶人則以文公家禮節之,要皆不失古人之意而已。近來風俗日下,富貴之家舉一女,不啻奇貨居之;貧賤之家嫁一女,不惜罄室殉之;且門第閥閱,互相頡頏,甚至男女之間,婚姻失時,猛可怪也。

曾子曰:"人未有自致者也,必也親喪乎!"故禮莫重於喪祭,而三年之喪,禮尤重。《儀禮》十七篇,於喪獨詳;《禮記》諸篇,論喪獨密。蓋人子情文兼至之時,先王所以盡慎終之道也。今制三年之喪,品官、庶人無異,其目曰初終,曰小斂,曰大斂,曰成服,曰吊、奠、賻,曰擇地、祭后土,曰葬,曰虞,曰卒哭,曰祔,曰小祥,曰大祥,曰禫,凡十三款,以經喪禮之常。又開聞喪、奔喪及改葬二款,以盡喪禮之變,情至而文亦不忽焉。初終之頃,義莫嚴於正寢,情莫切於三呼。古人最重考終命,故遷父母於正寢,令侍者坐持手足,書遺言於屬纊,以俟氣絕。男子不絕於婦人之手,婦人不絕於男子之手,以正終也。氣既絕,古人復升屋,三號曰"皋某復"而集禮,第令左執領,右執腰,召曰"某人復"。男子呼字及伯仲,婦人呼姓,三呼而止。不於屋上,而於室中,以從宜也。今人以三呼爲迂闊,每從佛教,延浮屠輩擊磬招魂,甚至羅僧數百,抑何爲哉?

古禮天子七月而葬,諸侯五月,大夫三月,士逾月。今不〔论天子〕、庶人,俱以三月爲葬期,最適情理之安。蓋二月之內,無地者當擇地,有地者亦筮日也。近世形家、日家之說行,士多拘忌,乃有逾數年而不葬者,此豈孝子之道哉?即古人有"五不葬"之說,亦不過求他日不爲道路,不爲城廓,不爲溝池,不爲貴勢所奪,不爲耕犁所及,即所謂美地矣,又何必如今人竭力購求,雖至傾家而不顧也?其最不可言者,豪貴之家,不檢之子弟,哭未終七而窠婦,及家服未及祥,而倡優滿座。〔其與〕禽獸何以異焉?祭有二統,有吉祭,有凶祭。禫以前之祭,祭於靈座,凶祭也,統於喪禮。禫以後之祭,祭於祠堂,吉祭也,統於祭禮。凶中之吉,則虞祭、禫祭是已;吉中之凶,則忌日之祭是已。

今制,祖儀禮中,特牲饋食之禮與少牢饋食之禮,裁爲品官家廟享儀。品官得奉高、曾、祖、禰四世之主。四仲月卜日以祭,而庶人未有家廟,但奉祖父母、父母二代之祀,其時享於寢之禮,大概略同於品官。今考品官之儀極詳,一曰時日,四時必用仲月,月必擇或丁或亥二日,並於孟月下旬預卜之。將祭,先期齋戒三日。齋戒之次日乃陳設,陳設次日乃省饌,省饌之明日乃行事。於是有參神之禮,有降神之禮,有進饌之禮,有酌獻之禮。酌獻有三:初獻,亞獻,終獻。初獻讀祝,亞、終不讀祝。三獻畢,乃有侑食之禮。侑食畢,主祭以下皆出,序立廟門之外。祝者有門掩門,無門降簾,是曰闔門,即古所謂厭也。然後祝聲三噫歆,乃啟門。主祭以下皆入,奉茶分進於正位之前,是曰啟門。奉茶畢,乃行受胙之禮。胙既受,然後再拜辭神。辭神納主畢,然後主婦監徹酒饌,是之謂徹酒饌。既徹,然後設席以讌宗人,遍及微賤,是之謂餕。此品官享家廟之始終大略也。

《禮》曰:"祭不欲數,數則煩,煩則不敬;祭不欲疏,疏則怠,怠則忘。"又曰:"祭者,非物自外至者也,自中生出於心者也。"今天下固未嘗廢祭,然奢者成僭,簡者成陋,至於忠信誠愨之心,則篾乎其無有矣。

師　服

《禮記·檀弓》:"事師無犯無隱,服勤至死,心喪三年。"又孔子之喪,門人疑所服。子貢曰:"昔者夫子之喪顏淵,若喪子,而無服,喪子路亦然。請喪夫子若喪父,而無服。"程子曰:"師不立,服不可立也。當以情之厚薄,事之大小處之。如顏淵於孔子,雖斬衰三年可也。以成己之恩,與君父並。其次各有淺深,稱其情而已。下至曲藝,莫不有師,豈可一概制服?"按《儀禮》,爲朋友服齊衰。漢范巨卿聞張元伯之喪,制朋友之服,往哭之,況於師乎?《白虎通》云:"弟子爲師服者,弟子有君臣、父子之道也。故生則尊敬而親之,死則哀痛之,恩深義重,故爲之隆服,入則絰,出則否。"宋儒黃榦於朱子之喪,服加麻,制如深衣,用冠絰。王柏喪其師何基,服深衣,加帶,絰冠加丝。武柏卒,其弟子金履祥喪之,則加絰於白巾,絰如緦麻而小,帶用細紵。此皆行於近世而可法者。

官　制

唐制有勳,有官,有階,有爵。爵以定尊卑,官以分職務,階以叙勞,勳以叙功,四者各不相蒙。有官卑而勳階高者,亦有勳階卑而官爵高者。今制如公、侯、伯,則謂爵;左右柱國、正治上卿及資治尹之類,則謂之勳;特進光禄大夫以及承德郎之類,則謂之階;宗人令、尚書之類,則謂之官。官有百職,階有初授、陞授,二品至四品,又有加授。勳,文職止及五品,武職止及六品;爵止三等。又漢制以本官任他職者曰兼,以高官攝卑職者曰領。唐制有曰攝者,如侍中之攝史部是也。又有行、守、試之別,職高者爲守,職卑者爲行,未正名命者爲試。又資淺者爲裏行。宋制,高一品爲行,下一品爲守,下二等爲試。元祐以後,又置權官,如以侍郎權尚書之類。漢以趙充國爲假司馬,則又有"假"之名,今制亦有兼,有試,又有署。署與權同。亦有"假",但偶爲之,而武官爲多。唐又有官序未至,而以他官攝者爲直,許敬宗爲直記室是也。宋朝學士舍人皆置直院,但以資淺者爲之,其實正官也。又漢之行冤獄使者、美俗使者、河堤使者、直指使者,則皆因事置官,事已即罷。我朝亦有其官,而名則異焉。又有所謂工官、鹽官、鐵官、銅官、錦官、服官、羞官、尊官、渴官、材官、疇官、湖官、陂官、樓船官、發弩官、均輸官、橘官、苑官、洭浦官,皆秦官名,而漢因之。今或間有其官,然而名亦不同矣。蓋亦微乎微者也。

官　數

案《通典》、《通志》、《通考》諸書所載官數，唐六十員，虞六十員，《尚書》云："建官惟百。"鄭玄曰："虞官六十，唐官未聞，堯、舜同道，或皆六十。併屬官而言，或皆有百。"夏百二十員，《尚書》云："夏官□□□。"鄭玄曰："百二十。"殷二百四十員。明堂位二百，鄭玄曰一百四十。周六萬三千六百七十五員。內二千六百四十三人，外諸侯國官六萬一千三十一人，按《禮記·王制》計之。商制同。漢自丞相至左史，凡十三萬二百八十五員。哀帝時數，兼諸府、州郡胥吏。後漢七千五百六十七員。晉六千八百三十六員。宋六千一百七十二員。齊二千一百三員。後魏七千七百六十四員。北齊二千三百二十二員。後周二千九百八十九員。並內官。隋一萬二千五百七十六員。內官二千五百八十一，外郡縣官九千九百九十五。唐一萬八千八百五員。內官二千六百二十，外郡縣官一萬六千一百八十五。

宋官員數增損不一。元豐間，南豐曾鞏議經費，言景德官一萬餘員，皇祐二萬餘員，治平併幕職，州縣官三千三百餘員，總二萬四千員。《朝野雜記》："祖宗時內外文武官通一萬三千餘員，天聖中兩制、兩省不及三十員。"京朝官不及二千員，三班使臣不及四千員。慶曆中兩制、兩省至五十員。京朝官至二千七百餘員，流外銓選人以萬計。乾道中京朝官已三四千員，選人亦七八千員。紹熙二年，京朝官四千一百五十九員，合四選凡三萬三千一十六員。慶元二年，京朝官如紹興之數，選人增至一萬三千六百八十員，大使臣六千五百二十五員，小使臣一萬八千七十員，通四選凡四萬二千有奇。蓋五年之間，所增至九千餘員，可謂官冗矣。嘉泰元年春，左選京官以上，三千一百三十三員，選人萬五千二百四員，大使臣以上六千八百五十四員，校尉以上萬二千六百十六員，通四選共三萬七千八百餘員，是五年間所損僅二千餘員，不知何故。金大定二十八年，在仕官一萬九千七百員，四季赴選者千餘，歲數監差者三千。明昌四年，奏周歲官死及事故者，六百七十，新入仕者，五百一十，見在官萬一千四百九十九，內女真四千七百五員，漢人六千七百九十四員。泰和七年，在仕官四萬七千餘，四季部擬授者千七百，監官到部者七千二百九十餘，元至元三年，總計官府大小，共二千七百三十三處。

皇明按洪武四年正月，中書省臣上天下府州縣官數，府州縣凡一千二百三十九，官五千四百八十八員。後漸增至二萬四千六百八十三人，京師一千四百十六人，南京五百五十八人，在外二萬二千七百九人。

舜出井辯

或問舜入井以孔出。《空同子》曰："既入井，顧安所得孔哉？即有孔，象獨不之知耶？"曰："若是，舜胡由出？"曰："神爲之也。"漢高大風破圍，光武六月之冰，宋康王泥馬渡河，古來真天子怪異多矣，況舜哉！此等不可知，亦不可窮。愚謂神爲之，是矣，然亦必有所以爲；非從孔出是矣，然亦必有所自出。觀本文曰："使浚井出，從而掩之。"出在掩前。必舜既出，父母不知其出，乃從而掩之也。蓋父子至情，一旦欲致之死，其間必有萬不自安之心。當其下手掩井之時，何異持刀殺子？雖鐵石人，意安得不張皇？神安得不恍惚也？以張皇恍惚爲之，又何暇計井中之有舜無舜也，是舜之出也，即從井出也，父母不知其已出也，實神之所爲也。故神之爲漢高也，必破圍而後可，不破圍，何以脫漢高？神之爲光武也，必冰堅而後可，冰不堅，何以渡光武？神之爲康王也，必有泥馬而後可，無泥馬，何以救康王？則神之爲大舜也，必使舜出而父母不知乃可耳！不既非孔出，又非井出，神雖怪，將何術使之在床哉？其理至明且顯，又何不可知、不可窮耶？

伊尹生於空桑辯

《陳留世紀》云："伊尹生於空桑。"《郡志》云："伊尹母既孕，夢神告曰：'臼若出水，即東走。'明日臼果水見，東走數里，顧其邑大浸，遂化爲空桑。"《尚書大傳》云："伊尹母方孕，行汲，化爲枯桑，其夫尋至水濱，見桑穴中有兒，乃收養之。"夫空桑，木也。豈有人而化爲木，木而復能生人之理？世人好怪，仍訛因陋，莫之知辨。

今以他書考之，空桑蓋地名，非樹木也。《歸藏啟筮》云："空桑之蒼蒼，八極之既張。乃有羲和是王。日月職出入以爲晦明。"蓋指隅夷之地也。《山海經・東次二經》之首曰："空桑之山，北臨食水，東望沮吳，南望沙陵，西望湣澤。"蓋指出琴瑟材之地也。《呂氏》云："顓頊生於若水，實處空桑。"《春秋演孔圖》云："徵在游於大家之陂，夢黑帝謂己：'汝產必於空桑'。"干寶云："空桑之地，今名孔竇，在魯南山之穴。"是或地、或山，俱可以空桑爲名，豈必區區皆枯木哉！乃若共工氏之振滔洪水以薄空桑，則爲莘、陝之間。伊尹莘人，故謂生於空桑，亦猶顓頊之處於空桑、孔子之產於空桑耳。使伊尹果生於桑樹，則顓頊、孔子亦生於桑樹乎？此理之明白昭著，曉然可辨者，而無奈世之樂於怪誕，而厭於尋常也。可慨夫！

太王翦商辯

胡庭芳曰：愚讀《詩》，至太王"實始翦商"，未嘗不慨後之論者皆不能不以辭害意也。何以言之？太王蓋當祖甲之時，去高宗、中宗未遠也。後百三十餘年，商始亡，且武王十三年以前尚臣事商，則翦商之云，太王不獨不出之於口，亦決不萌之於心。特以其有賢子聖孫，有傳立之意，於以望其國祚之緜洪，豈有一毫覬覦之心哉？議者乃謂太王有是心，泰伯不從，遂逃荆蠻。是太王固已形之言矣。夫以唐高祖且能駭世民之言，曾謂太王之賢，反不逮之乎？

楊用修云：《說文》引《詩》作"實始戩商"，解云："福也，蓋謂太王始受福於商，而大其國耳。不知後世何以改戩作翦。"且《說文》別有"剪"字，解云"滅"也。以事言之，太王何嘗滅商乎？改此者必漢儒，以口相授，音同而訛，不然，曾謂古公亶父之賢君，蓄后羿、寒浞之禍心乎？

此二説者，皆足洗千古不白之冤，但胡氏能斷之以理，而未知《詩》字之誤；楊氏能辨《詩》字之誤，猶未窮"翦"字之義。知"翦"字之義，則謂之誤可也，謂之不誤亦可也，而太王之心不辯自明。何也？剪滅之"剪"，从"前"从"刀"。此翦，从"前"从"羽"，羽與刀相去遠甚。考之諸書及《沈韻》，原有"翦"、"剪"二字音義，況羽翼之"翼"，輔翊之"翊"，皆从羽。則此翦亦羽翼輔翊之意明矣，安得强以滅字解之，而誣太王以滅商之名也？大概古人用字皆有深義，人自不思耳，如"楷"、"模"二字，旁皆从木。"模"，周公冢上之木也，其葉春青、夏赤、秋白、冬黑，以色得其正也。"楷"，孔子冢上之木也，其餘枝疏而不屈，以質得其直也。若正與直，可爲法則，況在周孔之冢乎？他如"睿"字从"目"，取其目擊道存之義也。"聖"字从"耳"，取其聲入心通之義也。"翦"字从"羽"，安得不取羽翼輔翊之義哉？孟軻氏曰："無以文害辭，無以辭害意。"況乎併其文而昧之乎？故曰知"翦"字之義，而太王之心自明矣。

孔子仕周辯

或問："孔子不仕天子，而仕諸侯，何也？"曰：仕諸侯，實所以仕天子也。普天之下，莫非王土；率土之濱，莫非王臣。當時雖四分五裂，各據其土，然而周天子猶儼然在上也。則何國非周之國？何君非周之臣？以尊周之道仕，則何往非仕周乎？故他日之言曰："文武之政，布在方策。"又曰："吾不復夢見周公。"《中庸》曰："憲章文武。"夫夢周公，欲行周公之道也；憲章文武，欲舉其政也。夫子之心，曷嘗一日忘周哉！但周自平王東遷之後，號令不由於天子，政教多出於權門，雖擁虛位於上，而蕞爾土地，不足以號召天下。故夫子周流於一十二國、七十二君之間，汲汲皇皇，無非欲其尊周攘夷，相與共興周室耳。

甚至公山弗擾以費叛，亦欲往，曰："吾其爲東周乎？"

噫！夫子豈得已哉？卒之志不得遂，乃取魯《春秋》而筆削之，以隱誅亂臣賊子之心，而陰執尊周攘夷之柄。是身雖不登成周之陛，而心則無日無時不在周天子也。誰曰孔子不仕周也。

西　施

西施隨范蠡一事，爲古今疑案。予觀其平生，三致千金，積而能散；亡吳之後，成名畏禍，脫然舍其高爵豐禄，而乃肯載伐國之女以自累乎？及觀《丹鉛録》云："世傳西施隨范蠡去。不見所出，只因杜牧'西子下姑蘇，一舸逐鴟夷'之句而附會也。予竊疑之，未有可證，以折其是非。一日讀《墨子》曰：'吳子之裂，其功也；西施之沉，其美也。'喜曰：此吳亡，西施亦死於水，不從范蠡去之一證。墨子去吳越之世不遠，所書得其眞。然猶恐牧之別有見。後檢《修文御覽》，見引《吳越春秋》逸篇云：'吳亡後，越浮西施於江，令隨鴟夷以終。'乃嗟曰：此事正與《墨子》合，杜牧未精審，一時趁筆之過也。蓋吳既滅，即沉西施於江。隨鴟夷者，胥譖死，盛以鴟夷，西施有力焉。今沉之江，所以報子胥之忠。故云'隨鴟夷以終'。范蠡去越，亦號鴟夷子皮，杜牧遂以子胥'鴟夷'爲范蠡'鴟夷'，乃影撰此事，以(隨)〔墮〕後人於疑網也。"

用修此言大足破惑。陳晦伯乃引《吳地志》謂："勾踐令范蠡取西施以獻夫差。西施於路通范蠡，三年始達於吳，遂生一子。"又引《越絕書》謂："西施亡吳後，復歸范蠡，因泛五湖而去。"《吳地記》之說，王元美已辟之詳矣。《越絕》亦僞書，不足取信。至如杜詩之云，原有深意。鴟夷即指范蠡，無害耳。王性之謂："西子自下姑蘇，一舸自逐鴟夷。"庶幾得之。蓋西子下姑蘇，亦"鳥盡弓藏，兔死狗烹"之意，謂吳國既亡，西子亦下姑蘇而無所用之矣。言内便有"沉其美，浮於江"之意。"一舸逐鴟夷"，亦"一方明月可中庭，只今惟有鷓鴣飛"之意。謂范蠡當日用西施成功，今日去國，相追隨者惟一舸而已。言外便有不見西施之意。用修謂："范蠡不幸遇杜牧，受誣千載，又幸遇予而雪之。"予亦謂杜牧不幸，爲范蠡任怨千載，又幸遇予而白之，真可大噱。

蔡琰入胡辯

《漢書》謂蔡邕女琰，没胡中。曹操痛邕無嗣，乃以金璧贖之歸，而重嫁董祀。夫伯喈素有忠孝之名，董卓屢辟不應，已而受中郎將者，見惡人以避咎耳。王允殺之，乃允之過，邕無罪焉。果如《漢書》所云，則邕既無子，而區區一女，乃復先没胡中，後嫁董祀，辱身夷虜，再醮無良，豈不痛哉！

及觀《晉書‧后妃傳》："景獻羊皇后母蔡氏，邕女也。"又《羊祜傳》："祜，邕外孫，景獻皇后同産弟。"是邕女乃羊祜之母。初未嘗没胡中，又安得重嫁董祀乎？祜討吴有功，將進爵，乞以賜舅子蔡襲，詔封襲關内侯，是邕有後，且爲關内侯也，安得謂操痛邕無嗣，乃以金璧贖琰歸乎？史書失真，固無足怪，獨憐伯喈爲漢季名士，既不能保其身於濫刑，復不能免其女於誣穢，九泉之下，何以甘心？因爲覈之，以白其事。

程子椒言卷之三

三　易

《周禮》："太卜掌三《易》之法。"于令升注云："天地定位，山澤通氣，雷風相薄，水火不相射，此小成之《易》也。帝出乎震，齊乎巽，相見乎離，致役乎坤，説言乎兑，戰乎乾，勞乎坎，成言乎艮，此連山之《易》也。初乾、初奭、初艮、初兑、初犖、初離、初釐、初巽，此歸藏之《易》也。小成者，伏羲之《易》也，而文王因之；《連山》者，列山氏之書也，而夏人因之；《歸藏》，軒轅之書也，而商人因之。"

夏得人統，故歲首建寅而卦首艮。商得地統，故歲首建丑而卦首坤。周得天統，故歲首建子而卦首乾。伏羲之《易》小成，爲先天；神農之《易》中成，爲中天；黄帝之《易》大成，爲後天。《周禮疏》："夏、殷《易》以七八不變爲占；周《易》以九六變者爲占。"鄭夾漈云："《連山》用三十六策，《歸藏》四十五策，《周易》四十九策。"桓譚《新論》云："《連山》八萬言，《歸藏》四千三百言。"今考三《易》，獨《周易》書存，班氏六經首《周易》，凡夏商之《易》絶不聞。隋牛弘購求宇内遺書，至三十七萬卷，魏玄成等修《隋史》，晉梁以降，亡逸篇名無不具載，皆不聞。

所謂《連山》者，至《唐・藝文志》始有《連山易》十卷。馬端臨以爲出於劉炫僞作。蓋炫後事發除名，故《隋志》不録，而其書尚傳於後。開元中盛集羣書，仍入禁中，故唐《藝文志》載之。《歸藏易》十三卷，晉太尉參軍薛貞、唐司馬膺各有注，然《七略》無《歸藏》，《晉中經簿》始有此書，《隋志》因之，至宋僅存《初經》、《齊母》、《本著》三篇。

《隋志》稱此書惟載卜筮，不類聖人之旨，蓋唐世已疑其偽矣。大概夏商之《易》至漢已俱無傳，後世所謂《連山》、《歸藏》，皆贋書耳。鄭夾漈輩獨尊信，以爲其詞質，其義古，且咎世人以其晚出而疑之，豈非好奇之過哉？

尚　書

《尚書》有古文、今文之別，今文爲伏生口授，古文乃孔壁舊藏。然孝文使掌故晁錯往受之時，伏生已老，不能正言，言不可曉，使其女傳言教錯。齊人語多與潁川異，錯所不知凡十二三，略以其意屬讀而已。古文則皆蝌蚪文字，孔安國以所聞伏生之書考論文義，定其可知者爲隸古文。會巫蠱事發，不得列於學官。

吳氏云："伏生傳於既耄之時，而安國爲隸古文，特定其所可知者。而一篇之中，一簡之內，其不可知者，蓋不無矣。則二家自始出之時，已多訛謬，況愈久愈淆，安望其不失真於後世乎？"又按《張霸傳》，孝成皇帝時，徵爲《古文尚書》學。東海張霸按百篇之序，空造百兩之篇，獻之成帝。帝出秘書百篇以校之，皆不相應。於是下霸於吏。吏白霸罪當致死，成帝高其才而不誅，亦惜其文而不滅，故百兩之篇，傳在世間。夫霸書既行於世，而古文復不列於官，真僞相掩，訛謬相承。迄於東晉之時，豫章內史梅頤始得安國之傳奏之，而其中亦有可疑者。

陸德明云："梅頤所上，亡《舜典》一篇，以王肅注頗類孔氏，乃取王注。'愼徽五典'以下，爲《舜典》，以續孔傳。""'曰若稽古'至'重華協於帝'十二字，是姚方興所上，孔氏傳本無。或此下更有'濬哲文明'至'乃命以位'總二十八字。"據此，則古文之散逸淆亂，已不可言。而唐明帝既易其文，復改其辭，百篇之舊，所存寧有幾何矣？九峰蔡氏云："今文多艱澀，而古文反平易。"或者以爲今文自伏生女子口授晁錯時失之，則先秦古書所引之文皆已如此，恐其未必然也。又云：

伏生倍文暗誦，乃偏得其所難。而安國考定於科斗古書錯亂摩滅之餘，反專得其所易，則又有不可曉者。予以爲今文因口授舛錯，故文多艱澀。至於先秦古書所引，則晁錯所素知者，或授受值此，即以所知讀之，故得無差耳。若科斗古文，舉世莫能曉。即安國亦不過揆之義理，以己意定其文，故文反平易，不若口授之難。總之，難易雖殊，其於失真則均耳。

詩　序

《詩序》有謂孔子作者，有謂子夏作者，有謂國史作者，又有謂詩人所自製者。葉石林以爲孔子授子夏而傳之，是亦嘗經孔子所取。而朱文公據《後漢·儒林傳》以爲衛宏所作。《隋志》："先儒相承，以爲《毛詩序》子夏所創，毛公及衛敬仲更加潤色。"理或然也，然後世諸儒是否不一。鄭夾漈、王應麟輩詆訶其妄，而朱晦庵排斥尤甚。葉石林、洪景盧輩尊信其說，而馬端臨辨論尤詳。

以今觀之，《詩序》之作或者不出於孔門，即漢儒，去古未遠，其言猶有所據，大概失者二三，得者七八。馬貴與所謂《雅》、《頌》之序可廢，十五國風之序不可廢者，未必無見也。倘如晦翁之意，盡削而不留，譬之藥石，止存其名，而不著溫涼寒熱之性，君臣佐使之方，欲使後之醫者親嘗而意用之，雖有俞跗，其能不誤而害人乎？歐陽公云："後之學者，因跡前世之所傳，而較其得失，或有之矣。若使徒抱焚餘殘脫之經，悢悢然於去聖千百年之後，不見先儒中間之說，而欲特立一家之論，果有能哉？"三復斯言，庶幾可以折衷諸家之論。

三　傳

三傳惟《左氏》之出最晚，然亦惟《左氏》言最真。何以言之？左丘明好惡與聖人同，親見夫子，而公、穀在七十子後。傳聞之與親見，其詳略自異。然世之論者謂："公、穀不當書'孔子生'，左氏不當書

'仲尼卒'。"是則過焉。《春秋》乃夫子手筆，公、穀尊其師授而書"生"；左氏痛其師亡而書"卒"，皆情理之當然，原非所以亂經而惑後也。朱晦菴乃謂："左氏是個猾頭熟事、趨炎附勢之人。"夫子嘗謂"左丘明恥之，丘亦恥之。"果爲猾頭熟事，趨炎附勢，夫子奚取焉？説者又謂：非孔子所稱，左丘明别自是一人。爲史官者又謂左氏乃六國時人，非孔子時人者，皆無的據。班氏去古未遠，《漢·藝文志》所述歷歷可信，又何必紛紛其説哉？

儀 禮

楊用修《譚苑醍醐》云："《湖廣一統志》載劉有年於永樂中，上《儀禮逸經》十有八篇。"若然，則《儀禮》之亡者全矣。不知有年何從得之？意者聖經在世如日月，終不可掩耶？然一時廟堂諸公，不聞表章傳布之請，今求之內閣，亦不見其書。出非其時，此書之不幸也。胡元瑞以爲《儀禮》篇亡者，自漢已無從物色，寧有歷唐至宋，復出於今之理？必劉氏《連山》、《魯史》故事，僞作欺世，用修好奇而信之，非也。又言家藏有元吳幼清《儀禮逸經》八篇、《傳》十篇。經則取諸大小戴及鄭氏注，傳則吳氏本紫陽遺意而纂次之。其書名篇類與所上正合，豈即此書也耶？元瑞物故後，其藏書俱散逸無存。所謂《逸經》八篇、《傳》十篇者，予屢覓之，已不可得。信乎，書之厄不獨秦火也！

石經大學

《大學》一書，原在《戴記》中，戴、鄭、賈三家俱不分《經》、《傳》。據虞松引賈逵之言，乃子思居宋時所作，俱述大古本讀太學中教人之道，故以爲名。宋儒以爲曾子之書，又以"小學"配之，讀爲"大學"，未知孰是。按石經《大學》與鄭本、朱本皆大異。近日唐儀部伯元輩詳覈源流，疏呈御覽，業存秘閣中矣。今錄其文於左，以俟好古者辨焉。

大學之道,在明明德,在親民,在止於至善。古之欲明明德於天下者,先治其國;欲治其國者,先齊其家;欲齊其家者,先修其身;欲修其身者,先正其心;欲正其心者,先誠其意;欲誠其意者,先致其知。致知在格物,物有本末,事有終始,知所先後,則近道矣。《詩》云:"緡蠻黃鳥,止於丘隅。"子曰:"於止知其所止,可以人而不如鳥乎?"知止而後有定,定而後能靜,靜而後能安,安而後能慮,慮而後能得。《詩》云:"邦畿千里,惟民所止。"子曰:"聽訟,吾猶人也,必也使無訟乎?"無情者不得盡其辭,大畏民志。此謂知本。自天子以至於庶人,壹是皆以修身為本。其本亂而末治者,否矣。其所厚者薄,而其所薄者厚,未之有也。此謂知本。此謂知之至也。物格而後知至,知至而後意誠,意誠而後心正,心正而後身修,身修而後家齊,家齊而後國治,國治而後天下平。

　　所謂誠其意者,毋自欺也,如惡惡臭,如好好色,此之謂自謙,故君子必慎其獨也。小人閒居為不善,無所不至。見君子而後厭然,揜其不善,而著其善。人之視己,如見其肺肝然,則何益矣。此謂誠於中,形於外。故君子必慎其獨也。曾子曰:"十目所視,十手所指,其嚴乎?"富潤屋,德潤身,心廣體胖,故君子必誠其意。

　　所謂修身在正其心者,心有所忿懥,則不得其正;有所恐懼,則不得其正;有所好樂,則不得其正;有所憂患,則不得其正。心不在焉,視而不見,聽而不聞,食而不知其味。顏淵問仁,子曰:"非禮勿視,非禮勿聽,非禮勿言,非禮勿動。"此謂修身在正其心。

　　所謂齊其家在修其身者,人之其所親愛而辟焉,之其所賤惡而辟焉,之其所畏敬而辟焉,之其所哀矜而辟焉,之其所敖惰而辟焉。故好而知其惡,惡而知其美者,天下鮮矣。故諺有之曰:"人莫知其子之惡,莫知其苗之碩。"此謂身不修不可以齊其家。

　　所謂治國必先齊其家者,其家不可教而能教人者無之。故君子不出家而成教於國。孝者,所以事君也;弟者,所以事長也;慈者,所以使衆也。一家仁,一國興仁;一家讓,一國興讓;一人貪戾,一國作亂,其機如此。此謂一言僨事,一人定國。《康誥》曰:"如保赤子。"心誠求之,雖不中,不遠矣。未有學養子而後嫁者也。故治國在齊其家。《詩》云:"桃之夭夭,其葉蓁蓁。之子于歸,宜其家人。"宜其家人,而後可以教國人。《詩》云:"宜兄宜弟"。宜兄宜弟,而後可以教國人。《詩》云:"其儀不忒,正是四國。"其爲父子兄弟足法,而後民法之也。此謂治國在齊其家。

所謂平天下在治其國者,上老老,而民興孝;上長長,而民興弟;上恤孤,而民不倍。是以君子有絜矩之道也。所惡於上,毋以使下;所惡於下,毋以事上;所惡於前,毋以先後;所惡於後,毋以從前;所惡於右,毋以交於左;所惡於左,毋以交於右,此之謂絜矩之道。《詩》云:"樂只君子,民之父母。"民之所好好之,民之所惡惡之。此之謂民之父母。

《秦誓》曰:"若有一介臣,斷斷兮無他技,其心休休焉,其如有容焉。人之有技,若己有之;人之彥聖,其心好之,不啻若自其口出,實能容之。以能保我子孫黎民,尚亦有利哉!人之有技,冒疾以惡之;人之彥聖,而違之俾不通,實不能容,以不能保我子孫黎民,亦曰殆哉!"

唯仁人放流之,迸諸四裔,不與同中國,此謂唯仁人爲能愛人,能惡人。見賢而不能舉,舉而不能先,命也;見不善而不能退,退而不能遠,過也。好人之所惡,惡人之所好,是謂拂人之性,菑必逮夫身。《詩》云:"節彼南山,維石巖巖。赫赫師尹,民具爾瞻。"有國者不可以不慎,辟則爲天下僇矣。

是故君子先慎乎德,有德此有人,有人此有土,有土此有財,有財此有用。德者,本也;財者,末也。外本內末,爭民施奪。是故財聚則民散;財散則民聚。《詩》云:"殷之未喪師,克配上帝。

宜監於殷,峻命不易。"道得衆則得國,失衆則失國。《楚書》曰:"楚國無以爲寶,惟善以爲寶。"是故言悖而出者,亦悖而入;貨悖而入者,亦悖而出。《康誥》曰:"惟命不於常道,善則得之,不善則失之矣。"舅犯曰:"亡人無以爲寶,仁親以爲寶。"仁者以財發身,不仁者以身發財。未有上好仁而下不好義者也;未有好義,其事不終者也;未有府庫財非其財者也。生財有大道:生之者衆,食之者寡,爲之者疾,用之者舒,則財恒足矣。孟獻子曰:"畜馬乘,不察於雞豚;伐冰之家,不畜牛羊;百乘之家,不畜聚斂之臣。與其有聚斂之臣,寧有盜臣。"此謂國不以利爲利,以義爲利也。長國家而務財用者,必自小人矣。彼爲善之,小人之使爲國家,菑害並至。雖有善者,亦無如之何矣。此謂國不以利爲利,以義爲利也。

是故君子有大道,必忠信以得之,驕泰以失之。堯舜帥天下以仁,而民從之。桀紂帥天下以暴,而民從之,其所令反其所好,而民不從。是故君子有諸己,而後求諸人;無諸己,而後非諸人。所藏乎身不恕,而能喻諸人者,未之有也。《康誥》曰:"克明德。"《太甲》曰:"顧諟天之明命。"《帝典》曰:"克明峻德。"皆自明也。湯之《盤銘》曰:"苟日新,日日新,又日新。"《康誥》曰:"作新民。"《詩》曰:"周雖舊邦,其命維新。"是故君子無所不用其極。《詩》云:"穆穆文王,於緝熙敬止。"爲人君,止於仁;爲人臣,止於敬;爲人子,止於孝;爲人父,止於慈;與國人交,止於信。《詩》云:"瞻彼淇澳,菉竹猗猗。有斐君子,如切如磋,如琢如磨。瑟兮僴兮,赫兮喧兮。有斐君子,終不可諠兮。"如切如磋者,道學;如琢如磨者,自修也。瑟兮僴兮者,恂慄也;赫兮喧兮者,威儀也。有斐君子,終不可諠兮者,道盛德至善,民之不能忘也。《詩》云:"於戲,前王不忘。"君子賢其賢而親其親;小人樂其樂而利其利。此以沒世不忘也。

論　語

　　按漢《藝文志》、隋《經籍志》，《論語》凡有三本，《魯論》二十篇，《齊論》多《問王》、《知道》二篇。又有古文《論語》，與古文《尚書》同出，章句煩省，與《魯論》不異，惟分《子張》爲二篇，故有二十一篇。張禹本授《魯論》，晚講《齊論》，後遂合而考之，刪其煩惑，除去《齊論》《問王》、《知道》二篇。從《魯論》二十篇爲定，即今之《論語》也。

　　晁氏云：“《齊論》有《問王》、《知道》二篇，詳其名，當是必論内聖之道、外王之業，未必非夫子之最致意者，不知何説，而張禹獨遺之。禹身不知王鳳之邪，其不知此固宜，然勢位足以軒輊一世，使斯文遂喪，惜哉！”馬貴與云：“《齊論》多於《魯論》二篇，曰《問王》、《知道》，史稱爲張禹所刪，以此遂無傳。且夫子之言，禹何人，而敢刪之？然古《論語》與古文《尚書》同自孔壁出者，章句與《魯論》不異，惟分《堯曰》、《子張問》以下爲一篇，共二十一則。《問王》、《知道》二篇亦孔壁中所無，度必後儒依仿而作，非聖經之本真，此所以不傳，非禹所能刪也。”馬氏此言蓋信古文爲真本，故以《齊論》爲贗篇，殊不知孔〔壁〕一事，千古疑案。昔劉歆欲建立，《逸禮》、古文《尚書》，皆列於學官，帝令歆與五經博士講論其義，諸博士或不肯置對，歆因移書讓之。是歆時已不能取信於諸士矣。國子學正梅鷟嘗云：“竹簡漆書，豈能支數百年之久？壁間絲竹八音是何人作？乃獻書者之飾辭也。”觀此，則晁氏之説未爲無見，而張禹之罪難以自逭矣。

汲冢竹書

　　按《束皙傳》云：“太康二年，汲郡人不準，盜發魏襄王墓，或言安釐王冢，得竹書數十車，其《紀年》十有三篇，記夏以來至周幽王爲犬戎所滅。以事按之，三家分，仍述魏事，至安釐王之二十年。其中《經》、《傳》大異者：益干啟位，啓殺之；太甲殺伊尹；文丁殺季歷。自周受命，至穆王百年，非穆王壽百歲也；幽王既亡，有共伯和者，攝行天子事，非二相共和也。其《易經》二篇，與《周易》上下經同。《易繇陰陽卦》二篇，與《周易》略同，《繇詞》則異。《卦下易經》一篇，似《說卦》而異。《公孫段》二篇，與邵陟論《易》。《國語》三篇，言楚、晉事。《名》三篇，似《禮記》，又似《爾雅》、《論語》。《師春》一篇，書《左傳》諸卜筮。'師春'似是造書者姓名也。《璅語》十有一篇，諸國卜夢妖怪相書也。《梁丘藏》一篇，先敘魏之世數，次言丘藏金玉事。《繳書》二篇，論弋射法。《生封》一篇，帝王所封。《大曆》二篇，鄒子談天類也。《穆天子傳》五篇，言周穆王遊行四海，見帝臺、西王母。《圖詩》一篇，畫贊之屬也。又雜書十九篇：《周食田法》、《周書》、《論楚事》、《周穆王美人盛姬死事》。大凡七十五篇，七篇簡書折壞，不識名題。"晳校勘其旨歸，以今文寫之，晳傳所稱如此。

以今考之，諸書散逸殆盡。存者惟《周易》二篇、《易繇》二篇、《紀年》十三篇、《逸周書》十篇、《穆天子傳》五篇、《盛姬葬錄》一篇。《璅語》，類書間載其文，亦無全書。其間所稱益、啟、太甲、文丁之事，則《紀年》之謬說，而所謂舜囚堯、禹拒舜、伊尹通末喜、武王斬紂頭，則《璅語》、《周書》之妄談也。他如西王母來朝，可以辨其非女仙；洛伯用與河伯馮夷鬥，可以辨其非水神。若伯翳之爲伯益，西伯之爲武王，趙穿之弑靈公，則皆足以滌千載之訛，補諸志之失，孰謂竹書爲無益之書也。

鶡子

《鶡子》古人辨駁最悉，然未有得其實據者。及觀胡元瑞《九流緒論》，乃知此書之存，視舊纔十之一，而篇名章次錯亂混淆之甚，宜宋以來，諸家未有得其要領者也。

蓋古《鶡子》本書篇名、章次與《莊》、《列》不同，而絕與今傳《關尹子》類。所謂《撰吏》、《道符》等目，即《關尹》之《一宇》、《二柱》篇也。

293

《撰吏》下有《五帝》等目，《道符》下有《三王》等目，即《一宇》篇之《盆沼》等章，《二柱》篇之《盌盂》等章也。《關尹》九篇，而每篇章次少者六七，多者十餘，更互闡發，以竟一篇之義，故每章之語雖極寥寥，而不覺其簡。《鬻子》二十二篇律以《關尹》，則今傳短章總之，當不下百數十。而東京之後，兵火殘逸。至唐所存，僅此一十四條。當時注者鹵莽，苟欲庶幾前代全書，遂以每章當其一篇，而僅以爲缺其八，故今讀之寥寥枯寂，若本末略無足觀者。楊用修《表》、賈誼《新書》所引及《文選》注所引數條，以爲皆正言確論。直以十四篇爲僞書，則過矣。若夫鬻子，《漢志》既以爲名熊，文王所師，而又列其書於道家、小説家，何也？道家者二十二篇、小説者十九篇。豈當時有二書耶？《史記》稱鬻熊事文王者，早夭，故封其子孫爲楚祖。而此以爲九十遇文王，何也？豈古有二鬻子，一爲周師，一爲楚祖耶？則所謂二十二篇、十九篇者果屬之誰耶？此皆渺茫不可信之事，書此以俟明哲者。

陰符經

按《國策》，蘇秦干諸侯不遂，因讀《陰符》至刺股，而《史記》亦謂秦慼自傷，乃閉户不出，出其書遍觀之，於是得周書《陰符》，伏而讀之。《陰符》爲周時書無疑矣。乃《漢·藝文志》不載其名，豈毁於兵火耶？《隋志》有《太公陰符（鉗）〔鈐〕録》一卷，又《周書陰符》五卷，今《陰符》不言太公而言黃帝，無五卷而止一篇，則古之所謂《陰符》，又未知即今之《陰符》否耳。

晁氏曰："唐少室山人布衣李筌注云：《陰符經》者，黃帝之書。或曰受之廣成子，或曰受之玄女，或曰黃帝與風后、玉女論陰陽、六甲，退而自著其事。陰者，暗也。符者，合也。天機暗合於事機。故曰陰符。"朱晦庵曰："陰符三百言，李筌得於嵩山虎岩石室中，云魏道士寇謙之所藏，出於黃帝"云云。先儒皆以此爲僞書，而楊用修直謂李筌自作。然世傳褚登善小字真草《陰符經》署云："貞觀六年九月二十八日,臣遂良奉敕書各五十本。"登善爲唐初人,若謂筌始得石室中,或筌贋作,則文皇何以有此?殆從來有是書,中絶於漢,再出於唐。其間雖不無殘缺羼補,而中多養生之説,程子謂非深於道者不能。至如托名於黄帝、廣成,標異於驪山老母,則李筌之僞妄,不辨可知。胡元瑞以爲即蘇秦所讀,則又未敢以爲然。

鬼谷子

《鬼谷》一書,昔賢辨之詳矣。《漢·藝文志》不載其名,楊用修以爲即"鬼容區"之誤,豈其然哉?

樂臺注《鬼谷子》云:"蘇秦欲神秘其道,故假名鬼谷。"而《唐志》直謂秦撰。然觀秦所記,以爲周時有豪士隱居鬼谷,自號"鬼谷先生",無鄉里族姓名字,或者以爲即"子虛"、"無是"故事,不獨無此書,併無此人。然《考索》載,鬼谷子姓王名詡,隱居青谿鬼谷。皇甫謐注:"鬼谷,楚人。"又東方朔《十洲記》云:"祖洲近在東海之中,上有不死之草。昔秦始皇大苑中多枉死者横道,有鳥如烏狀,銜此草覆死人面,當時起坐而自活也。有司以聞,始皇遣使者齎草以問北郭鬼谷先生。"又蔡中郎嘉平中,入青谿訪鬼谷先生故居。山五曲,曲曲有靈迹。則鬼谷原有其人,非"無是"、"烏有"之比。第今世所傳之書,皆捭闔鈎鉗、揣摩譎詐之術,全不類有道口吻,則其爲後世假托無疑。而或出於蘇秦,或出於皇甫謐,則未可知。

鶡冠子

鶡冠子古有是人,亦有是書。特秦漢以來,多殘逸斷缺,後人或以己意增益,故文義多不可訓。韓退之爲之是正,柳子厚極其排訶,晁公武、陳振孫並從柳説,周氏《筆涉》在疑信間。獨宋景濂以非僞撰,謂其書本晦澀,後人復雜以鄙淺,故讀者厭之,不復詳悉其旨,卓哉言也。及考《漢志·道家》,所列止一篇。退之所讀有十九篇。宋

《四庫書目録》,乃三十六篇。晁氏《讀書志》則稱八卷,卷帙多寡,矛盾如此,益信其爲後人淆亂無疑矣。

司馬法

兵家書如黃帝、風后、太公、黃石、諸葛、李靖,豈非世之所尊,信以爲經者哉?然而悉假托,無足奇也。孫、吳、尉繚,雖非贋本,而戰國譎詐之術,孟軻所謂:"今之所謂良臣,古之所謂民賊。"其於王者之師無當焉。獨《司馬法》一書,其源出於周之《政典》,乃大司馬征伐之法也。

齊威王當周室夷替、九伐不行之後,而能有志於周公之制作,使仁義之師,宛然可想,豈不謂衰世賢君乎?至其雜揉穰苴之説,以貽識者誚,則所謂意美而局於見者也。蜣丸明月,真偽爝然,惡足爲古法累哉?但漢世五十餘篇,今不能存其什一,深爲可惜。然陳后山云:"按傳記所載,《司馬法》之文今書皆無之,非齊之全書也。"則此書之脱略,從古已然,不待今日矣。

參同契

楊用修序云:"《參同契》爲丹經之祖。"然考隋唐《經籍志》皆不載其目,惟《神仙傳》云:"魏伯陽,上虞人,通貫詩律,文辭贍博,修真養志,約《周易》作《參同契》。"徐氏景休箋註:"桓帝時,以授同郡淳于叔通,因行於世。"五代之時,蜀永康道士彭曉分爲九十章,以應火候之九轉;餘《鼎器歌》一篇,以應真鉛之得一。其説穿鑿,非魏公之本意也。其書散亂衡決。後之讀者不知孰爲經,孰爲註,亦不知孰爲魏,孰爲徐與淳于,自彭始矣。

又云:"近晤洪雅楊邛崍憲副云:'南方有掘地得石函,中有古文《參同契》,魏伯陽所著,上、中、下三篇,叙一篇。徐景休箋註亦三篇,後叙一篇。淳于叔通補遺《三相類》上、下二篇,後叙一篇,合爲十一篇。'蓋未經後人妄紊也。亟借錄之。未幾，有人自吳中來，則有刻本，乃妄云：'苦思精索，一旦豁然，若有神(晤)悟。離章錯簡，霧釋冰融。'其說既以自欺，又以欺人，甚矣！及觀其書之別叙又云：'有人自會稽來，貽以善本。古文一出，諸僞盡正。一葉半簡之間，其情已見。'亦可謂掩耳盜鈴，藏頭露足。誠可笑也。"用修此言，酌以石刻爲真，吳本爲贋，似矣。但恐南中石函，未必便爲漢物。或即黄圍、雲巖輩所詭，未可知。然其書既近古，中無錯雜，則不以人廢言可也。至以《隋》、《唐書》不載爲疑，則晁公武輩失於深考，而用修輕遽爲説耳。不知《隋志》仿《漢書》，道家列於九流，而神仙、符籙列於二藏。其名悉不著錄。《參同契》、《神仙家》，蓋總之道藏，故不列其名耳。

元　包

衛元嵩《元包》十卷，武功蘇源明傳，趙郡李江注。陳氏曰：其書以八卦爲八篇首，而一世至歸魂，各附其下，先坤，次乾、兑、艮、離、坎、巽、震。坤曰太陰，乾曰太陽，餘六子有孟、仲、少之目。每卦之下，各爲數語。意僻怪，文險澀，不可深曉也。今傳《元包》四卷，蓋即此書。序稱楊元素由閣本錄行，張昇者以授楊楫。王長公謂即楊撰，或即張昇，理或然也。

今觀其書，文多學《太玄》，而奇僻過之，其數出於《火珠林》及《京房易》。《火珠林》以八卦爲主。《元包》六十四卦，用世爻者八卦變爲六十四卦也。按李楫序云："元嵩，益州成都人，明陰陽曆算。獻策後周，賜爵持節蜀郡公，周武帝尊禮，不敢臣。"《北史·藝術傳》："蜀郡衛元嵩，好言將來事，不信釋氏。嘗上書極論之。"《崇文總目》乃以爲唐人，豈當時相傳之誤耶？元嵩撰述有《齊三教論》七卷，見《通志》。

中　説

王仲淹生於隋唐之間，矻然以聖賢事業爲己任，豈不表表乎人傑也哉。然其進取太過，自任太高，故不免於平名欲速之譏，僭擬竄竊之誚。雖云責備賢者，亦其學實未純耳。平生好著書立言，而其可見者，有《中説》十卷，其中多張大牽合，不厭後儒之心，宋咸作《駁中説》，至謂"文中子"乃後人假託，實無其人。晁氏又謂："通行事於史無考，獨《隋唐通録》稱其有穢行，爲史臣所削，是皆闕而過焉者也。"按王績有《負卷者傳》，陳叔達答績書有曰："賢兄文中子恐後之筆削，陷於繁碎，宏綱正典，暗而不宣，乃興《元經》，以定真統。"陸龜蒙《送豆盧處士序》亦曰"昔文中子生於隋代，知聖人之道不行，歸河、汾間，修先王之業。"又云："大人，文中子外諸孫也"云云。後司空圖、皮日休俱有文中子碑。王氏《揮麈録》曰："唐李習之嘗有《讀文中子》。"而劉禹錫作《王華卿墓誌序》，載其家世行事甚詳，云門人多偉人，則與書所言合矣。何疑之有？程子曰："王通，隱德君子也。當時有少言語，後來爲人傅會，不可謂全書。其粹處殆非荀、楊所及，若《續經》之類，皆非其作。"吁，是足以洗仲淹之冤矣。

正易心法

《正易心法》，相傳麻衣道者授希夷先生。崇寧間，廬山隱者李潛得之，凡四十二章。當時張南軒極爲尊信，謂其説獨本於羲皇之畫，推乾坤之自然，考卦脈之流動，論反對變復之際深矣。而當塗守侍郎李壽翁，則最喜其"學者當於羲皇心地上馳騁，無於周孔腳跡下盤旋"二語。獨朱晦菴知其假託，鄙其凡近，且云"麻衣是戴師愈所作，太平州刊本第二跋即其人也。昨親見之，甚稱此《易》，以爲得之隱者，問之，不肯明言其人。某適到其家，見有一冊雜録，乃戴公自作，其言皆與《麻衣易説》相類。及戴死，其子弟將所作《易圖》來看，乃知真戴所自作也。"今其書尚行於世，書有注，不曰"注"，而曰"消息"，消息則謂希夷作。大概似擬釋氏，而究竟乃道家之旨。其於《易》之正理，則茫乎未有聞也。

潛　虛

司馬溫公擬《太玄》作此書，以五行爲本。五行相乘爲二十五，兩之得五十，首有氣、體、性、名、行、變、解七圖，其象以丨爲原，丨丨爲炎，川爲本，川丨爲礦，川川爲基，具五生數也。以丁爲委，丌爲焱，而爲末，丽爲雙，丽丨爲冢，具五成數也。以吉、凶、臧、否、平定其占，以旺、相、休、囚、死推其理，亦可謂苦心矣。然公晚作此書，未竟而薨。其中闕文甚多，朱晦庵、晁公武辨論極審。晦庵謂當時泉州所刻，乃無一字之闕，則膺本之來舊矣。後世諸儒紛紛以妄作譏溫公者，蓋不見真筆，但據泉本論之也。要之，《易》變而爲玄，玄變而爲虛。朝散大夫文軫者，復擬虛而爲信書，殆愈趨愈下矣。

洞　歷

《論衡》云：會稽周長生"作《洞歷》十篇，上自（皇）〔黃〕帝，下至漢朝，鋒芒毛髮之事，莫不紀載，與太史公《表》、《記》相似類也。上通下達，故曰《洞歷》。"洞歷之名甚新，惜其書不傳耳。《論衡》又謂：仲尼之道，傳桓君山，君山傳周長生。桓、周何人，遽以道統之大歸之？王充亦妄人哉！宜何太僕之劇罪之也。

越絕書

"越絕"之義，最不可解。《外傳・本事》謂："絕者，絕也。勾踐之時，天子微弱，諸侯皆叛。於是勾踐抑強扶弱，絕惡而反之善。"又謂作此者，貴其内能自約，外能絕人。楊用修以"絕"字爲"紐"字之訛，《越絕書》即《越紐錄》，恐未必然也。細繹其書，文質而鄙，意襲而膚，蓋漢代學究所撰，乃托爲子貢、子胥，將誰欺乎？其所云"以去爲姓，得衣乃成；厥名有米，覆之以庚"，亦甚淺陋，不待用修而後知其爲姓"袁"名"康"也。特古人輕其書，故不爲之究心發明耳。

漢晉春秋

考亭《綱目》一書，其最關係喫緊處，三國以蜀爲正統，以魏、吳爲竊據，此千古不易之定論，《春秋》尊周之家法也。及讀《晉史》，習鑿齒著《漢晉春秋》，起漢光武，終晉愍帝，《三國》以昭烈繫正統，而黜曹魏、孫吳爲閏位，然後知考亭此法，非創自己意，蓋亦有所本也。習論略曰："成業者係於所爲，不係所藉；立功者言其所濟，不言所起。"是故漢高稟命於懷王，劉氏乘斃於亡秦，超二僞以遠嗣，不論近而計功，考五德於帝典，不疑道於力政，季無承楚之號，漢有繼周之業。自漢末鼎沸，五六十年，吳魏犯順而強，蜀人扶正而弱，三家不能相一，萬姓曠而無主。夫有定天下之大功，當爲天下之所推，配天而爲帝，方駕於三代。豈比俛首於曹氏，側足於不正，詭事而託僞，開亂於將來者乎？昔周人詠祖宗之德，追述翦商之功；仲尼明大孝之道，高禰配天之業。然則弘道不以輔魏，而無逆取之嫌；高拱不勞汗馬，而有靖亂之功。雖我德慚於有周，而彼道異於殷商故也。夫欲尊其道，而不知推之於堯舜之道，欲重其國，而反厝之於不勝之地，豈君子之高義哉？世人但見《綱目》，罕睹習書。美意良筆，幾於湮沒不傳。表而出之，烏可已哉。

史　通

唐劉知幾子玄，作《史通》二十卷，當時徐堅深重之，以爲居史職者，宜置之座右。而宋子京獨謂其工於訶古，拙於用己。今觀之，其訶古甚可惑也。夫堯、舜、禹、湯、啟、益、伊尹、文王、周公、仲尼皆神聖之極也。夏桀、武庚，則暴亂之首也。《史通》稱舜囚堯，禹放舜，啟誅益，太甲殺伊尹，文王殺季歷，以湯之德爲僞迹，以桀之惡爲厚誣，以周公爲不臣，以武庚爲狥節，甚至孔子，亦謂飾智矜愚，肆口彈劾，種種評論，舛謬輕狂，真所謂邪説橫議，小人而無忌憚者也！雖其指摘不無一二中窾，而大節既乖，即區區何足以贖名教之誅哉？唐柳璨作《史通析微》五十篇，以討論其失，要必足以起其廢而鍼其盲。但宋後無傳，重可惜也。

諾皋記

吳曾《漫録》云："按姚寬《西溪叢語》云：'段成式《酉陽雜俎》有《諾皋記》，又有《支諾皋》，意義難解。'《春秋左氏傳》：'襄公十八年秋，齊侯伐我北鄙，中行獻子將伐齊，夢與厲公訟，弗勝。公以戈擊之，首墜於前，跪而戴之，奉之以(表)〔走〕，見梗陽之巫皋。他日見於道，與之言同。巫曰：今若有事於東方，則可以逞。獻子許諾。'疑此事也。晁伯道《談助》云：'《靈奇秘要·辟兵法》，正月上寅日，禹步，取寄生木三寸，咒曰："諾皋，敢告日月震雷，令人無敢見我，我爲大帝使者，急急如律令。"(仍)〔乃〕斷取五寸，陰乾百日，爲簪置髻中，可以隱形。'晁説非也。"以上皆《叢語》。余以《叢語》未盡得之。蓋段氏所載，皆鬼神事。雖獻子所夢，有巫名皋，而獻子諾之，亦自可證。然葛洪《抱朴子內篇》載《遁甲中經》曰："往山林中，當以左手取青龍上草，折(平)〔半〕，置天蓬星下，歷明堂，入太陰中，禹步而行，三咒曰：'諾皋，太陰將星，見甲者以爲束薪，不見甲者以爲非人。'持草自蔽而行，到六癸(卜)〔下〕，閉氣而往，人鬼不能見也。"以是知諾皋乃太陰之名。太陰者，乃隱形之神。晁説非無所本，合三書而觀之可也。按《漫録》解諾皋之義，極爲詳明。而支諾皋不知何義。胡元瑞以爲《酉陽雜俎》諸目，止有《諾皋記》上、下二卷，所載事極怪誕，殊無所謂《支諾皋》者。續考陶九成《説郛》所採《酉陽續俎》，乃有"支諾皋"之目，又有知"支動"、"支植"二目，因悟"支"者，干支之支，蓋《雜俎》、《諾皋記》之外，更出此條，猶今類書者，以甲、乙、丙、丁、乾、兑、離、巽等分配。此則借干支之支，以別於前目之諾皋。理或然也。

天 咫

洪景盧《容齋四筆》云："黃魯直和王定國詩《聞子由病臥績溪》云：'湔祓瘴霧姿，朝趨去天咫。'蜀士任淵注引'天威不違顏咫尺'。予按《國語》，楚靈王築三城，使子晳問范無宇，無宇不可。王曰：'是知天咫，安知民則？'韋昭注：'咫者，少也。言少知天道耳。'《酉陽雜俎》有《天咫》篇，黃詩蓋用此。徐師川《喜王秀才見過小酌玩月》四言曰：'君家近市，所見天咫。庭戶之間，容光能幾。菰蒲之中，江湖之涘。一碧萬頃，長空千里。'正祖述黃所用。"又《二筆》十六卷云："《酉陽雜俎·天咫》篇，載月星神異數事，其命名之義，取楚靈王曰：'是知天咫，安知民則'之說也。"按此則"天咫"之義確之《國語》爲據，但不知當時本意果符此否耳。姑存其名，以慰好古者。

緯 書

緯之名，所以配經也，蓋取縱橫經緯之義，故自六經語孝之外，無有所謂緯者。其說權輿於河洛之圖書，濫觴於西漢之俗士。自隋文二主禁絶之後，世不復傳。稍可見者，惟類書一二援引，及諸家書目具名而已。

近關中胡氏《墅談》首集諸緯書名，殊爲未備。烏傷王氏《叢録》直據《隋志》及《通考》，亦不能詳也。今參考諸書及近日胡元瑞《筆叢録》之《易》，則《稽覽圖》、《乾鑿度》、《坤靈圖》、《通卦驗》、《是類謀》、《辨終備》、《乾坤鑿度》、《京房易鈔》、《乾元叙制》。《書》則《尚書緯》、《尚書中候》、《璿璣鈐》、《考靈曜》、《帝命驗》、《運期授》。《詩》則《含神霧》、《推〔度〕災》、《紀歷樞》。《禮》則《含文嘉》、《稽命徵》、《斗威儀》、《禮記默房》。《樂》則《動聲儀》、《稽曜嘉》、《叶圖徵》。《春秋》則《元命包》、《演孔圖》、《文耀鈎》、《運斗樞》、《(威)〔感〕精符》、《合誠圖》、《考異郵》、《保乾圖》、《漢含孳》、《佐助期》、《握誠圖》、《潛潭巴》、《説題辭》。

《論語》則《論語摘輔象》、《撰考讖》,《孝經緯》、《孝經雜緯》、《孝經內事》、《古秘》、《援神》、《勾命決》、《援神契》、《元命包》、《左右握者》、《左右契者》、《雌雄圖》、《分野圖》、《弟子圖》、《口授圖》、《應瑞圖》、《太平御覽》,又有《書帝驗》、《期禮》、《稽命曜》、《春秋命曆序》、《孝經威嬉拒》,又有《易卦統通圖》、《尚書鉤命決》、《河圖括地象》、《河圖稽命曜》、《河圖挺輔佐》、《河圖帝通紀》、《河圖錄運法》、《河圖真鉤》、《河圖著命》、《河圖矩起》、《河圖天靈》、《河圖秘徵》、《河圖玉板》、《洛書錄運法》、《洛書稽命曜》等,尋其命名,亦《易緯》之類。

又《乾坤鑿度》所載緯書《太古文目》有《元皇介》、次《萬形經》、次《乾文》、次《含文嘉》、次《稽命圖》、次《墳文》、次《八文》,次《元命包》,共一十四緯,今見於類書者,惟《含文嘉》、《元命包》、《乾坤鑿度》而已。《坤鑿度》又有《地靈母經》、《含靈孕》、見注。《易靈緯經》。又《洛書》有《靈準聽》。又《地形經》,又《制靈經》,俱緯書,俱無所考。蓋《乾坤鑿度》,宋世偽撰,諸書目亦屬偽創,未必古有是書也。

讖書

古人言緯必言讖,二書雖皆符命之屬,而讖尤誕妄。且多記古聖賢以名其書,而依附六經者,惟《論語讖》八卷而已。《隋·經籍志》注有《孔老讖》十二卷、《老子河洛讖》一卷、《尹公讖》四卷、《劉向讖》一卷、《雜讖書》二十九卷、《堯戒舜禹》一卷、《孔子明王鏡》一卷、《郭文金雄記》一卷、《王子年歌》一卷、《嵩山道士歌》一卷。又《譚苑醍醐》載《茅山志》所引《河圖要元》篇,亦漢世讖書。

石經

石經有一字石經,有三字石經。方仁聲謂:一字石經,魏世所作;三字石經乃蔡邕所書。楊用修云,邕以熹平四年,與五官中郎將(高)堂谿典、(彈)議郎張訓、韓說,太史令單颺,奏求正定六經文字,靈帝許之。邕自書丹於碑，使工鐫刻，立於太學門外，然此再刻也。前此，靈帝光和六年，刻石鏤碑，載五經文於太學講堂前，乃初刻也。後此，魏正始中，又立古、篆、隸三體石經，古文用鳥跡、科蚪體，篆效史籀、李斯、胡毋敬體，隸用程邈體，乃三刻也。

黃長睿《東觀餘論》記臨漢石經，與今文不同。其末云："此蓋洪都一字石經。"然經各異乎書，不必皆蔡邕也。三字石經不見真刻，獨此一字者，乃當時所刻，字畫高古精善，殊可寶重。據此，三説各有不同，自晉永嘉中王彌、劉曜入洛，焚毀甚多。北齊遷邕石經於鄴都，至黃河濱，岸崩，石沒於水者幾半。隋開皇中，又自鄴運至長安，未及緝理，尋以兵亂廢棄。唐初，魏公鳩集，所餘已十不獲一，而所傳者皆拓本耳。天寶中，從李林甫之請，刻九經於長安。《禮記》以御刪定月令為首，凡"民"字皆省作"㠯"，而或"昏"、或"泯"，皆以"氏"字代之。文宗時，鄭覃以宰相兼祭酒建言，乃表周墀、崔球、張次宗、孔孟業等是正其文，刻於石。五代孟泉在蜀刻九經，最為精確。宋淳化中刻於汴京，則胡恢所書也。牛弘有言："書有五厄，自漢以來，或興或廢，其間書多異體，文多殘亂、一字三字均無影響可辨。"仁聲所謂"物之不幸莫甚於書"，良有以也。

藏　書

三代以降，藏書之富莫過於隋唐，而有宋次之，梁又次之，漢、晉、宋、齊又次之。隋之多者，大業中，柳晉等捷文三十七萬卷。唐之多者，弘文館二十五萬卷，開元中一十二萬卷。宋之多者，興國初八萬卷，史載十一萬九千九百七十二卷。梁之多者，元帝江陵蓄古今圖書十四萬卷。西漢不過三萬三千九百卷。東漢一萬三千二百六十九卷。晉二萬九千九百四十五卷。東晉三萬餘卷。宋謝靈運所校六萬卷。齊王儉校修萬五千七十四卷，永明增益一萬八千一十卷，公家之聚，大都如此。

至於縉紳及民間所儲，亦往往與秘書相敵。《齊東野語》稱，古今士大夫蓄書之饒者，不下數十家，多者至十萬卷，亦可謂盛矣。南唐馮贄乃稱家藏九世之書二十餘萬卷。《豫章漫抄》稱，元至正間有蜀帥紐鄰之孫，盡出其家貲，遍游江南，四五年間，得書三十萬卷。夫以萬乘之尊，四海之廣，加之隋文父子之篤尚購求，然後嘉則殿書至三十七萬卷，遂冠古蓋今，莫能與匹。馮贄何人，遽得二十萬卷，紐鄰之孫，家貲幾許，乃至三十萬卷，其言皆近於誕。如不計重複，但論卷數，則積聚之多，或亦有然者。我朝《永樂大典》一書，凡二萬二千九百卷，由此推之，則所貯諸書，當不止數倍。但卷帙雖繁，編摩尚缺，崇文之典，於此歉然。

若夫縉紳名家蓄聚之盛者，如陸文裕、王長公輩，俱不下數萬卷。近日吾鄉胡元瑞應麟藏書亦四萬二千餘卷，然皆實錄，未嘗有重複也。元瑞著有《經籍會通》四卷，所記往籍最詳，大足補諸志及馬氏《通考》之缺。《會通》云：

歷朝墳籍，自唐以前，概見《隋志》。宋興而後，《通考》爲詳。第其卷帙之數，往往異同。緣諸家輯錄，或但紀當時，或通志一代，或因仍重複，或節略猥凡。故劉、班接迹，繁簡頓殊；王、謝並興，多寡懸絶。即博洽之流，勤於論纂，而疑似之迹，未易精詳。今細繹羣言，旁參各代，推尋事勢，考定異同，錄其灼然者於左：

西漢三萬三千九十卷　劉歆《七略》總目、《舊唐書》"九十"作"九百"。

東漢一萬三千二百六十九卷　班固《藝文志》總目本劉氏《七略》錄入劉向、楊雄等儒術三家，省伊尹、墨子、兵類十家。東漢無增者。

晉二萬九千九百四十五卷　荀勖《四部總目》書不存，見《隋志序》。《舊唐書》作二萬七千九百五十四卷。

東晉三千一十四卷　李充校定止此，惠、懷之亂故也。

東晉孝武增益三萬餘卷　徐廣校定，見《崇文總目序》。

宋萬四千五百八十二卷　謝靈運所校，《隋志》以爲六萬，按六代間，書尚難得，晋渡江才得三千，孝武時三萬，恐亦重複。宋初何以遽能爾？當以《舊唐書》爲正，阮氏《七録》數同。

齊萬五千七十四卷　王儉校修《隋志》作一萬五千七百四卷。

齊永明增益一萬八千一十卷　謝朓、王亮修諸家皆同。

梁二萬三千一百六卷　任昉部集，凡釋氏書不與。

梁普通增集三萬餘卷　阮孝緒《七録》總目，蓋梁世縉紳家藏併在其中，秘書則或因任昉之舊，然釋、道二典並存其間，則所增亦纔數千，而梁世之書盡此矣。

隋初一萬五千餘卷　見牛弘《進書表》，此時合正副本，僅三萬餘，蓋湘東煨燼所存，并平陳所得也。

隋大業中三萬七千餘卷　柳䛒等校定，總三十七萬卷，正本進御僅此。然《隋志》總目八萬九千餘卷，蓋柳氏校定之後，或有所增，或唐諸人據前代舊目芟除猥雜，會爲此編也。

唐開元中，八萬二千三百八十四卷　《新唐書序》總《舊唐書》止五萬六千四百七十六卷，蓋釋、道二家不與，及唐人自著不全入也。

唐開成中五萬六千四百七十六卷　《舊唐志序》所載，是時搜録未必如前之盛，蓋釋、道本朝具録矣。

宋慶曆中三萬六百六十九卷　王堯臣《崇文總目》後屢增益，至四萬餘卷。

宋淳熙中，四萬四千八十六卷　陳騤等《四庫書目》後屢增益，至五萬九十餘卷。

考諸史《藝文志》，往往與當時書目相左。隋三萬七千，而《志》八萬九千六百六十六卷。唐八萬二千，而《舊唐書後序》十二萬五千九百六卷。宋《崇文目》四萬，《中興目》五萬，而《史》十一萬九千九百七十二卷，蓋《史》或會萃一代，《志》但紀録一時。故不無異同，而宋史則深可疑也。

前代書但計卷帙，重複未□者，隋嘉則殿三十七萬。唐弘文館二十五萬。開元中一十二萬。唐武德初、宋興國初各八萬。梁湘東王所收七萬，謝康樂所校六萬，薦紳先生惟葉少蘊稱十萬餘，皆實錄矣。

《齊東野語》云：世間凡萬物，未有聚而不散者，而書爲甚。隋牛弘疏請開獻書之路，極論廢興，述"五厄"之説，則書之厄也久矣。今姑摭其概言之。梁元帝江陵蓄古今圖書十四萬卷，隋嘉則殿書三十七萬卷，唐惟貞觀、開元最盛，兩都各聚書四部至七萬卷。至宣和殿、太清樓、龍圖閣御府所儲，尤盛於前代。今可考者《崇文總目》四十六類，三萬六百六十九卷，史館一萬五千餘卷，餘不能具數。南渡以來，復加集錄館閣書目五十二類，四萬四千四百八十六卷，總目一萬四千九百餘卷，是皆藏於官府耳。若士大夫之家所藏，在前世如張華載書三十車，杜兼聚書萬卷，韋述蓄書二萬卷，鄴侯插架三萬卷，金樓子聚書八萬卷，唐競西齋一萬三千四百餘卷。宋承平時，如南都戚氏、歷陽沈氏、廬山李氏、九江陳氏、番易吳氏、王文康、李文正、宋宣獻、晁以道、劉莊輿，皆號藏書之富。邯鄲李淑五十七類，二萬三千一百八十餘卷，田鎬三萬卷，昭德晁氏二萬四千五百卷，南都王仲至四萬三千餘卷。而類書浩博，若《太平御覽》之類，復不與焉。次如曾南豐及李氏山房亦皆一二萬卷，然其後鮮有不厄於兵火者。至若吾鄉故家如石林葉氏、賀氏皆號藏書之多，至十萬卷。其後齊齋倪氏、月河莫氏、竹齋沈氏、程氏、賀氏，皆號藏書之家，各不下數萬餘卷，亦皆散失無餘。近年惟直齋陳氏書最多，蓋嘗仕於蒲。傳錄夾漈鄭氏、方氏、吳氏、林氏，舊書至五萬一千一百八十餘卷，且仿《讀書志》作解題，極其精詳，近亦散失。至如秀巖、東窗、鳳山三李、高氏、牟氏皆蜀人，號爲史家，所藏僻書尤多，今亦已無餘矣。

吾家三世積累，先君子酷嗜，至鬻負郭之田，以供筆札之用，冥搜極討，不憚勞費，凡有書四萬二千餘卷，及三代以來金石之刻一千五百餘種，庋置"書種"、"志雅"二堂，日事校讎，居然籯金之富。余小子遭時多故，不善保藏，善和之書，一旦掃地。因考今昔，有感斯文，爲之流涕，因書以識吾過，且以示子孫焉。

書難

書之爲物，與世運相關。世運有盛衰，書亦有興廢。然興之途隘，廢之途廣。故興之實難，而廢之極易。隋牛弘謂孔子之後，書有"五厄"。予則以爲書之爲厄，實有"八難"。一曰火，二曰水，三曰蠹，四曰逸，五曰羼，六曰訛，七曰訓詁，八曰閣閉。火如秦焰、兵燬之類。水如載溺風雨之類。蠹如蟲鼠蛀蝕之類。逸如泯滅棄散之類。羼有古書已亡，後人以己意僞造之者；有古書殘缺，後人以己意補續之者。訛有口筆之間傳寫脱誤者，有古今之文推繹錯謬者。訓詁如學究之拙筆、支離之臆見及誕妄穿鑿之談，皆是也。閣閉如民間奇書，不以上達，內府秘籍，不以廣傳，及司馬溫公所謂"積書以貽子孫，子孫未必能讀"之類皆是也。

世人但知火之爲難，而不知水之爲難；即知水火之爲難，而不知蠹逸之爲難；即知蠹逸之爲難，而不知羼訛之爲難；即知羼訛之爲難，而不知訓詁之爲難；即知訓詁之爲難，而不知閣閉之爲難。蓋慘莫慘於水火，殘莫殘於逸蠹。羼則失真，訛則忘本。訓詁之禍如庸醫。閣閉之苦如抑塞。其事雖不同，而亡羊則均也。偶憶往事遺言，略附於左。

《舊唐書志後序》云："三代之書，經秦殆盡，漢武帝河間王始重儒術，於灰燼之餘，拓纂亡散，篇卷僅爾復存。劉歆《七略》在《漢·藝文志》者，裁三萬三千九百卷。後漢蘭臺、石室、東觀、南宮諸儒撰集，部帙漸增。董卓遷都，載舟西上，因罹寇盗，沉之於河，存者數船而已。及魏武父子採掇遺亡，至晉總括羣書，裁二萬七千九百四十五卷。及永嘉之亂，洛都覆没，靡有孑遺。江表所存官書，凡三千一十四卷。至宋謝靈運造四部書目，凡四千五百八十二卷。其後王儉復造書目，凡五千七十四卷。南齊王亮、謝朓《四部書目》凡一萬八千一十卷。齊宋兵火延燒，秘閣書籍煨燼。梁元帝克平侯景，收公私經籍歸於江陵，凡七萬餘卷。蓋佛老之書計於其間。及周師入郢，咸自焚蕩。"

雲間陸子淵《別集》有云："自古典籍興廢，隋牛弘謂仲尼之後凡有'五厄'，大約謂秦火爲一厄，王莽之亂爲一厄，漢末爲一厄，永嘉南渡爲一厄，周師入郢爲一厄。"胡元瑞云："牛弘所論'五厄'，止六代前事。隋開皇之盛極矣，未幾皆燼於廣陵。唐開元之盛極矣，俄頃悉灰於安史。肅、代二宗浙加鳩集，黃巢之亂復致蕩然。宋世圖史一盛於慶曆，再盛於宣和，而女真之禍成矣。三盛於淳熙，四盛於嘉定，而蒙古之師至矣。然則書自六朝之後，復有'五厄'：大業一也，天寶二也，廣明三也，靖康四也，紹定五也，通前爲十厄矣。"

《玉堂逢辰錄》云："祥符八年四月，榮王宮火一日二夜，所焚屋宇二千餘間，三館圖籍一時俱盡，大風或飄至汴水之南。錢惟演獻禮賢宅以處諸王。"陳振孫云："唐末五代書籍之僅存者，又厄於此火，可爲太息也。"

胡元瑞云："古今書籍，人知其厄於火，而不知其厄於水者二焉。隋嘉則殿書，寇亂亡帙。武德初尚八萬卷。王世充平，命司徒少卿宋遵貴以舟載之，行經砥柱，飄沒風浪，十僅二三，見《隋志》及《舊唐書·經籍志後序》，俱云"存者無幾"。《新唐志》以盡亡其書，蓋信筆不考之過也。次則漢蘭臺、石室諸書，董卓遷都，載舟西上，因罹寇盜，沉溺河中，僅數船存。

《揮塵錄》云："葉少蘊少年貴盛，平生好收書，逾十萬卷。置雪川山居，建書樓以處之，極爲華煥。丁卯年，其宅與書俱蕩一燎。李泰發家舊有萬餘卷，亦以是歲火，豈厄運所遭耶？"

魏了翁跋《遂初堂書目》云："江元叔合江南吳越之藏，凡數萬卷，爲藏僕竊去，市人裂之以藉物。其入於安陸張氏者，傳之未幾，一篋之蓄，僅供一炊。王文康、李文正、廬山劉壯輿、南陽井氏，皆藏書者，俱未久而失之。宋宣獻兼有畢文簡、楊文莊二家之書，不減中秘，而元符中，蕩爲煙埃。晁文元累世所藏，自中（元）〔原〕無事時已有火厄，至政和甲午之災，尺素不存。斯理也，殆有不可曉者。"

《輟耕錄》云："莊蓼塘住松江府上海縣青龍鎮，嘗爲宋秘書小史，其家蓄書數萬卷，且多手抄者。經史子集、山經地志、醫卜方技、稗官小説，靡所不具。書目以甲乙分十門。蓼塘既沒，子孫不知保惜，或爲蟲鼠蝕嚙，或爲鄰識盜竊，或供飲博之需，或應糊覆之用，編帙散亂，所存無幾。至正六年，朝廷開局，修宋、遼、金三史，詔求遺書，有以書獻者予一官。江南藏書多者上三家，莊其一也。繼命危學士樸特來選取，其家恐兵遁圖讖干犯禁條，悉付祝融氏。及收拾爐餘，存者又無幾矣。"

阮氏《古今書最》記《漢（志）〔書〕·藝文志》書五百九十六家，僅四十四家存。據今傳，漢以前大約五十餘家，然《鶡冠子》等後世僞撰雜其中，不下十餘，則所存之數正與阮合。蓋漢以前書盡喪於東京之末，梁後未嘗亡也。阮録又有《後漢藝文志目》若干卷，第云八十七家亡，而不著存數。按范志無藝文一類，蓋謝承書也。晋《中經簿》一千一百九十家，僅七百六十家存，亡三之一矣。

《藝苑卮言》云："夏禹、伯益作《山海經》，有長沙、零陵、桂陽、諸暨郡縣；神農作《本草》，而有豫章、朱崖、趙國、常山、奉高、鎮定、臨淄、馮翊等郡縣；周公作《爾雅》而云張仲孝友，孔子作《春秋》而云孔丘卒，左丘明作《世本》而有漢高祖、燕王喜；汲冢《瑣語》乃載《秦望碑》；李斯作《蒼頡篇》，而有漢兼天下，海内並廁，豨黥韓覆，叛討滅殘；司馬遷作《史記》而有班固序贊。劉向作《列仙傳》，而贊云七十四人出佛經；又作《列女傳》，其子歆足成之，而有更始韓夫人、明德馬后、梁婦人嫕傳。顔氏以爲後人所羼，非本文也。"

《張霸傳》云："孝景帝時，魯共王壞孔子教授堂以爲殿，得百篇《尚書》於牆壁中。武帝使人取視，莫能讀者，遂秘於中，外不見。至孝成皇帝時，徵爲《古文尚書》學，東海張霸案百篇之序，空造百兩之篇，獻之成帝。帝出秘書百篇以校之，皆不相應，於是下霸於吏，吏白霸罪當致死。成帝高其才而不誅，亦惜其文而不滅，故百兩之篇傳在世間。傳見之久，人遂謂《尚書》本有百兩篇矣，此書今亦不傳。"胡元瑞云："漢張霸，隋劉炫，皆篤學之士也。漢成徵古《尚書》，而霸僞造《舜典》等百餘篇上之。隋文求古《周易》，而炫僞造《連山》等百餘篇上之。其後皆事發，霸幾死而炫抵罪。"極相類，可粲。

國子學正梅鷟曰："《尚書》惟今文四十二篇，傳自伏生口誦者爲真。古文十六篇，出孔壁中者，盡漢儒僞作。大抵依約諸經、《論》、《孟》中語，并竊其句而緣飾之。其補《舜典》二十八字，則竊《易》中'文明'、《詩》中'溫恭允塞'等字成文。其作《大禹謨》'后克艱厥后，臣克艱厥臣'等句，則竊《論語》'爲君難，爲臣不易'成文。'惟精惟一，允執厥中'等句，則竊《論語》'允執厥中'等句成文。征苗誓師、贊禹還師等，原無此事；舜分（比）〔北〕三苗，與竄三苗於三危，已無煩師旅，僞作者徒見《舜典》有此文，遂摹仿爲誓召還兵、有苗格諸語。《益稷》賡歌亦竊《孟子》'手足'、'腹心'等句成文。其外《五子之歌》竊《孟子》'忸怩'之語。《泰誓》三篇取《語》、《孟》'百姓有過，在予一人'、'若崩厥角稽首'之文。其外《胤征》、《仲虺之誥》、《湯誥》、《伊訓》、《太甲》、《咸有一德》、《傅説》、《武成》諸篇，文多淺陋，必非商、周之作。相傳共王壞孔子宅，欲以爲宮而得之，不知竹簡、漆書，豈能支數百年之久？壁間絲竹八音，是何人作？乃獻書者之飾辭也。按此則張霸固爲贗，孔壁亦非真，則古書之爲人屢亂者，莫過於此矣。"

唐司户參軍郭京作《周易舉正》三卷云：魯得王輔嗣、韓康伯手寫真本，比校今世流行本，或將經作注，用注作經。《小象》中間以下句，脱遺謬誤者，并依定本舉正其訛凡一百三節。今略取其明白者二十處載於此。

坤初六："履霜，堅冰至。"《象》曰："'履霜'，陰始凝也。馴致其道，至堅冰也。"今本於象文"霜"字下誤增"堅冰"二字。屯六二《象》曰："即鹿無虞，何以從禽也?"今本脫"何"字。師六五，"田有禽，利執之，無咎"，"之"字誤作"言"。比九五《象》曰："失前禽，舍逆取順也。"今誤倒其句。賁"亨不利，有攸往"，今"不"字誤作"小"字。坎卦"習坎"上脫"坎"字。蹇"九三，往(寒)〔蹇〕來正"，今作"來反"。姤九四："包失魚。"注云："有魚，故失之也。"今作"無魚"。姤"女壯，勿用取。《彖》曰：姤，遇也，柔遇剛也，女壯勿用取，不可與長也"。今繇詞〔"取"〕字下多"女"字，象詞"取"字上脫"女壯"字，"取"字下多"女"字。困初六《象》曰："入於幽谷，不明也。"今"谷"字下多"幽"字。鼎《象》："聖人亨以饗上帝，以養聖賢"，今多"而大亨"三字。震《彖》："不喪匕鬯，可以守宗廟社稷，以爲祭主也。"今脫"不喪匕鬯"一句。漸《象》曰："君子以居賢德，善風俗。"今脫"風"字。豐九四《象》："遇其夷，主吉，志行也"，今脫"志"字。中孚《彖》："豚魚吉，信及也。"今"及"字下多"豚魚"二字。小過《彖》："柔得中，是以可小事也"，今脫"可"字，而"事"字下誤增"吉"字。六五《象》曰："密雲不雨。已，止也。"今作"已上"。既濟《彖》曰："既濟，亨小。小者亨也。"今脫一"小"字。《繫詞》"二多譽，四多懼"，注云："懼，近也"，今誤以"近也"字爲正文。《雜卦》"蒙稚而著"，今"稚"誤作"雜"。《道藏》中有此書，晁公武所進《易解》多引用之，觀此一書之脫誤，則其餘經傳之訛謬可知矣。

晁以道論《尚書》有云："此經遭秦火之後，孔壁朽拆之餘。孔安國以隸篆推科斗，既而古今文字錯出。東京乃取正於杜林，傳至唐，彌不能一。明皇帝詔衛包，悉以今文易之，其去本幾何其遠矣！今之學者盡信不疑，殆如手授於洙泗，不亦惑乎？"

程子曰："漢儒之談經也，以三萬餘言明'堯典'二字，可謂知要乎！"又曰："今之學者有三弊。溺於文詞，牽於訓詁，惑於異端。苟無是三者，則必求歸於聖人之道矣。"

朱子曰："聖經字若箇主人，解者猶若奴僕。今人不識主人，且因奴僕通名，方識得主人，畢竟不如經字也。"又曰："經書有不可解處，只得缺。若一向去解，便有不通而謬處。"

□齋李氏云："秦火之餘，六經既爛脫。諸儒各以己見妄穿鑿爲説，未嘗有知道者也。周、程、張子，其道明矣，然於經言未暇釐正。一時從遊之士或殊其旨，遁而入於異端者有矣。"

《夢蕉詩話》云："熙寧始尚經術，説詩者競爲穿鑿，甚爲可笑，如'溱與洧方渙渙兮，士與女方秉蕑兮，伊其相謔，贈之以芍藥。'謂此爲淫泆之會，必求其爲士贈女乎？女贈士乎？劉貢父善滑稽，嘗曰：'芍藥能行血破胎氣，此蓋士贈女也。若"視爾如荍，貽我握椒"，則女之贈士也。《本草》云："椒性溫，明目，暖水臟故耳。"'聞者絶倒。"

王荆公好解字説，而不本《説文》，妄自杜撰。劉貢父曰："《易》之觀卦，即是老觀，《詩》之小雅，即是老鴉。"荆公不覺欣然，久乃悟其戲。嘗問東坡"鳩"字何以從"九"。東坡曰："《詩》云：'鳲鳩在桑，其子七兮。'連娘連爺恰是九箇。"嘗謂以竹鞭馬爲篤。東坡曰："以竹鞭犬，有何可笑？"又言波者，水之皮。坡公笑曰："然則滑是水之骨也。"大概訓詁之學，至宋而濫觴，甚至高者可嗤，卑者可唾。不獨聖道不明，而文義盡喪矣。謂之曰難，不亦宜乎？

鄭漁仲曰："古書籍有上世所無，而出於今民間者。古文《尚書》昔唐世與宋朝並無，今出於漳州之吳氏。陸機《正訓》，隋唐二《志》並無，而今出於荆州之田氏。《三墳》自是一種古書，至熙、豐間始出於野堂村校。按漳州《吳氏書目》，算術一家，有數件古書，皆三館、四庫所無者，臣已收入求書類矣。又《師春》二卷、《甘氏星經》二卷、《漢官典義》十卷、《京房易抄》一卷，今世之所傳者，皆出吳氏。應知古書散落人間者不勝計，求之未至耳。

楊用修《譚苑醍醐》云："《湖廣一統志》載：劉有年於永樂中上《儀禮逸經》十有八篇。若然，則《儀禮》之亡者全矣。不知有年何從得之？意者聖經在世如日月，終不可掩耶？然一時廟堂諸公，不聞表章傳布之請，今求之內閣，亦不見其書。出非其時，此書之不幸也。"

胡鴻臚侍《墅談》云："近代士大夫，積書之富，莫過於尤延之；嗜書之篤，亦莫過於延之。嘗謂飢讀之以當肉，寒讀之以當裘，孤寂而讀之以當朋友，幽憂而讀之以當金石琴瑟。余博雅雖遠不及延之，而亦酷有嗜書之癖。三世之積書頗不少。辛未之歲，不戒於火，皆爲煨燼。迄今勤搜遍括，尚未半於舊藏。關中非無積書之家，往往束置庋閣，以飽蠹魚，既不假人，又不寓目。至畀之灶下，以代烝薪，余每自恨蠹魚之不若也。"

博洽必資記誦，記誦必藉詩書。然率有富於青緗，而貧於學問；勤於訪輯，而怠於鑽研者。好事家如宋秦、田等氏弗論，唐李鄴侯何如人，天才絕世，插架三萬，而史無稱，不若賈耽輩之多識也。楊雄、杜甫詩賦咸徵博極，而不聞蓄書。雄雖校讎天禄，甫僻居草堂，拾橡栗，何書可讀？當是幼時，祖父遺編長笥胸腹耳。至家無尺楮，藉他人書史成名者甚衆。挾累世之藏而不能讀，散爲烏有者，又比比皆然，可嘆也。

書之不幸，自古已然。厥難不止於八，八者其大都耳。八難亦不止如所述，述者其萬一耳。要而論之，前四者之爲害若深而實淺，後四者之爲害若淺而實深。世人但知前者之爲祟，而不知後者之爲殃也。余故不揣而云云。

佛　經

唐太宗謂傅奕曰："佛教玄妙，卿何不悟？"奕曰："佛乃胡中桀（點）〔黠〕，誑耀彼土。中國邪僻之人，取莊、老言談，飾以妖幻，用欺愚俗，有害於國。臣非不悟，鄙不學也。"

余嘗因是而究論之。夫忽區之内，止有一理，同此忽區，則同此至理。譬之逃雨，無之而非是也。故儒之外無道，道之外無釋。清淨無爲，道之所以別於儒也，不知即《周易》"何思何慮"、《論語》"仁者靜壽"之旨而已。圓通空寂,釋之所以異於道也,不知即《老子》高虛玄妙之説增而高之,鑿而深之,以自成一家而已。且佛在西胡,言語不通,華人譯之成文。今世所謂經説理性者,大抵皆魏晋以來諸君子文章也。謝靈運繙經臺至今尚存,而唐宋名賢每自立講師,孰爲釋迦,孰爲阿難,孰爲迦葉,各自問辨,筆之於書,轉相欺誑。由此觀之,可見釋氏之教,本非出於瞿曇,亦無所謂阿難、迦葉,皆中華文士自立名相,用以誑誘人君,鼓惑世俗耳。不然,何《四十二章經》釋教之祖,其所言皆質略平實,與吾儒不甚相異？蓋初爲是説,猶不能盡離故步,至於《金剛》、《圓覺》、《維摩》、《楞嚴》,則漸入淵微,而《法華》、《華嚴》諸品,則浩繁極矣。馬端臨謂,佛襲老氏精微,泝而上之,其説愈精微,信哉！

説者又謂漢武時,渾邪王殺休屠王,以其衆來降,得其金人之神,置之甘泉宫。金人皆長丈餘,其祭不用牛羊,惟燒香禮拜。帝使依其國俗祀之。此神全類於佛,故明帝夜夢金人飛行殿廷,而傅毅即以佛對。不知休屠金人乃祭天時用以爲主,如今木主之類,初無所謂釋迦之稱,亦無所謂浮屠之教,而釋迦浮屠之説,則自傅毅倡之,而蔡愔、秦景輩成之耳。先儒謂《四十二章經》非浮屠本書,良有以也。乃《牟子理惑論》,稱佛所著經凡十有二部,合八億四千萬卷,大卷萬言以下,小卷千言以上。此固魏晋誇誕之言,不足深辨。然而載在史志者,實亦繁夥矣。按《隋志》一千九百五十部,六千一百九十八卷；唐開元藏目五千四十八卷；貞元增益二百七十卷；宋累朝增益又七百餘卷。夫聖賢經傳不越五千卷；儒流之書,不過九十家；而釋藏卷弓,乃至六千有餘,是誰之過哉！是誰之過哉！

沈　韻

張東海《韻辨》："東、冬、青、清何以殊？虞、模、麻、遮何以同？李獻吉謂東冬、青清,反切本殊,而人自不殊。虞模、麻遮,調叶本同,而人自不同。"是一以沈韻爲是,一以爲非也。

大概九州之人,言語不同。南方水土和柔,其音清舉而切詣,其失在浮淺。北方山川深厚,其音沉濁而訛鈍,其得在質直。且南染吳越,北雜夷虜,皆有深弊,均非中和。《傳》云:"九州殊題,水泉剛柔各異,青、徐角羽集,氣舒遲,人聲緩,其泉鹹以酸;荆、揚角徵會,氣縹輕,人聲急,其泉酸以苦;梁州商徵接,氣剛剽,人聲騫,其泉苦以辛;兖、豫宫徵合,平靜有慮,人聲端,其泉甘以苦;雍、冀合商羽,端駃以烈,人聲捷,其泉辛以鹹。"又云:"山林之民毛而方,得木氣多,言皆角音;川澤之民黑而津,得水氣多,言皆羽音;墳衍之民專而長,得火氣多,言皆徵音;丘陵之民皙而瘠,得金氣多,言皆商音;原隰之民豐肉而痺,得土氣多,言皆宫音。聲音之不同如此。

沈約以平、上、去、入別聲,以東冬、青清等別韻,自以爲得天地不傳之妙。昔賢皆謂其辨音雖當,辨字多訛。蓋偏方之舌固宜爾耳。若極而言之,即無論沈韻,今四詩騷賦,其始皆五方田畯婦女之所説,至於叶音,則不啻缺舌矣,亦安可據以爲準也?但欲爲此格,則不得不依此韻。其實天地之間,九州之内,自有得其正而不偏者,惟其沿之也,姑從衆。

造　書

書契以代結繩,肇自皇帝。黄帝史蒼頡,四目神明,觀察衆史,爲古文。古文者,科蚪是也。周宣史籀,變古文而爲大篆,是爲籀文。秦焚詩書,丞相李斯始變籀文而爲小篆,是名玉箸。或云玉箸李斯作,小篆胡毋敬作。

獄吏程邈創作新書,法務徑促,是名隸書。後王次仲初作八分,是爲楷法之變,行草生焉。郭忠恕云:"小篆散而八分生,八分破而隸書出,隸書悖而行書作,行書狂而草書聖。"以八分居小篆之後,以隸書居八分之後,説稍不同。《宣和書譜》云:"古今名稱稍異,今之正書乃古所謂隸書,今之隸書乃古所謂八分也。"説甚有理。此外又有墳書,周媒氏配合男女書證。穗書,神農因上黨生嘉禾作。倒薤篆,務光辭湯之禪,居清(冷)〔泠〕之陂,植薤而食,見薤偃風,作此書以寫道經。柳葉篆,衛瓘作。芝英篆,陳遵因芝生漢殿作。轉宿篆,司星子韋作。垂露篆,曹喜作,取草木婀娜垂露之象。垂雲轉篆,黃帝因漢雲見作。碧落篆,唐韓王元嘉子李撰作。龍爪篆,羲之見飛雲龍爪作。鳥跡書,蒼頡觀鳥跡始制文字。雕蟲篆,晋秋胡妻春居翫蠶作。鳥篆,史佚因赤雀、丹烏二祥作,以書旗旛,取飛翔之狀。鵠頭書,漢家尺一之簡,如鵠首。麟書,弟子為素王紀瑞作。鸞書,少皡以鳥紀官作。龜書,堯因軒轅時龜負圖作。龍書,太皡獲景龍之瑞作。剪刀篆,韋誕作。纓絡篆,劉德昇夜觀星宿作。懸鍼篆,曹喜作。飛白書,蔡邕見人以堊帚畫字而作,用以題宫殿門榜。殳篆,伯氏所職,故制此。金錯書,韋誕作,古錢名也。刻符篆,秦壞古文,定八體,此其一,又名繆書,取綢繆糾纏之象。鍾鼎篆,三代以此體刻銘鍾鼎。又有散隸者,小變隸體,晋黃門郎衛巨山所作也。

《法苑珠林》云:"造書凡有三人,長名曰梵,其書右行。次曰佉盧,其書左行。少者蒼頡,其書下行。"蒼頡,中國之字祖,乃以為少,此西方誇誕之詞,不足信耳。

章　草

黃長睿云:"凡草書分波磔者,名章草。非此者,但謂之草。猶古隸之生今正書。故章草當在草書先,然本無章名,因漢建初中,杜操伯度善此書,章帝稱之,故後世目焉。"又云:"漢魏間人,章表亦多用章草書,今猶有存者,如司馬孚、孫皓表奏,世或傳之"。疑所謂章草,上章用之,不因漢章帝好之,因謂之章草也。

飛　白

楊升庵曰:"飛白,字之名。書家例知之,但不曉作何狀。"予按王隱云:"飛白,變楷制也,本是宮殿題署,勢既遒勁,文字宜輕(徵)〔微〕不滿,名爲飛白。"據此則如今篆書之"渴筆",俗所謂"沙筆"是也。王弇州曰:"飛白即古隸、今隸。蕭子雲頗作篆,皆大書,用箒筆輕拂過。或有帶行者,其體若白而勢若飛,今亦不傳矣。後世有以草書作雙絲下,中露白者爲飛白,極可笑。"按飛白之説,惟《東觀餘論》辨爲最詳,其言曰:"觀唐玄度十體書,因思張懷瓘云,飛白全用隸法,蓋八分之輕者。今世人爲此書,乃全用草法,正與古背馳矣。又鮑照飛白用毫筆乃能成字,或輕或重也。蓋或輕若絲髮,或重若雲山,濃淡相錯乃成字;若不用毫筆書之,則不能若此。今觀十體中,'飛龍'二字作飛白書,正用毫筆作,與散隸頗相近,但增縹緲縈舉之勢,又全用楷法。

"洛陽唐恭陵孝恭皇帝睿德之紀及《牛口紀功碑》首唐大帝飛白亦如此作,皆有毫筆點掃濃淡之勢,而近世相承飛白,皆用相思爲片板,若髹刷然以書,殊不用毫筆,故作字無濃淡纖壯之變,非古也。當蔡邕於鴻都下,見工人以堊帚成字,歸而爲飛白之書,非便用堊帚,蓋用筆效之而已。今人便謂所用木筆爲堊帚,謬矣!又云飛而不白,又云白而不飛。蓋取其若絲髮處謂之白,其勢飛舉謂之飛。而俚俗闉語又謂蔡中郎見帛飛空中,因作此字,以'白'爲'帛',此尤無稽也!"

臨　摹

黃長睿云,世人多不曉臨摹之別:"臨"謂以紙在古帖旁,觀其形勢而學之,若"臨淵"之"臨",故謂之臨;"摹"謂以薄紙覆古帖上,隨其細大而搨之,若"摹畫"之"摹",故謂之摹。又有以厚紙覆帖上,就明牖景而摹之,又謂之"響搨"焉。臨之與摹,二者迥殊,不可亂也。岳珂云:"臨、摹二法本不同,摹帖如梓人作屋室,梁櫨榱桷,雖具準绳,而締創既成,氣象自有工拙。臨帖如雙鵠並翔,青天浮雲,浩蕩萬里,各隨所至而息。"王弇州云:"臨書易得意,難得體;摹書易得體,難得意。臨進易,摹進難。離之而近者,臨也。合之而遠者,摹也。"

花　押

　　劉無言云："唐文皇令羣臣上奏，任用真草，惟名不得草。後人遂以草名爲花押。韋陟'五朵雲'是也。"黄長睿云："魏晉以來法書，至梁御府藏之，皆是朱異、唐懷充、沈熾文、姚懷珍等題名於首尾紙縫間，故或謂之'押縫'，或謂之'押尾'，祇書名耳。後人花押乃以草書記其自書，故謂之'押字'，或云'草字'，蓋沿習此耳。"唐人及國初，前輩與人書牘，或只用押字，與名用之無異，上表章亦或爾。近世遂施押字於移檄，或不書己名字，而別作形模，非也。

程子樗言卷之四

道家源流

馬端臨云："道家之術，雜而多端，蓋清淨一説也，煉養一説也，服食又一説也，符籙又一説也，經典科教又一説也。"

黃帝、老子、列禦寇、莊周之書，所言者清淨無爲而已，而略不及煉養之事，服食以下所不道也。至赤松子、魏伯陽之徒，則言煉養而不言清淨。盧生、李少君、欒大之徒，則言服食而不言煉養。張道陵、寇謙之之徒，則言符籙，而不言煉養服食。至杜光庭而下，以及近世黃冠師之徒，則專言經典科教，所謂符籙者，特其教中一事。於是不惟清淨無爲之説，略不能知其旨趣，雖所謂煉養服食之書，亦未嘗過而問焉矣。

按清淨無爲之旨，老、莊之後，已絶無傳。後世所謂道家者，特煉養、服食、符籙、科教諸説而已。服食、煉養之説，宋南渡後有南、北二宗之分，南宗先性，北宗先命，而皆始於呂嵓。嵓得道鍾離權，權得之東華少陽君。南宗自嵓授劉海蟾操，操授張紫陽伯端，伯端授石翠玄泰，泰授薛紫賢道光，道光授陳泥丸楠，楠授白海瓊玉蟾，玉蟾授彭鶴林耜，此所謂南宗也。北宗自嵓傳王重陽(喜)〔嘉〕，嘉傳馬丹陽鈺及妻孫不二，鈺傳譚長真處端、劉長生處玄、丘長春處機，此所謂北宗也。南宗兼主服食煉養，北宗專主煉養而不重服食。故王重陽之教，名爲"全真"。金世盛行其術，至今猶有祖之者。王長公謂其可以破服金石、事鉛汞之誤人與符籙之怪誕,蓋謂此也。符籙之説,自寇謙之、陶弘景。後唐則明崇儼、葉法善、翟乾祐。五代則譚紫霄,宋則薩守堅、王文卿等,而林靈素最顯。科醮之説始自杜光庭,宋世尤重其教,朝廷以至間巷,所在盛行。今二業皆無顯著者,獨龍虎山張真人尚世襲封爵耳。《青巖叢録》云:"今煉養服食,其説具在。"近時又有真大道教,有七祖康禪之教,其説自相乖異。至於符籙科教,具有其書,正一之家,實掌其業。而今正一又有太師宗,分掌南北教事。而江南龍虎、閣皁、茅山三宗符籙,又各不同。道家之説雜而多端,其信然矣。

浮屠宗派

據釋氏之説,西方聖人以一大事因緣出現於世,自從鹿野苑中,直至於跋提河,演説苦空無我無量妙義,隨機利鈍,分爲頓、漸,無小無大,盡皆攝入。薩婆若海既滅度後,其弟子阿難陀多聞總持,有大智慧,結集爲《修多羅藏》。而諸尊者或後或先,各闡化源。優波離集四部律,謂之毗尼金剛薩埵,於毗盧遮那前,親受瑜珈五部,謂之秘密章句。無著天親,頻升知足天宫,咨參慈氏,相與造論,發明大乘,謂之唯識宗旨。西竺龍勝以所得毗羅之法,弘其綱要,謂之中觀論。燉煌杜法順深入華嚴不思議境,大宣玄旨,謂之華嚴法界觀毗尼之法。

魏嘉平初,曇柯羅始持《僧祇戒本》〔至〕洛陽,而曇無德、曇諦等繼之,立羯磨法。唐南山澄照律師道宣作疏明之,《四分律》遂大行,是爲行事防非止惡之宗。薩埵以瑜珈授龍猛,〔猛〕授龍智,智授金剛智。唐開元中,智始來中國,大建曼荼羅法事,大智、道氤、大慧、一行及不空三藏咸師尊之,是爲瑜珈微妙秘密之宗。唐貞觀三年,三藏玄奘往西域諸國,會戒賢於那蘭陀寺,因受唯識宗旨以歸,授慈恩窺基。基乃網羅舊説,廣制疏論,是爲〔三〕乘法相顯理之宗。梁、陳之間,北丘惠聞因讀《中論》悟佛旨,遂遥禮龍勝爲師,開空、假、中三觀正觀法門,以法華宗旨授惠思,思授天台國師智顗,顗授灌頂,頂授智威,智威授惠威,惠威授玄朗,朗授湛然,是爲四教法性觀行之宗。

隋末順以法界觀授智儼,儼授賢首法藏,至清涼大統國師澄觀,追宗其學,著《華嚴疏論》數百萬言。圭峰宗密繼之,而其化廣被四方,是爲一念圓融具德之宗。瑜珈久亡,南山亦僅存。其盛行於今者,唯天台、慈恩、賢首而已。此則世之所謂教者也。世尊大法自迦葉二十有八傳,至菩提達摩。達摩悲學佛者纏蔽於竹帛間,乃宏教外別傳之旨,不立文字,而見性成佛。達摩傳慧可,可傳僧粲,粲傳道信,信傳弘忍,忍傳曹溪大鑑禪師慧能,是謂六宗。六宗之後,分爲二派也。一曰青原行思,思傳石頭遷,遷之學湖南主之,其傳爲道悟。悟傳崇信,信傳宣鑑,鑑傳義存,存傳雲門文偃,爲雲門宗。存又傳羅漢桂琛,琛傳清涼文益,爲法眼宗。遷之旁出,自藥山至曹山,爲曹洞宗。一曰南嶽懷讓,讓傳馬祖道一,一之學江西宗之。其傳爲懷海,海傳希運,運傳臨濟慧照大師義玄,爲臨濟宗。海之旁出爲溈山大圓禪師靈祐,祐傳仰山智通大師慧寂,爲溈仰宗,是謂五家宗派。溈山、法眼二宗皆迄於唐末、五代間。是時曹洞、雲門亦寥寂無卓見者。獨臨濟一傳爲興化,興化再傳爲南院,南院三傳爲風穴,風穴四傳爲首山,首山五傳爲汾陽,汾陽六傳爲石霜,石霜七傳爲黃龍、南陽、岐會,臨濟一宗,至是大振。南下出晦堂、真淨。晦堂下出悟新,真淨下出從悅,而張無盡師之。會下出法演,法演下出圓悟,圓悟下出宗杲,而張無垢師之。自宗杲出而學徒遍天下,縉紳儒流茅摩鏖集。無論雲門、曹洞,即黃龍一派,亦寂寥矣。據趙承旨撰《臨濟正宗碑》,謂五祖演傳天目齊,齊傳懶牛和,和傳竹林寶,寶傳竹(枝)〔林〕安,安傳西堂容,容傳中和璋,璋傳簡公,號海雲大士。禪學至此,蓋中興焉。

又按簡之後有法雲,即中峰明本也。虞奎章撰《塔碑本自》,作《歷代祖師像讚》,始少林至臨濟,臨濟至石霜,石霜傳楊岐,楊岐至五祖演、昭覺(勒)〔勤〕、虎丘隆、天童華、密菴傑、密印先、佛鑑範、雪巖欽,欽傳高峰妙,凡距臨濟一十有八世,而妙傳明本,總之楊岐派也。此則世之所謂禪者也。夫教之與禪,本無二門,依教修行,蓋不出於六度等行,而禪定特居其一。由眾生根有不齊,故先佛示化亦不免其異耳。奈何後世各建門戶,互相盾矛。教則譏禪淪乎空寂;禪則譏教泥乎名相。籍籍終終,莫克有定,是果何爲者耶?此則教禪異途,猶可説也。自禪一宗言之,佛大勝多與達摩同學禪觀。達摩則遠契真宗,勝多所見一差,遂分爲有相、無相、定慧、戒行、無得、寂靜六門。非達摩闢之,安能至今廓如也?慧能、神秀同受法於弘忍,能則爲頓宗,秀則別爲漸宗。荆、吴、秦、洛,各行其教。道一、神會又同出於能者也,道一則默受心印,神會則復流於知解,一去弗返。而其末流若大珠、明教、慈受輩,何以議爲?自教一宗言之,慈恩立三教,天台則分四教,賢首則又分五教,麓妙各見,漸圓互指,終不能歸之一致,可勝嘆哉!此雖通名爲教,各自立宗,猶可説也。自夫本教之内言之,律學均以南山爲宗,真悟、智圓律師允堪著《會正記》等文,識者謂其超出六十家釋義之外。至大智律師元照復别以法華開顯圓意,作《資持記》,又與會正之師殊旨矣。四明法智尊者知禮、孤山法慧大師智圓,同祖天台,同學心觀,真妄之異觀,三諦之異説,既已牴牾之甚,雪川仁岳以禮之,弟子又操戈入室,略不相容,諫書辨謗之作,迨今猶使人凛然也,其他尚可以一二數哉!右本宋景濂太史之説,參以諸家序記,庶幾可見浮屠宗派之大略云。

無鬼説

阮宣子謂今人或見死人爲鬼,其衣服與生時相似。人死有鬼,衣服亦有鬼耶?此即鞍轡從何得來之意也。然考之《吴志》,少帝之妹以衣辨冢,江南後主之臣以衣辨屍,是衣服亦有鬼矣。《抱朴子》云:"吴景明帝有疾,覡視之,得一人。欲試之,乃殺鵝而埋於苑中,架小木屋,施牀几,以婦人屐履服物著其上,乃使覡視之,告曰:'若能視此冢中鬼婦人形狀,加賞。'竟日無言。帝推問之急,曰:'實不見有鬼,但見一頭白鵝立墓上,所以不即白。'是鵝亦有鬼也。"《稽神錄》云:"楊邁田獵,放牛於野,見草中一兔,搏之無有,如是者三,即其草而求之,得兔骨一具。"是兔亦有鬼也。又虞文靖在宜黃時,嘗倚樓吟詩,有"五更鼓角吹殘雪"之句,忽隔溪一童揖而言曰:"角可吹,鼓不可吹。"亟命召之,已失所在。當時謂之詩鬼,是詩亦有鬼矣。或曰:衣服之無情也而鬼;鵝兔之至蠢也而鬼;聲詩之空虛也而鬼;則人死之爲鬼,無疑矣。

曰屈伸之理,幽明之事,安得無之？但不盡然耳。觀孔子曰:"精氣爲物,遊魂爲變。"又曰:"衆生必死,死必歸土,是之謂鬼。"骨肉斃於下陰,爲野土,其氣發揚於上,爲昭明。朱子曰:"鬼神之露光景是昭明。"子產曰:"用物精多,則魂魄強。"是以有精爽,至於神明。匹夫匹婦強死,其魂魄憑依於人,以爲淫厲。由此觀之,鬼神之事可想矣。

或曰:"然則,鬼亦有不同乎？"曰:據書傳所載,亦有不同。狐突見申生於曲沃,冤抑之鬼也;齊襄公見彭生豕立而人啼,強死之鬼也;魏顆見老人結草以抗杜回,報恩之鬼也;伯有爲厲,殺駟帶,殺公孫段,報怨之鬼也;漢武帝見李夫人於帳中,妖淫之鬼也;王弼與人墓中談《易》,文章之鬼也;隋煬帝見陳後主於雷塘,亡國之鬼也;陳喬衣黃半臂而過廊,忠義之鬼也;史彌遠肩輿還家,訓戒子孫而去,位高富盛之鬼也。

或曰:"如是則實有鬼矣,奈何邵子以爲天下有一般不有不無的人焉,而吾子又謂未盡然,何也？"曰:"吾人合天地陰陽之氣以爲生,而魂魄者,二氣之靈也。人死則魂遊魄降,譬之火滅煙消,一了即盡。其有所未盡者,則火之頓滅,而煙未頓消耳。"且予又有說焉。或問朱子曰:"沉魂滯魄,影響之事如何？"朱子曰:"須是自家看破始得。蓋天下之事,皆從心造,心有所疑,則鄰人可以竊鐵,弓影可以爲蛇。心有所畏,則枯木可以爲怪,伏石可以爲虎。涓石梁好畏見己之影,以爲鬼而驚死。安知彭生、李夫人之類,非從疑畏中得來乎？"故曰:"見怪不怪,其怪自壞。"雖然,孟子曰:"盡信書,則不如無書。"況乎史之言誣,尤不可深信者乎。至於《吳志》諸書,則不過小說之流,附會之說,惑世亂經,莫此爲甚。祝融之焰,所當先燼,而可爲實事哉?故人以爲有,我以爲無;人以爲無非無,我以爲有非有。要而論之,則無者,其常也,有者,其變也;無者,其正也,有者,其邪也。君子亦論其常且正者而已矣。

神　像

世俗多造土木偶爲神,遇事無大小,輒往祈禱。雖有疾病,亦不服藥,惟神是求。求而偶愈,則曰此神之力也,復從而謝之。求而不愈,則曰情未虔也,曲意以媚之。所主之神不一,陸龜蒙所謂:"有雄而毅、黝而碩者,則曰'將軍';有溫而願、皙而少者,則曰'某郎';有媼而尊嚴者,則曰'姥';有婦而容者,則曰'姑'。又有所謂'太尉'者,'相公'者,'夫人'者,'娘子'者,問其所由來,則皆荒唐而無據者也。"其甚者如姑山以"孤獨"爲字,有廟江壖,乃爲婦人狀。鄴中有西門豹祠,乃於神像後出一豹尾。春陵有象祠,乃塑一象,垂鼻輪囷。昔杭州有杜拾遺廟,有村學究題爲杜十姨,遂作女像,以配劉伶。又北方有牛王廟,畫百牛於壁,而牛王居其中。問牛王爲何人?乃冉伯牛也。山西有丹朱嶺,蓋堯子封域也,乃鑿一豬形,以丹塗之。流俗無知,一至於此,真可絶倒!

卜　筮

卜筮自蓍龜之外,其法猶多。《朝野僉載》云:"有神巫能結壇召虎,人有疑罪,令登壇,有罪者虎傷,無罪者不顧,名虎筮。"《酉陽雜俎》云:"嶺南人有病,以虱卜之,向身爲吉,背身爲兇。"《燕北雜記》:"契丹行軍,用艾和糞於白羊琵琶骨上,炙破爲吉,不破爲凶。"一云:"韃靼占卜,用羊髀骨以鐵錐火錐之,視其兆拆,以決大事。"《遼東志》:"扶餘國有軍事,則祭天殺牛,觀蹄以占,解者爲凶,合者爲吉。"《北户錄》:"邕之南有雞卵卜。"又云:"南方除夜及將發船,皆殺雞擇骨爲卜。"又有錢卜、油花卜,俱有應驗。而錢卜起於嚴君平,世尤尊信之。又季札以樂卜,趙孟以詩卜,襄仲歸父以言卜,子游、子夏以威儀卜,沈尹氏以政卜,孔成子以禮卜,其應皆如響。蓋精誠既極,鬼神從而感□□□,至誠之道,可以前知。又曰至誠如神。

拘　忌

陰陽拘忌,其來舊矣。凡營造、婚葬、往來,必選日卜時,少有□□,以爲不吉,每每廢事,所不顧焉。唐呂才作《廣濟陰陽百忌曆》,世用之。後又有《三曆會同集》,蒐羅殆盡。蓋一年三百六十日,若泥不通,殆無一日可用。予以爲深不足信者。

昔漢武帝時聚會方士,問之某日可娶婦乎?五行家曰:"可。"堪輿家曰:"不可。"建除家曰:"大吉。"叢辰家曰:"大凶。"天人家曰:"小吉。"太一家曰:"大吉。"夫同一日而人持其見,家持其説,人且將誰從乎?其不足者一也。嘗考"四孟在〔丑〕,四仲在寅,四季在子。"今《陰陽書》云:"辰戌丑未月,子日;寅申巳亥月,丑日;子午卯酉月,寅日。"與舊法不同。此其不足信者二也。

蓋吉凶禍福,素定在天,感召由人。孟子曰:"禍福無不自己求之者。"《書》曰:"惠迪吉,從逆凶。"苟吾之所爲而善,則成固吉也,即不幸而不成,亦何得謂之凶?吾所爲而逆,則敗固凶也。即幸而不敗,亦安得謂之吉?故人不責躬,而託諸安命,且猶不可,而況於聽諸不可則識之説。又況乎併其説而自相矛盾者乎?庸愚者不足責,奈何號爲君子而明理者,亦不能脱然於此也?弗思甚矣!

陽九百六

《卮言》云:"每見史傳稱百六陽九,而不得其説。"按洪景盧《〔容齋隨〕筆》云："〔以〕曆志考之，其名有八。初入元百六，曰"陽九"，次曰"陰（七）〔九〕"。又有"陰七"、"陽七"、"陰五"、"陽五"、"陰三"、"陽三"，皆謂之災歲。大率經歲四千五百六十而災歲五十七。以數計之，每及八十歲則值其一。"然則"陽九"即當承"百六"而言，所謂災歲，蓋不止"陽九"也。

據前漢《律曆志》本文曰："元歲之閏，陰、陽、災三統。閏法易九厄，曰初入元，百六陽九。次三百七十四，陰九。次四百八十，陽九。次七百二十，陰七。次七百二十，陽七。次六百，陰五。次六百，陽五。次四百八十，陰三。次四百八十，陽三。凡四千六百一十七歲，與一元終。經歲四千五百六十，災歲五十七。"志有二陽九、一陰九。《厄言》引景盧："初入元，百六曰陽九，下即曰陽七，是少一陽九，而陰七即陰九，字之謬也。"又《靈寶經》："陽九百六，刧之大者也。"陽極於九，故曰"陽九"，陰極於六，故云"百六"，即"陰六"也。小則三千三百年，次則九千九百年，大則九九八十一萬年，爲劫終也。〔又〕《〔洞玄運〕會經》："天厄謂之陽九，地虧謂之百六。"《道跡經》言："陽九者，天旱海涌而陸焦；百六者，大水海陸而陵淵。"

束脩

束脩之說，有所謂脯贄者，有所謂束帶修飾者。漢延篤曰："吾自修以來，爲人臣不蹈於不忠。"梁商曰："王公束脩厲節。"賈堅曰："吾修自立，君何忽忽謂降耶？"此皆束帶修飾之說也。《檀弓》："束脩不出境。"《穀梁》："束脩之肉，不行境中。"《北史》：劉焯不行束脩之禮，〔未嘗〕有所教誨。唐《六典》："國子生初入，置束帛。"《通典》："州學生束脩：〔縣禮同。〕束帛一筐，一匹。脯一案，五脡。學生服青衿。"此皆脯贄之說也。大概誨人者不過欲其誠敬，幣帛固敬之未將，而束帶脩飾亦所以致其敬謹之意。子曰："自行束脩以上，吾未嘗無誨焉。"蓋取其誠敬之心也。前說似當並存，不必太泥。

冠

《輿服志》云："上古穴居野處，衣毛而冒皮。後代聖人見鳥獸有冠角頻胡之制，遂作冠冕、纓緌。"馬端臨云："冠之制有三，曰冕、曰弁、曰冠。冕者，朝祭之服，所謂十二旒、九旒而下是也，惟有位者得服之。弁亞於冕，所謂周弁、殷哻、夏收是也。冠亞於弁，所謂委貌、章甫、毋追是也。弁與冠自天子至於士，皆得服之。冕始於黃帝，至有虞氏以爲祭服。夏殷之祭則用弁，蓋未以弁爲殺於冕也。至周而等級始嚴，故大夫雖可以服冕，而私家之祭不得用之。天子不妨服弁，而雖小祀必以冕，蓋冕、弁之尊卑始分矣。然弁有二，曰皮弁，以白鹿皮爲之，其制最古；曰爵弁，則其制下圓上方，如冕而無旒。古者冠禮三加，始緇布冠，次皮弁，次爵弁，皆士服也。大夫則服冕矣。"按古者冕以木板爲中，廣八寸，長尺六寸，後方前圓，後仰前低，染三十升之布，玄衣朱裏。後方者，不變之體；前圓者，無方之用；仰而玄者，升而辨於物，俛而朱者，降而與萬物相見。周制弁師掌王之五冕，皆玄冕朱裏，綎紐五，彩繅十有二，就皆五彩。玉十有二，玉笄朱紘，諸侯及卿大夫之冕，各以其等爲之。

又按《通典》云："有虞氏皇而祭，其制無文。"蓋爵弁之類。夏后氏因之曰收，純黑，前小後大。商因之曰哻，黑而微白，前大後小。周因制爵弁。爵弁，冕之次也，赤而微黑，如爵頭然，前小後大。三代以來，皆廣八寸，長尺二寸，如冕無旒，皆以三十升布爲之。陳氏《禮書》云："周禮有韋弁，無爵弁。《書》'二人雀弁'。《儀禮》、《禮記》有爵弁，無韋弁。士之服止於爵弁，而荀卿曰：'士韋弁。'孔安國曰：'雀，韋弁也。'則爵弁即韋弁耳。"又按夏后氏毋追冠長七寸，高四寸，廣五寸，後廣二寸，制如覆杯，前高廣，後卑銳。商因之，制章甫冠，高四寸半，後廣四寸，前櫛首。周因之，制委貌冠。《白虎通》云："所以謂之委貌何？周統十一月爲正，萬物萌小，故爲冠飾最小，故曰委貌。委貌者，委曲有貌也。殷統十二月爲正,其飾微大,故曰章甫。章甫者,尚未與極,其本相當也。夏統十三月爲正,其飾微小,故曰毋追,毋追者,言其追太也。"

又云:"冕者何?周宗廟之冠也。十一月之時,陽氣冕仰黃泉之下,萬物被施,前冕而後仰,故謂之冕。謂之詡者,詡冔同。十二月之時,施氣受化,詡張而後得牙,故謂之詡。謂之收者,十三月之時,氣收本舉,生萬物而達出之,故謂之收。觀此而三代之大略可想矣。秦漢以來,又有進賢冠,即古緇布冠。秦又有通天冠、遠遊冠、高山冠,又有法冠,一名柱後。惠文冠,或謂之獬豸冠。又有趙惠文冠,一名武冠,一名慶忌冠。或曰齊人見千歲涸澤之神,名曰慶忌,冠大冠,乘小車,好疾馳,因象其冠。漢因之,名曰武弁,一名大冠,又名鶡鸐冠,又名鷸冠。鶡鸐,山雞之屬;鷸,鷥鳥也。以其尾爲飾,故名。晉因之,名繁冠,一名建冠,一名籠冠,即惠文冠也。漢高帝制長冠,即微時所服竹葉冠,形如板,以竹爲裏,亦名齊冠。後以竹皮爲之,又名劉氏冠,鄙人或謂之鵲尾冠。漢制又有建華冠,即《左氏傳》鄭子臧好聚鷸冠者是也。又有方山冠、巧士冠、卻非冠、術氏冠,皆漢制。又有樊噲冠,漢將樊噲造次所冠。晉有却敵冠,唐有翼善冠,皆仿佛古冠制,有簪導而無巾幘。蓋巾幘,古賤人不冠者之服。"

《儀禮》:"二十成人,士冠,庶人巾。"蔡邕《獨斷》云:"漢元帝額有壯髮,不欲使人見,始進幘服之。"王莽頂穨,幘上復施屋,則尊者之有巾幘,自元帝、王莽始也。至後漢郭林宗始爲折角巾,當時王公名士皆以幅巾爲雅,故袁紹、崔豹之徒,雖爲將帥,皆著縑巾,而接羅白葛,漉酒之巾,始盛於後世焉。又魏武時,歲荒財乏,乃擬古皮弁,裁縑帛以爲帢,苦洽反。以色別其貴賤。帢與帕同,本末有岐,荀文若巾之行,觸木枝成岐,因而弗改。韻書云:弁缺四幅謂之帢。一曰按頭使下,故曰帢。《增韻》《埤蒼》,皆曰帽也。後周武帝又戴幅巾爲四腳,名服頭。《通志》云:"用全幅帛向後襆髮,謂之頭巾,俗人謂之襆頭。"隋大業中，著葛巾子，以桐木爲之，內外皆漆。又賜百僚絲葛巾子，呼爲"高頭樣"。自後有華韶樣、僕射樣。唐乾符中，內臣有刻木象頭以裹幞頭，百官效之，工門如市，度木斫之，曰"此斫尚書頭"，"此斫將軍頭"，"此斫軍容頭"，識者以爲服妖。又古者冠有纚，以繒爲之，後世施幘於冠，或裁纚爲帽。《玄中記》云："旬始作帽。"《晉志》："帽名，猶冠也，義取於蒙，覆其首，自乘輿燕居，下至庶人無爵者，皆得服之。"永明中，蕭諶開博風帽，後裙之，制爲破後帽，時人多以生紗爲帽，半其裙而折之，號曰倚勸帽。東昏時，百姓皆着下屋白紗帽，而反裙覆頂。東昏曰："裙應在下，今更在上，不祥"，命斷之。於是百姓皆反裙向下。東昏又令百姓作逐鹿帽，形甚窄狹。又與羣小造四種帽，因勢爲名。一曰山鵲歸林，二曰兔子度坑，三曰反縛黃鸝，四曰鳳度三橋。唐初，長孫無忌以烏羊毛爲渾脫氈帽，人多效之，謂之趙公渾脫。蜀王術晚年，俗競爲小帽，僅覆其頂，俛首即墮，謂之危腦帽，皆服妖也。

又

《周書》："成王將加元服，周公來零陵，取文竹爲冠。"《桓子新論》："宋康王爲無頭之冠以示勇。"《前燕錄》："慕容廆曾祖父莫護跋，見燕代少年多冠步搖冠，好之，乃欽髮襲冠，諸部因呼之爲步搖。其後音訛而爲慕容，遂以慕容爲氏。"《杜陽編》："唐寶曆二年，浙東貢舞女，戴輕金冠，以金絲結成，爲鸞鶴狀，仍飾以五彩細珠，玲瓏相續，可高一尺，稱之'無二三分'。"《神仙服食經》："漢武帝閒居未央殿，有人乘白雲車，駕白鹿，冠芙蓉冠，曰'我中山衛叔卿也'。"《漢武內傳》："上元夫人戴九星靈芝夜光之冠。"《玉光八景經》："東元景道君冠七色耀天玉冠。"《孔帖》："高麗王以白羅制冠，大臣青羅冠。"《唐明皇雜記》："持盈公主玉葉冠，希世之寶也。"又高昌國有草，名曰氎音蝶。縰，其花可以爲布为巾。杜詩："細軟青絲履，光明白氎巾。"又謝萬，梁簡文帝辟爲從事中郎，着白綸巾，披鶴氅裘，帝與談論絡日。又李白詩：

"吳江女道士，頭戴蓮花巾。"杜甫詩："錦里先生烏角巾。"黃山谷詩："爛醉從歆白鷺巾。"東坡詩："二老白接䍦，兩郎烏巾角。"又詩："半升僅漉淵明酒，二寸纔容子夏巾。"

又劉宋沈慶之患頭風，好着狐皮帽。郡蠻惡之，號蒼頭公。唐汝陽王璡戴砑䃰帽打曲。明皇自摘紅槿置帽上，帽極滑，久而方安，喚曰花奴。《唐實錄》："唐初以縠爲帽，以隔風塵。"《炙轂子》："席帽，乃羌服，以羊毛爲之。"又《光武紀》："覆髻謂之幘，又謂之承露。"《輿服志》："凡齋用紺幘，耕用青幘，秋貙劉用緋幘。又武吏用赤幘。"《通典》："未冠，童子。幘無屋者，未成人也。"

屨

《周禮》："屨人掌王及后之服，屨爲赤舄、黑舄。"注："禪下曰屨，複〔卜〕〔下〕曰舄。"《說文》無"舄"字，本"䧿"字。今借爲舄屨字也。陸佃云："'舄'通爲'舄屨'之'舄'。"古欲居如燕行，不欲如鵲，故借舄字。所以爲行戒也。楊用修云："古篆'舄'字，象鵲形。以爲屨飾也。屨取諸鵲，鵲知太歲，欲人行屨知方也。"《事物紀原》云："《世本》曰'于則作扉屨。'"宋（哀）〔衷〕注："黃帝臣草曰扉，麻皮曰屨。"《實錄》曰："三代皆以皮爲之，單底曰屨，複底曰舄。"《古今注》曰："舄，以木置屨下，乾臘不畏泥濕。"（屨）〔履〕乃屨之不帶者。蓋祭服曰舄，朝服曰屨，燕服曰履也。"屨人"注又謂："凡屨、舄各象其裳之色。"引《士冠禮》曰"玄端黑屨，青絇音劬。繶音意。純；音准。素幘白屨，緇絇繶純；爵弁纁屨，黑絇繶純"是也。絇，《說文》："纑繩絇也。""玉藻"注："屨，頸飾也。"《韻會》："狀如刀衣，鼻在屨頭。言絇者，取自拘持，使低目不暇顧視。"一曰用繒一寸屈爲之，頭著屨頭，以受穿貫。繶，"屨人"注："縫中紃也。"《博雅》："紃，條也。"《純人》注："緣也。"言繶必有絇純，言絇必有繶純，三者相將，則屨、舄俱有絇繶純矣。

又按"屨人"注："舄有三等：赤舄、白舄、黑舄。赤舄爲上，冕服之舄。"詩曰："王錫韓侯,玄袞赤舄。"則諸侯與王同矣。所謂玄舄、青舄,王后祭服之舄也。凡屨之飾如繡。次也黃屨白飾,白屨黑飾,黑屨青飾。崔豹云："古屨絇繶,皆畫五色。"《晏子》曰："齊景公爲屨,黃金之綦,飾以銀,連以珠。良玉之絇,其長尺。"《實錄》云："始皇二年,始以蒲爲屨。"又云："鞋,夏商皆以草爲之,周以麻。晋永嘉中以絲。或言馬周始以麻爲之,名鞋也。"《古今注》曰："魏文帝寵段巧笑,始製絲屨。"按《禮少儀》云："國家靡敝,君子不履絲屨。"則周已用絲矣。

《士婚禮》："夏葛屨,冬皮屨。"《鹽鐵論》："古庶人麤扉草屨。今富者韋沓絲屨。"曹實《四民月令》云："八月製韋屨,十月制白履。"《晋令》：士卒百工履色無過綠、青、白,奴婢履色純青,凡僧賣者,一足着黑履,一足着白履。《雲僊雜記》云："趙廷之作半月履,以千紋布爲之,托以精銀,填以絳蠟。"白樂天製飛雲履,以玄綾爲質,四面以素綃作雲朵,染以四選香,振履則如煙霧。《青州雜記》曰："桃花(有)〔又〕有一種,盛開時垂絲二三尺者,採之煉以松脂,遞相纏績成履,寄都下人,皆不辨爲何物。"嵇含《草木狀》曰："晉太康中,扶南進抱香履,以抱木爲之。木輕而堅韌,風至則隨飄而動。"古人又有屐,有屩,皆履屬。舊爲屐者,齒皆達楄上,名曰"露卯"。太元忽不徹名曰"陰卯"。《御覽》云："屐,婦人圓頭,男子方頭。太康婦人皆方頭。屐與男子無異。"《風俗通》曰："婦女始嫁,作漆畫屐,五色綵爲絲。"《襄陽耆舊傳》,"盜發楚王家,得宮人玉屐。"《交州記》："趙嫗者,乳長數尺,不嫁,入山著金鞮屐。"左氏曰："菲絲爲屩,宮中妃嬪皆着。"《炙轂子》曰："夏商以草爲屩。"唐張志和以樸爲屩。蓋屩,蹻也,履之輕便,宜於出行者也。《學齋佔畢》云："古有履無靴,趙武靈王乃變履爲靴。徽宗世嘗變靴爲履,高宗世又變履爲靴。按靴亦履屬,本〔胡〕服也。趙武靈好〔胡〕服,嘗着短靿靴,以黃皮爲之。北齊全用〔胡〕服,着靿靴。隋煬帝數出幸,因令百官衣戎服,從一品紫,次朱,次青。其皁靴乃馬靴也,後世循習,遂以爲朝服。唐開元中,裴叔通以羊皮爲靴,加以帶子裝束。馬周以麻爲靴,殺其勒,加以靴氈。"《鄴中記》:"石虎皇后出,女騎千人,皆着五彩靴。"唐又有麂靴,朱桃推以遺隱士竇軌。又有鸞靴詩"便脫鸞靴入翠帷"是也。

履　化

昔有仙人鳳子者,欲有所度,隱於農夫之中。一日天雨,有鄰人來借草履。鳳子曰:"他人草履則可借,我之草履則不借者也。"其人怒,詈之。鳳子即以草履擲與,化爲鶴飛去,故後世名草履爲"不借"。據此則履化不獨一王喬矣。又惠州沖虛觀有遺履軒,相傳南海太守鮑靚常夜訪葛洪,與語達旦乃去,人訝其往來之頻,而不見其車馬。密伺之,但見雙雁飛至,網之,得雙履。宇内事抑何相類如此?又後漢南陽公主慕道入華陰山,駙馬王咸追至嶺上,見朱履一雙,取之,化爲石。

筆

《博物志》稱蒙恬造筆,又言舜造筆。然世信爲恬,而不信爲舜,何也?蓋因許慎《説文》"秦謂之筆"一言耳。不知包羲氏之八卦、夏后氏之九疇,以至科斗、鳥跡、鍾鼎、籀篆之文,非筆何以施其巧乎?

晉郭璞《筆贊》云:"上古結繩,易以書契,經緯天地,錯綜羣藝。"則知書契以來,已不能不資於筆矣。馬大儒乃附會以爲簡牘之筆乃今竹筆,非毫也,至恬始用兔毫。然《莊子》有"舐筆和墨"之句,則以筆染墨明矣,竹筆豈可舐耶?不獨此也,《太公陰謀》有《筆銘》云:"毫毛茂茂,叶月。陷水可脫,陷文不活。"毫毛亦竹筆乎?又《尚書中候》:"玄龜負圖出,周公援筆,以時文寫之。"《曲禮》云:"史載筆,士載言。"《詩》有彤管,乃女史所載之筆。又《傳》謂孔子作《春秋》,"筆則筆","絕筆於獲麟。"皆足以證蒙恬創筆之非。

漢製天子筆,以錯寶爲趺,晉武賜張華麟角筆管。湘東王記錄名賢，忠孝全者以金管，德行精粹者以銀管，文章贍逸者以斑竹管。《博物志》有"虎僕毛筆"，又云："蜀中石鼠毛可以爲筆，其名曰甗。"又人鬚作筆甚佳。廣東番禺諸郡多以青羊毛爲筆，或用雞鴨毛及雉尾，五色可愛。又有用豐狐毛、香狸毛、鹿毛、鼠鬚、麝毛、羊鬚造者，皆不如兔毫爲妙。南朝有姥善作筆，用胎髮爲心。開元中，筆匠名鐵頭，能瑩管如玉。又有宣城諸葛氏、常州許穎，筆俱佳。諸葛氏其先爲右軍父子製筆，聞柳公權善書，以舊製筆遺之，公權謂不堪用。乃復更以常筆，公權稱善。諸葛嘆曰："柳學士不如右軍多矣！"皇朝有陸繼翁、王古用，皆湖州人，住金陵，筆皆得名。住湖州者則以張天錫爲最，杭城則以張文貴爲善。文貴惟畫筆尤善。永樂初，吉水鄭伯清以豬鬃爲筆，亦健而美。今雖有效之者，悉不堪用矣。

墨

上古無墨，竹挺點漆而書，中古方有石墨。《大戴記》所謂石墨相著則黑是也。陸士龍《與兄書》曰："三臺上有曹公石墨數十萬斤。"盛弘之《荆州記》云："筑陽縣有石墨山，山石悉如墨。"顧徵《廣州記》云："懷化縣掘塹，得石墨甚多，精好可寫書。"戴延之《西征記》云："石墨山北五十里，山多石墨，可以書。"楊用修云："宜陽縣有石墨山，汧陽縣有石墨洞，贛州興國縣上洛山，皆産石墨。廣東始興縣小溪中亦産石墨，婦女取以畫眉，名畫眉石。"《孝經援神契》曰："德至於山陵，則出黑丹。"黑丹，先儒以爲即石墨也。

漢後始以漆煙、松煤爲墨，如漢之隃麋墨、東宮香墨。魏韋誕之墨，一點如漆。晋後有墨丸、螺子墨等，皆漆煙、松煤之劑也。唐高麗歲貢松煙墨，用多年老松煙和麋鹿膠造成。唐末李超與子廷珪自易水至歙州，其地多松，因留居，以墨名家。其墨浸水中，三年不壞。超本姓奚，唐李後主賜姓李，故世有奚廷珪墨，又有李廷珪墨。世之言墨者，往往以廷珪爲第一，易水張遇爲第二。廷珪墨有二品，龍文雙脊爲上，一脊次之。張遇墨亦有二品，易水貢墨爲上，供堂次之。元朱萬初製墨，用純松煙。蓋取千百年摧朽之餘，精英之不可泯滅者爲之，非常松也。

《仇池筆記》云："三衢蔡瑫自煙、煤、膠外，一物不用，特以和劑有法，甚黑而光。"王長公云："陶九成載墨工，唐祖敏、奚鼐、奚鼎、奚起、陳朗、王君得、紫珣，南唐李超，李廷珪、廷寬、承晏、文用、惟慶、惟一、仲一，皆超之後。耿遂仁、文政、文壽、耿德、耿盛、盛匡道、盛通、盛真、盛信、盛浩，宋張遇、潘衡、蒲大韶、葉世英、朱知常、梁杲、胡友直、潘秉彝、徐知常、葉邦憲、周朝式、李世英、克恭、樂溫，恭子。蒲彥輝、劉文通、郭忠厚、黃表之、劉士先、俞林、丘敘、謝東、徐士禧、葉茂實。有姓號而無名者，方鏡湖；有號而無姓者，雪齋、齊峰、寓庵、元胡文忠、於材仲、衛學古、黃修之、朱萬初、丘可行、丘世英、丘南傑；有姓號而無名者，潘雲谷、林松泉、杜清碧，可謂詳矣。然始不載韋誕、張永，宋不載常和、沈珪、陳相、張孜、沈晏、張谷、潘谷、葉谷、常遇、潘遇、陳瞻、王迪、蘇澥、陳昱、關珪、關瑱、郭遇明、江通、朱覲、胡景純、梅瞻、耿德真，何也？

士大夫如蘇子瞻、晁季一、賀方回、張秉道、康爲章，皆能製墨。皇朝墨以羅龍文、方正爲最，胡兩山、方于魯、邵格之次之。今觀方正之牛舌墨、于魯之九玄三極、寥天一、國寶、非煙等墨，俱不讓古人。前此如查文通、龍忠迪墨、碧天龍氣墨、水精宮墨。汪中山翰史所製有太極、兩猊、三猿、四象、五雀、六馬、七鵰、八仙、九鶯、十鹿，皆以鳥獸取義。又有玄香太守小長墨四種：一曰爰文，二曰臥蠶，三曰亞字，四曰玉階。有客卿四種小元墨：曰太極，曰八卦，曰員璧，曰瓊樓。有松滋侯四種小方墨：一亞字，二羅文，三九雲，四螭環，有墨挺、墨柱，俱爲精絕，不亞羅、方諸家。近又有程君房者，其名亦與方于魯相頡頏，然而墨不能及其二三矣。

夫墨之妙至於一點如漆，入水不壞，可謂至矣。而唐玄宗之墨乃能化爲小道士,則墨固神物哉！乃若徐鉉之月團,價值三萬,宋徽宗以蘇合油搜煙爲墨,至金章宗購之,一兩墨價黃金一斤。我萬曆初年,張相索羅龍文墨,士大夫爭購,往〔往〕一(珽)〔挺〕價至等黃金五換,可謂墨妖、墨精矣。

紙

　　上古無紙,以竹簡書之,所謂"汗青"是也。中古以縑帛,依書長短,隨事截之,名曰幡紙,故其字從"糸"。貧者無之。或用蒲寫書,則路溫舒"截蒲"是也。漢和帝時,中常侍蔡倫始搗魚網作紙,名曰網紙。後以布作紙,名曰麻紙。以樹皮作紙,名曰穀紙。按班史《外戚傳》稱"赫蹏",《西京雜記》稱"薄蹏"。注云:"小紙也。"

　　又《三輔故事》:"衛太子以紙塞鼻。"則紙不肇自蔡,至蔡始精備耳。蔡後有左子邑善造紙。蕭子良云:"子邑之紙,妍妙輝光。"唐高麗歲貢蠻紙,襯書卷;日本國出松皮紙;扶桑國出笈皮紙;大秦出蜜香紙,一云香皮紙,微褐色,紋如魚子,極香而堅韌。晋武帝賜杜預萬番,寫《春秋釋例》。又水苔紙,以苔爲之,名側理紙。晋武又賜張華萬番,造《博物志》。齊高帝造凝光紙,賜王僧虔。段成式在九江造雲藍紙。李僞主造會府紙,長二丈,闊一丈,厚如繒帛數重。陶穀家藏有鄱陽白數幅,長如疋練。吳越有溫州蠲紙,<small>給紙者蠲役。</small>烏程紙、由拳紙。蜀箋有深紅、粉紅、杏紅、明黃、深青、淺青、深綠、淺綠、銅綠、淺雲凡十樣,又有松花、金沙、流沙、彩霞、金粉、桃花、冷金之目。《蜀志》:"王衍以霞光牋五百幅,賜金堂令張蠙。"又有百韻箋,幅長可寫百韻。學士箋短於百韻。薛濤箋短,可書四韻。《國史補》云:"紙之妙者,則越之剡藤、苔牋,蜀之麻面、薛骨、金花、魚子、十色牋也。"

　　世所傳古紙,北紙多用橫簾造,文亦橫,其質鬆而厚。南紙多用豎簾造,其紋亦豎,故晋二王真跡,多是會稽豎紋竹紙。雷孔璋曾孫穆之者,家猶存張華與其祖書,所書乃桑根紙也。唐有麻紙,其質厚。又有硬黃紙,其質如漿,光澤瑩滑,用以書經,故善書者多取作字。南唐有澄心堂紙,細薄光潤,爲一時之甲。宋有澄心堂紙、觀音紙,匹紙長三丈。又有彩色粉牋,其色光滑,蘇東坡、黃山谷多用之作字。又有蠟黃藏經牋、白經牋、碧雲春樹牋,有龍鳳印邊,三色。內紙有印金團花併各色金花。牋紙有藤白紙、研光小本紙,有鵲白紙、蠶繭紙、竹紙、大牋紙。元有彩色粉牋、蠟牋,彩色黃牋、花牋、羅文牋,皆出紹興。又有白籙紙、觀音紙、清江紙,皆出江西。趙松雪、巎子山、張伯雨、鮮于樞書,多用此紙。又有倭紙出倭國,以蠶繭爲之,細白光滑之甚。又有黃麻紙、鉛山紙、常山紙、英山紙、臨川小牋紙、上虞紙,皆美材也。

　　皇廟、宣廟而上,紙精不減宋元,弘德而下,寖以粗濫。良由買者減價,故鬻者減料。然其中亦有佳者,若楚下雄之簾三,宛陵潘村、(浙)〔淛〕常山之夾簾四,俱滑密堪用。近日吳中有無紋灑金箋亦妙。又松江潭箋不用粉造,以荊川簾紙(褚)〔裃〕厚,砑光,用蠟打各色花鳥,堅滑可類宋紙。又新安新造仿宋藏經牋紙亦佳。至於內用之紙,則有細密灑金五色粉箋、五色大簾紙、灑金箋。有等白箋,堅厚如板,兩面研光如玉。又有印金花五色箋紙,又有磁青紙如段素,堅韌可寶。有等藍色者,薄而不佳。高昌國金花箋亦有五色、有描金山水圖者,高麗有綿繭紙,色白如綾,堅韌如帛。有等皮紙,用以爲簾,爲雨帽,爲書夾,堅厚若油爲之,中國所無,亦奇品也。

硯

　　硯材之美,當以端石爲最,歙石次之。古人評品雖微有異同,要以細膩發墨者爲佳。至於眼之有無,星之疏密,紋之巧異,俱鑒家所不論也。

　　宋高宗云:"端之有眼,病也,所取惟一片純紫玉。"故當時所貢硯,多有(有)無眼者。端、歙之外,有洮河綠石,色綠微藍,其潤如玉,發墨不減端溪下巖,但河深難取耳。今名洮者,俱漖溪石之皮,乃長沙山谷中所出之石,光不發墨。廣東萬州懸崖金星石,色黑如漆,光潤如玉,以水潤之,則金星自現,乾則無跡,極能發墨,久用不退,在歙之上,端之下巖石可並也。湖廣沅州出石,深黑,亦有小眼,廣人取歸作硯,名曰黑端,沃人取作犀牛、魚龜、荷葉、八角等式。浙之衢石,黑者亦佳,多不發墨。他如黑角硯、黃玉硯、褐色硯、紫金硯、鵲金黑玉石硯,皆出山東。水晶硯發墨如歙。蔡州白石硯,浮蓋山仙石硯、丹石硯,唐州唐石硯,宿州宿石硯、淄川黃金硯、金鵲石硯、青州石末硯、熟鐵硯、紫金石硯,用不發墨。青石硯、蘊玉石硯、戎石絳石硯、淮石硯、寧石硯、宣石硯、吉石硯、夔石硯,如漆發墨。明石硯、萬州磁洞石硯、相州銅雀瓦硯、未央宮瓦頭硯。柳州柳石硯,出龍壁下。成州成石硯,出栗亭。瀘硯、濰硯、南劍州魯水硯、宿州樂石硯、虢州澄泥硯、登州駝基島石硯、歸州大陀石硯、江西寧府陶硯、高麗硯、梁公硯、銀硯、銅硯、磚硯、漆硯、蚌硯、磁硯,硯之出處不可勝紀。

黃帝有玉爲墨海,其文曰"帝鴻氏硯"。漢天子用玉硯,太子賜漆石硯。魏武上雜物,有純銀參帶臺硯,又有參帶圓硯。晉武賜張華于闐青鐵硯。愍帝予劉聰銀硯。又陳省躬有仙翁硯。陶穀有兩池圓硯,名曰"璧友"。和魯公有雪方池硯。周彬公友人有金稜玉海硯。徐闡之有小金成硯。宣城有四環鼓硯。李後主有生水硯,内有黃石子,子在則水,無子則涸。孫子翰有呵水硯,一呵水流。丁晉公有水硯,一泓黑水,盛暑不乾。劉義叟造瓦硯。丁晉公綠石硯,謂之"玉堂新製",送王介甫。故介甫詩有"玉堂新製世爭傳,況是蠻溪綠石鐫"之句。

世間又有一種硯山,形狀極其巧妙。米元章自言:"收一青翠疊石,堅響,三層,旁一嵌磨墨,上出一峰,高尺餘,頂復平。嵌巖如亂雲四垂,以覆硯。以水澤頂,則隨葉垂珠滴硯心,上有銘識。事見唐莊南傑賦,乃歷代所寶也。又收一正紫石,四疊,下有坐有足,巧於瘦(孟)〔盂〕,足上起一枝,細狹,枝上盤兩疊,長七寸餘,闊四寸餘,如靈芝。首銳下闊,天然鳳池之象,中微凹,點水磨墨,可書十幅紙,石理在方城之右。此非人力所成,信天下之環寶也。"又李後主嘗買一硯山,徑長纔逾尺,前聳三十六峰,皆大如手指,左右則引兩阜坡陀,而中鑿爲硯。及江南國破,硯山因流傳人家,亦爲米老所得。蘇仲恭學士之弟,號稱好事,有甘露寺下並江一古基,多羣木,唐晉人所居。當時米老欲得宅,而蘇覬得硯,於是王彥昭侍郎兄弟與登北固,共爲之和會,蘇、米竟相易。米後號"海嶽菴"是也。硯山藏蘇氏,未幾索入九禁矣。

大概硯山之石,以靈璧、(應)〔英〕石天生奇巧者爲佳,近亦有以將樂石爲之者。又燕中西山黑石,狀儼(應)〔英〕石,而崒崏巉巖,紋片皺裂,往往過之。但石性鬆脆,不受激觸,然亦(應)〔英〕石之次也。有等好事者,每以新(應)〔英〕石、肇慶石、燕石,加以斧鑿,修琢巖竇,摩弄瑩滑,名曰硯山,亦自可愛。

紙　錢

《鼠璞》云:"《法苑珠林》載,紙錢起於殷長史。"唐《王璵傳》載:"漢來皆有瘞錢,後里俗稍以紙寓錢,王璵乃用於祠祭。"今儒家以爲釋氏法,於祭喪皆屏去,予謂不然。之生而致死之,不仁;之死而致生之,不知,謂之明器,神明之也。漢之瘞錢,近於之死而致生,以紙寓錢,亦明器也,與塗車芻靈何以異？俗謂果資於冥途,則可嘆。案紙錢之用,近日最廣,無貴賤吉凶皆需之。吾杭城中,每歲所費數萬金。京師城中,所費十萬金。每逢節次,則火光燭天,飛灰曀日,民財濫費,此其一云。馬氏《通考》載:"宋建炎二年,杜充爲北京留守。一日天雨紙錢於營中,厚盈寸。明日與金人戰於城下,敗績。"則紙錢固能爲妖精,非獨費財已也。

俗語有本

今俗語所謂"欺負",《漢書·韓延壽傳》:"待下吏恩施厚而約誓明,或欺負之者,延壽痛自克責。"俗所謂"不中用",《史記·始皇紀》:"吾前收天下書,不中用者盡去之。"俗所謂"子細",《杜詩》:"野橋分子細。"《北史·源思禮傳》:"爲政當舉大綱,何必太子細也。"俗所謂"利市",《易·説卦傳》:"爲近利市三倍",《左傳》:"昭公十六年,爾有利市寶賄我,勿與知。"俗所謂"日子",《文選·曹公檄吳將校部曲文》:"年月朔日子。注:發檄時也。"然則"日子",日時也。俗所謂"工夫",《魏志·王肅傳》:"太極已前,工夫尚大也。"俗罵人爲"老狗",《漢武故事》:"上嘗語栗姬,怒弗肯應,又罵上'老狗'。"俗又稱"小家子",《漢書·霍光傳》:"使樂成小家子得幸大將軍,至九卿封侯。"俗呼"抽替",《南史》:"殷淑儀,孝武帝之貴妃也,有寵而斃,帝思見之,遂爲抽替棺,欲見輒引替親屍。"俗語有本,類如此。

鳥語獸言

或問:"孔子謂公冶長在縲紲之中,而小説謂冶長識鳥語,爲鳥所誤。然則鳥語固可識乎?"曰:然。昔白龜年得李太白遺書一卷,讀之可辨九天禽語,大地獸言。成武丁在長沙,異人授之一書,遂通天下鳥語獸音。高緯《遺略》:"和菀有《鳥鳴書》一卷。王喬有《鳥語》一卷。"是從古已有此書。《列子》:"東方介氏之國,其國人數數解六畜之語。"蔡邕云:"伯益綜聲於語鳥,葛盧辨音於鳴牛。"《史記》:"秦仲知百鳥之音,與之語皆應。"謝承《後漢書》:"魏尚,字文仲,高皇帝時爲太史,曉鳥語。"歐陽永叔載:漢君子公昉,服真人藥,知鳥獸言語。《論衡》:"詹和坐,弟子侍,有牛鳴於門外。弟子曰:'是黑牛也,而白蹄。'詹和曰:'然。'使人視之,果黑牛,而以白布裹其蹄。"

廣漢陽翁偉能聽鳥獸之音，乘蹇馬，追野田間。有放馬者，相去數里，鳴聲相聞。陽翁偉謂其御曰："彼放馬目眇。"其御曰："何以知之？"曰："罵此轅中蹇馬，蹇馬亦罵之曰眇馬。"御者不信，往視之，馬目果眇。

《魏志》：安德令劉長仁聞管輅曉鳥語，初不信之。須臾，有鳴鵲來閣屋上，聲甚急。輅曰："鵲言東北有婦，昨殺夫，牽引西家人夫離婁，候不過日在虞淵之際，告者至矣。"到時果有東北同伍民來告，如輅言，長仁乃服。輅嘗至郭恩家，聞飛鳩在梁頭鳴，曰："當有老公，攜肫酒來候主人。雖喜，當有人見血。"果有客如言，而射雞作食，箭中女子，血流驚怖。

《抱朴子》："李南乘赤馬行，道逢他人乘白馬者，白馬先鳴，而南赤馬應之。南謂從者曰：'彼馬言汝當見一黃馬，左目盲者是吾子，可爲使馭，行相及。'從者不信，行二里所，果逢黃馬，而左目盲，南馬先鳴而黃馬應之，問其主，果向白馬子也。"

《北齊書》："武衛奚永洛，與河內人張子信坐，有鵲鳴庭樹，鬥而墜子。信曰：'鵲言不善，向夕有口舌事。有喚必不得往。'及高儼使(君)〔召〕永洛，且云敕喚。永洛稱墜馬腳折。遂免難。"《宋史》："孫守塋嘗出入丞相史嵩之門，一日值庭鵲噪，曰'來日晡時，當有寶物至'。及期，李全以玉桂斧爲貢。"書記所載，此類甚多。又《遼史》："太宗時，宗室人名神速姑者，能知蛇語。"則更奇矣。大概古人於此，亦必自有理以知之，不當全不信也。

犁牛

周平園《農器譜序》云："按《論語》，子謂仲弓曰：'犁牛之子騂且角，雖欲弗用，山川其舍諸？'"此聖人格言也。蓋犁田之牛，純雜牝牡皆可，祭牛則非純非牡不可。故曰"騂且角"也。注疏乃以犁爲雜色，騂爲赤純色，角爲周正。近世諸儒並從此義。今觀《周禮》，牧人時祀,牲必用牷,牷,純色也。外祭毀事用尨,尨,雜色也,是則純雜之辨也。封人設其楅衡,《魯頌》:"夏而楅衡,白牡騂剛。"是則言角之意也。以犁爲犁田之牛,以角爲牡牛之説,亦可謂好奇矣。

牛 耕

　　王弼傳《易》,以牛爲稼穡之資。宋景文闢之曰:"古者,牛惟服車。《書》:'牽車牛。'《易》:'服牛乘馬。'漢趙過始教牛耕。"竇子野亦謂牛耕始〔於趙〕過。此皆本賈思勰《齊民要術》而言者也。不知漢武用趙過〔牛耕之〕説,特教人耦犁,二牛三人,費省而功倍爾。且曰:"代田,古法也。"則豈自過始哉？

　　羅鄂州云:"太史公《律書》:'東至牽牛。牽牛者,言陽氣牽同,萬物出之也。牛者,冒也。言地雖凍,能冒而生也。牛者,耕植種物也。'"《淮南子》曰:"殺罷牛可以贖良馬之死,莫之爲也,殺牛必亡之數。"許重叔以爲牛者所以植穀,穀者民之命,是以王法禁殺牛,民犯禁殺之者誅。故曰"必亡之數"。太史公、《淮南子》博通古義,其書皆不在趙過後。又引《山海經》曰:"稷後曰叔均,是始耕。"郭氏曰:"用牛犁也。"據《山海經》稱"禹益作",則牛耕當起於夏后氏之時矣。但此書乃戰國僞書,未可指爲實證。

　　周平園序《農器譜》曰:"世謂牛耕起於三代,予謂不然。牛若常在畎畝,武王平定天下,胡不歸之三農,而放之桃林之野乎？故周禮祭牛之外,以享賓、駕車、犒師而已,未及耕也。"又云:"《呂氏月令》,季冬出土牛,示農耕早晚。"賈誼《新書》、劉向《新序》俱載:"鄒穆公曰:'百姓飽牛而耕,暴背而耘。'"大率在秦漢之際。不知《周禮》原非全書,桃林之放,亦未可便謂不耕。觀孔子弟子冉耕,字伯牛;司馬耕,字子牛。《關尹子》曰:"耕夫習牛則(壙)〔獷〕。"而古人造書,曰犁,耕也;曰辈,兩壁耕也;一曰覆,耕種也。字俱从"牛",則其起當在周公、孔子之間,無疑矣。

恙

戴仲培曰:"《風俗通》云:'恙,毒蟲也。喜傷人。'"古人草居露宿,相勞問曰"無恙"。《神異經》曰:"北大荒中有獸,咋人則病,名曰㺊。㺊,恙也。常入人屋,室人皆患之。黃帝殺之,由是人得無疾。北人無憂病謂無恙。"《蘇氏演義》亦以無憂病爲無恙。恙之字同,或以爲蟲,或以爲獸,或謂憂病。《廣干禄書》兼取憂及蟲。《事物紀原》兼取憂及獸。予看《廣韻》,其義極明,於"恙"字下云:"憂也,病也。噬蟲,善食人心也。"於"㺊"字下云:"㺊獸如獅子,食虎豹及人。"是"恙"與"㺊"爲二字,合一之,《神異經》誕矣。愚按恙字從"羊"從"心"。蓋物之似羊而能噬人心者也。其憂與病之義,亦在其中。仲培以爲二者,因其有言蟲,有言獸耳。殊不知蟲者,血氣之總名,獸亦毛蟲耳。若《風俗通》所謂毒蟲者,安知非指毛蟲也?既指毛蟲,又安知非指大荒中之能咋人者哉!故以恙與㺊爲二字則可,以恙與㺊爲二物,似不可也。

鸕鷀

鸕鷀吐雛之說,其來舊矣。予鄉漁人多養此鳥。然皆卵生,未有所謂口吐其雛者也。予心嘗疑之,因觀《爾雅翼》,"鷀"下云:"鷀,水鳥,色深,爲鈎喙,善沒水中逐魚,亦名鸕鷀。《蒼頡篇》云:'似鴉而黑。'鸕與鷀皆鴉也,故名。《說文》曰:'鷀,黑也,從二玄。'老則頭漸白,或曰白黑自是二種。又謂一種頭如蛇,其頸頗長,冬月羽毛落盡,棲溪岸木上,卒遇人不能去,則自擲入水,汨沒如常時。性不卵生,吐雛至八九,少者〔五六〕,相連而出,若絲緒然。"細玩其詞,所謂吐雛若絲緒者,蓋指蛇〔頭〕棲木者言耳。今人間所養與此類原是兩種,人或見棲木者吐雛,則以爲皆吐雛也。又杜工部詩:"家家養烏鬼,頓頓食黃魚。"昔賢皆以烏鬼即鸕鷀。而羅鄂州謂:"峽人事烏爲鬼,非此物。"然楊用修,蜀人,亦謂鸕鶿爲烏鬼。似當以楊説爲正。

螟蛉

蜾蠃螟蛉之説,古人皆謂蜾蠃取桑蟲,祝之七日,化爲其子。雖楊雄亦有"類我類我,久則肖之"之説。近世詩人取蜾蠃之巢,毀而視之,乃自有卵,細如粟,寄螟蛉之身以養之。其螟蛉不生不死,蠢然在穴中。久則螟蛉盡枯,其卵日益長,乃爲蜾蠃之形,穴竅而出。蓋此物不獨取螟蛉,亦取小蜘蛛置穴中,寄卵於蜘蛛腹脇之間,其蜘蛛亦不生不死。久之,蜘蛛盡枯,其子乃成。此楊用修之言也。予一日於窗格間,見一蜾蠃向巢作聲如祝狀。予取巢破之,其中果一蜘蛛也。又見一蜂,綠色,狀如螢,而大數倍之。腹下抱一螟蛉而飛,則取桑蟲者,又不止一蜾蠃矣。始信古人亦有未盡窮之事,學者當自有以究之耳。

異魚

《孟子》云:"緣木求魚。"以其不可得也。按《本草》"鰻鱺魚",陶注云:"能緣木,食藤花。"唐注亦云:"有四腳,能緣樹。"《雜俎》:"鯢魚能上樹。"由此觀之,則木亦未嘗無魚。孟氏特言其常耳。

大概魚之種類,極爲繁廣。《北户録》載魚之異者。《御覽》云:"龍盤山有石洞,洞中小水,水有四足魚,皆如龍形,人殺之即風雨。"《唐韻》云:"鰨魚,各四足。"《山海經》云:"人魚如䱱音啼。魚,四腳,出丹、洛二水。"《爾雅注》:"鯢似鮎,四足,聲如小兒。"又澧水之魚,名朱鼈,六足,有珠。又瀝潤潭有五色魚。又丹水出丹魚,割肉以塗足下,則可步履水上。又朔法師云:"鱭音薺。魚一首十身。"《博物志》云:"金魚,腦中有麩金,出功婆塞江。"又吳王食膾有餘,棄江中爲魚。今名"吳王膾餘"者,長數寸。又魏武《四時食制》曰:"望魚側如刀,可以割草,出豫章。白髮魚戴髮,形如婦人,白肥無鱗,出滇池。"又郭延生

《述征記》曰："城陽縣南，堯母慶都墓廟前一池魚，頭間有印文，謂之印頰魚，非告祠者捕不得。"又《臨海異物志》云："鯠魚如指，長七八寸，但有脊骨，曝作燭，極有光明。"又比目魚，一名鰈，音榻。一名鰜。沈懷遠《南越志》謂之板魚，亦曰左介，介亦作魪。《吴都賦》云："雙則比目，片則土餘。"《異物志》："南方鏡魚，圓如鏡也。"又《異苑》云："䱐音陷。魚，凡諸魚欲産，䱐魚輒以頭衝其腹。世謂衆魚之生母。"又《臨海水土異物志》："鹿魚，頭上有兩角如鹿。"又云："鮻魚，腹背皆有刺，如三角稜。"又《神異經》："黃公魚，長七八尺，狀如鱧魚，以烏梅二七煑之即熟，食之無鯁。"

子產壞晉館垣 襄公三十有一年

公薨之月，子產相鄭伯以如晉。晉侯以我喪故，未之見也。子產使盡壞其館之垣，而納車馬焉。士文伯讓之，曰："敝邑以政刑之不修，寇盜充斥，無若諸侯之屬，辱在寡君者何？是以令吏人完客所館，高其閈閎，厚其牆垣，以無憂客使。今吾子壞之，雖從者能戒，其若異客何？以敝邑之爲盟主，繕完葺牆，以待賓客。若皆毀之，其何以共命寡君？"使匄請命，對曰："以敝邑褊小，介於大國，誅求無時，是以不敢寧居，悉索敝賦，以來會時事。逢執事之不閒，而未得見，又不獲聞命，未知見時。不敢輸幣，亦不敢暴露。其輸之，則君之府實也。非薦陳之，不敢輸也。其暴露之，則恐燥濕之不時而朽蠹，以重敝邑之罪。僑聞文公之爲盟主也，宮室卑庳，無觀、臺、榭以崇大諸侯之館。館如公寢，庫厩繕修，司空以時平易道路，圬人以時塓館宮室。諸侯賓至，甸設庭燎，僕人巡宮，車馬有所，賓從有代，巾車脂轄，隷人牧圉，各瞻其事；百官之屬，各展其物。公不留賓，而亦無廢事。憂樂同之，事則巡之，教其不知，而恤其不足。賓至如歸，無寧菑患，不畏寇盜，而亦不患燥濕。今銅鞮之宮數里，而諸侯舍於隷人。門不容車，而不可逾越。盜賊公行，而夭癘不戒，賓見無時，命不可知。若又勿壞，是無所藏幣以重罪也。敢請執事，將何所命之？雖君之有魯喪，亦敝邑之憂也。若獲薦幣，修垣而行，君之惠也，敢憚勤勞？"

文伯復命，趙文子曰："信，我實不德，而以隸人之垣以贏諸侯，是吾罪也。"使士文伯謝不敏焉。晉侯見鄭伯，有加禮，厚其宴好而歸之。乃築諸侯之館。

叔向曰："辭之不可以已也如是夫！子產有辭，諸侯賴之，若之何其釋辭也？《詩》曰：'辭之輯矣，民之協矣。辭之懌矣，民之莫矣。'其知之矣。"

《永康文獻叢書》已出書目

1. 陳亮集 ［宋］陳亮 著 鄧廣銘 校點
2. 程文德集 ［明］程文德 著 程朱昌 程育全 編校
3. 吴絳雪集 ［清］吴絳雪 撰 章竟成 整理
4. 胡長孺集 ［元］胡長孺 著 程嶠志 整理
5. 楼炤集 ［宋］楼炤 著 钱偉彊 編校
6. 徐無黨集 林大中集 應孟明集 ［宋］徐無黨 等著 錢偉彊 林毅 編校
7. （正德）永康縣志 民國永康縣新志稿 ［明］吴宣濟 等纂修 盧敦基 莊國瑞 校點
8. （康熙十一年）永康縣志 ［清］徐同倫 等纂修 盧敦基 校點
9. （康熙三十七年）永康縣志 ［清］沈藻 等纂修 盧敦基 校點
10. （道光）永康縣志 ［清］廖重機 應曙霞 等纂修 盧敦基 校點
11. （光緒）永康縣志 ［清］李汝爲 潘樹棠 等纂修 盧敦基 校點
12. 永康縣儒學志 五峰書院志 （民國）永康鄉土志 ［清］趙凝錫 等纂修 盧敦基 程朱昌 程育全 校點
13. 胡則集 ［宋］胡則 著 ［清］胡敬 程鳳山 等輯 胡聯章 整理
14. **程正誼集 程子樗言** ［明］程正誼 程明試 著 程朱昌 程育全 編校